KB057875

제1과 제1장

이무영 탄생 100주년 기념

제1과 제1장

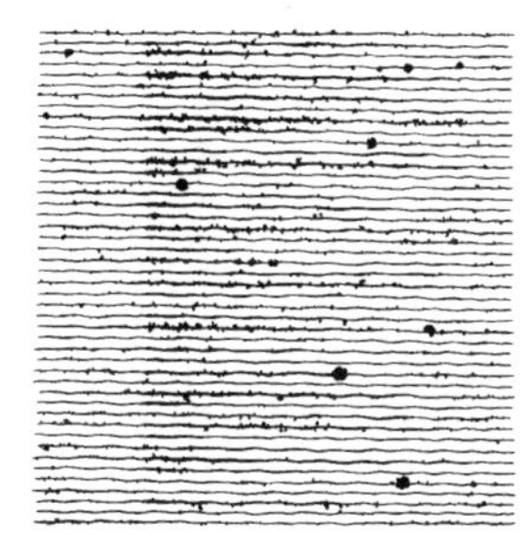
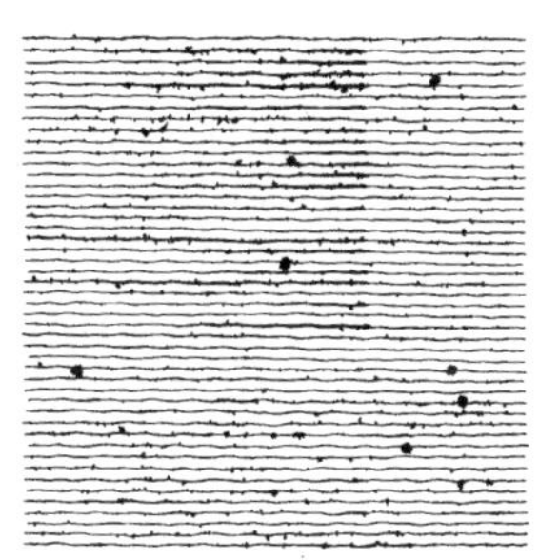
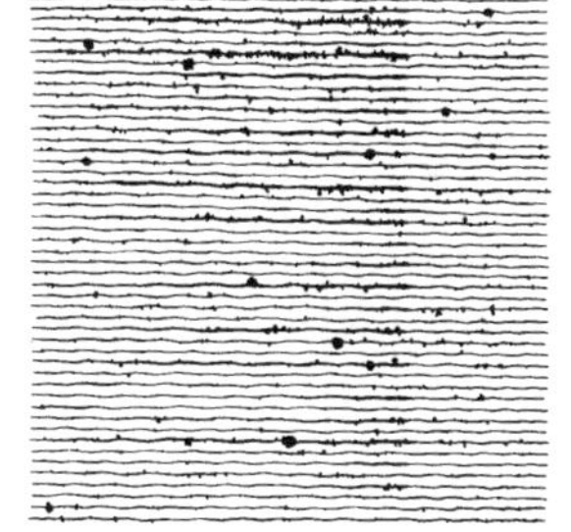

이무영 소설

문이당

머리글

이무영 소설의 문학적 의미

•

•

김주연 문학평론가 · 숙명여자대학교 명예교수

•

올해로 탄생 100주년을 맞는 이무영은 20세기 전반기의 한국 소설사에 우뚝 서 있는 거목이다. 그는 불과 52세의 짧은 삶을 살고 갔으나 그가 남긴 장편 9편, 중편 4편, 단편 73편, 그리고 소품이라고 할 수 있는 장편掌篇 4편 등 일백 편에 가까운 소설들은 어느 한 편 빠짐이 없이 우리 소설계의 소중한 열매로 평가될 수 있다. 그는 농촌을 배경으로 한 이른바 농촌소설에 있어서나, 남녀간의 사랑을 다룬 애정소설에 있어서나 한결같이 인간애를 바탕으로 한 진지한 탐색과 성실한 작가정신으로 절제와 조화의 미학을 이룩한 소설가로서 날이 갈수록 그 이름이 깊이 있게 각인된다.

흔히 이무영의 대표작으로 장편 「농민」이 손꼽힌다. 그러나 이무영은 단편소설 부문에서도 빼어난 작품들을 많이 내놓은 작가다. 예컨대 커플을 이루고 있는 두 작품 「제1과 제1장」과 「흙의 노예」는 지금까지도 그 수준을 능가하는 단편을 발견하기 힘든 수작으로 손꼽힌다. 두 작품의 주인공 청년은 이광수의 「흙」이나 심훈의 「상록수」에 나오는 것과 비슷한 모습의 귀향한 젊은이다. 그러나 이광수나 심훈의 주인공 청년들이 사명감에 불타는 젊은이들이었다면, 이무영의 주인공은 내면적 갈등을 겪는 "근대인"의 면모를 띠고 있다는 점에서 훨씬 "문학적"이다. 관념적 허세 아닌, 회의하는 지식인의 형태로서 그는 진솔한 문제의식을 던진다. 선험적이거나 공리적인 구도가 배격된 이무영의 농촌소설은, 그러므로 구호문학이나 대책문학 아닌 본격문학으로서, "농촌"이나 "농민"이라는 수식어가 불필요한 세계에 이미 진입해 있다고 할 수 있다. 주인공 청년의 농촌행은 농촌을 살리기 위한 희생으로서 "거룩한" 결단 아닌, 도시적 일상의 마모된 삶에서 탈출하는 실존적 선택으로서의 의미가 크다. 말하자면 한 개인으로서의 삶의 에너지를 충전하기 위한, 보다 쉽게 말한다면, 그 스스로 살기 위해 농촌으로 간다. 절실한 실존으로서의 결행인 것이다. 도시/문화로부터의 피로감을 씻고, 소설에 나오는 표현을 따른다면, "사람은 흙내를 맡아야 살기" 때문에 농촌으로 간다. 이 소설에는 주인공 청년의 농촌행의 배경 이외에도, 그가 실제로 농촌에서 살아가는 구체적인 생활이 리얼하게 묘사되는데, 그것은 농촌의 삶이 지닌 질서의 엄숙함을 증언한다. 또한 흙이라는 세계에 어렵게 정착하는 주인공의 힘든 실천, 무엇보다 도시적 삶과 농촌의 삶이라는 서로 다른 두 세계 사이의 갈등을 통해 한 인간으로서 성숙해가는 젊은이의 내면이 잘 그려진다. 이무영 문학의 가장 중요한 특징이라고 할 수 있는 종합과 절제의 미학이 흥미있게 드러나고 있는 것이다.

주인공 청년의 내면은 「흙의 노예」에서 더욱 정밀하게 추구된다.

농촌 생활에 적응하지 못하는 도시 청년으로 나는 여전히 남아 있는 것은 아닌가. 내 삶은 비록 농민과 함께 하더라도 그들보다는 가치있는 것이 아닐까. 아니, 이런 모든 것이 지적 허영은 아닐까. 이같은 자의식과 더불어 농사로부터 거둔 수확의 빈곤이 농민으로서의 그를 눈뜨게 한다. 이른바 농촌현실의 모순을 알게 되고, 때로 내심 경멸까지 했던 아버지에 대한 존경심도 생겨난다. 요컨대 두 편의 대표적 단편들은, 이무영 문학의 두 축, 즉 농촌문제와 인간의 성장/성숙이라는 문제를 함께 아우르면서 우리 근대문학의 문을 확실하게 열고 있다.

이무영이 이룩한 이같은 문학적 성취는, 그가 인간에 대한 극진한 사랑을 문학의 힘으로 삼고 있다는 사실에서 확인된다. 그의 일련의 농촌소설도 결국은 사람다운 사람으로 살아가는 법의 문학적 표현으로서, 예컨대 「제1과 제1장」에서 주인공 청년이 도둑을 폭행했을 때, 그를 꾸짖는 그의 아버지를 보라, "이 몰인정한 녀석. 내 물건 도적 안 맞았으면 그만이지 사람은 왜 친단 말이냐! 응, 이 치운 겨울에 도적질하는 사람은 여북해 하는 줄 아냐?"는 꾸지람에 묻어나는 인간 사랑의 저 도저한 긍휼이야말로 이무영 문학이 시간이 지나면서 더욱 높이 조명되는 원동력임이 분명하다. 그리하여 그의 애정 어린 인간애의 시선은, 사랑하는 남녀의 내면을 향할 때 보다 섬세하게 빛을 발한다. 가령 「숙경의 경우」, 「용자소전」, 「B녀의 소묘」 등과 같은 소설들은 그 빛을 아름답게 비추어 주고 있는 명단편들이다. 「숙경의 경우」는 유부녀가 다른 남성과 육체적인 접촉을 갖고, 이로 인한 죄의식에 시달리다가 자살하고 만다는 줄거리를 갖고 있다. 일견 매우 통속적인 소재에다가, 결론 역시 지나치게 보수적이어서 오늘의 시점에서 읽을 때 설득력이 그리 크지 않아 보인다. 그러나 이러한 관찰은 피상적이다. 여기서 중요한 것은, 주인공 숙경의 심각한 죄의식에 의해 묘사되는 내면의 치열성이다. 외간 남자와의 사랑이 죄의식을 심하게 가져다주는 여성도 있고, 그렇지 않은 여성도 있을 수 있다. 또 가볍게 지나가는 경우도 있고, 이 소설에서처럼 극단적인 불행으로 이어지는 경우도 있다. 문제는 어떤 경우냐가 아니라, 작가가 선택한 경우가 얼마나 정직하게 고민되고, 그 고민이 살아있는 실감으로 전달되느냐 하는 점이다. 등장인물 모두에게 깊은 배려를 통해 사랑을 쏟아붓는 작가의 시선을 여기서 느낄 수 있다면, 이무영 문학에 동행하는 즐거움을 맛볼 수 있을 것이다.

인간 현실의 총체적 모습은 그가 처한 외부 환경과 조건—정치적·경제적 상황 같은—에 대한 관찰과 더불어 내면이나 심리 부분에 대한 세심한 묘사를 통해 종합적으로 그려진다. 이무영의 예리한 관찰, 섬세한 필치는 여성심리를 비롯한 인간 내면의 해부에서 단연 돋보인다. 가령 「용자 소전」과 같은 작품은 여성심리 추적에 집요한 분석을 보이는 한편, 이데올로기 문제를 이와 연관시켜 살피고 있는 문제작이다. 부유한 집안의 외동딸을 주인공으로 하고 있는 이 소설은, 급진적 이데올로기에 기울어 있는 남성을 사랑하면서도 그와의 결혼을 거부하는 여성의 미묘한 심리상황을 파헤친다. 거기에는 사랑과 결혼, 진보와 보수가 공존, 중첩하는 모순의 인간성이 부각된다. 서로 다른 요소들이 갈등을 일으키고 길항하는 복합적인 인간의 내면을 정직하게 투시하고 이를 작품에 반영하는 이무영은, 말의 올바른 의미에서 진실한 작가라고 할 수 있다. 진실을 향한 그의 열정은 매우 뜨겁고, 그 문체는 정치精緻하다고할 정도로 꼼꼼하다.

진실에 대한 이무영의 성실한 접근은 「죄와 벌」과 같은 작품에서도 아주 분명하게 이루어진다. 이 작품의 주제는 표면상 가톨릭의 고해성사에 관한 것이다. 주인공 신부는 살인 혐의를 받고 있는 동생과 진짜 살인범이라고 자신에게 고해를 한 교인 사이에서 큰 고민에 빠진다. 동생을 위해 고해 내용의 비밀을 지켜야 한다는 가톨릭 법규를 반역하고 진범을 밝혀야할 것이냐, 아니면 동생이 희생되더라도 가톨릭 법규와 천주 십계를 지켜야 하느냐 하는 기로에 선 것이다. 신은 분명 인간을 위해 존재할 터인데, 이때 주인공 신부는 마치 신과 인간이 분리된 것 같은 느낌을 받는다. 신과 인간, 선과 악의 대립은 문학 최대의 명제인데, 이 작가는 단편을 통해서도 이 문제를 밀도 있게 다룬다. 이 소설에서 결국 고해를 통해 범행을 뉘우친 진범은 오랜 고뇌 끝에 자수를 하고, 신부는 비록 꿈속에서의 고발일지라도 고해의 비밀을 지키지 못했음을 회개한다는 절묘한 화해를 유도해낸다. 가난한 농민들의 현실이든, 혹은 도시 애인들의 현실이든, 혹은 작가가 처하고 있는 당대 정치현실이든(드문 경우이지만 이무영은 이러한 주제도 결코 외면하지 않았다), 이 작가는 이처럼 진실성 여부를 가장 소중한 문학의 가치로 지켰다. 이 가치는 모든 문학이 지향하는 것이지만, 이무영은 이 문제를 대립과 갈등의 구조 속에서도 도식적, 관념적인 선택의 방법으로 가지 않고, 서로 다른 이질성에 대한 충분한 이해를 선행시킨다. 그리하여 대립의 쌍방이 함께 살아가면서 대립적인 요소들이 서로 스며들며 화해하는 탁월한 문학적 형상화를 성취시킨다. 이무영 소설이 오늘의 시점에서도 상당한 관심을 끄는 것은, 이러한 긴장감이 유발하는 문학적 재미와 그 의미에 힘입은 바 크다고 할 수 있다.

차례

•

표기

1. 지문은 한글로 표기함을 원칙으로 삼았으며 저자가 쓴 한자 중 필요한 것은 작게 넣었다.
2. 표기와 띄어쓰기는 현대 맞춤법을 따랐으며, 대화 부분은 저자가 쓴 대로 두었고, 사투리 등 토속어도 그대로 살려 될 수 있는 한 원문에 충실하도록 했다.
3. 출판 과정에서 이미 수정된 것 외에, 원문이 남아 있는 것은 원문의 문체를 살렸다.

부호

“” 대화, 인용
‘’ 대화 속의 대화, 마음속으로 한 말
「」 서명, 작품명, 출전
( ) 주, 보충 설명
— 부제, 보충 설명

제1과 제1장 第一課 第一章

•

•

1

덜크덕 덜크덕, 퍼언한 신작로에 소마차 바퀴 소리가 외로이 울린다. 사양斜陽에 키만 멀쑥하니 된 가로수 포플러의 그림자가 느른하니 길을 가로막고 있을 뿐 별로이 행인도 없는 호젓한 신작로다. 동리 앞에는 곰방대를 문 영감님이 발가숭이 손주놈을 데리고 앉아서 돌장난을 시키고 있다. 약삭빠른 계절季節에 뒤떨어진 매아미 소리는 마치 남의 나라에 갇힌 공주의 탄식처럼 청승맞다.

"이러 이 소 쯔쯔!"

안반짝 같은 소 엉덩이에 철썩 물푸레 회초리가 운다. 소란 놈은 파리를 날려주어 고맙게 여길 정도인지 아무런 반응도 없다. 그저 뚜벅뚜벅 앞만 내다보고 걸을 뿐이다.

소마차가 동리 앞을 지날 때마다 주막집 뜰팡에 멍석을 깔고 땀을 들이던 일꾼들의 눈이 일시에 마차 짐으로 옮겨진다. 이삿짐을 처음 보아서가 아니라, 그들의 눈에는 이 우차 위에 실려진 가구며 세간이 진기

한 모양이다. 항아리니 독이니 메주덩이 바가지짝—이런 세간은 한 개도 볼 수 없고 농짝은 분명히 농짝이다. 생김생김도 그러려니와 시골서는 볼 수 없는 허들겁스럽게 큰 장이다. 이모저모에 가마니짝을 대어서 전부는 보이지 않으나마 넘어가는 햇빛을 받아 거울이 번쩍한다. 함 대신에 화류 단층장, 버들상자도 큰 것이 네모 번듯하다. 뭣에 쓰이는 것인지 알 길도 없는 혼란스러운 갓이며 검고 붉은빛이 도는 가죽가방, 면장 나리나 무슨 주임 나리나가 놓고 있는 그런 책상에 걸상도 화려하다.

"뉘 첩 살림인 게군."

키만 멀쑥하니 여덟팔자 노랑수염이 담숭담숭 난 하릴없이 노름꾼처럼 생긴 한 친구가 이렇게 운을 뗀다.

"토ㅅ자에 ㄱ 했네."

누군지가 이렇게 받자,

"토ㅅ자에 ㄱ이 아냐. 트ㅅ자에 ㄹ일세. 어디루 보나 저게 첩 살림 같은가. 첩 살림이면야 자개장이 번득이면 번득였지 사물상이 당한 겐가. 짐 임자들을 보지!"

이삿짐에서 여남은 간쯤 뒤떨어져서 곤색 저고리에 흰 바지를 받쳐입은 청년이 하나 따라섰다. 아직 햇살이 따가우련만 모자도 단정히 썼다. 나이는 한 삼십사오세쯤 되었을까….

청년은 한 손으로 양장을 한 오륙세 된 계집아이의 손을 잡고 그 옆에는 청년보다는 열 살이나 차이가 있음직한 젊은 여인이 역시 양복을 입힌 머슴애의 손을 잡고 간다. 한 너덧살 되었음직한 토실토실하게 생긴 아이이다. 과자 주머니인지 바른손에는 새빨간 주머니를 늘였다.

"아빠, 아직두 멀었수?"

말소리까지 타박타박하다.

"인저 조곰만 더 가면 된다. 에이 참 우리 철이 착하다."

청년은 담배에 불을 붙여 물고 덤덤히 마차 뒤를 따라간다.

"화신상회만큼 되우?"

어린것은 몹시 지친 모양이다.

"그래, 그만큼 가면 되어."

하고 안타까운 듯이 젊은 여인이 대신 대답을 하자니까 어린것이 고개를 반짝 들구서 항의를 한다.

"뭘 엄만 아나? 엄마두 첨이라면서."

"그래두 난 알아. 그렇지요, 아빠?"

"암, 엄만 알구말구."

청년과 여인은 어린것을 번갈아 업기도 하고 안기도 하다가 몇 걸음 걸려도 보고 몹시 거추장스러우련만 별로이 그런 티도 없다. 소에 끌려가는 이삿짐처럼 그저 묵묵히 끌려가고만 있다.

"거 어디루 가는 이삿짐요?"

동리 앞을 지날 때마다 소보고 묻듯 한다. 마차꾼은 '나는 소 아니오!' 하고 퉁명을 부리듯,

"샌터 짐요!"

하고 돌아다보지도 않고 대답할 뿐이다.

"샌터 뉘 집 짐요?"

"난두 모르오!"

하고는 소 엉덩이에다 매질을 한다.

"이러 이 소! 대꾸하기 귀찮다. 어서 가자."

동리를 빠져나오더니 청년도 여인네도 뒤를 한 번씩 돌아다본다. 무슨 감시의 구역에서 벗어나기나 한 때처럼 여인네는 가벼운 안도의 빛을 얼굴에 나타내기까지 한다.

"인저 내가 좀 물어봐야겠군. 아직두 멀었어요?"

"인저 얼마 안 돼. 전에 다닐 땐 얼마 안 되던 것 같았는데 왜 이리 멀까."

혼잣말에 우차꾼이 받아넘긴다.

"여름이라 길두 늘어나 그렇지요."

얼마 안 가니 조그만 실개천이 흐른다. 청년—수택은 어려서 수수 미꾸리 잡던 기억도 새로웠고 땀도 들일 겸 길목 포플러 그늘에서 참을 들이기로 했다. 이 개천을 건너서 한 십분이면 그의 고향인 샌터에 다다르는 것을 알기 때문이기도 했다.

"영감두 쉬어 같이 갑시다. 자, 담배 한 개 피슈."

"고약두 있으십니까?"

"고약이라께?"

"이런 담밸 피구 입술이 정할 수가 있을라구요."

'이렇게 자미있는 늙은인 줄 알았더면 정거장에서부터 말벗을 해 왔더면 오는 줄 모르게 왔을껄…' 하고 수택은 오늘 처음으로 웃었다.

수택은 차를 먼저 가게 하고 천천히 세수도 하고 발도 벗고 씻었다. 아내가 핸드백의 조그만 면경을 꺼내어 화장을 하는 동안에 어린것들도 벗기고 말끔히 씻어주었다. 물에 손을 잠그고 있으려니 어려서 물장난하던 기억이며 그동안 세파와 싸운 삼십 년간의 생활이 추억되어 덜크덕 덜크덕 멀어져가는 이삿짐 소리도 한층 더 서글펐다.

"패배자."

그는 가만히 이렇게 자기를 불러본다. 시냇물은 조약돌이 옹기종기 몰켜 있는 수택의 발밑을 지날 때마다 뭐라고인지 종알대고 흘러간다. 이 물소리를 해득만 한다면 여러 가지 의미가 포함되었으리라. 그러나 지금의 수택으로서는 이 속삭이는 물소리보다도 지난날의 추억보다도 패배자의 짐을 싣고 가는 마차 바퀴 소리만이 과장이 돼서 울리는 것이었다.

'패배자? 어째서 패배자냐? 오랜 동안 동경해오던 이상 생활의 첫 출발이지!'

누가 있어 자기를 패배자라고 부르기나 했던 것처럼 그는 분명히 이렇게 반항을 해본다.

2

사실 이번 길은 수택의 일생에 있어서 커다란 분기점이었다. 그것이 희망의 재출발이 될지, 패배가 될지는 그가 타고난 운명(?)에 맡기려니와 현재 그의 가슴에 채워진 감회도 이 둘 중 어느 것인지 그 자신 모르고 있는 터다. 그가 농촌생활을 꿈꾸고 이른 봄 사아지 안을 두둑하게 넌 춘추복 안주머니에 너두었던 사직원이 이중봉투를 석 장이나 갈가리 피우고 여름을 났을 때는 그래도 '패배자'란 감정이 없을 때였다. 일금 팔십원의 샐러리라면 그리 적은 봉급도 아니었다. 회사 총무부 주임 말마따나 이런 자리를 노리는 대학 출신의 이력서가 기백 장 서랍 속에서 신음을 하고 있는 터다. 사변으로 해서 갑자기 물가가 고등

해진 터라, 이 정도의 수입만 가지고는 도저히 도회에서 생활을 유지하기가 어렵기는 하나 그렇다고 전혀 수입이 없는 것보다 날 것은 주먹구구까지도 필요치 않은 것이었다. 그의 계획을 듣고 친구의 대부분이—아니 거의 전부가 반대를 한 것도 실로 이 단순한 타산에서였다. 너 굴러든 복바가지를 차버리고 어쩔 테냐는 듯싶은 총무부 주임의 눈치나, 철없이 날뛴다고 가련해하는 눈으로 보는 동료들의 말투가 그의 결심에 되려 기름을 쳐준 것도 사실이기는 하나 수택의 계획은 그네들이 보듯이 그렇게 근거가 적은 것은 아니었다. 그의 계획의 무모함을 충고하는 친구와 동료들의 거의 전부가 생활난에 중점을 둔 것이다. 그러나 일찍이 수택만큼 생활고를 겪어온 사람도 그만한 나쎄로는 드물 것이었다. 열두 살에 고향을 떠나서 중학교를 고학으로 마쳤고 열일곱에 동경으로 가서 C대학 전문부를 마치는 동안도 식당에서 벗겨 내버린 식빵 껍질과 먹고 남아 버리는 밥덩이를 사다 먹고 살아온 그였고, 일정한 직업이 없이 오륙 년 동안 동경서 구르는 동안에도 공중식당일망정 버젓하니 밥 한 끼 사먹어 보지 못한 채 삼십줄에 접어든 그였다. 조선에 나와서도 지금의 신문사 사회부 기자라는 직업을 얻기까지의 삼 년간은 십전짜리 상밥으로 연명을 해온 그였고, 직업이라고 얻어서 결혼을 한 후도 고기 한칼 떳떳이 사먹어 보지 못한 그였다. 더욱이 십 개월이란 긴 동안 신문이 정간을 당코 푼전의 수입이 없었을 때도 세 끼나 밥을 못 끓이고 인왕산 중허리 같은 배를 끌어안고 숨까지 가빠하는 아내와 만 하루를 얼굴만 쳐다보고 시간을 보낸 쓰라린 경험도 갖고 있는 그였다.

이 십 개월 동안에 그는 평상시 오고가던 친구들도 수입이 끊어지는 날로 거래가 끊어지는 것도 경험했고, 쌀말이나 설렁탕 한 그릇도 월급봉투가 없이는 대주지 않는 것도 잘 안 터였다.

"인전 널 것도 없지?"

하고 물을 때,

"입은 것밖에—."

하고 대답하던 아내의 우울한 음성도 아직 귀에 새로웠고, 십여 장이나 되는 전당표를 삼 개년 계획으로 찾아내던 쓰라린 경험도 아직 기억에 새로운 터였다. 바로 신문이 해간되던 바로 그 전달이었지만 막역지간이라고 사양해오던 M이라는 친구한테 마침 그날이 월급일이라서, 아니 월급날을 일부러 택한 것이었지만 삼원 돈을 취대하러 갔다가 거절을 당코 분김에 욕을 하고 돌아온 사실을 기록해둔 일기가 아직도 그의 책상 어느 구석에 끼어져 있을 것이었다.

이 수택이가 선선히 사직원을 내놓고 나선 것이니 놀랄 만한 사실임에 틀림은 없었다.

"그래, 갑자기 살 구만두면?"

마지막으로 사직원을 접수한 R씨가 이렇게 말했을 때 그는 금후의 생활설계를 설명하는 데 조금도 불안을 느끼지 않았던 것이었다. 다행히 고향에 가면 십여 두락의 땅이 있고 생활 수준이 얕아질 것이요, 고료 수입도 다소 있을 것이요… 마치 R씨까지도 유인해서 끌고나 갈 듯이 호기가 있었던 것이었다.

"좀더 신중히 하지?"

호의에서 나온 이런 말에 그는 적의나 있는 듯이,

"그럴 필요 없지요."

하고 그 자리서 내찼던 것이다.

사직 이유는 병이었다. 간부측에서 "병?" 하고 반문했을 만큼 그는 그렇게 잘못된 병자는 물론 아니다. 병이라면 그것은 생리적인 병보다도 정신적인 병이 더 위기에 가까웠었다. 의사들이 폐가 어떠니 늑막이 위험하니 할 때도 한편 겁은 내면서도 또 한편으로는 속짐작이 있기는 했었다. 그와 같이 소설을 써오던 H가 자기와 같은 자신으로 버티다가 쓰러진 그 길로 끝을 막은 무서운 사실에 잠시 '아차' 하는 생각도 없지는 않았지마는 그러나 그렇다고 해서 직업을 버릴 만큼 심약한 그도 아니었다. 이른 봄, 그가 아내도 몰래 사직원을 쓰고 도장까지 단정히 눌러 가진 것은 그의 조그만 영웅심에서였다.

수택은 동경서부터 소설을 써왔다. 장방형도 아니요, 삼각형도 아니요, 그렇다고 똑떨어진 원도 아니다. 세상에서는 그를 혹은 스타일리스트라고 불렀고, 한때 경향문학이 성할 때는 혹은 반동 또 혹은 동반자라고 불렀고, 또는 허무주의자라고 야유도 했다. 그러나 기실은 그중 어느 것도 아니었다. 그 자신 자기의 특징이 어디 있는지를 모르는 작가였다. 소설가로서 차차 알려질 임시해서—아니 그 덕택이었겠지마는—그는 취직은 했었다. 그것이 그의 작가생활의 마지막이었다. 저널리즘이란 문학의 매개체를 통해서 그 갓난애 숨길 만한 잔명을 유지해 왔다.

첫월급을 타던 기쁨은 "지난 ×일 밤 자정도 가까워 바야흐로 삼라만상이 잠들려 할 때 ××동 ××번지 근방에서 뜻 아니한 비명이 주위의 정적을 깨뜨렸다. 이제 탐문한 바에 의하면…." 이런 식의 기사를 쓸 때마다 희미해졌고, 그것이 거듭되기 일년이 못 돼서 그는 자기가 문학도였다는 의식까지도 완전히 잃어버리고 말았던 것이다. 경찰서를 드나들며, 강·절도, 밀매음, 사기 등속의 사건 전말을 듣는 것이 무슨 문학 수업의 좋은 찬스나 되는 것처럼 생각던 것도 일시적이었고, 악을 폭로해서 써 민중의 좋은 시사가 되게 한다던 의협심도 기실 자기 위안의 좋은 방패이어서 아무것도 아니라는 것을 깨달은 후부터는 그는 완전히 기계였던 것이다. 아침이면 나와서 종일 돌아다니다가 저녁—대개는 밤에 집이라고 찾아든다. 친구에 휩쓸려 술잔도 마시고 회합에서 늦어 이차회가 벌어지고 이러구러 하루가 가고 이틀이 가고 달이 바뀌고 연도가 갈리었다. 그러기를 오 년—그동안에 수택이가 얻은 것은 허영과 태만이다. 그밖에 얻은 것이 있다면 자기가 아닌 이런 사회에서의 독특한 존재인 이르는바 친구— 아니 지인知人이다.

그리고 잃은 것은 얻은 것에 비해서 너무나 많았다. 그는 적어도 세 사람의 친구는 가졌던 사람이다. 그러나 그가 한 해, 두 해 지나는 동안에 세 친구도 없어졌고, 문학도로서 쌓았던 조그만 탑도 출판기념회나 무슨 축하회의 발기인란에서나 겨우 발견하는 그런 존재가 되고 말았다.

동료들이 그달 그달 발표하는 작품을 읽을 때마다 그는 우울했다. 우두머니 맞은편 흰 회벽을 건너다본다. 성급한 전화 종소리도 그를 깨우쳐주지 못할 때가 한두 번이 아니다.

"받잖을 전환 뭣하러 맸나요?"

문득 고개를 들면 천리안千里眼이라고 소문난 편집장의 두 줄 시선이 쏜다.

아무것 하나 얻을 것도 없는 회합에서 늦도록 붙잡혔다가 호올로

막차에 앉은 때의 그 공허, 허무감, 그것도 비길 데 없는 것이다. 어떤 때는 그 큰 전찻간에 동그마니 혼자 앉아 갈 때가 있다. 그럴 때면 저도 모르게 눈 속이 뜨끈해지는 일도 있었고 얼근히 술이 취했다가 깰 무렵에 집에 돌아가면 문득 숫보가 덮인 책상이 눈에 뜨인다. 펜까지 꽂혀 있는 잉크스탠드, 한 달 가야 한 번 건드려주지도 않는 원고지가 마치 영원히 돌아오지 못할 주인을 기다리고 망망한 대해에 떠 있는 목선처럼 애처로워진다. 다소 술기운이 작용을 했겠지마는 그대로 책상에 엎드려 통곡을 하는 것이었다.

'아니다! 낼부터는 나도 단연 공부를 하리라!'

이렇게 일년을 별러서 시작한 것이 「소설 못 쓰는 소설가」라는 단편이었다. 한 소설가가 취직을 했다. 박쥐처럼 해를 못 보는 생활이 계속된다. 무서운 정열로 창작욕을 흥분시켜주기는 하나 그 상이 마물러지기도 전에 출근이다. 잡다한 사무에 얽매여 허덕이는 동안에 해가 지고 오뉴월 엿가래처럼 늘어진 몸을 이끌고 회합이다, 이차회다, 야근이다를 계속한다. 이런 슬픈 이야기를 짜던 그는 자기도 모르게 내일 형사들을 녹여내어 재료를 얻어낼 계획이며, 안案의 진행방법 등을 공상하고 있는 자신을 발견한다. 그리고 운다.—그러나 이 소설도 끝끝내 소설이 못 되고 말았다.

그것은 몹시 무더운 날 밤이었다. 그는 소학생처럼 벽에다 좌우명左右銘을 써 붙였다. ① 조기할 것. ② 퇴사 즉시로 귀가할 것. ③ 독서, 혹은 창작할 것. ④ 일찍 취침할 것. 그러나 이 좌우명은 이튿날로 권위를 잃고 말았다. 이튿날은 사회부 부회가 밤 아홉시까지나 계속되었다. 갑론을박의 삼사 시간을 겪은 그는 돌아오는 길로 쓰러져 자고 말았다.

이튿날은 신문사 주최인 축구대회 기사로 야근을 했고, 다음날은 부득이한 회합이 있어 역시 거기서 다시 이차, 삼차를 거듭해서 집에 돌아온 것은 새벽 세시였다.

'도대체 나는 뭣 때문에 사는 겔까. 누구를 위해서 사는 겔까. 문화사업? 흥!'

이러한 반문을 해본다는 것은 벌써 한 전설이 되어 있었다.

이러한 수택은 또 한 가지 위대한 발견을 했다. 그것은 적어도 자기는 신문기자가 아니라는 것이다. 과거나 현재 아닐 뿐만 아니라 영원히 신문기자로서 성공하기 어렵다는 사실을 발견했던 것이다. 아니 신문기자로서의 성공이 곧 문학적으로 그를 파멸시키는 것이라는 것을 그제서야 발견했던 것이었다. 그것은 희극—아니 비극이었다.

3

수택이가 하루 이틀 쉬기 시작한 것도 이때부터다. 그는 하는 일 없이 교외를 빈들빈들 돌아다니었다. 하루는 S라는 동료를 유인해가지고 청량리로 나갔다. 전부는 아니나 그만둘 계획만을 이야기하고 생계로 이야기가 옮아갔을 때다. 그도 처음에는 그것이 무슨 낸지 몰랐었다. 매키한 냄새가 코를 콕 찌른다. 그 냄새는 코를 통해서 심장으로 깊이 깊이 기어들어가는 것 같았다.—흙내였다.

그것이 흙내라는 것을 인식한 순간, 일찍이 그가 어렸을 때 듣던 아버지의 음성이 바로 귓전에서 울리는 것을 느끼었다.

'사람은 흙내를 맡아야 산다. 너도 공불 하고 나선 아비와 같이 와

서 농사를 짓자. —학문? 학문도 좋긴 하다. 허지만 학문이 짐이 될 때도 있으리라.'

그때 그는 아버지를 비웃었다. 흙에서 헤어나지를 못하면서도 흙에 대한 미련을 버리지 못하는 아버지가 가엾기까지 했었다. 그러나 조소하던 그 말이 지금 그의 마음을 꾹하니 사로잡는 것이다.

'집으로 가자. 흙을 만지자.'

수택의 로맨틱한 계획은 이리하여 세워진 것이었다. 그의 첫 계획은 그동안 장만했던 가구를 전부 팔아버리려 한 것이나 아내가 너무 섭섭해하기도 했지마는 그들이 상상한 것의 절반도 못 되었다.

이백원도 못 되는 퇴직금이 그들의 유일한 재산이었다.

소꼴지게와 함께 수택의 일행이 싸리삽짝 문에 들어서자 누렁이란 놈이 '컹' 하고 물어박는다. 빈집처럼 찬바람이 휘 돈다. 남의 집으로 잘못 들어온 모양이다. 수택은 부리나케 나와 문패를 보나 분명히 자기 집이다.

"집이 들어왔으니까 마중들을 나가신 모양이군요."

아내가 들어가도 나오도 못하고 있는데,

"오빠!"

소리가 나며 와아들 몰켜든다. 육칠 년 못 본 늙은 아버지도 설명을 듣지 않고는 모를 아이들 속에 끼였었다. 뒤미처 찢어진 고무신짝을 집어든 고모도 왔고, 폭 늙은 어머니도 뒤따라 왔다.

"그래, 이 몹쓸 것아, 그렇게두…."

하고 막 어머니의 원망이 나오자 그는 사랑으로 나갔다. 이간 장방은 새에 장지를 질러 윗방은 남에게 세를 주었는지 주판 소리가 댈그락거린다.

"저 밖엣게 너들 짐이냐?"

"네."

"그래? 헌데 갑자기 이게 웬일이냐."

"차차 말씀드리겠습니다."

수택은 안으로 들어왔다.

안채 위쪽으로 달린 골방이 치워졌다. 바람이 잔뜩 든 벽하며, 벽 흙을 안고 자빠진 종잇장이며 비워두었던 탓인지 곰팡내가 펄썩 한다. 색지를 붙인 궤짝이며 주둥이도 없는 단지, 도깨비라도 나와 멱살을 잡을 듯싶은 방이다. 횃대에 걸린 헌옷은 흡사 죽은 사람같이 늘어졌다.

수택의 그 아름다운 농촌생활의 첫 꿈이 깨진 것은 이 방에서였다. 그의 공상에서는 방부터가 이렇게 허무하지는 않았었다.

그날 밤 아버지와 아들은 오래간만에 자리를 마주했다. 윗방에서 주판알을 튀기던 장사치도 갔고 단둘이 호젓이 앉았다. 고향으로 내려오기로 하기는 하면서도 기실 수택은 집안에 대한 지식이 전혀 없다. 자기가 집을 나갈 때는 논이 한 이십여 두락에 밭이 여남은 갈이나 있었다. 그후 동경서 나와서 들렀을 때는 논 닷 마지기가 줄었고 밭이 하루갈이 남의 손에 넘어갔었다. 그런 지 칠 년, 그동안 거의 딴 남처럼 서신 하나 없이 지내온 아버지와 아들이었다. 물론 이렇다는 원인이 있은 것도 아니다. 의식적으로 그런 것도 물론 아니다. 다만 이 문화인인 아들은 원시인 그대로인 아버지를 경멸했고, 아버지는 또 아버지대로 너무나 문화한 아들을 경이원지했을 뿐이다.

"흙냄새를 싫어하는 게 사람이냐. 그깐놈 눈만 다락같이 높았지."

그는 이렇게 자기 아들을 조소했다.

아들은 무엇보다도 아버지의 흙투성이가 되어 사는 꼴이 싫다 했다. 흙에서 나서 흙을 만지며 컸고, 흙을 먹고사는 아버지—옷에까지 흙투성이가 되어 사는, 흙인지 사람인지 모를 한낱 평범한 농부에게 털끝만한 존경도 갖지 못했다. 당당한 문화인인 아들은 흙투성이인 김 영감을 "내 아버지로라"고 내세우기조차 꺼려했다. 이러한 아버지를 가졌다는 것은 자기의 큰 치욕이라고까지 생각해온 터다. 결혼을 하면서도 자기 아버지를 청하지 않은 것도 그 자신은 친구나 동료들한테 달리 변명을 했겠지마는 기실 자기 아버지의 그 흙투성이 꼴을 뵈고 싶지 않다는 허영에서였다. 김 영감만 해도 이런 눈치를 못 챌 리는 없었다. 집안에서고 동리에서 왜 며느리 보는 데 안 가느냐고 해도,

"아, 그 잘난 놈 잔치에 못난 애비가 가? 댕꼴 곽주식이 아들놈처럼 저 애빌 보구 누구냐니까 '우리집 머슴' 하고 대답하더라는데 그런 놈들이 애빌 보구 행랑아범이라구 하지 말란 법이 있다든가?"

이렇게 격분을 했었다. 또 사실 그때의 수택으로서는 늑중 그렇게 대답했을 것이었다. 그러기가 싫으니까 차라리 못 오게 한 것이었다. 이런 아들이 지금 도시에는 얼마나 많을 건고…?

"사람이란 흙내를 맡아야 하느니라. 대처(도회) 사람들이 암만 고량진미로 음식을 만든대도 시골 음식처럼 구수한 맛이 없느니라. 마찬가지야. 사람이란 흙내도 맡고 된장맛도 나고 해야 구수우한 맛이 나는 게지. 음식이나 사람이나 대처 사람들이 맑구 정오(경우)야 밝지! 허지만 사람이란 정오만 가지고 산다드냐! 일테면 말이다. 내가 네 발등을 잘못해서 밟았다고 치자꾸나. 그러면 넌 발끈할 게다. 허지만 우리 시

골 사람들은 잘못해 밟았나보다 하군 그만이거든. 정오로 친다면야 남의 발을 밟은 사람이 글치. 그래, 이 많은 인총에 정오만 가지고 살려구 들어?"

수택이가 중학교를 다닐 때 고향에 돌아온 것을 붙잡고 김 영감은 이렇게 자기의 지론을 폈던 것이다. 그때만 해도 도회 물을 먹은 아들은 물론 코웃음을 쳤었다.

몇 핸가 후다. 음력 과세를 한다고 고향에 내려온 일이 있었다. 이십 년래의 혹한이니, 삼십 년래의 추위니 날마다 신문이 떠들어댈 때였다. 그는 겉으로는 하도 오래간만이니 집에 와서 과세를 한다고 꾸몄지만 기실은 근방 읍에까지 출장이 있어서 온 김에 들른 것이었다.

그날 밤 수택의 집에는 도적이 들었다. 벽에서 나는 황토냄새와 그야말로 된장내처럼 퀴퀴한 냄새로 잠을 못 이루고 있을 때 울안에서 발소리가 난다. 조금 있더니 누군지 밖에서,

"아무것두 없으니 나오! 나오."

하는 애원 소리가 들린다. 아버지의 음성이었다.

수택은 문구멍으로 가만히 내다봤다. 도적이 분명하다. 밖에서는 나오라고 하나 나갈 길을 막아선지라 어쩔 줄을 모르는 모양이었다. 황당해한 도적은 급기야 애원을 하기 시작했다.

"나갈 길을 좀 틔워주서유!"

이때 그는 벌써 부엌을 돌아서 울안에 와 있었다. 손에 흉기 하나 들지 않은 좀도적임을 발견한 그는 '억' 소리와 함께 덮치어 잡아나꾸었다. 그는 학생 시절에 배운 유도로 도적을 메어다치고는 제 허리끈으로 두 팔을 꽁꽁 묶었다.

온 집안이 깨고 뒤미처 김 영감도 달려들었다. 영감의 손에는 지겟작대기가 쥐어 있었다. 도적놈도 그랬고 수택이도 그랬고 온 집안사람들도 다 그렇게 생각했다. 몽둥이에 맞을 사람은 그 도적이리라고—.

그러나 아니었다. 지겟작대기에 아랫종아리를 얻어맞은 것은 아들이었다. 수택 자신도 그랬고, 도적도 그랬을 게고 집안사람들도 그렇게 생각했었다—이것은 영감이 흥분한 나머지 잘못 때린 것이라고—그렇게 생각했기 때문에 수택은 얼른 피했었다. 피하고는 안심을 했던 것이다.

그러나 아니었다. 김 노인의 작대기는 재차 아들에게로 향하고 겨누어졌다.

"이 몰인정한 녀석. 내 물건 도적 안 맞았으면 그만이지 사람은 왜 친단 말이냐, 응? 이 치운 겨울에 도적질하는 사람은 여북해 하는 줄 아냐? 우리네 시골 사람은 그런 법이 없다!"

도적은 울고 있었다. 도적의 등에는 쌀 한 말이 짊어지워졌다.

이튿날 수택은 지루할 만큼 긴 설교를 듣지 않으면 안 되었다.

"사람이란 법만 가지구 사는 게 아니니라. 법만 가지고 산다면야 오늘날처럼 법이 밝은 세상이 또 어디 있겠니. 법으루만 산다면야 법에 안 걸릴 놈이 또 어딨단 말이냐. 넌 법에 안 걸리는 일만 하고 사는 상싶지? 그런 게 아니니라. 올 갈에두 면소 뒤 과수원에서 사괄 하나 따먹다가 징역을 갔느니라. 남의 것을 따는 건 나쁘지. 나쁘기야 하지만 그게 징역갈 죈 아니지. 어젯밤 일을 본다면 넌두 네 과밭의 실괄 따면 징역 보낼 사람이 아니냐. 너 어제 그게 누군 줄 아냐? 모르는 체하긴 했다만 내 저 아버진 잘 안다. 알구 보면 다 알 만한 사람야. 시골서야 서로 모르는 사람이 어딨겠나. 모두 한집안 식구거든… 사람 사는 이치가 다 그런 게란 말야!"

—이러한 일이란 적어도 도회인의 감정으로는 이해하기 어려운 일이었다.

그러나 수택은 오늘 아버지와 마주 앉아 이야기하는 동안에 막연하나마 이 이르는바 '흙냄새의 감정'이 이해되어지는 것같이 느껴지는 것이었다.

김 영감은 아들의 이 뜻하지 않은 계획을 듣고는 뛸 듯이 기뻐했다. 아들은 논 닷 마지기에 밭 하루갈이만을 요구했음에도 불구하고 물자리 좋은 논으로만 여덟 마지기를 내주었고 집도 한 채 세워주기로 했다. 물론 소작권을 이동받은 것에 불과했었다. 그의 집안에는 논 닷 마지기와 밭 두어 뙈기가 남아 있을 뿐이란 것도 그제서야 알았다.

"피란 무서운 것인가보구나. 난 네가 아비 옆으로 와서 이렇게 살게 되리라고는 꿈에도 생각을 못했드니라! 첨엔 답답하겠지마는 차차 농사에도 자밀 붙이구— 허지만 네 처가 이런 구석에서 살려구 허겠느냐?"

"웬걸요. 저보다두 처가 서둘러서 한 노릇이니까 별말 없을 겝니다."

"그래? 그럼 됐구나 뭐. 인저 난두 남들한테 떳떳스럽구—."

버젓이 아들을 둘씩이나 두고도 자식을 거느리고 있지 못한 것이 동리 사람들 보기에 민망타는 것이었다.

하여튼 이리해서 수택의 농촌생활은 시작이 된 것이었다.

• 4

집은 조그만 동산 밑 이 동리 면장이 첩집으로 지었던 것을 일백삼십원에 사기로 했다. 퇴직금이었다. 그 앞으로 수택네 집 소유인 천여평의 밭도 있어 거기에 심었던 무와 배추도 그대로 수택의 소유로 이전이 되었다.

첩의 집이었던만큼 회칠도 했고 조그만 반침도 붙어 있었다. 그러나 아무래도 시골 집이다. 수택이네 큰 이불장만은 역시 들어가지를 않아서 봉당에다 받침을 하고 놓기로 했다. 그들 부처는 거기다 마루라도 들였으면 했으나,

"얘들아, 쓸데없는 소리 말아라. 이 물가 비싼 세상에 마룬 들여 뭣한다든. 마루가 없어 밥을 못 먹진 않는다."

하는 바람에 아내는 실쭉해하면서도 대꾸만은 없었다. 김 영감은 아들내외가 대처 사람인 체하는 것이 마땅치 않았다. 양복때기를 꿰고 나오는 것도 눈엣가시처럼 대했고 며느리의 트레머리도 못마땅해한다. 그래서 그 처는 쪽을 쪘고 수택은 고의적삼을 장만했다.

"시골 시골 해두 난 이런 시골은 못 봤어요. 산이 하나 변변한가, 물 한 줄기가 시원한가. 이런 곳에 와 살 바에야 만주 벌판에 가서 황무지를 일구어 먹지."

사실 수택이도 이 아내 말에는 동감이었다. 전에는 무심히 보아 그랬던지 자연도 다른 곳에 떨어지지 않는다고 생각했었으나 멀쑥한 포플러와 아카시아 숲이 실개천 가에 하나 있을 뿐, 이렇다는 특징도 없는 산천이다. 장성해서는 가본 일도 없었지만 어렸을 제의 기억대로라면 그 아카시아 숲 앞에는 상당히 깊은 물도 있고 큰 고기도 은비늘을

번득이었고, 숲에서는 매아미며 꾀꼬리도 울었던 것같이 기억이 되었으나 다시 가보니 조그만 웅덩이에는 오금에 차는 물이 괴었고, 가문탓도 있겠지마는 송사리떼가 발소리에 놀라서 쩔쩔맬 뿐이다. 숲속의 원두막 정취도 그지없이 시적인 듯이 기억이 되었으나 막상 가보니 그도 평범하기 짝이 없다. 숲속은 그나마도 습했다. 월여를 두고 가물었다건만 발을 드놀 때마다 지적지적한다. 꾀꼬리가 울었다고 기억한 것도 그의 착각이었다. 이런 숲에 들어오면 꾀꼬리도 목이 쉬리라 싶었다. 이런 데서도 우는 꾀꼬리가 있다면 필시 청상과부가 된 꾀꼬리라 했다.

'이렇게 보잘것없는 자연이었던가?'

속기나 한 것처럼 허무해서 우두머니 섰으려니까 김 영감이 꼴지게를 지고 나온다.

"옜다, 이건 네 거다. 이런 데 와 살자면 모두 배워야지!"

숫돌물이 뿌옇게 그대로 말라붙은 낫이다. 수택은 아무 말 없이 받아들고 따라가다가 풍경 말을 했다.

"뭐? 경치? 애, 넌 경치만 먹구살 작정이야? 여기 경치가 어때? 산이 없냐 물이 없냐. 숲이 있겠다, 십리만 나가면 수리조합 보가 있겠다…."

"볼 게 뭐 있어요?"

그것이 자기 아버지의 탓이기나 한 것처럼 퉁명스럽게 사방을 훑어보려니까,

"그래, 여기 경치가 서울만 못하단 말이냐."

하기가 무섭게 지게를 벗겨 내던지고는 상스러울 만큼 수택의 목덜미

를 잡아 가랑이 속에다 집어넣는다.

"자, 봐라! 먼산이 보이고 저 숲이며 저 물이며, 이만하면 되잖았느냐."

수택은 아버지가 너무 흥분이 돼서 서두는 통에 어리둥절하고만 있었다. 엄한 독선생을 만난 때처럼 부자유했다.

"그래, 보렴. 세상이란 모두 거꾸루 봐야 하는 게다. 경치 경치 하지만 제대루 볼 땐 보잘것없던 것이 가랭이 밑으로 보니까 희한하잖으냐. 사람 산다는 것두 그러니라. 너들 눈엔 여기 사람들 사는 게 우습지? 허지만 여기 사람들은 상팔자야. 더 촌에 들어가 보면 조밥이구 꽁보리밥이구간에 하루 한 낄 제대루 못 얻어먹는다. 그런 걸 내려다보면 되나. 거꾸루 봐야지! 너들 눈엔 우리가 이러구 사는 게 개돼지같이 뵈겠지만서두 알구 보면 신선야, 신선. 너들 월급쟁이에다 대? 그 연기만 자옥한 돌판에서 사는 서울 사람들에다 대? 보렴, 네. 여기 사람들이 어떻든? 너들처럼 얼굴이 새하얗진 않지? 그게 신선이 아니구 뭐냐?"

이 급조急造된 '젊은 신선'은 그날 해가 지도록 끌려다니며 왁새에 서뻑서뻑 손을 베며 풀을 베었다. 하면 되리라고 생각한 낫질이 그 좁은 원고지 칸에 글자를 써넣기보다 이렇게 어려우리라고 생각지 못했던 것이었다.

아침에는 새벽같이 끌리어 일어났다. 먼동이 트기가 무섭게 '어험' 소리가 문턱에 난다. 나가보면 김 영감의 삼태기에는 벌써 쇠똥이 그득하게 담겨져 있었다.

"네 봐라. 이놈이 줄 땐 허리가 아파도 논에다 너두면 벼가 그저 시커매지는구나. 그까짓 암모니아에다 대? 그걸 한 가마에 오원씩 주고 사다 넣느니 이놈을 며칠 주웠으면 돈 벌구 거름 생기구… 자, 어서 차빌 차려라. 네 댁두 깨우구. 해가 똥구멍까지 치밀었는데 몸이 근지로워 어떻게 질편히 눴단 말이냐."

수택이 부처는 처음에는 허영이었다. 대학을 마치고 세숫물까지 떠다 바치라던 수택이와 처가 매일처럼 그 드센 일을 한다 해서 동리에서 한 화젯거리가 될 것을 상상만 해도 유쾌한 일이었다. 그러고 사실 수택이가 헌 양복 조각을 입고 밭을 맨다거나 삽을 짊고 물꼬를 보러 간다거나 비틀비틀 꼴지게를 지고 개천을 건너올 때마다 동리 사람들은 경이의 눈으로 그를 맞았던 것이었다. 그의 아내가 물동우를 이고 비탈을 내려가다가 발목을 삐끗해서 동우를 깨먹었을 때도 그들은 웃는 대신 동정의 눈으로 보아주었고, 호미를 들고 남편 뒤를 따라나서는 것을 보고는 이웃집 달순이며 앞집 봉년이를 큰일이나 난 듯이 불러다 구경을 시키고 했던 것이다. 그들은 동리 사람들의 이런 경이의 시선을 등 뒤에 느끼며 일을 했다. 이런 것이 그들에게 있어서 심지어의 위안이기도 했다. 지금의 그들에게는 잘하는 것이 자랑도 되었지마는 못하는 것도 부끄럼이 되지 않는 유리한 조건이 있었던 것이다.

"애, 애어마. 너 그렇게 호밀 깊이 묻으면 배추 뿌리에 바람이 들잖겠냐. 요걸 요렇게 다루어가지고 살짝 흙을 일으키고 이쪽 손으로 풀을 집어내야지. 허, 그래두 그러는구나. 옳지, 옳지."

이렇게 새 며느리(실상은 헌 며느리지만)한테 잔소리를 하는가 하면, 어느새 수택의 등 뒤에 와서 서 있는 것이었다.

"에이끼, 미련한 것! 배추밭 매는 걸 밥 먹듯 하는구나. 밥 한술 떠 넣구 반찬 한 가지 집어먹구—그 식이 아니냐. 아, 이쪽으룬 흙을 이렇게 일으키면서 왼손으른 풀을 집어내야지, 그걸 어떻게 따루따루….”

“아직 손에 안 익어 그렇습니다, 아버지.”

수택은 이렇게 변명을 하는 도리밖에 없었다.

밤에는 꺼적 한 닢이 등에 지워진다. 물꼬를 지키라는 것이었다.

“네게 준 건 난 모른다. 농사 다 지어논 게니까 걷음새까지 네 손으로 해서 꼭꼭 챙겨놔야 삼동을 나지.”

동구를 벗어나오니 약간 일그러진 달이 아카시아 숲에 걸렸다. 말복도 지난 지 오랬건만 아직도 바람은 무더웠다. 천변에는 여기저기 동리 부인네들이 보리밥 먹기에 흘린 땀을 들이고 아이들은 조약돌들을 또닥또닥 뚜드린다. 실개천 물소리도 제법 여물다. 풀 속에서 반딧불이 반짝이고 개구리 소리가 으수이 어울리는 것이 역시 아직도 여름 밤이다.

수택은 빨래 자리로 놓은 돌 위에 쪼그리고 앉아서 양치를 쳤다. 아침저녁으로 반죽한 치분으로만 닦아온 이가 물로만 웅얼웅얼해 뱉어도 입 안이 환한 것이 이상할 정도다. 그는 삽을 질질 끌고 징검다리를 건너 논길로 들어섰다. 광대 줄타듯 하던 논두덩도 어느새 평지처럼 평탄해진 것 같고, 아랫종아리에 채이는 이슬이 생기있는 감촉을 준다. 아스팔트를 거닐다가 상점에서 뿌린 물이 한 방울만 튀어도 시비를 걸던 일이 마치 옛날 꿈 같았다.

“이만하면 나도 농촌 제일과는 마친 셈인가?”

구수한 풀향기가 코를 통해서 가슴속까지 스며드는 것을 그것이라고 느끼며 수택은 이렇게 혼자 중얼거려본다. 밤이슬에 눅눅하니 젖은 셔츠에서도 차츰차츰 불쾌한 감촉이 없어져간다. 쫄쫄쫄 윗논배미서 아랫논으로 떨어지는 물꼬 소리에 금시 벼폭이 부쩍부쩍 살이 찌는 것같이 느끼어지는 것은 벌써 그의 문학적인 감각 때문만이 아닌 것 같았다.

여남은 다랑이 건너 도독한 밭모퉁이에서 누군지 단소를 처량스러이 불고 있다. 역시 물꼬 보는 사람이리라. 그 맞은편 아카시아가 몇 주 선 둔덕 원두막에서는 젊은이들의 노랫소리가 흘러나온다. 술집 여인들이 놀러 나왔는지 여자들의 웃음소리가 가끔 섞여 나온다.

수택은 물꼬를 뺑 한번 둘러보고 원두막으로 어슬렁어슬렁 올라갔다. 발소리에 노랫소리가 딱 그치며 누군지 소리를 꽥 지른다.

"누구요!"

"나요!"

"어, 서울 서방님이시오? 그래, 요샌 꼴지게가 등에 제법 붙든가?"

꺼르르 웃음이 터진다. 시골 살면 그야말로 말소리에서도 흙내와 된장내가 나는 겐가… 수택은 원두막 새다리를 한 층 한 층 올라가며 이렇게 생각해보는 것이었다.

'내게선 언제부터나 흙냄새가 나려는고….'

•

5

분명한 울음소리다. 그도 여자의―. 아니 듣고 있을수록에 그 울음소리에는 귀가 익다. '누굴까…?' 이런 생각 하는 동안에 눈이 아주 뜨였다. 어느 땐지 멀리 물방아 돌아가는 소리가 어렴풋이 들릴 뿐, 어린 것들의 숨소리조차 고요하다.

옆을 더듬어보니 어린것들만이 만져지고 응당 그 옆에 누웠어야 할 아내가 없다. 수택은 그대로 죽은 듯이 누워 눈에 정기를 모았다.

또 울음소리다. 그것은 마치 앵금줄을 그리는 듯싶은 애절한 울음소리다—아내였다.

"여보!"

"……."

"여보!"

대답 대신에 울음소리가 한층 높아진다. 그도 일어나서 아내의 옆으로 갔다.

"왜 그러오?"

"말을 해야 알지. 뉘가 뭐라 그럽디까?"

"아뇨."

"그럼 어디가 아프오?"

또 말이 없다.

"말을 해야 알잖소. 왜 그러오?"

"설사가 나요!"

아내는 이 한마디를 하고는 그대로 흑흑 느낀다. 그는 어이가 없어 웃음이 탁 터졌다.

"나이 삼십이 가까운 여자가 설사 난다구 자다 말구 일어나 앉아 운다? 흐흐흐흐."

"설사가 자꾸자꾸 나니까 그렇지요."

울음 반 말 반이다. 그는 또 한번 커다랗게 웃었다.

"여보, 그래 설사가 나건 약을 사다 먹든지 밥을 한 끼 굶고서…."

하는데 아내는,

“그만둬요. 당신처럼 무심한 이가 어딨어요! 어른이고 아이들이고 오던 날부터 설살 하구 눈이 퀭하니 들어가도 일언반사가 없으니.”

“그러기에 약을 사다 먹으랬지. 내야 집에 붙어 있어야 알지.”

아내는 또 모를 소리를 한다.

“이렇게 나는 설사에 약이 무슨 소용야요. 밥을 갈아먹어야지!”

그제야 수택은 설사 나는 원인을 눈치챘던 것이었다. 그렇게 말을 듣고 생각하니 자기도 오던 이튿날부터 설사가 났다. 갑자기 물을 갈아먹은 관계려니 했으나 며칠을 두고 설사가 계속되었다. 기실은 아직까지도 소화가 그렇게 좋지는 못한 폭이었다.

“보리 끝이 자꾸 뱃속에 들어가서 장을 꼭꼭 찌르나봐요. 필년이두 자꾸 배가 아프다구 저녁마두 한바탕씩 울고야 잔대요.”

“흥, 창자두 흙내를 맡을 줄 알아야 할까보구나….”

그는 아무 말도 못했다. 아직 살림 연모가 갖추어지지도 못했고, 여름에 딴불을 때느니 밥만은 집에서 함께 먹기로 했던 것이다. 그러자니 시골의 이 철은 꽁보리밥으로 신곡 장을 대는 동안이다. 쌀밥만 먹던 창자에 갑자기 깔깔한 보리쌀만이 들어가니까 문화생활만 해오던 소화기가 태업을 시작한 것이었다.

“그럼 쌀을 좀 두어 달라지. 기실 난두 늘 배가 쌀쌀 아팠는데 그걸 난 몰랐구려.”

“야단나게요! 아버님이 이번엔 또 창자를 거꾸로 달구 먹으라고 걱정하잖으시겠어요.”

가랑이 속으로 경치를 본 이야기를 아내는 생각해낸 모양이었다.

"그만 자우. 내 낼 아버지께 말씀해서 당분간은 쌀을 좀 섞어 먹도록 할 게니까."

그는 어린애를 달래듯 아내를 재웠다. 추수만 끝나면 남편이 자유로운 시간을 가질 수 있다는 데 유일한 희망을 붙이고 있는 줄을 알고 근 이십 일이나 설사를 하면서도 군말 한마디 않았다는 데 표시는 안 했지만 여간 감격한 것이 아니었다. 부디 그런 마음을 버리지 말라 했다.

이튿날부터는 쌀이 반은 섞이어졌다. 아버지의 성미를 잘 아는지라, 수택은 용기를 못 내고 필년이란 년을 시켜 할아버지를 조르게 했던 것이다.

"할 수 없구나. 그것들이 창자까지 사람 창잘 못 가졌으니 딱한 노릇이다, 그러시겠지."

딸년은 할아버지의 흉내를 내며 재미나게 웃었다.

그러나 쌀의 분량은 점점 줄어갔다. 그 대신 보리가 늘었고 조가 뛰어들었다. 감자니 기장 같은 잡곡도 간혹 섞였다. 하루바삐 신곡이 나기를 기다리는 것이—지금의 수택 부처와 어른들에게 있어서는 유일한 낙이었다.

이때부터 수택의 창작욕도 척척 늘어갔다. 오래전부터 그의 머릿속에서 매대기를 치던 어떤 역사 소설의 상이 거의 가다듬어질 무렵에는 수택이가 물꼬를 내고 이듬매이를 해준 벼도 누렇게 익어갔다. 집 앞 텃밭의 배추도 제법 자리를 잡고 토실토실 살쪄갔다. 사람이란 이렇게 욕심이 많은 겐가 싶었다. 손이라야 몇 번 댄 곡식도 아니건만 야무지게 여문 벼알이며 배추 한 폭에까지 지금까지는 맛보지 못한 그윽한 애정을 느끼는 것이었다. 그것은 그가 일찍이 깨알처럼 씌어진 원고지의 글자를 보는 때의 그 애정, 그 감격과도 같은 것이었다. 일년내 피와 땀을 흘려야 벼 한 톨 얻어먹지 못하고 빈손만 털고 일어나는 소작인들의 그 애절해하던 심정도 지금서야 이해되는 것 같았고 매년 그러리라는 것을 빠안히 내다보면서도 그 농사를 단념하지 못하는 그네들의 심정도 이해되는 것 같았다. 타작 마당에서 벼 한 톨이라도 더 차지할 것을 전제로 한 애정임에는 틀림이 없겠지마는 단지 그러한 이욕만으로 그처럼이나 벼 한 폭, 배추 한 잎을 사랑할 수가 있을까. 그것은 마치 종이값도 못 되는 원고료를 전제한 작품이기는 하지마는 쓰는 동안에는 그러한 관념이 전혀 없이 그저 맹목적인 정열을 글자 한 자에마다 느끼는 것과 무엇이 다르랴 했다. 애정이란 이해관계를 초월한다는 것을 수택은 또 한번 생각한다. 이 애정—그것으로 인류는 살아가는 것이요, 이 애정으로 도덕을 삼는 데서만 인류는 행복될 것이다 싶었다. 아버지의 늘 말하던 소위 '흙냄새'와 '된장내'란 결국 이런 애정을 의미한 것이 아닐까. 그렇게도 생각해본다. '대처 사람'들에게서는 흙냄새가 안 난다는 그 말은 곧 이 이해를 초월한 애정이 없다는 말이 아닐까. 언젠가 집안에 도적이 들었을 때 도적을 잡았다고 자기 아버지는 그를 때렸다. 도적질은 분명히 악이다. 악을 제지하고 악을 미워하는 것은 선이다. 이것은 사람이 가진, 그리고 가져야 할 위대한 정신인 동시에 본능이다. 이 선, 이 본능에 대해서 그의 아버지는 지겟작대기로써 예물했다. 그러면 그의 아버지는 도적질을 악으로서 인정치 않는 것일까 하면 그렇지는 않다. 흙 속에서 나서 흙과 같이 자라고 흙과 더불어 살아온 그에게는 포근포근한 흙의 감정과 김가고 이가고 정가고간에 씨만 뿌려주면 길러주는 그러한 흙의 애정 속에서만 살아온 그는 없어서 남의 것을 훔치는 도적놈보다도 흙의 냄새를 맡을 줄 모르고 흙의 애정을 유린한 철두철미 '대처 사람'인 아들에게 보다 더 증오를 느꼈기 때문이었으리라.

수택은 무서운 정열로 자기의 농작물을 사랑했다. 그것은 자기의 작품을 사랑하던 그 정열이었다. 문득 꺼추해진 벼폭을 발견하고는 인쇄된 자기 작품에서 전부 뒤바뀐 구절을 발견할 때와 똑같이 놀랐다. 그것은 그지없이 불쾌한 순간이었다. 수택은 그대로 논으로 뛰어들었다. 아랫동아리부터 벼폭이 노랗게 말라든다. 이삭은 알맹이 한 개 안 든 빈 쭉정이였다. 격한 나머지 그는 벼폭을 잡고 낚았다. 각충이란 놈이 밑 대궁에 진을 치고 보기좋게 까먹은 것이었다.

그는 삼십여 년의 반생 동안 이처럼 격한 일이 없었다. 이만큼 어떤 물건이나 생물에 대해서 증오를 느껴본 일이 없다고 생각했다. 그러고 또 자기 혈관 속에 이토록이나 잔인한 피가 흐르고 있었다는 것도 오늘서야 처음 발견했던 것이었다. 그는 벼폭을 발기고 일일이 각충을 잡아냈다. 그래서는 돌 위에다 놓고 짓찧고 있는 자신을 발견하는 것이었다. 그는 일생 처음으로 미움다운 미움을 경험했다고 생각하였다.

수택은 처음 고향에 돌아와서 동리 사람들의 시선에서 차디찬 것을 느끼었었다. 말만 고향이지 눈에 익은 얼굴도 거의 없었다. 파도에 밀린 뱃조각처럼 이리 밀리우고 저리 쫓기어 태반은 타곳에서 들어온 사람들이다. 그때 그 차디찬 시선에 그는 일종의 반감까지 일으킨 일이 있었으나 지금 가만히 생각하니 그래도 자기 아버지가 아들에게 품고 있던 그 증오보다는 오히려 나은 것이었다 싶었다.

'그렇다. 하루바삐 나도 대처 사람의 탈을 벗고 흙과 친하자. 그래서 흙의 냄새를 맡을 줄 아는 사람이 되자.'

이렇게 자기 자신에게 타이를 때 누군지 귀에다 대고 소리를 꽥 지른다.

'그것은 퇴화다!'

그것은 대처 사람인 또 한 다른 수택이었다. 물방울 한 개만 튀어도 시비를 가리고, 파리 한 마리에 상을 찡그리고 데파아트에서 한 시간씩이나 넥타이를 고르던 도회인의 반역이었다.

'퇴화? 퇴화 좋다!'

'아니 패배이다! 패배자의 역변이다. 도시 생활—문명 사회에서 생활 경쟁에 진 패배자의 자위 수단이다. 그것은—.'

'아무것이든 좋다!'

그는 이렇게 발악을 했다.

이러한 마음의 투쟁은 날을 거듭할수록에 격렬해갔다. 수택이가 자기의 피에는 흙의 전통이 흐르고 있다고 생각한 것은 한 착각이었다. 누르면 누를수록에 문화에 주린 도회인의 반항은 억세갔다. 포근포근한 흙을 밟는 평범한 감촉보다도 가죽을 통해서 오는 포도鋪道의 감촉이 얼마나 현대적인가 했다. 그것은 마치 필 대로 핀 낡은 지폐를 만질 때와 빠작 소리가 그대로 나는 손이 베어질 것 같은 새 지폐를 만질 때의 감촉과의 차이와도 같았다. 사람에게서나 자연에서나 입체적인 선線의 미가 그리웠다.

'아니다. 참자. 흙과 친하자!'

수택은 벌떡 일어났다. 참새떼가 '와아' 하고 풍긴다. 이 젊은 도회인이 도회의 환상에 사로잡힌 동안 참새떼들은 양양해서 벼톨을 까먹고 있었던 것이다.

"우여 우이!"

건너 다랑이로 옮겨앉는 참새를 좇아서는 두덕을 달리었다. 참새떼는 적어도 수백 마리는 되는 것 같았다. 한 마리가 한 알씩만 까먹었대도 수백 톨을 까먹었을 것이다. 그는 달리다 말고 벼 이삭에 눈을 주었다. 누우렇게 익은 벼폭들이 생기가 없다. 그때 울컥하고 가슴에 치미는 것이 있다. 증오였다. 도시생활에서 세련이 된 현대인의 증오였다. 이 갖은 정성과 피와 땀으로 가꾼 곡식을 장난하듯 까먹고 다니는 참새에 대한 증오가 현기증이 날 정도로 머리에 찬다.

"우여 우이!"

꼼짝도 않고 참새떼는 못견디어하는 이삭에 그대로 조롱조롱 매달렸다. 그는 무서운 정열로 기관총을 사모했다. 전쟁 영화에서 보듯이 뺑 한번 둘렀으면 톡톡 소리와 함께 소나기처럼 떨어질 참새떼를 상상하는 것만으로 이 도회인의 간담은 기분간의 위안을 받는 것이었다.

도적놈을 때릴 때 아버지가 자기에게 느끼던 증오도 이런 것이었을까?

6

한결 볕이 엷어졌다. 벌레 소리도 훨씬 애조를 띠고, 달빛도 감상感傷을 띠었다. 이집 저집에서 마당질 소리가 나고 밤이면 다듬이 소리도 여물어갔다.

수택이네 집에서도 새벽부터 타작이 시작되었다. 한모로는 벼를 져 나르고, 한모에서는 '때려라' 소리를 연발하며 위세를 올렸다. 한모에서는 도급기稻扱機가 '붕붕' 하고 돌아간다. 여인네들의 치맛자락에서도 바람이 난다.

수택이도 벗어부치고 지게를 졌다. 아직 다리는 허청거리나 그래도 대여섯 묶음씩 져 날랐다. 인저는 벌써 그의 노동을 신성시하는 사람도 없었고, 동정하는 사람도 없었다. 그는 명실공히 한 농부였다. 서투른 낫질에 손가락을 두 개나 처맸지만 보는 사람도 그랬고, 그 자신도 그것은 큰 상처로 알지도 않을 정도까지 이르렀다. 아내 역시 호밋자루에 터진 손바닥이 아물지를 못한 모양이다. 그렇다고 혼자 일어나 앉아서 밤을 새워가며 울지는 않았다. 아프니 자시니 했다가 그 말이 시아버지 귀에 들어가면 동정 대신에 핀잔을 맞을 것을 알기 때문이기도 했을 것이다. 가끔 그에게는 아버지가 남에게만 후하지 자식들한테는 너무 박하다는 불평을 말하는 때도 있었으나 그것은 그가 시인을 하는 정도로서 가라앉았다. 사실 그 자신도 다소 심하지 않은가 하는 불평은 여러 번 품었었다. 손에 익잖은 자식이 서투른 낫질을 하다가 손을 다치어도 먼저 핀잔부터 주었다. 그것은 어떻게 보면 증오와도 같은 것이었다.

그도 부리나케 볏단을 져 날랐다. 이 볏단의 대부분이, 아니 어쩌면 거의 전부가 낡아빠진 맥고모자를 뒤꼭지에 붙인 되바라진 젊은 친구의 손으로 넘어가리라는 것을 잘 알면서도 수택은 그것을 억지로 생각지 않으려 했다.

그의 아버지도 그 위인이 나와서 버티고 선 후로는 분명히 얼굴에 검은빛을 띠었다. 자식에게 그런 눈치를 안 보이려고 비상한 노력을 하는 것이 그것이라고 엿보였다. 수택도 아버지의 이 노력에 협조를 했다.

도합 스물두 마지기에서 사십 석이 났다. 사십 석에서 스물닷 섬이 소작료로 제해졌다. 사십 석에서 스물닷 섬—열닷 섬. 그의 지식은 처음 긴요하게 쓰여졌다.

그러나 이 지식은 정확성을 갖지 못한 것이었다. 거기서 비료대로 한 섬 두 말이 제해졌고, 아내와 계집아이들의 설사를 치료한 쌀값으로 장리변을 쳐서 열두 말이 떼였다. 지세도 작인과 지주가 반분해서 물기로 되어 있었다. 지세로 또 몇 말인지 떼였다. 그는 말질을 하는 되감고가 바로 지주나 되는 것처럼 그의 손목이 미웠다. 우르르 덤비어 되감고의 목덜미를 잡아나꾸고 볏더미 속에다 꾹 처박고 싶은 충동을 이를 악물고 참는 것이었다.

수택은 아버지를 쳐다보았다. 그 옴팡하니 들어간 눈에서는 황혼을 뚫고 무시무시한 살기 띤 빛이 발하는 것이었다. 그는 방공연습을 할 때의 그 휘황한 몇 줄의 탐조등 광선을 연상하였다. 김 영감은 꼼짝도 않고 한 자리에 서 있었다. 볏더미를 보는가 하면 그렇지도 않았다. 사음을 노리는가 하면 그것도 아닌 것 같았다. 영감은 내년 이때까지 살아갈 길을 궁리하는 것이었다.

"자, 짊어져라!"

수택은 깜짝 놀랐다. 남은 벼 여남은 섬이 가마니에 채워졌다. 전혀 자신은 없었으나 벼 이백 근을 못 지겠노란 말도 하기 싫어서 지겟발을 디어밀었다.

"엇차."

옆에서는 벌써 지고 일어나서 성큼성큼 걸어간다. 그도 '엇차' 소리를 쳤다. 땅짐도 않는다.

"자, 들어줄 게니, 엇차."

그는 있는 힘을 다해서 무릎을 세우려 했다. 그러나 오금은 뜨는 둥 마는 둥 하다가 그대로 뚝 꺾인다. '안 되겠느니', '다른 사람이 지라느니' 이론이 분분하다. 그래도 그는 아버지의 명령이 떨어지기까지는 버티었다. 이를 북북 갈며 기를 썼다. 힘을 북 주었다. 오금이 떨어졌다. 그러나 다리가 허청하며 모여선 사람들의 '저것 저것' 소리를 귓결에 들으며 그대로 픽 한쪽으로 넘어가고 말았다. 넘어간 순간,

"에이끼, 천치 자식."

하는 김 영감의 소리와 함께 빗자루가 눈앞에 휙한다. 머리에 동였던 수건이 벗겨졌다.

"나오게, 내 짐세. 나와."

하는 누군지의 말을 영감의 호통 같은 소리가 삼키었다.

"놔두게! 놔둬! 나이 사십이 된 자식이 벼 한 섬 못 지는가. 져라 져, 어서 일나!"

그는 이를 악물고 또 힘을 북 주었다. 오금이 번쩍 떴다. 뒤뚝뒤뚝 몇 걸음 옮겨놓는데 눈과 콧속이 화끈하며 무엇인지가 흘렀다. 그러나 그는 그것이 무엇인지를 몰랐다.

"저 피! 코필 쏟는군. 나려놓게!"

하는 동리 사람들 소리 끝에,

"놔들 두게! 제 손으로 진 제 곡식을 못 져다 먹는 것이 있단 말인가! 놔들 두게."

수택은 눈물과 코피를 좍좍 쏟아가면서도 그래도 자꾸 걸었다. 내일은 우리 논 닷 마지기의 타작이다! 그는 이런 생각을 억지로 즐기려 노력을 했다.

———〈「인문평론」 1호, 1939년 10월〉

흙의 노예奴隷

속續 제1과 제1장

•

•

•

1

산〔生〕다는 말은 그저 막연히 사는 사람의 생生을 의미하고 생활生活한다는 말은 그저 막연히 살아 있는 사람이 아니라 그 어떠한 난관이라도 돌파하면서까지 살려고 노력하는 사람의 생生을 이름이라고 한다면 수택이의 지금의 생은 이 후자後者에 속할 것이다. 사실에 있어서 지금까지의 그는 남이 살아 있듯이 그저 막연히 살아왔던 것이다. 남이 살듯이 살아왔고 보니 남이 죽듯이 또 죽었어야 할 것이로되 지금까지 살아 있다는 사실은 그가 지금까지 그만큼 살기 위해서 애를 썼다는 증좌가 되는 것이 아니고 남들이 죽듯이 그런 모진 병에 걸리지 않았었다는 단순한 이유에서였다.—이렇게 말한다는 것은 수택 자신에게는 적이 미안한 일일지 모르나 지금까지의 그의 생에 대한 태도란 이런 정도에서 몇 걸음 벗어나는 것이 아니었다.

물론 그도 하루에 밥 세 끼니를 얻기 위해서는 실로 피비린내나는 노력을 해왔다 할 것이다. 동경 유학 때는 실로 일곱 끼니의 때를 거르면서도 생명을 유지하기 위해서 동분서주했었고 일금 오십원의 월급 봉투를 위해서는 여름 아침의 그 단잠도 희생을 해왔고 X광선을 비추면 월식하는 달처럼 일부분이 뿌예진 폐를 가지고도 한결같이 오년이란 긴 세월을 버티어왔다. 그는 먹고살기 위해서는 젊은 결기로서는 도저히 참기 어려웠을 모든 굴욕 앞에서도 인종忍從의 덕을 지켜왔으며 한때의 찬거리를 사기 위해서 마포에서 광화문까지의 먼 거리를 터덜터덜 걷기도 했었다. 그러나 이것은 지금 살아 있는 그 누구나가 사는 방법이요 또 살아나갈 방법이다. 좀더 잘산다—보다 더 값있게 산다. 좀더 깨끗하게 살고 보다 더 건실한 생활자가 된다—이렇게 생각한다는 것은 한 구원한 이상처럼만 생각해왔었다. 그리고 그것은 위대한 사람에게만 가능한 일이요 자기와 같은 범인에게는 생각할 수도 없는 지난한 일이라 했었다.

이러한 의미에서 그가 직을 내던지고 농촌으로 기어든 동기가 어떤 것이었다든가, 그 의기意氣가 어느 정도의 것이었다든가 하는 것은 막론하고 타기만만한 자기 생生의 새로운 국면局面을 타개하기 위해서 그야말로, 대학 출신의 이력서가 수십 통씩이나 누룩머리를 앓는 영예로운 직업을 한푼의 미련도 없이 내던진 데는 우선 경의를 표해둔다 하더라도 농촌으로 돌아온 이후의 생生이 그대로 생활하는 사람의 '생'에 편입이 될 수는 없는 것이었다. 도시를 떠난 후 4개월간의 농촌생활이란 그대로 도시생활의 연장이었다. 변한 것이 있다면 그것은 단순히 형식이었다. 양복에, 모자를 쓰고 구두를 신고 살던 수택이가 머리에는 밀짚모자를 얹고 고의 적삼에 고무신짝을 끌고 살았다는 차이뿐이었다. 그의 생활 의지는 여전히 모호한 것이었으며 막연한 것이었다. 생활 의지라기보다는 그것은 차라리 기분이었다.

아니 그것은 도시 생활 시대보다도 한층 더 헐값으로 평가될 허영이었다. 대학을 졸업한(시골 사람들에게는 중등 이상이면 그대로 대학으로 통용이 된다) 당당한 일류 신문기자가 농촌에 와서 땅을 파고, 지게를 지고 오줌장군을 져 나르며 거름을 친다—이렇게 보아주는 고향 사람들의 경이驚異에 홀로 만족하고 우월을 느끼는 허영—이것이 그의 생활 의지生活意志였다.

"지금은 너희들과 이렇게 살지마는 그래도 너희와는 구별되어야 한다. 너희들은 이렇게밖에 살 수 없는 운명을 타고났지마는 나의 노동은 그것이 아니다. 같은 노동을 한다드라도 내가 하는 노동에는 더 값이 있다…."

물론 이런 말을 한 적도 없고 자기가 이런 우월감—허영에 들떠 있다고도 생각지는 않았다. 생각지는 않으면서도 역시 수택은 무의식중에 그런 허영에 지배되었다. 서투른 지게질을 할 때나 소를 몰고 갈 때나 동리 여편네들과 노인들이 자기를 비웃기보다도 대견하게—장하게 보아주리라는 막연한 의식에 그는 자기도 모르게 지배가 되었고 열칠팔세의 아이들이 수월하게 지고 일어나는 볏섬을 땅짐도 못 시키었다는 사실은 분명히 부끄러워했어야 할 사실임에도 불구하고 그것이 마치 교육받은 사람의 특징이기나 한 것처럼 수치는커녕 오히려 자랑처럼 생각한다는 것도 그 자신은 의식치 못하나마 사실임에는 틀림이 없었다.

그러나 아무리 대학 출신의 지게질이라도 한두 번 보면 족한 것이다. 그것이 늘 그렇게 신기할 것이 없을 것이며 대견할 것도 없고 장할 건덕지가 못 될 것이다. 해가 지면 달이 뜨고 별이 비치고 하는 것도 처음 보는 사람에게는 적어도 수택이의 지게질보다는 희한한 일이었거니와 그것이 한 상식이 된 후로는 사람은 달이나 별이 뜨지 않는 것에 되려 놀라지 않는가. 그런데 황차 수택이의 지게질에 늘 그렇게 놀라기만 할 리가 만무한 것이다.

그렇건마는 수택에게는 그것이 섭섭했다. 물론 표명을 하는 것도 아니요, 또 그렇게 생각하는 자신을 인식해본 일이 없기는 했지마는 동리 사람들이 벌써 자기를 경이의 눈으로 보아주지 않는 것을 섭섭히 생각한다는 것은 부인할 수 없었다.

수택이는 서울 있는 몇몇 친구한테는 자기의 근황을 알려왔다. 자기의 일을 근심해줄 우정에 대한 보답이기도 했지마는 그는 자기의 생활을 비교적 자세히 보고한 일도 있다. 그럴 때마다 그는 소풀을 베다가 손을 베었다든가 오줌장군을 지다가 깨빡을 쳤다든가 거적을 깔고 앉아서 밤을 새워 물꼬를 지켰다든가… 이런 이야기까지도 보고를 했든 것이다. 시골생활을 보고하는 데는 물론 이런 사실을 뺄 수는 없다 치더라도 그런 편지를 쓰던 때의 그의 심리를 한 번 더 깊이 파볼 때,

'나는 이렇게 초월했다. 나는 문화인 너희들을 불쌍히 여긴다….'

이러한 의식이 그 어느 구석에든지 잠복해 있었으리라는 것은 상상하기에 족한 일이었다.

이러한 의미에서 그의 순수한 농촌생활은 추수기가 끝난 직후—다시 말하면 그의 지게질과 서투른 낫질이 벌써 동리 사람들에게 신기한 사건이 못 되게 된 때, 그리고 한여름 동안 밤잠을 못 자고 피땀을 흘린 총수확이 벼 넉 섬이요 이 넉 섬으로 보리 때까지 연명을 하지 않으면 안 된다는 엄연한 사실 앞에 직면한 그 순간부터였다.

'저것으로 삼동을 나야 한다!'

이렇게 생각하며 수택은 몇 번이고 뜰팡에 포갬포갬 쌓아논 볏섬을 바라보는 것이었다. 내년 보리가 나기까지에는 적어도 반년이나 있었다. 그 오륙 개월을 벼 넉 섬으로 산다…? 그러나 그뿐이 아니었다. 그 벼 넉 섬으로 양식도 해야 하고 호세도 해야 하고 사람이 병이 나지 말란 법도 없고 보니 영신환 봉도 사게 될 게고 석유며 심지어 성냥 한 갑까지도 저 벼를 내야만 한다. 금년은 볏금이 좋아서 팔전이다. 이백 근 잡고 십육원, 넉 섬을 다 냈댔자 육십원이다. 잡용으로 아무래도 한 섬은 내야 할 판이다. 그렇다면 오십여원을 가지고 반년을 살아야 한다…육칠은 사십이. 수택은 온종일 키질에 저녁술을 놓기가 무섭게 곯아떨어진 아내를 내려다보며 이런 구구를 쳐본다. 어린것이 둘, 자기 내외에 창문이 놈까지 넣으면 알톨 같은 다섯 식구다. 어린것 둘로 어른 한 몫을 친다 해도 네 식구에, 매인당 십원이다. 창문이의 바지저고리는 뭣으로 해주며 어린것들의 알궁둥이는 뭣으로 가려주어야 할 겐가. 그나 그뿐인가. 아내는 서울서 입던 찌꺽지를 꿰매 입는다 친대도 나만은 바지저고리 두어 벌은 가져야 삼동을 날 게다. 버선을 기워댈 도리가 없을 게니 양말짝이라도 사 신어야 이면이 옳잖은가… 부지깽이도 살림값에 간다는데 연모 하나 없이 어떻게 농가에서 부지를 하며 담배는 누가 사준다는가. 아직 식구가 다 죽지는 않았으니 친구고 아내 집으로 통신도 해야 할 겐데 우표는 뭣으로 사며 종잇장 봉투장은 뉘게서 갖다 쓰나….

이런 생각을 곰상곰상 하고 보니 자기의 농촌생활 설계가 얼마나 무정견한 것이었으며 얼마나 로맨틱한 것이었던가가 새삼스러이 돌아다보여지는 것이었다.

수택은 털퍽하니 문간에 앉아서 턱을 괴었다. 벌써 마고를 두 개째 태우고 저도 모르게 다시 불을 붙이다가 벌떡 일어난다. 테이블 서랍에서 종이와 연필을 꺼내다가 주먹구구로만 따지던 셈수를 일일이 적어가면서 다시 한번 계산을 한다. 그러나 석유, 성냥, 담배, 우표—이렇게 조목조목 적다 보니 주먹구구로 칠 때는 매인당 팔구원은 되든 것이 겨우 오원 부리에서 조금 벗어난다.

'장정 한 사람이 오원으로 반년을 살란다?'

수택은 그것이 그 어떤 사람의 명령이기나 한 것처럼 저도 모르게 이렇게 분개했다. 꼭 철석같이 믿었던 사람한테 속은 것만 같았다.

그는 다시 담배를 한 개 피워물고 꼬부리었다. 예산을 좀더 삭감해 보잔 것이다. 담뱃값 일원 오십전이 일원으로 감해졌고, 석유 네 사발이 세 사발로, 통신비 삼십전이 십오전으로 이렇게 줄일 수 있는 데까지 졸아붙였다. 그러나 이렇게 삭감해도 일인당 한 달 생활비가 일원 오십전이 못 된다.

아내는 요새 며칠째 앓는 소리가 버쩍 심하다. 열병처럼 호된 몸살을 닷새나 앓고 일어난 지가 불과 대엿새밖에 안 된다. 대엿새에 한 번씩은 반드시 눕는다. 그렇게 친다면 십오전짜리 몸살 약첩을 쓴대도 볏섬은 들어갈 게다….

이런 생각을 하다 말고 수택은 계산하던 종잇장을 벅벅 찢고 일어났다. 벌써 십사오 년 전 일이었지마는 대수代數 문제 하나를 두어 시간이나 풀다가 노트를 벅벅 찢고 일어나던 기억이 불현듯 머리에 떠오른다. 그때는 이튿날 학교에 가서 선생이 일부러 문제를 잘못 냈다는 것을 알았었거니와 이 풀 수 없는 문제는 누가 잘못 낸 것인가 했다. 사람도 붕어처럼 물을 먹고살기 전에는 영원히 풀 수 없는 문제였다.

달은 지나치게 밝다. 아직 초저녁이건만 천 명 가까운 인간이 모여 사는 동리는 관 속처럼 괴괴하다. 동구 밖에 있는 물레방아 홈통에 떨어지는 물소리만이 칙칙칙 들려올 뿐 늦은 가을이라건만 다듬이 소리 한마디 안 들린다. 서글프기만 했다. 시적詩的이라고만 생각해온 농촌의 달밤이 이렇게 서글프기만 한 것인가 했다. 뽕나무 가지로 얽은 삽짝을 사뿐히 들어 지치고 돌아서려니까 뽑다 둔 채 만 텃밭 모솔기에서 누가 이쪽을 바라보더니 말을 건넨다.

"어디 가려나."

"누구요?"

"나야. 용훈일세."

"아, 똥훈인가."

"망할 사람, 어른을 몰라보고."

똥훈이란 용훈이의 별명이었다.

그는 수택이와 나이도 비슷했고 어렸을 적에는 사립학교에도 같이 다니었다. 부잣집 자식들의 대개가 그렇듯이 용훈이도 이탠가 삼 년을 두고 낙제를 했다. 똥훈이란 별명이 붙은 것도 배꼽까지나 수염이 내려온 한문선생이 그때만 해도 옛날이어서 이태조가 누구냐고 묻는 말에,

"떡전꺼리 기름집 늙은이유!"

하고 호기있게 대답을 했다. 지금은 죽은 지도 오래지마는 기름집 영감의 이름이 이태주李泰柱였다. 용훈이는 마침 기름집에서 대여섯 집 어긋난 맞은편에 살았던 것이다.

"예이, 똥 같은 녀석! 오늘부턴 용훈이라지 말고 똥훈이라고 그래라!"

똥훈이란 이렇게 생긴 별명이었다.

수택은 원근 어려서 고향을 떠났고 몇 해에 한 번씩 그나마 하루 아니면 이틀, 길대야 사흘, 이렇게 과객처럼 다녀간 터라 같이 주먹코를 씻던 어렸을 적 동무들과도 농담 한 번 할 기회도 없이 삼십 고개를 넘기고 말았다. 그래서 이번에는 일부러 농도 걸고 우스운 소리도 하고 해서 어렸을 적의 동무를 여나뭇 찾았다. 똥훈이도 물론 그중의 한 사람이었다. 그러나 똥훈이에게 대한 지식이란 천여 석 하던 재산이 재작년 저의 아버지가 돌아가면서 반으로 줄었고 지난 일년 동안에 또다시 약 반은 축을 냈다는 것, 그 대부분은 읍에 드나드는 자동차비와 요리값으로 소비되었다는 것, 서울 다니는 자동차의 여차장을 첩으로 얻었다는 것, 그저 그런 정도에 지나지 않았다.

"뭐, 이러니저러니 할 것 없이 옛날 똥훈이가 나이 삼십이 됐다고만 생각하면 틀림없지."

역시 사립학교 시대의 동무로 지금은 신작로 가에 이발소를 내고 있는 종대가 이렇게 말하던 생각이 나서 수택은 '이태주'를 연상하고 속으로 혼자 웃었다.

"어디 볼일이 있어 가나?"

용훈이가 이쪽으로 다가오면서 묻는다. 아무것도 하는 일은 없으면서도 국방복은 입었다.

"아니, 왜?"

"자네 좀 볼려구 왔던 길인데."

"날? 무슨 소관이 있나?"

"별일이 있는 건 아니지만 우리 오래간만이니 맥주나 한잔씩 나누자구…."

"어디 내 술을 먹던가?"

수택은 좀 야박할 만큼 잡아뗀다. 거의 반년 가까이 도회를 그리우고 산 터다. 맥주란 말만 들어도 반갑기는 했으나 어떤 편이냐면 소위 여덟달반처럼 어리무던한 용훈이의 술을 얻어먹었다는 소문도 나쁘려니와 그 자신 지금 이야기도 통치 않을 용훈이를 상대로 술을 마실 기분이 되어 있지 못했다. 자기 혼자로서는 도저히 풀 수 없는 벼 넉 섬으로 다섯 식구가 반년 동안을 먹고살지 않으면 안 되는 어려운 숙제를 풀지 않으면 안 되는 지금의 그였다. 이런 문제를 푸는 데는 아버지가 나으리라 한 것이다. 나이는 그보다 어려도 농촌에서 자란 스물넷 된 조카도 책상물림인 자기보다는 좀더 이런 문제를 푸는 묘득을 알고 있으리라—이렇게 생각이 되어 용훈이한테는 후일을 다시 약속하고 중말 자기 원집으로 내려왔다.

2

삽짝은 활짝 열려져 있었다. 사람이 얼른만 해도 지붕이 들썩이도록 짖어대던 흰둥이란 놈도 인저는 낯이 익었는지 '으응—' 한마디 을러보고는 깍지광 옆 사랑 부엌으로 기어들어간다. 수택은 먼저 안을 빼끔히 들여다보았다. 불은 희미하나 넉가래 같은 짚신짝이며 편리화 한 짝에 고무신 한 짝이 눈에 띈다. 그는 다시 사랑으로 나왔으나 사랑에서도 역시 마실꾼이 와 있는 모양이다.

문구멍으로 가만히 들여다보려니 아랫말 정택수가 그의 아버지와 마주 앉았다. 방바닥에는 무슨 종이쪽지가 두세 장 펼쳐진 채 있고 그 종이 위에 그가 어렸을 적부터 보아온 산算가지가 널려 있다. 정택수는 손바닥 반만한 장돌뱅이 주판을 들고서 무엇인지 심을 맞추는 모양이다. 이야기가 중단이 됐는지 끝이 났는지 잠잠하다. 수택은 정택수가 돈놀이〔高利貸金〕를 해서 형세가 훨씬 폈다는 이야기를 들은 터라 이야기를 좀 엿들어볼까 하다가 궁금한 채 안방으로 들어갔다.

안방에는 그의 어머니와 형수와 고모, 읍으로 출가했다가 바로 몇 달 전 수택이가 고향에 돌아온 지 달포는 되었을 때 이 동리로 이사를 해온 맏누님 외에도 두붓집 과댁, 바로 사랑에 와 있는 정택수의 맏며느리—이렇게 방 안이 그득하게 모여앉았다. 다 흉허물없는 터였다.

“어이쿠, 서울 양반 오시는군.”

언제나 너실대는 두붓집이 그 안반만한 엉덩판을 한쪽으로 옮기며 자리를 내준다. 정택수 며느리는 나이 사십이 가깝건만 아직 피둥피둥한 번화한 얼굴이 희미한 등잔불이라 그런지 더욱 훤해 보인다. 수택은 정택수 며느리가 열일곱 수택이가 열두 살 때 혼인 말이 있던 여자다. 그는 시굴 내려와서 그런 말을 듣고야 알았지마는 그가 싫다고 내찼던 여자인지라 좀 겸연쩍어했으나 그쪽에서는 그런 것은 다 잊었다는 듯이 말도 걸고 또 늘 놀러도 왔다. 벌써 며느리까지 보았다는 의식이 그 여자로 하여금 그렇게 대범하게 만드는 모양이었다.

거의 전부가 사십 이상의 여인들인지라 앞집 뒷집의 흉보기보다 사는 이야기에 화제가 집중되어 있었다. 거기 모인 중에서는 그래도 정택수 며느리가 제일 나은 모양이었다. 그 무서운 가물에도 걷은 것이 이십여 석에 도지 들어온 것이 삼사십 석 되는 모양이었다.

"자네네가 뭔 걱정인가, 올 같은 흉년에도 육십 석이나 됐는데— 제년에는 벼 백이 실하잖었나."

그의 어머니는 이렇게 말하며 한숨을 가만히 쉬어본다. 그가 고향을 떠나기 전만 해도 연사가 좋은 해면, 칠팔십 석은 무난한 그들이었다. 논 이십사오 두락에 가물 타는 논은 단 한 마지기가 없었다. 밭만 해도 사흘갈이가 실했었다. 언제나 잡곡이 십여 석 들어쌓이는 호농豪農이었다. 그렇던 집안에 벼 열댓 섬—그나마도 그 태반은 볏값이 나지는 대로 내지 않으면 안 된다는 것이었다. 한숨이 나올밖에 없는 일이다.

수택이가 그런 사실을 안 것도 기실 얼마 안 된 일이다. 그의 아버지는 모처럼 돌아온 자식에게 실망을 주지 않기 위해서—라기보다도 자식을 붙들어두기 위해서 집안 식구의 입을 틀어막았던 것이다. 그에게 땅을 줄 때도,

"부모 자식 사이에도 심은 심대로 해야 하느니라. 더구나 이건 네 형이 장자니까 형은 나가 돌아다니드라도 역시 네 형 살림이거든. 장성한 조카가 있으니까 도지는 도지대로 해야 정오가 옳잖으냐."

이렇게 마치 정말 집의 소유이기나 한 것처럼 푸근하게 말했던 것이다. 수택은 그래서 꼬박이 속았었다. 그러다가 며칠 전에 그것도 아내가 어디서 듣고 와서 귀띔을 해준 것이다. 타작을 하던 바로 닷새 전인가 엿새 전 일이었다. 그러나 아버지의 심정을 잘 아는 터라. 물론 그런 내색은 하지도 않았다. 모르는 척 지금까지 지내온 것이다.

그러나 언제까지나 그런 비밀을 지니고 있을 수는 없다 싶었다. 자

기도 자기려니와 아버지도 그 무슨 타개책을 강구하지 않으면 안 되리라 싶었다.

그가 다시 사랑에 나간 때 정택수는 가고 없었다. 손님이 간 터라 남포불을 등잔불처럼 낮추고 책상다리를 한 양쪽 무릎에 두 팔꿈치를 세우고 두 손으로는 턱을 받치고 조각彫刻처럼 앉아 있다. 담뱃대를 물기는 했으나 빠는 법도 없고 대꼬바리에서 연기가 나는 것도 아니다. 그것은 사람이라기보다 담뱃대를 물고 명상하는 늙은 농부의 궁상이었다.

"헴!"

수택은 일부러 문구멍에서 두어 발짝 멀찌감치서 인기척을 하고 방문을 열었다.

"접니다."

"오, 너 내려왔느냐."

아까의 궁상은 간데없이,

"아이들은 자든?"

"네."

수택은 남포 심지를 훨씬 돋우고 오늘쯤은 무슨 이야기가 나옴직해서 윗목에 도사리고 앉았었다.

"네, 네 형 있다는 데 편지 좀 해봤느냐?"

"했더니 돌아왔습니다."

"허, 미친 자식이로군."

그의 형 근택은 십 년래의 방랑아였다. 한때 전 동양을 풍미하던 사상에 휩쓸려들더니 십 년 전에 홀연 집을 떠나서 돌아오지 않았다. 교육도 별로 받은 것은 없으면서도 그는 자기에게 필요한 지식만은 충분히 얻고 있었다. 최근에는 만주 방면에 있는 것만은 분명했으나 무엇을 하고 다니는지는 의연 확실치 않았다. 상해가 중심이기는 한 모양이나 일년에 몇 번씩 오는 편지의 주소가 매번 변하는 것으로 보아 아직도 자리를 잡지 못한 것은 상상할 수 있었다.

수택이는 어떻게든지 오늘만은 아버지의 숨김없는 이야기가 듣고 싶었다. 땅이라는 것이 도시 대엿 마지기에 밭 두어 뙈기밖에 남지 못했다는 것은 이미 들어 안 터이지마는 그밖에 채무 관계는 어떻게 돼 있으며 금년 과동준비와 보릿고개를 넘길 성산이 어떻게 서 있는가도 알고 싶었고 장차 살림을 어떻게 꾸려가려는가도 듣는대야 별 뾰족한 수는 없다 해도 알고만은 있어야 하겠다고 생각하는 것이다. 아니 그보다도 수택이는 그 독실하고 부지런하고, 면과 군의 농업 기수農業技手까지가 농작물에 대한 그의 의견을 참작한다는 이 훌륭한 농부가 삼십여 두락에 가까운 자기 재산을 탕진하기까지의 경로가 알고 싶었다. 그가 얼마나 부지런한 농부인가는 군에서 두 번, 도에서 한 번 그를 표창했다는 것만으로도 족히 짐작할 수 있는 일이었다. 물론 그는 단 한 번도 그 상장을 타러 읍에는 고사하고 가까운 면에까지 '출두'하기를 거절했지마는—이렇듯 부지런하고 이렇듯 노농老農이며 거기에다가 술 한 잔 입에 대는 법이 없고, 여자라고는 일평생 자기 아내밖에 모른 채 육십을 넘긴 한 자작농自作農이 불과 십 년 동안에 맨주먹만 쥐고 나앉았다는 사실은 벼 넉 섬을 가지고 다섯 식구가 반년을 살아야만 한다는 어려운 수학 문제와도 비슷했던 것이다. 그것은 조그만 일인 동시에 또한 큰일이었다.

"아버지, 이번 연사가 어떻게 된 셈입니까."

하고 참다못해서 수택은 자기가 먼저 말을 꺼냈다.

"지금 집에 있는 것만으로 과동은 할 만합니까?"

"암, 그야 되구말구!"

이렇게 응당 대답했어야 할 그의 아버지는 웬일인지 아들을 물끄러미 바라다보고만 앉았다. 그것은 실로 상상하지 못한 일이었다. 그리고 또 그 침묵은 예상보다도 긴 것이었다. 침묵이 계속되는 동안 알톨같이 여문 귀뚜라미 소리만이 쨍쨍하다.

급기야 침묵은 깨지고야 말았다. 그것도 수택이가 전혀 예상하지 못한 방법에 의해서였다. 그는 자기의 귀를 의심했다. 그리고 야마리없을 만큼 늙은 아버지의 고생에 찌든 주름잡힌 얼굴을 빤히 쳐다보고 있었다. 눈자우는 폭하니 꺼졌다. 흉할 만큼 긴 겉눈썹이 신경질로 움직인다. 수택이가 집을 떠나던 열두 살 때까지 아버지 눈이 무서워서 바로 쳐다보지도 못하던 동자도 인저는 늙고 지친 토끼눈처럼 충혈이 되어 보인다. 몇 해 전 그가 신문사 일로 근읍에까지 왔다가 하룻밤을 자고 가던 때만 해도 그의 아버지는 늙기는 했을망정 단 두 주먹으로 육십 년간 생활과 싸워온 악지와 강단이 그 눈과 코와 입언저리에 차차분하니 들어박혀 있었다. 육십 년간에는 살인 광선과도 같은 폭염暴炎도 있었을 것이며 살점이 에이는 추위도 있었을 것이지만, 그 더위에도 추위에도 굴치 않고, 하루돌이로 태풍처럼 덮치는 토구질에도 잘 견디어 생명을 유지했던 것만으로도 장하다 하겠거늘, 그는 그 세대世代와 싸워서 이기었고 또 자기의 생활을 찾았었다—그 김 영감이 지금 자기 아들 앞에서 한숨을 내쉬었고 주먹으로 눈물을 닦는 것이다.

"수택아."

늙은 아버지는 목메인 소리로 아들을 불러놓고 다시 오랜 침묵에 잠긴다. 수택은 자기 아버지에게서 늙은이라는 인상을 받은 것은 이번이 처음이었다. 그것은 김 영감 자신에게도 그랬을 것이었다.

"너 혹 누구한테서든지 우리 집안 이야기를 듣지 못했더냐?"

"들었습니다."

"들었어?"

순간 영감은 깜짝 놀라는 눈치더니,

"잘됐다. 애비 입으로 그런 이야길 한 것보다는 잘됐다. 어차피 한 번은 알고야 말 일인 게고… 그래, 인전 그럼 넌 어떡헐 작정이지?"

"어떡하다니요?"

수택은 무슨 의민지 몰랐다.

"장차 말이다. 그래도 여기서 살아볼 작정이냐?"

"아버지 생존해 계실 때까진 여기서 살아볼까 합니다."

"나 살아 있을 때까지? 뭐 내가 살 날이 며칠 남았드냐?"

아직 십 년 하나는 염려없다고 수택은 거의 확신했다.

"수택아, 내가 이렇게 자식 앞에서라도 궁상을 떨기는 육십 평생에 오늘이 처음이다. 아니지, 나 혼자서도 이래본 적이 없다. 허지만 인저는 나로서도 할 수가 없구나. 아마 내 팔자는 인저 딴길을 접어든 모양이다."

이렇게 김 영감은 장황한 이야기를 시작했다. 그것은 그가 일찍이 들어보지도 못하던 어떤 가난한 농부의 일대기一代記였다.

김 영감은 일곱 살에 고아가 되었다. 고아는 부모의 유산을 많이 타고났어도 고생을 하도록 운명지어진 존재다. 그러나 그는 바지저고리

한 벌에 삼베 행전 한 켤레만을 타고난 고아였다. 그는 고아의 누구나 가 밟는 길을 밟아서 동에서 서로 남에서 북으로, 혹은 엿목판도 졌고, 또 어떤 때는 장돌림의 봇짐을 지고 따라다니기도 했다. 오늘은 이가의 집에서 밥을 먹었으면 내일은 또 박가의 집이다. 이렇게 그는 컸고 장성했다.

그러나 김 영감이 고생을 하도록 운명지어진 또 한 가지 원인이 있었다. 첫째의 불행은 고아가 된 것이었고 둘째의 불행은 정직이었다. 이 불우의 소년에게는 맘만 따로 먹으면 살 도리가 나설 여러 번의 좋은 기회가 주어졌던 것이다. 그러나 그는 불행히 남을 속일 줄을 몰랐다. 그것은 남을 위해서 목숨까지도 바친 자기 아버지의 피를 받았기 때문이었으리라. 이 강직한 고아는 엿목판을 베고 논두렁에서도 잤고 손을 호호 불며 다리 밑에서 긴 겨울 밤을 새우기도 했다. 찬 돌을 어머니의 팔인 양 베고 하염없는 공상의 나라를 헤매기도 했고, 흐르기가 무섭게 쩍쩍 얼어붙는 눈물을 손등으로 닦아가며 동리에서 동리로, 혹은 내를 건너고 혹은 산모퉁이를 돌아서 살 곳을 찾아 헤매었다.

'열다섯만 되어라.'

그의 희망은 오직 이것이었다. 열다섯만 되면 금시 발복을 하고 비단옷에 고량진미를 마음껏 먹는 그런 팔자가 되는 것이 아니라, 남의 집 머슴살이를 할 수 있게 되겠기 때문이었다.

열다섯이 되었다. 그는 소원대로 반 새경을 받고 머슴으로 들어갔다. 뜨끈한 밥, 쩔쩔 끓는 방, 그는 이것으로 족했다. 10년간의 긴 머슴살이가 끝난 때 그의 수중에는 엽전 삼백 냥이 꾸려졌다. 송아지도 한 마리 생겼다. 그는 그제서야 아내도 맞았다. 자식도 났다. 그러나 그는 여전히 동에서 서로 서에서 동으로 헤매는 고달픈 몸이었다. 장돌뱅이가 된 것이다.

세상이 한 번 뒤바뀌었다. 정부에서는 국유지를 일반 백성들에게 연부로 불하하는 새 법령을 냈다. 김 영감이 한 섬지기의 땅을 장만한 것도 그때였다.

"그후 내가 얼마나 지독하게 일을 했으며 얼마나 규모있게 살림을 했는지는 너도 어려서 보았으니까 잘 알 바라. 나는 일년 가야 술 한 잔, 인절미 한 개 사먹은 일이 없다. 언젠가 내 일년간 용돈이 한 냥(십전)을 못 넘는다니까 너는 곧이듣기지 않는 모양이드라마는 백중날 아이들 떡 푼어치 사주는 게 내 용돈이다. 이렇게 난 오늘날까지 한결같이 해왔다."

김 영감은 이렇게 긴 이야기를 막금했다. 그것은 무슨 고대 소설과도 같았다. 고대 소설과 다른 것은 그보다도 더 실감이 있다는 것뿐이다.

이 긴 이야기를 듣는 동안에도 몇 번이나 머리를 들고 일어나던 의문이 또 생긴다. 그렇게 정직하고 그렇게 부지런하고 그렇게 알뜰한 자기 아버지는 어째서 좀더 부유하게 못 되고 땅마지기 지니었던 것까지 놓아버리게 되었을까…?

수택은 조심조심 물어보았던 것이다. 이것을 알지 못하고는 농촌에 있어서의 금후의 생활을 설계할 자격도 없다 싶었다.

"어떻게 돼서 그랬느냐고? 그건 나두 모른다. 나뿐이 아니지. 누가 알겠니? 하느님이 아실 뿐이지."

이렇게 딴전을 쓰고는,

"세상이 변한 탓이지, 옛날에야 먹을 것과 입을 것과 그리고 예의 범절만 있으면 살았느니라. 그러든 것이 이 근년에 와서는 짚신이 없어지고 고무신이 생기고, 감발이 없어지고 지까다비가 나왔지. 물가物價는 고등하지, 학교는 보내야지, 학교 다니구 나니 농산 싫지, 듣구 보았으니 양복때기라두 걸쳐야지. 화차, 자동차가 생겼으니 어디 갈 땐 타야 배기지? 네 생각해봐라. 읍내까지 오십리로구나, 부지런히 서둘면 점심 한 끼만 사먹으면 다녀올 데를 지금은 소불하 일원 오십전은 가져야 하는구나. 갈 적 올 적 차비만 해두 일원 삼십전이지, 점심 한 끼만 사먹구 마느냐? 그래노니까 몸은 점점 약해질밖에… 더위도 더 타지 치위도 더 타지. 젊은 애들두 털내복을 입어야 견디지, 편할라구만 하니 먹는 게 나리나? 체하지. 소금 한줌만 먹음 될 게라두 영신환 사야지. 옛날 사람들이 지금처럼 약값이 많구야 살았겠느냐?"

"그 대신 소출이 그전보다 많이 나잖습니까?"

몰라서 물은 것은 아니었다. 소득과 지출의 비례를 좀더 정확하니 알고 싶었다.

"너 되루 주고 말루 받아야지 말루 주고 되루 받아서 소용 있겠냐?"

풀쑥 이런 말을 하고는,

"결국은 기계가 사람을 죽이느니라. 사람이 기계를 부리는 게 아니라 기계가 사람을 부려먹는 세상야. 그야 산미증산 산미증산 해서 소출이야 더 나지. 허지만 그 대신 대두박이니 암모니아니 거름값이 더 들지. 전엔 모두 찬밥 한술만 떠먹으면 손으로 해치우던 걸 인전 기계 아니면 못하는 줄 알잖니? 우리네 농군이 일년내 피땀을 흘려서 대처〔都

會〕사람 좋은 일만 시키느니라. 모두 그리 가져가지. 농군한테 지까다비가 하상관야? 몸뚱이가 튼튼하면야 쇠를 먹어도 색이지, 병원이 뭔 소관이구? 움찔하면 똥이라더니 이건 움찍하면 돈이로구나….”

수택은 일생 처음으로 긴 이야기를 들었다. 그는 지금까지 무조건하고 자기 아버지를 경멸해왔었다. 그러나 이야기를 듣는 동안에 김 영감은 훌륭한 세대에의 반역자였다. 허다한 신진 사상가思想家들의 기계파괴론機械破壞論을 보다 더 알기 쉽게 설명을 하고 있지 않은가. 표현은 다를지언정 김 영감은 훌륭한 사상가였다. 인간은 지금 기계의 노예가 되어 있다. 그러나 결국은 인간은 기계에게 멸망을 당하고 다시 흙으로 돌아온다는 것이다. 지금의 사람들은 흙의 고마움을 모른다. 그러나 한번 사람들이 다시 흙으로 돌아올 때 흙은 언제나 다름없는 관대寬大와 애정으로 인간을 맞아준다는 것이다. 이 흙의 관대를 인간은 모른다. 모르는 데 그치지만 않고 경멸하기까지 한다.

김 영감은 다시,

“너 정택수란 어른 알잖니?”

하면서 그가 흙을 배반한 좋은 표본이라고 한다.

“너 오기 바루 전에두 다녀갔다마는 땅마지기 있는 걸 톡톡 팔아서 장살 했느니라. 다 털어올렸지. 그러다가 몇 푼 남은 것으루 돈놀이를 했느니라. 돈냥이나 좀 잡았지. 허지만 사람이 돈만 가지면 사는 줄 아냐? 의리도 있어야 하구 인정두 쓸 덴 써야 하구 어수룩할 땐 또 어수룩해야지. 사람이 돈에 녹이 나면 못쓰느니라. 돈을 만지면 사람이 이악해져 어떻게 생각을 했는지 다시 돈을 땅에 묻더라. 지금 모두 치면 벼백이 되지. 그러더니만 제년부터 또 돈이 탐이 나서 요샌 금광을 하지.

그래서 남의 산수 밑을 모두 파제키구 야단이구나. 법이야 어떻건 법만 가지구 사람이 산다든? 그래, 낮잠 자는 것을 깨워두 열 가지 악惡의 하나라는데 돈 벌자구 흙 속에 묻혀 곤히 잠든 남의 조상에다 남포질을 하구 야단이야! 우리 농군네겐 그런 법이 없거든!"

그러나 이 긴 이야기보다도 수택이를 가장 흥분시킨 사실은 수택이가 부치기로 한 여덟 마지기의 소작권이 내년부터는 떨어진다는 것이었다. 아버지가 부치는 소작답 열한 마지기도 똑같은 운명에 놓여 있었다.

김 영감은 이 사실을 이야기해야 옳을지 어떨지를 퍽 주저한 모양이었다. 열한시나 되어서 인사를 하고 일어날 때까지도 무슨 말을 할듯 말듯 하더니만 그가 문고리를 잡은 때서야,

"잠깐만 더 좀 앉거라."

하다가 일어난 길에 안에 들어가 뭐 먹을 것 좀 뜨뜻하게 해 내오라고 이르고는 돌아온 후에도 다시 얼마를 망설인다. 그러다가 비로소 그런 슬픈 사실을 이야기하는 것이었다.

"그럼 그게 뉘 땅입니까?"

그도 맥이 탁 풀리었다.

"뉘 땅은 뉘 땅, 원래야 우리 땅이었지. 그렇든 것이 야곰야곰 빚을 지게 되어 재작년에 닷 마지기만 남기고 통 지금 말하던 정택수한테로 넘어갔지. 재작년엔 연사두 좋았구 곡가두 그럴 듯해서 웬만하면 이자라두 끄구 어떻게 해보잔 것이… 너만 들으라마는 네 조카놈이 어떻게 못된 놈들하구 섭쓸리더니 또 읍에 가서 돈냥이나 좋이 털어올리고 오잖았느냐."

"상태가요?"

"그랬느니라."

순간 수택은 지금까지 들어온 이야기는 간데없이 자기 집이 망한 원인이 상태란 놈의 난봉으로 인한 것처럼 가슴이 뭉클해지는 것이었다.

그러나 물론 그런 내색은 않았다. 그 자신 또 그렇게 생각하는 것도 아니었다. 메밀묵에 고춧가루를 얼근히 쳐서 먹었건만 땀 한 점 안 난다. 땅마지기를 믿고 내려온 것은 아니었지마는 믿었던 줄이 탁 끊긴 것처럼 맥이 풀린다. 누가 샀는지는 모르나 정택수를 찾아가서 소작권을 이어받을까 짧은 순간 그런 생각도 해보는 것이다. 그렇게 할 수 있을 바에야 아버지가 솔선해서 그런 도리를 차리지 않았으랴 싶으면서도 그것을 다져보지 않고는 견딜 수가 없었다.

대답은 역시 그의 예기한 바와 같았다. 매주는 읍내 사는 '기다하라'라는 철물상인데 중간에 든 사람이 작권을 얻기로 하고 구문까지 포기했다는 것이었다.

수택은 자정이 넘어서야 집으로 올라왔다. 그의 너무나 어두운 마음을 비웃기나 하는 듯이 달은 차도록 밝다. 물방아 물레 돌아가는 소리가 한결 더 바쁘다.

서리가 오려는지 밤도 찼다.

3

지금 수택의 머릿속을 점령하고 있는 생각은 오직 한 가지뿐이었다. 그것은 대신문의 사회부 기자요 일금 팔십원의 문화생활자인 그를 이 궁벽한 농촌에까지 끌고 내려온 것은 진실한 문학생활도 아니었으며 논마지기나 부치고 채마나 심어서 처자와 함께 안락한 가정생활을 영위營爲하자는 것도 아니었다. 내려가서 해보다가 안 되면 다시 기어올라오지—서울을 떠날 무렵에 생각하던 이런 소극적인 태도도 아니었다. 끝장이야 뭣이 되든 고향땅을 물고 뜯어보잔 것이다. 그러기 위해서는 그 어떤 굴욕이라도 달게 받으리라 했다.

처음 그가 이 결심을 하기까지에는 상당히 방황했다. 첫째는 비록 소작일망정 모 한 폭 꽂을 땅 한 조각도 없다는 것이 가장 그를 방황시킨 무엇보다도 큰 원인이었고, 둘째는 설사 남의 소작을 한다고 친대도 그것은 처음부터 잘못 낸 대수 문제와도 같아서 영원히 풀 길이 없다는 것을 일년 농사의 경험으로 알았기 때문이었고, 셋째의 원인은 역시 그들의 건강이었다. 어느 편이냐면 수택 자신은 시골 온 후로 훨씬 건강이 나아진 편이었다. 꾹꾹 누르면 두어 술밖에 안 되는 밥을 먹고도 그것을 못 삭여서 꼴깍꼴깍하던 그는 벌써 아니었다. 혈색도 벌써 창백한 기는 가시었고 책상 한 개를 드다루는 데도, 엄두를 못 내서 쩔쩔매던 그런 수택도 아니었다.

그러나 처와 어린것들은 못견디어했다. 아이들은 되려 손바닥만한 하늘만 쳐다보고 살다가 활짝 트인 벌판을 내안기니까 먹는 것은 부실해도 노는 맛에 끽소리 없으나 처는 그렇지 못했다. 외양으로는 건실해 보이면서도 그의 아내는 두부살이었다. 끽소리 없이 하기는 하나 밤이면 몹시 못 견디어했다.

그러나 그는 고향에서 영주하기로 결심했다. 낯이 설기는 하나마 그대로 아버지가 살아 있는 동안에는 뉘 땅을 얻어부치더라도 대엿 마지기 얻을 상도 싶었고, 그것으로써 생계가 안 설 것은 빤한 일이나 그가 지금 생각하고 있는 농촌 소설을 쓰자면 그만 경험쯤은 얻어둘 필요가 있었다. 그리고 정 부족한 것은 허섭쓰레기 원고장을 쓴다든가 신문에 발표한 채로 있는 어떤 장편소설의 출판을 재쳐서 양미를 보태리라 했다.

수택은 이렇게 결심을 하고 걸핏하면 어디로 빵소니를 치려는 상태를 달래었다. 그러나 상태로 본다면 농촌생활은 도저히 수지가 안 맞아서 그렇잖아도 자리를 떠볼까 하던 터에 마침 수택이가 돌아온 터라 그 결심을 버리지 못한다. 알아듣도록 이야기를 해도 그때뿐이다. 한 귀로 듣고 한 귀로는 흘려버린다.

언제든지 한 번은 도회에 가서 살아봐야 할 아이라고 수택은 옆에서 눈치만 본다.

그럼에도 불구하고 수택으로 하여금 용기를 내게 한 것은 사내자식의 의기였다. 농촌을 잘 알았든 못 알았든 처자까지 데리고 솔가해온 이상 다시 엉금엉금 서울로 기어올라갈 수는 없다 했다. 여러 친구들이 회비까지 모아서 송별연까지 베풀어준 터가 아닌가. 그들 앞에 반년도 못 되어서 다시 무슨 낯으로 나설 수가 있을까?

"우리 가족의 뼈는 고향에다 묻자!"

그는 이렇게 센티한—그러나 비장한 결심까지 했다.

일단 이렇게 결심을 하고 나니 무서울 것이 없었다.

수택은 이렇게 마음을 작정하는 길로 용훈이를 찾기로 하고 집을 나섰다. 아직 달은 뜨지 않았으나 동쪽 하늘이 벌겋게 상기된 것이 미구에 달이 뜰 모양이다.

중말 술회사 앞을 돌아서 일부러 샛길로 접어들었다. 용훈네 집은 어렸을 적에도 늘 놀러다닌 집이나 대문도 돌려내고 앞채는 상점 방으로 꾸미어져 있었다.

용훈이는 마침 저녁을 먹고 나가고 없었다. 그러나 용훈이를 찾기는 그리 힘든 일이 아니다. 이발소 아니면 묵장사를 하는 복순네 집이나 면소 숙직실, 거기 없으면 중말 병아리 갈봇집이었다.

예측한 대로 그는 복순네 집 윗방에서 복순 아주머니와 팔뚝 맞기 화투를 치고 있었다.

"아, 이거 별일이네그려. 자네가 다 나 같은 사람을 찾아다니구."

용훈이는 고동색 세루 두루마기 자락을 걷어치우며,

"들어오게, 우리 좌수 볼기 치기보다는 날 게니 이 색시허구 팔뚝 맞기 화투나 한번 치세그려."

"그래볼까…."

어쩔까 했으나 사람이란 모가 나서는 못쓴다고 그가 내려오던 이튿날부터 그의 아버지가 주장질하던 생각이 나서 수택은 대엿 번이나 화투를 쳤다. 한 번은 이기고 내리 졌다.

"수택이, 우리 마작 한 케 하러 갈려나?"

하며 용훈이가 화투에 진이 떨어진 틈을 타서 수택은 그를 끌고 집으로 왔다. 똑똑한 편도 못 되는 용훈이 같은 사람을 데리고 그런 이야기를 하는 것은 떳떳치 못한 것 같은 느낌도 없지는 않았으나 이발소 종대 말대로 계집한테만 어리무던하지 친구들간에는 '능구리처럼 음흉'하다고 한다면 사양할 것도 없었다. 아니 그보다도 지금의 수택에게는 그런 말을 할 만한 사람은 역시 용훈을 내놓고는 없었다.

"자네 맥주는 내가 낼 게니 나 땅 한자리 주어야겠네."

이렇게 처음부터 툭 털어놓고 자기의 계획을 설명했다. 물론 어려운 이론은 캐지도 않았지마는 고향에 와서 어렸을 적 동무들과 앞집 뒷집을 정하고 살고 싶다는 그의 계획에는 다소 감동된 것도 같았다. 그러면서도 역시 대학까지 졸업하고 그 큰 신문사에 다니던 그가 이런 궁촌에 와서 농사를 짓고 살겠다는 그 심경은 이해하기가 어려운 눈치였다. 한편 장한 생각 같기도 했고 못생긴 짓 같기도 했다.

'뭘 잘못하구 쫓겨나니까 갑자기 어쩔 수도 없고 해서 그런 생각을 한 것이려니….'

이렇게도 생각했다.

"글쎄, 내가 거저 주는 것두 아니겠구 대엿 마지기 떼는 것이야 어렵진 않지만, 어디 지금 세상엔 논인들 맘대루 뗄 수가 있어야 말이지. 농지령 때문에 작권두 모두 계약을 하게 돼놔서…."

이야기를 듣고 보니 그도 그럴듯했다.

"그러니까 내 말은 지금 소작하는 땅을 떼어달라는 건 아닐세. 나 살자고 남한테 못할 노릇을 시키고 싶진 않네. 내 말은 자네네가 삼십여 마지기나 광작을 한다니까 자네네는 대엿 마지기 더 지으나 덜 지으나 대찬 없을 것 같구, 해서 말하자면 자네 부치는 걸 좀 떼달란 말일세. 안 되겠는가."

"난처한데…."

용훈은 좋이 입맛이 쓴 표정이다.

"그렇게 함으로 해서 자네가 받는 타격이 크다면 난두 굳이 그렇게 해서까지….”

“아냐, 뭐 타격이랄 건 없지만… 글쎄, 어디 보세. 오늘 낼 작정해야만 할 것두 아니겠구….”

그만큼 하고 수택은 용훈을 데리고 먼저 갔던 복순네 집에 가서 제육을 구워놓고 약주를 몇 잔씩 나누었다. 헤어질 무렵에,

“자네 술만 먹어서 되겠나. 내 술도 한잔 해야지.”

하며 끄는 바람에 수택은 고향에 온 지 처음으로 술집에를 끌려갔다.

그들이 간 집은 역시 병아리집이었다. 얼굴이 병아리처럼 생겨서가 아니라 아랫말에서 역시 술장사를 하는 이복동생의 얼굴이 달걀처럼 생기었다고 해서 먼저 난 형이 병아리가 된 것이다. 병아리는 용훈이와도 범연한 사이가 아닌 듯싶어 한 되들이 금천대金千代 병을 안고 육자배기를 하면서도 연상 눈짓들을 하고 희영수가 어우러졌다.

“송 주사, 요샌 아주 막 뽐내십디다그려.”

“뭘.”

“술 한잔을 자셔두 고향 사람들 술을 팔아주는 게 아니구 꼭 읍내루만 행찰 하시구….”

말은 술 이야기를 하나 술강짜치고는 심각한 표정이다. 병아리는 분명히 술만의 강샘을 일으키는 것은 아닌 상싶었다. 그래도 용훈이가 통 받아주지를 않으니까 병아리는 찍어누르는 소리로 “석탄 백탄 타는데…”를 제 성에 못 이겨서 부르고 있었다.

병아리집을 일어선 때도 과음過飮이었는데, 그들은 다시 한 집을 들렀다. 물론 병아리의 동생 달걀집이었다. 달걀집은 부풀었다. 병아리보다 훨씬 젊기도 했거니와 얼굴도 시골 주모로는 깨인 편이었다. 소학

교는 다녔는지 '도쬬'니, '고엔료나꾸'니, 하는 말도 툭툭 던졌고 어서 귀동냥을 한 것인지 '플리이스'니, 가는 손 보고는 '굿나잇' 하고 주척도 댄다. 술은 맥주를 청했으나, 맥주는 두 병밖에 없어서 여기서도 제육을 굽고 너비를 몇 점 구워만 놓고는 강술로 서너 홉씩을 말리었다. 일어선 때는 용훈이도 수택이도 까부러지게 취했었다.

어디선지 용훈이와 헤어진 것은 자정이 가까웠었다. 면소 앞 신작로를 건너서 역시 술집 뒤를 돌아가려니까 술꾼들의 싸우는 소리가 요란하다. 뜻밖에 그 맞욕질을 하는 싸움 소리 속에서 조카인 상태의 목소리를 발견하고는 물론 취중이었지마는,

'이 녀석이 그래도 정신을 못 차리고 술집에를 다녀?'

하는 괘씸한 생각이 불컥 나서 그대로 뛰어들어갔다. 상태와 면서기 김용승이가 싸우고 있었다. 꼬단은 알 수 없었다. 또 캘 필요도 없었다. 그는 싸움의 시비를 가리러 들어갔던 터가 아니었으므로 군중을 헤치고 들이닿는 길로 상태의 뺨을 정신이 나게 한번 붙이었다.

"이리 나와!"

상태는 고분고분히 끌리어 나왔다.

상태한테서도 술기운이 마주 확 풍긴다. 그 술내에 그는 자기도 모르게 불끈했었다. 무슨 감정의 관련이었던지는 몰랐어도 상태 입에서 술내가 확 풍긴 그 순간 그는 집안을 들어먹은 것은 상태라는 착각이 일었던 것이다. 그것은 무서운 착각이었다. 논 이십 두락을 털어먹은 것은 김 영감이 아닌 것과 마찬가지로 상태도 아니었다. 그러나 무서운 착각인 반면에 그것은 또 무서운 증오였다. 송곳 한 개 꽂을 땅이라도 물고 떨어야 할 처지에 요릿집에다 전재산을 털어올려… —그는 거의

발작적으로 상태를 무수히 난타했다.

상태는 끽소리 없이 맞았다. 봇둑에 선 포플러를 의지하고 한 번 말대꾸도 없이 맞으며 울고 섰다. 수택이도 얼만지 조카를 때리다가 자기도 모르는 사이에 울고 있었다. 무엇이라고 형언할 수도 없는 설움이 걷잡을 수도 없이 내장 저 아래에서 부걱부걱 기어올라온다. 나중에 생각하면 우습기 짝이 없는 일이었으나 수택은 얼마 후에는 역시 상태가 기대인 포플러나무에 얼굴을 틀어박고 흑흑 느끼어 울었었다.

상태가 먼저 울음을 그치었다. 그러나 수택이의 울음은 좀처럼 그쳐지지 않았다. 상태는 맞은 설움이었으나 수택의 울음은 때린 설움—그나마도 일시의 착각으로 감정에 격한 경솔을 뉘우치는 울음이었다. 형도 자기도 없는 동안 어린 나이로 그 크나큰 살림을 도맡아본 상태한테 무슨 죄가 있었으랴…?

"작은아버지, 그만 돌아가시지요. 제가 요릿집에 다니느라고 땅을 팔아먹었다는 건 작은아버지 오해십니다. 몇 번 가긴 갔었지만 그건 마름이라도 하나 얻어 살림을 벌여볼까 했던 것인데…."

하다 말고 그대로 다시 울어버린다.

"안다, 안다. 그만둬라."

이렇게 말하며 수택은 조카의 손을 잡았다.

여자는 섧지 않은 때도 곧잘 우는 수가 있다. 그러나 남자는 절통할 때라야만 운다—두 사나이가 맞잡고 우는 정경—그것은 정말 옆에서 보기에도 딱한 정경이었다.

4

농한기農閑期라는 삼동三冬은 그러나 수택에게 있어서는 조금도 한가로운 기간이 아니었다. 퇴직금 끄트러기가 몇 푼 남기는 했으나 실상 지나보니 그의 예산과는 달랐다. 이제 열댓 된 창문이의 손으로만은 부엌 나무도 댈 길이 없었다. 더욱이 보림령保林令은 낙엽 긁는 것까지도 제한이 되어 있어서 그나마도 긁게 되지 않아 '나무도 못 긁어댈 바에야—' 하고 창문이도 내보내고 말았다.

본의는 아니나마 그는 몇 개의 잡문도 써야 했고 소설도 몇 편 마련해야 할 계제다. 아직 반년도 못 되는 경험으로서는 손을 대서는 안 된다고 생각하면서도 「노농老農」이란 장편소설의 제1부만이라도 마물러야 얼마간의 모개돈이 들어올 것 같다. 다행히 신문사에서도 완편만 되면 검열에 지장이 없는 한 고료를 선불해줄 수도 있다는 회답도 받은 터라 공연히 마음만 바빴다.

수택은 매일 농군들 봉놋방에 가서 살았다. 소설을 쓰기 위해서도 그랬거니와 인저부터는 생활 방편을 위해서라도 그들과 같이 살고 그들과 같이 호흡을 하지 않으면 안 되었다. 맷방석을 들여 펴고 밤나무 장작윷도 놀았고 일찍이 중학에 들어가서 ABC를 배우던 정열과 또 그만 못지않은 노력으로 투전 글자를 배우기도 했다. 그들을 위해서 서울 이야기로 밤도 새우지 않으면 안 되었고 어떤 때는 막걸리 내기 화투도 치지 않으면 안 되었다. 남대문南大門에 써붙인 큰 대大자가 아래로 처졌더냐 위로 올라붙었더냐—이런 토론으로 욕지거리를 해가며 싸우는 머슴들한테 끌리어가서 남대문이라고 씌어 있지 않다는 것을 증명해주기도 했다.

"거들 봐라. 남대문이라고 안 쓰였드라구 그렇게 일러줘두 빡빡 우겨대드니!"

건달 덕문이가 기염을 토한다.

"이 자식아, 그래 네가 보면 안단 말야!"

하고 득만이도 지지 않고 대든다. 큰 대자가 내려붙었다고 고집하던 친구였다.

"네깐놈이나 내나 남대문이라고 썼는지 북대문이라고 썼는지 보면 알 택이 뭐야! 사칠팔四七八 가보라구 쓰진 않았든, 왜?"

"저놈이 글쎄, 양반 행세 한답시구 우리 아버진 포두청이라고 한 놈이라니께!"

방 안이 떠들썩하게 웃음이 터졌다.

매양 방 안에는 열 명 이상의 농군들이 모였다. 어떤 때는 이십 명 가까운 사람이 들구끓은 때도 있었다. 마치 상자 속에 과자를 주워담은 것처럼 포갬포갬 앉는 수도 많았다. 한쪽에서는 코를 드르렁드르렁 골면 한쪽에서는 「조웅전趙雄傳」이니 「추월색秋月色」 같은 이야기책을 보고 이 모퉁이에서는 계집 이야기를 하면 저 구석에는 먹는 이야기다. 그러나 매양 화제가 집중되는 데는 역시 음식타령이었다. 모두가 장정들이요, 모두가 일년에 한두 번밖에 허리끈을 끌러놔 보지 못하는 그런 축들이다. 놀음 이야기, 나무하다 산감한테 경친 이야기, 읍내 이야기, 이렇게 어수선하던 화제도 어떤 구석 누구 입에서든지 음식 이야기가 한번 나면 그대로 좌중의 귀가 다 그쪽으로 기울어진다.

"난 이러니저러니 해두 검정 밤콩을 드문드문 논 마구설기가 좋더라."

칠성이가 무슨 결론이나 짓듯이 이렇게 말하자 아까부터 칠성이와 토작이던 돌이가 왼새끼를 꼰다.

“저 자식이, 그래, 저게 입이야. 떡엔 콩을 노면 겉물이 돌아서 못 써! 백설기라야지.”

“그래, 저 자식이 왜 아까부터 남의 말이면 쌍지팽이를 짚구 나서는 게야! 그래, 이 자식아, 똥구멍으로 먹지 않는 바에야 씹는 맛이 좀 있어야지.”

“허, 방구가 잦으면 똥이 나오는 법이야.”
하고 아랫목에서 주의를 시켰음에도 칠성이와 돌이는 기어이 쌈이 되고야 말았다.

“에이끼, 똥물에 튀해 죽일 자식. 저걸 낳구두 그래 횃대 밑에서 멱국을 먹었을 테지!”

칠성이가 결을 버쩍 세우는데,

“그만두세, 인저. 그렇잖어두 우리 어머닌 날 낳구 조당죽이나마 옆집에 가서 얻어다 먹었다네!”
하고 비장한 소리를 해서 웃는 사람, 언짢아하는 사람, 별 표정이 다 나타났다.

수택이가 여럿한테 인사를 하고 막 문을 닫고 나오려니까 희만 노인이,

“낼 순경 차례니 사람 얻어 보내유.”
하고 소리를 친다.

“네— 그럽죠.”

그도 길게 대답을 하고 봇둑을 타고 올라갔다.

밤 사이에 된내기가 하얗게 내렸다. 뜰팡에 떠놓았던 자배기 물에 살얼음이 잡히었다. 간밤은 장편의 첫 장면을 찾지 못해서 거의 밤을 밝히듯시피 했건만 아침은 여전히 일찍 깨었다. 머리가 별로이 무겁지도 않다. 울안 우물에 가서 세수를 하고 헌 바구니를 들고 동저고릿바람으로 천변에 나갔다. 아삭아삭 서리 기둥을 밟는 발의 감촉이 무어라 말할 수 없이 좋다. 그는 그의 아버지가 하는 대로 가며오며 소똥 개똥 같은 것을 들고 간 바구니에 담아들고 들어왔다.

"아빠, 또 개똥 주웠수."

필년이란 년의 말소리도 인저는 제법이다.

"그래, 너두 낼부터 아침 일찍 일어나서 아빠하구 개똥 주러 가, 가지?"

"응. 엄마, 나두 낼부터 아빠하구 개똥 주러 가우!"

"오냐."

아내가 어린것을 업고 부엌에서 나오면서 대답을 한다.

"좀 쓰셨수?"

"웬걸."

아침을 치우고 다시 책상 앞에 앉아보았다. 오랫동안 머리를 쓰지 않아서 그대로 굳어지기나 한 것처럼, 통 풀리지를 않는다. 수택은 다시 천변을 한 바퀴 돌아서 다시 책상 앞에 앉았다. 역시 두서가 풀리지 않는다.

"수택이 있나?"

용훈이가 읍내를 또 가는지 국방복도 벗어던지고 자르르 흐르는 능견 두루막에 중절모자를 바드름하니 쓰고 들어왔다.

“또 어디 가는가?”

“아, 읍에 좀.”

“들어오게나그려.”

“아냐, 첫차루 가얄 겐데. 거 말야. 요전에 말하던 거, 거 그렇게 하기루 했네. 자넨 서투른 솜씨구 해서 물길 존 놈으루 엿 마지길 떴네.”

“고마워.”

한 가지만이라도 낙착이 되고 보니 갑자기 딴힘이 생긴다. 수택은 그길로 내려가서 아버지한테 용훈이가 말하던 논이 어떤가고 물어보았다.

“모이 앞의 엿 마지기? 좋—지, 좋은 논이구말구. 거 그 사람 큰심썼다. 그래, 도진 얼마라든?”

“그건 아직 못 물어봤습니다.”

“저런 사람 봐. 농군이 먼저 그걸 알아봐야지. 암만 논이 좋면 뭐하나. 도지가 호되면 천수답만두 못한걸.”

“설마 턱없이야 매기겠어요.”

김 영감은 새끼 꼬던 손을 쉬고 쌈지에서 가루가 된 희연을 손바닥에 쏟아놓더니,

“담배라구 예전처럼 잎새가 있어야지. 이건 하루만 넣구 다니면 바짝 말라서 가루가 돼버리니—.”

하면서 침을 퉤퉤 뱉어 곰방대에 담아 문다. 담배를 피며 새끼를 꼬며 또 이야기까지 하자니까 침은 줄줄 흘러 떨어진다.

“거, 뭐하실 겁니까?”

“집을 이어야잖니, 금년에 마초馬草를 하기 때문에 지붕을 잇재도

허갈 내야 한대서 면장한테 신청을 했는데 모르겠다, 온. 이 집이야 금년쯤 걸러가지고는 별일 없겠다만서두 너 집은 샐 게다. 어리라두 좀 해둬야지."

수택이도 짚 몇 오리를 맞동여서 발 새에다 끼고 새끼를 꼬기 시작했다. 다른 일은 대강 흉내는 내나 새끼를 꼬는 것은 이번이 처음이다. 마치 매맞은 구렁이 몸처럼 고르지가 못하면서도 손바닥은 얼얼하다. 그래도 한 이십 발은 실하게 꼬고서야 일어났다.

"왜, 그만 갈 테냐?"

"네, 올라가서 뭣 좀 써봐야겠습니다."

수택은 일어나서 안에도 들러보았다. 어머니도 형수도 없다. 뉘 집 아이들인지 조무래기만 서넛이 집을 보고 있다.

집에 올라오니 어머니는 수택의 집에 와 있었다. 형수는 벌써 사흘째 담배 조리調理를 다닌다는 것이다. 이 고장은 전 조선에서 제일가는 담배 소산지다. 백여 호 되는 동리에 담배 찌는 곳간이 다섯 채나 있다. 누렇게 된 담배를 새끼에 꿰어서 난방 장치가 되어 있는 곳간에다 매어달고 불을 땐다. 그래서 누렇게 마른 담뱃잎을 상엽, 중엽, 막치기—이렇게 세 종류로 나누어서 짝 편다. 편 것을 다시 한 춤씩 되게 담뱃잎으로 대궁을 싸서 흡사 총채처럼 만든다. 이것을 조리한다고 하는 것이다.

수택이도 어렸을 적에는 매년 여름이면 담배를 엮었다. 다섯 발가량 되는 새끼에 한 잎은 엎고 한 잎은 젖혀서 어금막기로 엮어간다. 열 발에 삼전인가 삼전 오린가 되었으나, 담배를 엮는 기간이 마침 여름방학인 때라 웬만한 집 아이들은 다 머리를 싸들고 덤빈다.

"하루 사십전씩인데 아이들은 내 봐줄 게니 아이 어미도 좀 해보잖

으련?”

어머니는 아내와 그의 눈치를 번갈아 보면서,

“그걸루 큰 보탬이 될 건 아니지만두 잔용은 뜯어 쓰느니라.”

“가볼까?”

아내는 그의 눈치를 본다. “그까짓 것” 하고 내찰 줄 알았던 터라, 그는 적지않이 의아했다.

“정말 해볼려우.”

“해볼 테유—.”

아내는 이 지방 사투리로 ‘유우’를 길게 잡아 늘인다.

“해볼 템 해보구려. 동무들두 사귈 겸.”

“그래라. 그래서 어떡허든지 끈을 잡아가지구 살아야지. 너 아버진 아주 너희들 때문에 잠두 통 못 주무신다.”

“왜요?”

“그렇잖겠니? 모처럼 자식이 부모를 바라구 왔는데 땅뙈기나마 다 팔아먹구 집 한 칸 못 장만해주니 어째 너 아버진들 맘이 좋 리가 있겠니. 요샌 아주 죽을 지경이다. 전에야 참 하늘이 무너진대도 눈 한 번 깜짝 않던 양반이 어떻게 맘이 여려졌는지 그저 한숨만 휴휴 내쉬시는구나.”

“그렇게 걱정을 끼칠 줄 알았더면 오지 않을 건데 괜히 왔나봐요. 어머님, 그래두 필년 애비는 우리가 가기만 하면 아버지 어머닌 여간 좋아하시지 않는다구!”

“그야 좋지, 좋지 않을 거야 뭐 있니, 단지 살도록 마련을 못해주니까 그렇지.”

"뭘요. 언젠 아버님께 얻어먹을랴고 했나요. 그럭저럭 살게 되겠지요."

"암만해두 너 아버지두 몇 해 더 못 살려나부다. 가만히 보니 망령이 나는가봐."

"벌써 뭘."

하고 수택이가 웃으니까,

"벌써가 뭐냐. 네 좀 봐라. 요샌 이슥하도록 좀이 다 먹은 문서 보따리만 끌러놓구 앉으셨구나."

"문서 보따리가 무슨?"

"땅문서지 뭐냐. 죽은 자식 나이 헤어보기지. 그건 왜 궁상맞게 들여다보구 앉았담. 이동두 다 해간 빈 문서를 신주 위하듯 하시는구나, 글쎄."

어머니의 이런 이야기는 수택에게 이상한 충동을 주었다. 그것은 아직까지도 수택이가 자기 아버지에게서 발견하지 못한 성격의 일면이었기 때문이었다.

수택에게는 만주에서 방랑하는 형 위로 또 한 형이 있었다. 물론 수택이가 나기 전 이야기라 얼굴도 본 일은 없었으나, 번화하게 생겼던 모양이었다. 말하자면 그 형이 사고무친한 김 영감의 첫아들이었다. 그러나 불행히 그는 네 살 때 죽고 말았다. 그때도 그는,

"인명은 재천이라는데, 죽은 걸 생각하면 살아나나."

단 한 마디 했을 뿐, 일평생을 두고 다시는 죽은 자식의 말은 입밖에 내지 않았다. 그는 매사에 그랬다. 한 번 단념하면 단념한 순간이 완전한 과거가 되는 것이었다.

그 아버지가, 이미 남의 소유가 된 휴지 조각을 밤마다 들여다보고 앉았다는 것이다….

"여기다!"

하고 수택은 그 길로 책상 앞에 다시 앉았다.

한 자작농自作農이던 늙은 농부가 밤을 낮삼아 일을 했건만 한 마지기 두 마지기 남의 손으로 넘어가고 그의 수중에 남은 것은 이미 완전한 휴지가 된 서류뿐이다. 늙은 농부는 지금 희미한 등잔불에 그 '휴지'를 비춰보고 있다. 커다란 도장이 꽉꽉 찍힌 그 종이에는 분명히 자기 이름이 씌어져 있다. 그는 마른 바가지 속처럼 된 자기 손등을 내려다본다. 그 손에는 무수한 흉터가 있고 핏기 없는 굵다란 힘줄만이 기운 없이 서리었다. 손은 거칠 대로 거칠어 종이를 만질 때마다 버석버석 소리가 난다. 그는 언제까지나 자기 이름 석자를 응시하고 있다. 그러는 동안에 한숨이 후유 나오고 고생에 찌든 늙은 얼굴에 눈물이 천천히 흐른다.

"나의 육십 평생은 이 종잇장을 위해서 살아온 것이다. 이 종잇장을 위해서는 단잠도 못 잤고 허리끈도 졸라매었고 피와 땀도 흘렸다. 남이 쌀밥을 먹을 때는 조밥을 먹었고, 남이 조밥을 먹을 때는 나는 조당죽을 멀거니 끓여 먹었다. 이렇듯 육십 년 동안 정성을 바쳐온 이 종잇장이 아무짝에두 쓸 수 없는 휴지가 돼버렸다…? 그럴 수도 있는 겔까…?"

이렇게 한탄할 때 눈물 방울이 땅문서에 뚝뚝 떨어진다.

—이런 데서 장편 「노농老農」의 첫장면을 시작하리라 한 것이었다.

그러기 위해서는 그의 아버지를 통해서 그의 어렸을 때와 젊었을 때의 사회 기구며 풍습, 인정세태人情世態, 물가物價, 이런 것에 대한 충분한 지식을 얻을 필요가 있었다. 그래서 그는 오동나무로 싼 길이 두 자에 폭이 한 자, 높이가 반 자 가량 되는 궤짝 속을 뒤지지 않으면 안 되었다.

그 장방형의 궤짝에서는 수택이가 일찍이 보지 못하던 여러 가지가 튀어나왔다. 아버지가 장사를 그만두던 해 마지막 쓰던 치부책도 한 권 나왔다. 그것은 장사를 마감하면서 외상값을 받던 것이다. 그가 놀란 것은 기역(ㄱ)자를 씌우지 않은 것이 거의 태반은 되었다.

"이런 건 어떻게 그대로 있습니까?"

수택은 책장을 뒤적이며 이렇게 물었다.

"그건 다 못 받은 게다. 예나 지금이나 하던 장사를 떨어없으면 어디 주더냐. 송살訟事 하면 받기야 받지. 허지만 그때만 해두 난 내 일평생 밥은 굶여 먹을 게 되느니라 싶었으니까 그만둔 게지."

"그땐 여유가 좀 있으셨든가요?"

"어디 그런 건 아니지. 허지만 그때만 해두 논이 이십여 마지기만 있으면 살 때다. 재물이란 탐을 낼 필요가 없는 게거든. 난 지금두 그렇게 생각한다. 재물이란 덜퍽 있어두 되려 액이니라. 그저 밥이나 굶잖으면 그게 상팔자지. 상태(조카)보군 늘 그렇게 일러왔느니라마는 너두 하루 세 끼 밥거리 이원 아예 바라지를 말아! 먹구 입구 남는 게 있으면 물욕이 자꾸 생기는 법이니라. 먹구 입구 하는 건 한정이 있지만 여유에는 한정이 없거든. 돈이 많아서 못 쓰는 법은 없지만 먹구 입구 하는 덴 조금씩 차인 있으리라두 한정이 있는 법이다. 남은 먹두 입두 못 하는데 어떻게 낭비하기 위해서 욕심 낼까부냐. 그렇잖으냐, 사람 사는 이치란 게?”

아버지의 이런 이야기에서 수택은 십오륙 년 전 자기의 중학시대를 회상하는 것이었다.

그의 고향은 지리적으로나 산물産物로나 도시와는 인연이 먼 농촌이었다. 읍에까지에는 문전에서 자동차가 다니기는 하나 오십리나 되었고 서울을 가재도 자동차길밖에 없었다. 노정은 삼백리 정도였으나 차임은 십원 각수나 되어 웬만한 사람은 서울 가볼 엄두도 내지 못했다. 기계문명이 한창 기세를 올리던 현대에 살면서도 백 호나 되는 동민 중에는 기차나 전차를 본 사람은 불과 몇이 못 되었다. 경성 유학생이래야 그와 거기서 한 십리 떨어진 화석리化石里라는 촌에서 한 사람, 전 면을 통해서 삼사인밖에 없었다. 기차를 타자면 조치원까지 나가지 않으면 안 되었으나 조치원까지는 이백삼사십리나 되는 터라 부득이 경성을 갈 사람도 직로인 자동차를 이용하는 것이 보통이었다. 그래서 서울을 가본 사람도 기차를 타보지 못한 채 죽은 사람도 많았다. 그래서 읍이나 서울 갔다 오는 사람들이 조금 이상한 물건 한 개만 사가지고 와도 그것이 그대로 굉장한 뉴스가 되어 온 동리에 퍼졌다. 지금 사람들은 상상도 못할 일이나 어떻게 굴렀던지 기름집 손자가 대판으로 건너가서 메리야쓰 공장에 다니다가 어떤 해 여름 자기 집에 돌아왔었다. 그는 팔뚝시계를 찼었고 안경을 쓰고 구두를 신었었다. 이것이 그대로 동리 청년들의 좋은 선망이 되었고, 동리 처녀들의 동경이 되었다. 그러나 무엇보다도 그를 유명하게 한 것은 그가 가진 ‘희한한 불’ 회중전등이었다. 바람이 불어도 꺼지지도 않고 물에 넣어도 여전히 켜져 있다. 이 회중전등에 아깝게도 희생이 된 처녀가 둘이나 있었고 뒤이어

예쁘기로 이름이 있던 달룡이 댁이 이 희한한 불을 가진 청년과 자취를 감추었다.

―이렇듯 문화와는 인연이 먼 샌터였으나, 그때 전 조선을 휩쓸던 사상은 회중전등보다도 먼저 이 동리에 들어와 있었다. 동경 가서 유학을 하던 면장의 사위가 이 동리로 들어온 것이었다. '신화청년회新和青年會'가 생긴 것도 그때였고 노동야학, 부인야학이 생긴 것도 그즈음이었다.

수택은 그때 중학 이년이었다. 그는 여름방학에 돌아왔다가 자기 또래의 소년들이 '평등'이니, '계급'이니, '무산자'니 하는 말을 쓰는 것을 보고서 어린 마음에도 자기가 뒤진 것을 깨달았었다. 그가 박 선생의 총애를 받는 소년이 된 것은 그 다음해 역시 여름방학부터다. 박 선생은 근동 청년들의 선망의 적的이었다. 그러나 겨우 언문 글밖에 못하고 두더지처럼 오십 평생을 두고 흙만 파온 그의 아버지는 이 박 선생을 더 업수이 여겼다. 말 잘하는 사람일수록에 행함이 적다는 것이 그의 지론이었고, 처음 사귄 사람을 길래 사귀지 못하는 것이 그의 둘째 결점이었고, 정말 없는 사람의 '편'이 되자면 먼저 저 자신이 그런 처지에 놓여봐야 한다는 것이었다.

"맘과 몸뚱이가 한뭉치가 되어야지, 맘이 암만 그렇다 해도 제 몸뚱이가 말을 안 들으면 소용있나. 너들 두구 보렴. 그 사람은 변호사나 하라면 잘할지 몰라두 저러다가 마느니라…."

이 무지한 농부의 예언이 오 년도 못 가서 들어맞았던 것이다. 박 선생은 그가 일찍이 옳다 하고, 아름답다 하고, 의義라고 말하던 것과는 정반대의 길을 걷고 있는 것이었다.

이런 사람의 말로가 대개 그렇듯이 그는 그가 일찍이 욕하던 직업을 가졌었고 한 번 그런 데로 길을 트기가 무섭게 머리가 좋았더니만큼 눈부신 발전을 했다. 그러나 김 영감의 말따라 그는 처음 사귄 친구를 길래 사귀지 못하는 사람이듯이 한 번 가졌던 생각도 늘 변하는 사람이었다. 말만은 많이 하고 또 잘하나 일평생을 두고 참 말을 몇 마디도 못하고 죽는다는 변호사에다 그를 비교한 자기 아버지의 예언이 근 이십 년 후인 오늘날 와서 그와 비슷한 직업인 브로커로서 나타난 것이었다.

점심때는 되어서 수택은 좀이 먹은 그 오동나무 궤짝째 가지고 일어섰다. 김 영감은 무슨 큰 보물이나 되는 듯싶게 잘 간수하라고 당부당부하는 것이었다.

"거깄는 건 단 한 장이라두 없애지 말아라. 땅은 다 남의 것이 됐다만 그것조차 없어진다면…."
하다가 갑자기 말이 뚝 끊어진다.

그가 문을 열다 말고 돌아다봤을 때 김 영감은 그 궤짝이 자기의 사랑하던 땅이요 그 땅이 지금 자기 손으로부터 영원히 남의 손으로 넘어가기나 하는 듯이 언짢아하는 것이었다.

수택도 아주 마음이 좋지 않아서 집으로 올라왔다.

맥이 하나 없이 논둑 지름길을 건너서 삽짝 앞에 이르니까 제 동생을 데리고 흙장난을 하던 필년이란 년이 며칠 못 봤던 듯이 달려들어 안기는 것도 아는 체 만 체하고 안마당으로 들어서려니까,

"엄마, 아빠 오셨수— 인저 닭국 먹을 테야!"
하고 필년이가 쫓아들어온다.

"오오냐. 상현이하구 와서 손 씻구."

"닭이 웬 닭이오!"

그의 말소리가 퉁명스러웠던 것은 아버지의 상심하는 양을 본 때문만도 아니다. 씨 한다고 닭 한 마리 남겨둔 것을 잡았나 싶었기 때문이었다.

"그게 뭐예요? 무슨 굉장한 보물 궤짝 같구려."

하다가 남편의 눈치가 좋지 않은 것을 보더니 냉큼 묻던 말에 대답을 한다.

"옆집에서 가져왔어요. 간밤에 닭 풍기는 소리가 나구 법석을 하더니 살쾡이란 놈이 암탉 두 마리를 모조리 물어 박질렀다는군요."

그래도 남편의 얼굴이 펴지지 않으니까, 그는 마치 무슨 죄나 진 듯이 어리둥절하고 섰다가, 조심조심 또 말을 붙인다.

"벌써 메칠 전부터 닭이장을 뱅뱅 돌더래요. 그래 새루 문을 해 달구 야단을 했더니 지붕을 뚫구 들어갔다는군요."

"애들하구 당신이나 먹우."

수택은 제 방으로 들어가는 길로 번듯이 자빠졌다. 아내가 근심이 되어 바로 뒤따라 들어와서 머리맡에 앉는 것을 알고도 그는 언제까지나 눈을 딱 감고 움직이지 않았다.

5

구력 그믐께까지에는 수택의 장편도 거의 절반까지나 진척이 되어 있었다. 낮에는 산감의 눈을 피해서 가까운 산에 가서 낙엽을 긁어오기도 하고 봉놋방에서 농군들과 잡담을 하기도 하며 보내는 날도 많았다.

처음에는 마치 자기네를 감시하러 오는 사람처럼 서먹해하던 농군들도 인저는 무관한 동무처럼 만나면,

"밥 잡섰이유."

하고 인사를 했고 원고를 쓰느라고 종일 나가지를 않으면 지나는 길에 찾아와보기도 한다. 선생님이라고 부르던 대명사도 인저는 없어지고 딸년의 이름을 붙여서 '필년 아버지'가 되었다.

"모두 보령산으루 산나무들을 간다는데 한번 안 가보실래유?"

이렇게 일부러 찾아와서 귀띔을 해주기도 한다.

"보령산이라니, 저 까맣게 쳐다보이는 산?"

"야—."

보기만 해도 엄두가 안 났다. 그러나 가보기로 하고, 그날 밤은 여느때보다 좀 일찍 잤다. 여섯시에 일어난 때는 아내는 어느 틈에 일어났는지 벌써 밥을 잦혀놓고 있었다. 김칫국에 고춧가루를 얼근히 풀어서 푹푹 퍼먹고 있는 옆에서 아내는,

"너무 욕심 내지 마시구 조금만 해 지셔요. 모두들 그러는데 여간 험한 산이 아니래요."

하고 그만뒀으면 하는 눈치다.

"뭘, 아이들만큼야 못해 질라구."

이렇게 말하면서도 물론 자신은 없었다.

요기를 하고 양말을 버쩍 추키어 감발 대신을 하고 솔버선에 '지까다비'를 신고는 곰방대에 담배를 한 대 피워물었다. 아내가 담배 조리를 다닐 때(아내는 보름 남짓하게 하고 말았지마는) 황색 엽초葉草 부스러기를 두어 뭉치 얻어왔었다. 그러나 그것만은 수택에게는 독했다. 그

래서 장수연을 사서 섞어 피운다. 곰방대에 담배를 피워문 것도 인저는 그리 어색하지도 않은지 아내는 보고 웃지도 않는다. 이 보령산 나무 덕에 수택이는 이틀이나 앓았으나 그래도 배운 것은 많았다. 그가 먼산나무에 용기를 냈던 것은 소위 하이킹을 한 경험이 있기 때문이었던 것이었으나, 그러한 기술은 먼산나무에는 조금도 이용이 안 된다는 것을 깨닫고 일찍이 학창에서 배운 모든 학문이 실생활에서는 그다지 응용이 되지 못한다는 것을 처음 발견하던 때처럼 우울한 심정을 경험하는 것이었다.

두 번째 수택이에게 순경 차례가 돌아온 것은 금년 겨울 접어들면서 첫추위가 시작된 지 사흘 만인가 나흘째 되던 날이다. 마침 그날은 아들놈 상현이의 생일날이라고 어머니가 인절미를 해왔다. 그래서 수택은 신문지에다 여나무 개를 싸들고 언 별만이 가상할 만큼 떠는 하늘을 쳐다보며 순경 방인 구장 집 사랑으로 내려갔다.

"저녁 진지 잡수셨어유?"

마침 구장 집 일꾼 천보가 평북 어떤 철산鐵山에 가 있는 자기 형한테 편지를 쓰려고 기다리고 있는 길이었다. 그는 지금까지에도 벌써 무려 이삼십 통의 편지를 쓰지 않으면은 안 되었다. 출생 신고도 몇 장 썼고 사망 신고도 한 장 썼다.

"안부하시구유, 요전 말한 일은 어떻게나 됐느냐구 알아보시구유, 난 잘 있으나 흉년이 들어서 곤란이라구 쓰시구유."

천보가 이렇게 사연을 부르는 대로 그는 받아 썼다. 요전 말하던 일이란 천보가 그쪽으로 가고 싶다는 것이었다.

편지를 써주고 잠시 잡담을 하다가 그날 당번인 네 사람은 둘씩 갈라서서 한 패는 윗말로 또 한 패는 아랫말로 각각 몽둥이를 짚고 나섰다. 수택이는 득만이라는 그의 집에서 넷째 집 떨어진, 벌써 이태째 중씨름에 광목을 탔다는 장정과 한 패가 되었다. 처음 그들은 윗말이었으나 다음 번에는 아랫말로 석바꿨다. 순경패를 달래기에는 아직 이른 시각이었지마는 득만이는 장난삼아서 집집마다,

"패 주—."

소리를 친다. 매일 한 번씩 구장은 순경패를 어떤 집에다 감춘다. 그래서 패를 맡은 집에서는 두 홰 닭이 울어야만 패를 내주도록 마련이었다.

"어젯밤엔 꿈을 잘 꾸었으니까 어쩌문 오늘은 한 놈 앙겨들상두 싶구먼서두."

득만이가 작대기를 질질 끌면서 혼잣말처럼 한다.

"한 놈 앙겨들다니?"

"도적놈 말이죠. 한 놈만 붙들면 수가 나는 판이지요. 돈이 댓 냥씩 생기죠. 밤참에 막걸리가 한사발이니 배 뚜들겨가며 먹잖어유?"

하고 들었던 작대기로 삽짝 기둥을 뚜드리며 고함을 친다.

"몽둥이 가지구 왔으니 패 주—."

수택은 문득 어느 해 겨울 자기 집에서 도적을 잡던 생각을 하고 있었다. 용감하고 재치있게 도적을 잡은 그의 무용담武勇談은 헛되이 아버지의 격분을 샀을 뿐이었다. 장하다는 칭찬 대신에 지겟작대기로 아랫종아리를 얻어맞은 후 수택은 얼마를 두고 해석에 괴로웠었다. 그러나 오래 두고두고 생각할수록에 자기 아버지에게는 그만큼 위대한 일면이 있다고 생각되었다.

이날 밤 수택은 뜻하지 아니한 것을 발견했다. 두 번째는 아랫말 차

레라 잠깐 몸을 녹였다가 득만이와 같이 또 나갔다.

별빛도 눈발에 애여서 촌보를 요량할 수 없을 만큼 어두운 밤이었다. 그때 수택은,

'만일 도적을 잡는다면 어떻게 처리할 것인가.'

이런 생각을 하며 걷고 있었다. 득만이는 돈 오십전과 막걸리 한사발을 위해서 그를 주재소에 넘길 것이다. 물론 자기가 오십전을 내고 술 한사발을 사주는 한이 있더라도 그것을 제지할 자신은 있었다. 그러나 자기 아버지가 자기를 때리듯이 그만큼 이 득만이를 미워할 수가 있을까?

그런 자신은 역시 그에게는 없었다. 그것을 그는 진심으로 슬퍼했다.

그런 생각을 하면서 득만이의 뒤를 따라가려니까 득만이가,

"필년 아버지, 야학당 구경하구 가세유—."

한다.

"야학당?"

"야."

"지금두 야학이 있어?"

수택은 실로 의외였다. 이 동리에 야학을 처음 개설한 것은 역시 박선생이었고 야학이 성황을 이룬 것도 역시 그가 이 동리에 머물러 있던 동안이었다. 그후 청년회는 동 소유가 되어 무슨 회나 공동판매 같은 데 쓰게 되었고 야학도 자취를 감춘 줄로만 그는 생각하고 있는 터이었다. 여름방학이면 그도 야학 선생의 한 사람이었었다.

"전엔 청년회를 빌려서 하다가 지금은 못 쓰게 하니까 겨울 동안만

남의 집 사랑방을 빌려서 한대유."

"그래, 선생은 누구구?"

"김 선달 집 둘째아들이지유."

"걔가!"

그는 놀랐다. 김 선달 둘째아들이라면 작년에 농업학교를 다니다가 학비 관계로 이학년에서 퇴학하고 왔다는 빈혈증인 왜소한 소년이었다.

교실이란 두 칸 장방이었다. 아랫목으로 칠이 다 벗겨진 칠판이 걸렸고 그래도 명색의 난로까지 놓였다. 한가운데를 한 줄 비워놓고 사십 명이나 되는 조무래기들이 혹은 쓰고 혹은 책을 보고 있다. 칠판 한복판에 칸이 막힌 것을 보면 두 반인 것이 분명했다. 한쪽 칠판에는 1 · 2 · 3 · 4가 씌어 있고 딴쪽에는 가감 문제가 네 개 붙었다.

수택은 거의 이십 분 동안이나 김 소년의 교수를 구경하고 있었다. 그러나 그는 김 소년의 교수를 들은 것도 아니었고 쓰고 책을 보고 하는 학생들을 구경한 것도 아니다. 석유 궤짝에 대패질을 해서 먹칠을 한 칠판과 그 앞에서 선 빈혈증의 소년, 그리고 한 자라도 더 눈여겨두려고 늘어앉은 어린 아이들—이것을 한 번 본 것으로 족했던 것이다. 수택은 이 초라한 교실에서 이십 년 가까운 옛날을 연상한 것이었다.

모든 것이 이십 년 전 그대로였다. 칠판도, 사람도, 아이들도, 변한 것은 오직 자기뿐이다. 그때의 그 정열을 잃었고, 그만큼 약해졌고 공리적으로 변한 자기가 있을 뿐이었다. 가르치는 사람의 생각과 배우는 사람의 생각도, 이십 년 전 그때와 추호도 다른 게 없을 게며 또 달라질 수도 없을 것이었다. 한 자라도 더, 그리고 잘 가르치자, 한 자라도 더,

그리고 또 빨리 배우자—이 진리에 연대가 하관이며 시대 변천이 하관이랴! 오직 거기에는 배우려는 정열과 가르치려는 정열이 있을 따름이었다.

사실 수택 등이 어려서 심심파적으로 한 '교육사업'이 그후 그들의 실생활을 얼마나 윤택하게 했던가를 이십 년 후 지금서야 발견했던 것이다. 지금도 수택은 그때의 야학생들에게서 몇 번이나 이런 말을 들어오던 터이었다.

"참, 그때 그나마 안 배웠더라면 지금쯤은 얘기책 한 권 못 볼 뻔했어유. 그때 중간에서 그만둔 사람들은 지금두 앉으면 한을 하는데유."

지금 생각해도 좋은 일을 했다 싶었다. 그러나 지금 세대에 누가 그런 생각을 하랴 했었다. 첫째 그 자신에게 그런 용기가 없다는 것을 발견하고 있는 터였었다.

그후로는 김 소년과도 자주 만났다. 석유만은 아이들이 매달 삼전씩 보태서 사나, 분필과 기타는 김 소년 자신이 부담하고 있다는 것을 알고는 그것만은 자기가 떠안았다. 가르치고 싶은 정열에서가 아니라 그런 용기를 잃어버린 자기 자신에게 대한 서글픈 동정에서였다.

"그밖에라두 뭣이구 군색한 게 있거든 와 말을 하렴. 큰돈 드는 게야 낸들 어쩔 도리가 없지만…."

"뭘요, 기름하구 백분만 있으면 겨울은 나유. 나무는 저희들이 날마다 삭정이를 한 개피씩 들구 오니까요. 그보다두 아이들이 통 굶어서요—하루 죽 한 끼두 못 먹는 아이들이 파다한걸요, 뭐. 선생님 댁 바루 옆집 정 서방네 아이들도 요샌 통 굶구 다니나봐요."

김 소년은 이런 말을 하며 소년답지도 않게 우울한 표정을 짓는 것이었다.

정 서방 집이란 늦은 가을에 닭 두 마리를 살쾡이한테 죽이고 닭국을 가져오던 바로 그의 옆집이었다. 그 송아지처럼 위하던 닭을 두 마리나 잡아죽인 살쾡이를 못 잡아서 겨우내 애를 박박 쓰는 심정을 지금까지 모르고 있은 것은 아니지마는 김 소년에게 그런 말을 듣고 나니 더욱 마음에 사무쳤다. 뻔히 굶으면서도 여전히 책보를 끼고 늦도록 그 찬 방바닥에 앉아서 한 자라도 더 배우겠노라고 눈이 발개서 덤비는 정상이 딱하다 못해서 되려 밉기까지 했다. '그걸 배우면 뭐 그리 잘된다고 그렇게까지들 하는 겐고…?' 이런 생각도 드는 것이었다.

'그 가상한 닭을 얻어먹고도 시치미를 떼었나보다.'

이런 생각이 불현듯 들어서 수택은 집에 돌아오는 길로 정 서방을 불러서 쌀 한 말을 퍼주었다.

"아니, 뭘 이렇게 많이요… 인저 낼부턴 구제 공사가 시작이 되니까 벌면 팔아먹을걸요."

정 서방이 굳이 사양하는 것을 수택은,

"사양두 두 번 이상 하면 변덕이란다우. 받어두슈. 그리구 그놈의 살쾡이 잡을 궁리나 차리시구려."

이렇게 웃음엣말을 해서 말문을 막는다는 것이 정 서방의 상처를 건드린 모양이다. 그는 살쾡이 소리를 듣기가 무섭게 이를 북 갈며,

"염려 마시유. 내 어떻게 하든지 그놈의 살쾡이를 살려둘 줄 아시유… 한 마리만 그랬어두 내 참아요. 저두 오죽 먹구 싶어야 초가을부터 눈독을 들였겠어유. 허지만… 안 되지유. 제 목숨에 못 죽을걸유! 못 죽지!"

—수택은 여러 친구들로부터 그의 소설은 언제나 뼈가 너무 앙상하니 드러나는 것이 무엇보다도 큰 결점이라는 평을 들어온 터라 그는 이번 장편에서만은 동리에서 생긴 이런 삽화도 될 수 있는 대로 많이 끌어다가 살을 붙이는 것도 잊지 않았다.

6

봄비치고는 철이 좀 이른 것 같아서 또다시 으르르 얼어붙으면 보리마저 바닥 다 본다고 밤새도록 걱정들을 했던 것이 다행히 비가 개이면서 그대로 날이 확 풀리고 말았다. 구름 한 점 없는 맑은 하늘에는 어디서고 종달새의 소리가 들려오기나 할 것처럼 다정한 맛이 느껴진다.

"이대로만 간다면 보리는 먹겠군."

동리 사람들은 만나면 인사가 이것이다. 그들에게는 세상이 뒤집히든 세대가 바뀌든간에 벼가 잘되고 보리가 얼어죽지만 않으면 그만이었다. 사람이 기어다니거나 날아다니거나 그런 것도 그들에게는 인연이 없는 이야기다. 오직 배불리 먹고 추운 때는 따뜻하게 더운 때는 시원하게 입으면 그만인 것이다.

양지바른 밭둑에 냉이잎이 파아랗게 돋아나고 솜옷 입은 등떠리에 소물소물 땀이 솟기 시작할 때는 춘경春耕 준비도 하지 않으면 안 되었다. 겨우내 외양간에서만 웅숭그리고 앉았다 섰다 우기우기 반추反芻만을 일삼던 소가 마당으로 끌리어 나간다. 농부들은 몽당싸리비를 들고 겨울 털빛이 변해보이도록 쌓인 소 등의 먼지를 쓰윽쓰윽 쓸어준다. 그러면 소란 놈은 생기가 난다는 듯이 꼬리로 제 엉덩판을 치며 혀끝으로

콧구멍을 쏙쏙 핥아낸다. 흙을 파제키는 닭의 발도 한창 바쁘고 흰둥이란 놈이 번듯이 누워서 양지받이를 하던 울타리 밑 풍경도 한결 한가로워 보인다.

이런 즈음이면 반드시 앞집에고 뒷집에서,

"꼬댁 꼬댁 꼬댁댁…."

하고 알 낳이하는 암탉의 환성이 나른한 춘곤春困을 깨뜨려준다.

"봄이군!"

하고 수택이도 거의 다 끝나가는 소설을 쓰는 마음도 바빠진다. 이제 한 삼사십 매만 더 쓰면 손을 떼겠건만 그동안이 더없이 안타까웠다.

"나도 빨리 논갈이두 하구 김장밭두 부치구, 밭이랑도 세워놔야지!"

그는 제법 의젓한 농군처럼 이렇게 중얼거려보는 것이었다.

사실에 있어서 수택에게는 이 봄이 더없이 즐거웠다. 일평생 처음으로 내 손으로 흙을 파고 씨를 뿌리고 하는 기쁨으로 봄철이 마치 그 무슨 절대의 행복이기나 한 것처럼 은근히 기다려졌던 것이다. 몸이 우둔할만큼 껴입었던 내복이며, 솜바지저고리를 훌훌 벗어 내던지고 사랑하는 처녀의 손길처럼 포근한 양광陽光의 애무를 받아가며 무한한 생명력과 신비가 감추어진 흙을 척척 갈아붙이는 기쁨, 삼십 년간 가죽에 싸여져서 흙과 접촉해보지 못하던 맨발로 징검징검 고랑을 타넘으며 씨를 뿌리는 행복—이런 것을 상상만 하여도 가슴이 뛰는 것이었다.

아니 일생의 절반을 돌 위에서 살아온 이 도시의 청년은 춘경春耕이라는 두 글자에서만도 형언치 못하는 매력과 환희를 느끼는 것이었다.

그러나 그것은 그럴 필요가 조금도 없는 인간층이 싫건 좋건간에 노동을 하지 않으면 안 되도록 운명지어진 사람들에게 즐기어 사용하는 '노동의 신성'에서 오는 기쁨도 아니었고, 일찍이 그가 품고 있던 도시생활에 대한 압박에서 해방된 기쁨도 아니었다. 그것은 사람들이 자기의 농터가 아니요, 자기 손으로 가꾼 곡식이 아니건만 누우렇게 익은 곡식을 보고는 푸근해하는 심정과도 비슷한 그런 무조건의 기쁨이었고 환희였다.

이러한 그의 기쁨은 두푼 정방형의 좁은 칸살이 빽빽하니 들어박힌 원고지에서 해방되던 날 그 최고 절정에 달했었다. 저녁에 이웃집 정 서방과 일을 맞추어놓고 돌아와서도 그는 늦도록 잠을 못 이루었다. 어렸을 때의 섣달 그믐날 밤과도 같은 흥분이었다. 무한한 행복이 그대로 쏟아질 아침을 기다리는 초조다.

"여보, 당신두 우리 같이 나갑시다. 나는 갈아붙이고 당신은 흙을 고르고 나는 씨를 뿌리면 당신은 덮고…."

그는 마치 사랑하는 시구詩句나 외듯 이렇게 말하고는,

"필년아, 너두 낼 아빠하구 엄마 따라서 씨뿌리러 간다구?"

필년이는 바느질을 한다고 꿰매는 시늉을 하던 손을 쉬고 빠안히 아버지를 쳐다보다가,

"쪼꼬레트 사줌 가지."

"쪼꼬레트?"

"응."

"허, 농군의 딸 입에 쪼꼬렛이 당한 게냐. 엿 사주지, 엿. 깨엿 말야, 응."

"나 엿."

자는 줄만 알았던 상현이란 놈도 발딱 일어났다.

수택 부처는 어린것들이 잠이 든 후에도 늦도록 생활설계를 했다. 약속대로 신문사에서 원고료를 선불해준다면 사백원의 모개돈이 들어온다. 거기에 장편을 쓰는 여가에 마련한 단편 두 편과 편지 형식으로 된 잡문이 한 편, 모두 합치면 그럭저럭 오백원은 될 것이었다. 그 오백원으로 마땅한 것이 나면 논을 서너 마지기 사든가 밭을 몇 뙈기 사기로 했다.

"참, 내 벌써부터 이야기한다면서…."

그의 처는 갑자기 생각이 난 듯이,

"저기요, 우리 장 말이요, 양복장하구 이불장 말야, 팔아버릴까?"

"건, 왜 갑자기, 누구 소설대로 다 팔아가지구 서울루 달아나려우."

"그럴 용기나 있다면 오죽 좋겠수."

하며 아내는 웃는다. 수택은 언제나 자기 처의 웃는 입이 예쁘다고 생각했지만 희미한 불 속에서 그 흰 이를 내다보이며 나긋이 웃고 보니 더 한층 아름다워졌다.

"당신은 웃으면 참 이뻐."

이렇게 웃음엣소리를 하고 나서,

"왜 누가 사잡디까?"

"심구영 씨 소실이 여간 탐을 내잖어요. 접때 일부러 양복장을 살랴고 읍에까지 갔더라나. 그랬더니 모두 너절해서 그냥 왔대. 두 개 몰아서 일백오십원 주겠다니 팔아버릴까?"

"걸 팔아치우면…."

그는 일백오십원이란 말에 구미도 당기기는 했지만 이렇게 말했다. 사 년 전에 두 개에 팔십원을 준 것이었다.

"그까짓 거, 있으나 없으나… 난 이렇겠으믄 좋겠어요. 기왕 시골 와서 농사질랴믄 정말 농군처럼 그런 세간 다 팔아치우구, 이 집두 이 삼십원은 더 받겠다니 남한테 넘기군 아버님네하구 합소를 하지. 골방을 우리가 쓰구 당신은 사랑 윗방을 내라구 해서 쓰시구려. 말만 세간이지 뭐 들여놀 데가 있나, 봉당에다 놔두는 거, 개 발에 편자지."

아내 말을 듣고 보니 그도 그랬다. 이제 농사철 접어들었으니 어느 하가에 책상 앞에 앉아보랴 싶기도 했고 집이구 뭐고 다 쓸어 팔면 그러저럭 팔구백원 돈이 되는 셈이니 그것으로 땅뙈기나 마련하는 것이 상책일 것도 같았다.

"그까짓 거 테이블이구 의자구 다 쓸어가라지. 농군 녀석이 회전의잔 있어 뭐하겠수."

"그렇잖어두 심구영 씨 소실은 찻종하며 다 탐을 낸다우! 심씨가 지금 첩한테 홀딱 반해서 그러니까 그런 동안에 살림이라두 장만하잔 수작이지 뭐유."

심구영이란 포목, 잡화로 이 동리서 돈푼이나 모은 오십객이었다.

그런 거추장스런 세간을 처리하는 데 수택이는 물론 이의가 없었다. 그렇게 말을 하기는 하나 그래도 여자 마음을 생각해서 찬장이니 얌전한 그릇 같은 것은 남기고 거추장스러운 것만을 넘겨주기로 하고 잠을 든 것은 자정도 훨씬 지나서다. 그러나 눈을 붙인 지 얼마가 못 돼서 그는 또 깨었다.

"필년 아버지, 주무셔유."

하고 정 서방이 울타리 밖에서 소리를 친다. 수택은 몸재게 허리 골춤을 움켜쥔 채 뛰어나갔다. 며칠 달인지 뜨느라고 동편 하늘이 막 훤하다.

"정 서방요?"

"야. 이거 주무시는 줄 알았더면 안 올 걸 그랬어유."

"웬걸요. 아직—."

하며 삽짝을 열고 나가려니까,

"이거 좀 보셔유! 이눔 좀."

하고 뭣인지 시커먼 놈을 눈앞에다 풀쑥 디민다. 수택은 덧없이 주춤하고 물러섰다.

"게 뭐요?"

"뭔가 봅쇼! 흐흐흐흐."

하고 좋아서 웃는다.

"거, 괭이가?"

"흐흐흐흐… 고양이요? 천만에요, 아주 어젓한 살쾡이올씨다유!"

하면서 살쾡이를 다시 한번 번쩍 들고 아래위를 쓱 훑어보며,

"이눔! 네가 내 닭을 잡아죽이구 무사할 줄 알았드냐! 이눔, 흐흐흐흐…."

허들겁스럽게 한참을 웃어붙이고는,

"어렴풋이 잠이 들었는데 털컥합디다유! 그래 잠결에두 뛰어나와 봤더니, 아, 이런 놈 좀 봐유, 모가지가 요렇게 덫에다 치어가지곤 '캐캐' 하겠지유! 그래, '네 요놈, 잘 만났구나' 하군 지겟작대기루 해골을 한 번 후려갈겼더니 그저 외마디소릴 '캥—' 하구 질르곤 발버둥을 칩디다유! 그래…."

정 서방은 이렇게 한참이나 늘어놓고야,

"주무시는데 이거 참…."

하고는 살쾡이를 추썩대며 자기 집으로 돌아갔다.

이러구러 잠이 든 것은 첫닭이 울고도 한참이나 있어서였으나 깬 때는 몸도 그리 무겁지 않았다. 여자들이 생명같이 여기는 방 세간을 자진해서 처리해버린 일이며 정 서방이 겨우내 치를 떨며 통분해하던 살쾡이한테 복수를 한 일이며 그에게는 다 유쾌한 일이었다.

그리고 또 한 가지 유쾌한 일은 일평생 처음으로 씨를 뿌리러 가는 그날 아침은 또한 금년 접어들고서는 가장 맑고 따뜻한 날이었다.

정 서방은 새벽같이 달려왔다. 그는 그래도 이야기가 다 끝이 못 났는지 간밤의 이야기를 밥을 먹으면서도 하고 하고 한다.

"그깐놈의 닭 몇 마리가 아깝다느니보다도 그놈의 소위가 괘씸하단 말이거든요!"

"하여튼 분풀이는 잘했쇠다. 그깐 살쾡이란 놈한테까지 분풀일 못 한다면 억울해 살겠소."

수택이도 이렇게 맞장구를 쳤다.

수택은 집으로 내려가서 상태도 끌고 왔다.

상태는 요새 갑자기 고향을 뜰 채비를 차리고 있었다. 도회 생활의 환멸을 아무리 이야기해도 그의 신념은 변하지 않았다. 달래도 보았고 을러도 보았다. 그러나 농촌에서 생활 유지가 안 된다는 것은 그보다도 상태 자신이 더 잘 알고 있을 것이다. 상태는 고향에 돌아온 수택이를 은근히 비웃고 있는 눈치다. 그는 다시 그 길로 해서 구장 집에 가서 소를 얻어 몰고 큰집에 들러서 쟁기도 소 등에 얹었다. 그의 아버지는 자리에 누워 있었다. 벌써 며칠째 몸살로 누워 있는 터였다. 웬만한 병에는 꾹하니 드러누워 있지 못하는 김 영감의 성미에 더욱이 오늘은 수택이가 처음 씨뿌리는 날이고 보니 웬만만 하면 툭툭 털고 일어서련만,

"정 서방더러 잘 알아서 하라구 그래라."

이불을 벗기지도 않고 한마디 할 뿐이다.

"네."

수택은 병들어 누운 아버지를 본 일이 없던 터라 우울했다. 그러나 그는 오늘만은 그런 생각을 않으리라고 박 주부 약국에 가서 약을 지어다 달이도록 상태한테 일러만 두고 부리나케 동리 뒤 개울의 징검다리를 뛰어 건넜다.

상태가 박 주부를 데리고 진맥을 하려 했을 때 김 영감은 웬일인지,

"아니다, 약이 무슨 약, 내가 어디 몸이 아퍼 그런다더냐!"

이렇게 한마디 했을 뿐 이불을 푹 뒤집어쓰고는 손도 못 대게 하는 것이었다. 의원뿐이 아니었다. 손자고 며느리고 아내고 일체 방에도 들어오지 못하게 안으로 문을 걸어잠그고는 불러도 대답조차 없다. 온 집안이 겁을 집어먹고 수선을 피우니까,

"왜 이렇게 수선들을 대느냐. 잠 좀 자게 내버려둬라."

하고 고함을 치는 것이다.

문 밖에서 서성대던 가족들은 모두 안으로 들어갔다.

그러나 김 영감은 자는 것도 아니요 그렇다고 기동을 못할 만큼 병이 난 것도 아니었다. 삼사 일 동안 별로 먹은 것이 없어서 오직 매적지근할 뿐이었다.

아무도 김 영감의 병 원인을 아는 사람은 없다. 그는 해동이 되면서

부터 하루에도 몇 번씩 어슬렁어슬렁 집을 나간다.

동구를 빠져서 대장간 앞을 왼쪽으로 꼬부라지면 천변으로 나선다. 개울을 건너서면 조그만 아카시아 숲이 있다. 그는 하루에도 몇 번씩 아무도 모르게 이 숲속으로 들어간다. 숲속에는 잔솔 여남은 개가 섰고 사람 하나 숨겨줄 만한 반송도 한 개 섰다.—이 반송 밑이 그가 매일 시간을 보내는 자리였다.

먼저 그는 숲속에 들어서면 이 반송 밑으로 온다. 대개는 반송 밑에 두 무릎을 세우고 무릎을 끌어안아서 깍지를 낀다. 그러고는 우두머니—무엇을 보는 것도 아니요 그렇다고 조는가 하면 조는 것도 아닌 자세로 언제까지나 한 곳만 내다보고 있는 것이었다. 어떻게 보면 그 얼굴은 지극히도 행복스럽던 옛 꿈을 더듬는 것같이도 보이었고 또 어떻게 보면 그는 최후를 장식하는 자기만의 추억에 잠겨 있는 것같이도 보인다. 웃는 것도 아니요, 그렇다고 우는 것도 아니다. 격하는 일도 없었고 그렇다고 마음의 평온을 얻은 사람의 표정도 아닌—그런 때가 많았다.

그는 오직 앉았을 따름이요 앞을 내다볼 뿐이다.

그는 별로 동리 사람들의 눈에 띄지 않았다. 그는 무엇보다도 그것을 꺼리었다.

어쩌다 누가 그리 지나다가,

"어째 치운데 거 와 그러구 계시유?"

하고 물을라치면 그는 이렇게 대답하는 것이다.

"누구 말이 이 숲속이 집터가 좋대서 보고 있는 길이지요."

그러나 그것은 거짓말이었다. 거짓말을 하기 싫으니까 그는 자기가 거기 와 있는 것을 아무에게도 보이려 하지 않는 것이다.

이 아카시아 숲에서 두 다랑이 건너에 이미 완전히 한 장의 휴지가 되어버린 그의 사랑하던 땅이 있는 것이다. 그의 반생—아니 육십 평생을 완전히 바친 논과 밭—그러나 그것은 이미 남의 수중으로 넘어간 지 오래였다. 소유권이 이전된 데만 그치지 않고 소작권까지도 이미 남의 손으로 넘어가고 만 것이다.

"저 논다랑이와 뽕나무가 둘러선 밭은 확실히 내 땅이었다. 그것은 이 동리 사람들이 다 잘 안다. 그러나 지금부터는 나는 손을 대어도 안 되고 씨를 뿌려도 안 된다… 황차, 이 땅에 심은 곡식이랴…."

이렇게 단념하지 않으면 안 되는 지금의 김 영감이었다. 더욱이 이번 비로 해서 논바닥에는 물이 흥건하니 괴어 있었다. 작년 같은 가뭄에도 평작은 된 논이었다. 꺼뭇꺼뭇한 땅, 흥건한 논물, 가래를 지르기만 해도 기름이 지르르 흐르는 바닥 흙이 철컥철컥 나자빠질 것 같다. 발을 들여놓을 때마다 아랫종아리에 흙과 물이 뛸 때의 그 감촉, 띄엄띄엄 소가 발을 드놓을 때마다 철벅거리는 물소리… 흙에서 나서 흙을 만지며 늙은 이 농부에게는 논과 밭 가는 사람의 팔자는 그대로 신선이었다.

이런 농부에게 있어서는 흙—땅은 그대로 희망이었고 기쁨이었다. 그것은 그대로 종교였다.

이 늙은 농부의 손으로부터 땅은 멀리 떠나갔고 인저는 자기 땅이던 이 기름진 흙덩이를 만지는 자유까지도 박탈된 것이었다—.

지금 그에게 주어진 특권은 오직 자기 땅에 자기 아닌 딴사람이 씨를 뿌리고 김매이를 하고 이듬을 매고 물을 대고 대궁이 척척 휘도록 여문 벼를 베어가는 것을 멀리서 바라볼 수만은 있다는 데서 그치는 것이었다.

김 영감은 마침 오늘 신작인新作人인 춘성네가 논갈이를 한다는 말을 들었던 것이었다….

'내 땅에 딴놈이 들어선 꼴은 안 보리라!'

김 영감이 이렇게 결심을 한 데는 조그마한 부자연도 없을 것이었다.

—그러나 김 영감은 역시 흙의 아들이었다. 아니 그는 비열할 만큼 충실한 '흙의 노예'였다. 제 땅을 남의 쟁기가 들어가 파제키는 것을 옆에서 바라보고만 있지 않으면 안 되는 농부에게는 참을 수 없는 그 굴욕도 며칠을 굶어가며 이를 악문 그 결심도 멀리 풍기어 오는 구수한 흙내만은 어쩔 도리도 없었다. 흙에서 받는 굴욕보다도 흙에서 풍기는 그 향훈이 몇 백 배 그에게는 즐거운 것인지 몰랐다.

—흙의 완전한 포로가 되어 있는 이 늙은 농부는 모든 굴욕감을 물리치고 오직 흙내를 더듬어 헌청거리는 다리를 이끌고 다시금 아카시아 숲속에 나타나고야 말았던 것이었다.

맑고 따뜻한 봄날이었다. 몸과 마음이 함께 힘든 그에게도 햇살은 오히려 따뜻했다.

그는 언제나 앉는 그 자리에 등을 소나무에 기대고 벌을 향하고 앉았다.

사방 십리라는 샌골 벌은 농부들로 찼다. 소 모는 소리와 방울소리와 철벅이는 물소리가 멀리서 혹은 가까이서 들려온다. 겨우 알아볼 만한 위치에 수택이네도 보였다.

수택이는 머리에다 수건을 질끈 동이고 쟁기질을 하고 있고 정 서방은 밭둑에서 담배를 피우고 있다. 밭머리에는 자기 아내가 상현이 남매를 데리고 놀고 있고 서울 며느리는 얼굴도 잘 안 보일 만큼 수건을 푹 내려쓰고 고무래로 흙덩이를 바수고 있었다.

수택의 처는 그래도 어울리는 편이었다. 그러나 수택의 쟁기질에는 소도 어처구니가 없는지 가끔 우두머니 서서 쟁기가 바로 대어지기를 기다린다. 그것은 마치 어린아이들이 억지로 그린 자유화自由畵와도 같은 것이다. 쟁기가 빗가면 정 서방이 담뱃대를 문 채로 이러구저러구 가르치는 모양이다.

바로 그의 앞에는 일찍이 자기의 땅이던 논에 춘성네 부자가 신이 나서 거름을 지르고 있었다. 그들은 자기가 지금 거기 있는 것을 보고 일부러 뽐내느라고 더 떠들고 퉁탕거리는 것만 같이 보여지는 것이었다.

그의 눈에는 이 춘성네 부자가 더없이 얄미웠다. 미운 대로 한다면 당장 뛰어들어가서 아비와 자식을 논구럭에다 거꾸로 처박고 짓밟아주고 싶기까지 했다.

"흥, 되잖은 놈들! 그놈들 아주 제 땅이나 되는 상싶은가베! 아니꼽살스런 놈들 같으니루!"

무엇이 되잖은지 무엇이 아니꼬운지 모른다. 그러나 김 영감한테는 그렇게밖에 보여지지 않는 것이었다.

그때였다. 수택이가 뭐라고인지 외마디소리를 쳤다. 영감은 깜짝 놀라서 그쪽을 건너다보았다. 소도 쟁기질꾼을 업수이 여기는지 아무리 소리를 쳐도 자국도 안 떼놓는다. 정 서방과 수택의 처는 옆에서 깔깔대고 있다. 정 서방이 쟁기를 내라고 그러는 모양이나 수택은 고집을 세고 소만 몰구친다.

겨우 소는 움직였다. 그러나 소는 또다시 딱 섰다. 쟁기는 쟁기대로 놀고 소는 소대로 가고 사람은 사람대로 갈팡질팡하는 것이다. 그것은 마치 쟁기가 사람을 끌고 가는 형상이었다.

이런 꼴을 얼마동안 바라다보고만 있던 김 영감은 이상한 마음의 충동을 받아서 벌떡 일어났다. 그는 자기가 벌써 며칠째 변변히 먹지도 않고 누워 있던—그나마도 환갑이 지난 늙은이라는 것은 까마득히 잊어버리고 있었다. 지금 그는 벌써 병자도 아니요, 굶은 사람도 아니요, 늙은이도 아니었다.

그는 오직 농부였다. 비열할 만큼 충실한 '흙의 노예'였다—.

그는 허우단심 쫓아가서 아들의 손에서 쟁기를 뺏어들고는 신이 나서 흙에 충성을 다하는 것이었다.

"자, 봐라. 쟁기날을 이렇게 대고는 사람은 여기 서야지. 그래야만 소가 힘을 제대루 쓰지. 사람이 한쪽으루 기울어져 노면 소가 한쪽에만 힘을 써야잖느냐. 정 서방, 자넨 골을 치게. 얘, 아가. 고무랜 또 없느냐!"

지금의 그에게는 굴욕도 없었고 흙에 대한 원한도 없었다. 오직 기뻤고 즐거웠다.

육십 평생을 두고 한결같은 충성을 다해왔건만 또 한결같이 육십 년을 두고 모욕하고 혹사酷使해온 나머지 핏기 하나 없는 늙은 병든 육체만을 그에게 떠안긴 흙이건마는 그 흙에 대해서 억제할 수 없는 감격을 느끼고 있는 것이었다.

그는 지난 육십 평생에 땅을 치며 울기도 했었다. 원망도 해왔고 저

주도 해왔다. 그 극진한 충성에 비해서 너무도 가혹한, 너무도 알아주지 않는 흙의 마음에 걷잡을 수 없는 격분도 느껴왔었다.

그러나 지금 그의 가슴에 넘쳐흐르고 있는 감정은 오직 흙에 대한 감사였다.

그는 그만큼 흙을 사랑했다.

아니 그만큼 그는 흙의 너무나 충실한 노예였다.

•
7

한식寒食이 지난 이후의 농군들에게 있어서 된내기가 올 때까지의 팔구 개월 동안은 터진 모래 제방堤防을 막는 것과도 같이 눈코 뜰 사이 없는 그날그날을 보낸다.

봄보리밭에 호미질을 하기가 무섭게 논갈이에 이어 거름내기가 시작되고 연달아서 못자리를 붓는 한편 밭을 일구어야 하고 밭곡의 파종이 끝나기도 전에 벌모 내기가 시작된다.

"박 서방, 낼 어디 일 마쳤지유?"

그들은 해만 지면 이렇게 일꾼 얻기에 바쁘다. 일꾼을 얻어야 하고 일꾼을 얻어노면 이집 저집 다니며 쌀, 보리를 꾸어야 한다. 일년에 한두 번밖에 없는 기쁜 날이니 하다못해 북어 꽁댕이 하나라도 찢어놓아야 하는 것이 그들의 예의요 또 관습이다.

그들의 농사란 생나무 휘어잡기다. 억지 춘향으로 끌어내고 꾸어대고 휘어잡고—마치 아닌밤중에 물난리나 치르듯이 모심이를 끝내노면 또 딴쪽 일고가 터진다. 채소밭도 손질을 해야 하고 기장이나 수수

밭도 매주어야 하고 논에 물도 끌어야 한다. 철 맞추어 참외폭도 심어야 하며, 밭골에 강남콩도 새새 묻어두어야 한다. 논둑의 그루콩은 누가 심어주며 엉터리로 끌어다댄 일꾼은 누가 앗아주나. 파 한 뿌리, 마늘 한 쪽까지도 자기 손으로 심어야 하고 매주어야 하고 가꾸어야 한다. 심지어 옥수수, 깨, 아주까리 같은 일용품까지도 제철에 손을 못 대면 알톨 같은 벼를 주고 바꾸어 들여야 한다.

이 무섭게 많은 일거리가 한 집에 하나 아니면 둘밖에 없는 농군의 손을 거쳐야 하는 터라 마치 손을 떼기도 전에 일꼬가 터져 공연히 마음만 바쁜 때다.

'봄이면 씨를 뿌리고 가을이면 걷어 챙겨놓고 추운 삼동은 뜨끈하니 불을 때고 드러누리라.'

이렇게만 단순히 생각해온 수택이는 세상이 어떻게 돌아가는지 날짜가 어떻게 가는지도 모르고 봄을 지냈다.

물론 농촌생활이라고 그렇게 단순한 것이 아니라는 것쯤은 생각 못한 바는 아니었다. 그러나 단순하게 생각한 것은 사실이었다.

씨를 뿌리고 한두 번 매주고 그러고 걷어들이면… 그만이라고 했던 것이다.

그러나 수택 부처는 당해보고서야 알았다. 돈만 있으면 가지고 나가서 쌀도 사고 기름도 사고, 고기 · 파 · 마늘, 무엇이고 사오분이면 광주리에 담아들고 들어오던 도시생활의 고마움을 그들은 새삼스러이 깨달았다. 그러나 자급자족을 하지 않으면 안 되는 농촌에서는 그 허다한 생활품을 입으로 말하는 것이 아니고 자기 손으로 심어야 했고, 가꾸어야 했고, 걷어들여야 했다. 그러나 걷어들인 그대로 먹는 것도 아니다.

말려야 했고 찧어야 했고 까불러야 했다.

그러나 무엇보다도 그들에게 불리한 조건은 모든 일에 서투른 점이었다. 그만큼 애도 더 키었고 노력도 더 들었으며 시간도 더 요구되었다.

이렇듯 일에 치여서 경황이 없는 그들에게 또 한 가지 일이 덮쳐 있었던 것이었다—봄내 개량개량하던 김 영감이 모내기를 한 길로 그대로 싸매고 눕고 말았던 것이다. 수택 부처는 아침 저녁은 물론 논이나 밭에 나갔다가도 몇 차례씩 들어가보지 않으면 안 되었던 것이다.

그때는 수택이네도 딴집 살림을 계획대로 걷어치우고 합소를 하고 있었다. 신문사에 교섭중이던 소설도 달포째 실리는 중이었고 고료도 반만은 손에 들어와 있었고 집이 예상 외로 일백구십원이나 평가가 되어 그의 수중에는 이럭저럭 팔백원 돈이 있던 터라 쓸 만큼 약도 써보기는 했으나 김 영감의 병은 시약施藥만으로 완치될 병은 아니었다. 김 영감은 생리적으로보다도 정신적으로 더 큰 병을 얻고 있었다. 그 사랑하던 땅에 대한 억제할 길 없는 미련이 그의 마음을 약하게 했고 괴롭게 했고 드디어 생리적으로까지 이상을 일으킨 것이었다.

수택이는 김 영감이 눕는 그 길로 이것을 발견했다. 그는 아들의 시약을 완강히 거부하고 있었다. "내 병은 약으로는 안 된다."—입버릇처럼 이렇게 말했다. 그래도 처음에는 아들의 돈을 없애주는 것이 딱해서 그러는 줄로만 알았었다. 또 그의 성격으로 보아 그렇기도 했다. 그러나 며칠 지난 때 거의 정신은 못 차리면서도 김 영감은 논 구경을 간다고 온종일 애를 먹였다.

"수택아, 자, 날 좀 일으켜라. 내 병엔 약보다도 그게 더 낫다. 구수한 흙내, 퍼언한 들, 익어가는 보리….”

이렇게 말하는가 하면 이번에는,

“애들아, 모싹이 어떻든? 자꾸 돌아봐라. 곡식이란 갓난애와 같으니라. 갓난앤 울기나 하지. 얼마 안 있어서 강충이가 생긴다. 고놈 참 귀신같이 파먹느니라. 이번 맬 땐 암모니알 푹 질러둬라, 응?”
하고 딴소리를 한다.

아픈 곳도 어딘지 통 집증을 못하는 모양이었다. 어떤 때는 허리가 끊어진다고 소리를 지른다. 또 어떤 때는 팔다리가 쑤시어서 옆에서 보고 있을 수도 없을 만큼 못견디어한다. 그런가 하면 열이 버쩍 오르고 또 어쩌다 보면 전신이 얼음처럼 차다.

“여기다, 여기! 아규규….”

이렇게 하소연을 하며 가리키는 곳은 분명히 허리다. 그러나 병자 자신 어디가 아픈지 적확히는 모르는 것 같았다. 그도 그럴밖에, 전신에 안 아픈 곳이라고는 한 군데도 없는 모양이었다.

육십 년간의 긴 노동에 자기도 모르는 동안에 그의 육체는 성한 데가 없이 좀먹고 있는 것이다. 그래도 지금까지는 강단으로 버티어왔다. 살려는 욕심과, 살 수 있을 것 같은 희망과 당장 일하지 않으면 조석 끼니가 간데없다는 무서운 긴장으로 버티어온 것이다.

그것은 실로 오랜 동안의 긴장이었다. 그러나 지금 그 긴장이 일시에 확 풀려버린 것이다. 땅도 이미 남의 손에 넘어갔고 작권까지도 잃어진 오늘날 긴장은 그 자신의 심신을 파괴시키는 이외에 다른 아무런 성능性能도 갖지 못한 것이기도 했다.

솔직히 말한다면 수택은 자기 아버지를 사랑하지는 않았다. 사랑은 했다. 그러나 그것은 한 의무적인 사랑이었다. 자식 된 자 마땅히 어버이를 공경해야 한다.—이러한 도덕이 요구하는 극히 제한된 애정으로 김 영감을 사랑해온 것이었다.

이전—그가 직업을 내던지고 고향으로 돌아오기 직전까지도 그는 자기 아버지를 사랑하기는 고사하고 되려 경멸해왔었다. 아니 그것은 경멸이라고 이름질 성질도 못 되었을지 모르는 것이었다. 경멸이란 존경의 반동이니까. 그는 일찍이 자기 아버지를 존경해보겠다고 생각한 일조차도 없었던 것이다.

농부의 아들—양복을 입고 동경유학을 하고 이름이 신문에도 나고 "선생님, 선생님" 하고 따르고(실제로 그런 사람도 있는 것이었다)—이러한 자기가 두더지처럼 일평생 흙만 파는 일개 무지한 농부의 아들이라는 데 일종의 모욕까지 느끼어온 수택이었다. 양복때기만 입은 사람 앞이면 그저 "네, 네" 하고 굽실거리는 것은(김 영감 자신은 똥이 무서워 피하느냐고 했다. 그러나 최근까지에도 수택은 그가 오직 무지한 때문이라고만 생각해왔던 것이다) 자기의 위신이 깎이는 일이라 했었다.

남의 아버지처럼 책이나 보고 장죽이나 물고 앉아서 호령이나 하고 남을 보고도 "여보게, 여봐라" 하며, 호호 백발의 노인을 보고도 "자네, 어쩌구, 어쨌나?" 하는 그런 아버지가 못 되고 일평생 흙만 파는 그런 아버지를 존경할 아무런 의무도 그에게는 없다고 생각해왔었다. 새파랗게 젊은 애들한테도 '허우'를 하고 또 그런 아이들한테서 반말지거리를 받아도 아무렇지도 않게 생각을 하는 자기 아버지를 그는 일종의 군더더기로까지 생각해왔던 것이다.

그러나 지금은 벌써 아니었다. 물론 다른 부자간들처럼 아기자기한 애정은 몰랐다. 그러나 지금의 그는 적어도 자기 아버지가 자기의 위신을 해치는 그런 존재가 아니라는 것만은 깨닫고 있었다. 비록 땅은 팔지언정 김 영감은 훌륭한 철학자였다. 그 자신과 같이 김 영감을 업수이 여겨온 모든 인간보다는 분명히 그는 위대했다. 오직 근면하고 오직 겸손하고, 그리고 오직 청렴한 일생애. 일년 동안에 십전 미만의 용돈을 쓰면서도 '거지〔乞人〕 도갓집' 이라는 별명을 일평생 면치 못했으리만큼, 거지들의 시중을 든 일이며 자기 물건을 훔치러 온 도적을 때렸다고 자기 아들을 사그리 내려팬 사실이며, 하루 밥 세 끼를 끓이는 이외의 재물을 탐하는 것은 욕심이라 하고 모든 채권을 포기했다는 사실—이런 모든 것은 지금 유식한 아들로 하여금 무식한 아버지를 재인식시키는 좋은 자료가 되어 있는 것이었다.

지금 수택의 가슴속은 아버지에게 대한 새로운 감격으로 차 있었다. 그는 지금까지 존경해온 그 어떤 위대한 사람보다도 일개 무식한 농부인 자기 아버지한테 감격을 하고 있는 것이었다. 어떠한 일이 있더라도 아버지를 구하자 했다. 그는 지금 일시적인 감격 때문만이 아니라 자기 아버지를 구할 수만 있다면 그 애지중지하는 삼십 평생에 처음 만지는—어쩌면 이번이 마지막이 될는지도 모르는 팔백원의 '큰돈' 을 희생하는 것은 물론 지금까지에 자기가 가지고 있던 모든 지식과 이름과 지위를 일시에 몽땅 잃어버린대도 조금도 사양치 않으리라 했다. 아버지의 '무지' 는 자기의 '학문' 보다도 몇십 배 아니 몇백 배나 값이 있다는 것을 이 아들은 뒤늦게야 발견하고 있는 것이다.

"네, 아버지."

하고 그는 며칠을 두고 김 영감의 손을 잡고 하소연을 했던 것이다.

“아버지, 맘을 돌리시구 약도 좀 잡수십시오! 제가 어떻게 해서든지 잃어버린 우리 땅을 찾겠습니다.”

“땅을 찾아?”

김 영감은 귀가 번쩍 뜨이는 모양이었다.

“찾지요! 지금 제게 천원 돈이 있잖습니까. 인저 신문사에서 또 돈이 옵니다. 지금 시가로 매마지기에 일백삼사십원이면 되니까, 우선 이 달 안으로 열 마지기만 찾지요.”

“그 사람이 큰 부자라는데 그 땅을 팔까?”

김 영감의 말에는 금시로 생기가 났다.

“판답니다!”

수택은 거짓말을 했다.

“되판대?”

“매평에 오전씩만 남겨주면 지금이라두 판답니다!”

“오전씩 이오 십— 한 마지기에 십원이로구나! 애, 사자, 그럼! 위선 아카시아 숲 앞의 여덟 마지기라두 찾자!”

“그러구 나머진 필년 어미가 저 집에 가서 말을 좀 해본다구 했습니다.”

이것도 거짓말이었다. 그의 아내는 그런 말을 한 적도 없고 또 그만한 여유가 있는 집도 못 되었다. 그러나 아버지를 안위시키기 위해서는 이만 거짓말쯤은 주저할 여지도 없었다. 그러나 김 영감은,

“필년 어미가 말이냐?”

하고 다지더니만,

"에이끼, 못생긴 자식! 요대루 굶어죽으면 죽었지 사둔한테 손을 내밀어!"

하고는 그대로 홱 돌아누워버리는 것이다.

수택은 인사하다가 뺨맞은 격이었다. 그래서 터진 모래둑을 막듯이 변명을 했다. 처는 그렇게 말하나 자기는 단연코 거절을 했다, 이렇게 꾸며대는 도리밖에 없었다.

"잘했다."

얼마 후에는 김 영감도 기분을 돌리었다. 만일 그날 밤, 여기에서 이야기를 막음하고 수택이가 쓰러져 자기만 했었더라도 혹 어땠을는지 모르는 일이었다. 그러나 이 새로운 감격에 잠긴 아들은 어쩐지 그대로 일어설 수가 없었다. 그래서 그렇게 하기 위해서는 아버지가 약을 잘 잡수셔서 하루라도 빨리 일어나야 한다는 것을 여러 번 되풀이했었다. 그래야만 약값도 덜 든다. 약값을 아끼다가는 호미로 막을 것을 가래로 막게 된다—이렇게 약을 쓰도록 강권했던 것이다.

—그러나 슬픈 일이다. 김 영감은 자기 아들의 이렇듯 알뜰한 애정을 칼로 치는 듯이 거부했던 것이었다.

샌터 벌의 벼가 한참 어울리고 보리가 구수한 내를 풍기며 익어가던 어느 날 밤, 김 영감은 고달프던 일생애를 청산하기 위해서 쓴 잔〔盃〕을 들었던 것이었다.

써도써도 낫지 않는 병에 그 소중한 돈을 자꾸 퍼넣는 것보다는 차라리 일찍이 단념을 해서 약에 쓰는 한 푼이라도 수택으로 하여금 땅을 찾는 데 보태게 하리라—이렇게 생각을 하고 김 영감은 자진해서 생을 포기했던 것이다.

그가 고달프던 생을 청산한 데 쓰여진 약은 양잿물이었다. 그것은 이른 봄, 그가 자리에 눕던 바로 그날 심구영네 상점에서 사다 두었던 것이었다.

수택이가 약그릇을 발견한 것은 시간도 모르는 밤중이었다. 그는 김 영감의 고민하는 소리에 눈이 뜨여 아랫방으로 뛰어내려갔다. 원근 다량이었다. 몇 시간 후에는 혀가 굳었고 생선 내장 썩은 물 같은 불그레한 피가 입으로 철철 흘러넘쳤다. 그는 몇 번이나 아들과 손자를 손짓을 해서 불러놓고는 말도 한마디 하지도 못한 채 숨을 걷고 말았다.

"찾어— 땅—."

정신은 멀쩡한 모양이다. 그는 혀가 해어져서 말은 못하나 연방 손으로 머리맡의 궤짝을 가리키었다. '휴지'가 들어 있는 오동나무로 짠 궤짝이었다.

전화를 해서 공의가 달려온 것은 이튿날 오후였다. 그러나 그때 김 영감은 이미 그럴 필요도 없는 사람이 되어 있었다. 공의는 손을 댈 여지도 없다고 했다.

김 영감이 숨을 거둔 것은 그날 밤중이다. 꼭 돌 만이었다.

•

8

모든 것이 꿈이었다. 꿈 같았다. 어떻게 장례를 치렀는지, 어떻게 산에서 돌아왔는지 수택에게는 기억이 전혀 없었다.

장례가 지나고도 십여 일 간은 집안에 울음이 그치지 않았다. 생각하면 꿈 같다. 꿈이었던가 하고 나면 꿈이 아니다. 수택은 울음소리를 낸다고 집안 식구를 주장질하면서 자기도 울었다. 그 슬픔은 아버지를 생각하는 아들의 슬픔이기도 했지마는 '학문'을 조상하는 '무지'의 슬픔이기도 했다. '무지'를 경멸해온 '학문'의 참회였다.

수택은 방에서 단 한 발짝도 나가지 않는 날이 며칠을 두고 계속되었다. 조카 상태만이 신푸장하게 매일 들에 나갔다. 상태는 아직도 농촌 탈출의 꿈을 저버리지 못하는 것 같았다. 아니 그는 되려 최근에 와서 더욱 그런 결심을 굳게 한 모양이었다.

"너두 생각이 없는 아이지, 할아버지나 생존해 계시다면 또 몰라도 집안이 이꼴이 되는데 너만 쏙 빠져나간다면 어떻게 된단 말이냐?"

이렇게 사정을 하듯이 하는 수택의 말에,

"그럼 집에만 엎드려 있으면 뭘해유! 작은아버진 몰르시니까 농사 농사 하시지만 제 땅 가지구 농살 지어두 안 되는 게 남의 땅 소작을 해서 우리 십여 명 식구가 먹구살어유? 안 됩니다!"

그렇게 말하는 데는 수택이도 더 할 말이 없었다. 간다면 어디고 보내리라 했다. 나는 도시에서 기어들었으니까 너는 한번 도시로 나가보아라 했다. 그래서 네가 다시 농촌으로 기어들든지 내가 다시 도시로 기어나가든지 사람은 체험을 해보아야 안다 했다.

"그러나 난 이 동리에서 단 한 발자욱 움찍두 않을 게다!"

했다. 아버지가 잃어버린 땅을 찾는 것이 내 일생의 사명이다. 매평에 일원은 고사하고 오원이 간다더라도 찾으리라 했다. 아버지는 내게 그것을 당부하고 가셨다. 믿고 가셨다. 아니 그렇게 하기 위해서 당신의 목숨까지도 바치셨다.

이 아버지가 어디가 무식하냐! 했다.

'어디로 보나 소설줄이나 끼적이는 자식한테 멸시를 받을 존재냐!'

수택은 벽에 걸린 노출露出도 분명치 못한 김 영감의 사진을 쳐다보며 이렇게 마음에 부르짖는 것이었다.

며칠 동안 방 안에 엎드려 있는 동안에 수택은 금후의 방침을 딱 세웠다. 그것은 무엇보다도 아버지가 장만했던 땅을 찾자는 것이었다. 지금 시가時價로 약 삼천원어치다. 지금 그의 수중에는 약 팔백원의 현금이 있었다. 신문사의 고료가 마저 왔었고 장례에는 이백원 돈도 다 못 들었다. 그러나 그중 약 반은 부의로 들어온 것이었다. 이 팔백원이나마 살리리라 했다.

그는 먼저 현재 이 집을 조그만 집과 바꾸기로 했다. 장터 한복판에 이렇게 거추장스런 집을 지니고 있을 필요는 없었다. 제 지단이 끼어 있으니만큼 육칠백원 시가는 되었다. 이것으로 구석진 집을 산다면 사오백원은 떨어졌다. 일천삼백원이면 우선 아카시아 숲 앞 여덟 마지기 값은 된다.

이렇게 작정을 하고 그는 가족회의를 열었다. 이야기가 그의 계획대로 아물어지자 그는 심구영을 찾았다. N면으로 통하는 신작로가 그의 바로 문전을 기점起點으로 하고 뚫릴 것이요 장터에서 면소로 들르는 길도 그의 집 앞을 지나갈 계획이고 보니 현재 심구영네 상점보다는 어느 모로 보나 자리가 날 것이다.

처음부터 잠자코 그의 계획을 듣고만 있던 심구영은,

"참 장한 일이시오! 훌륭한 생각이시오!"

이렇게 찬성을 해주었다.

"내 처지가 이렇게 되어 내가 자진해서 청하는 게니만큼 정당한 값을 달라는 것두 아닙니다. 돌아가신 아버지를 생각하셔서 편의만 좀 보아주십시오."

수택이가 말한 값은 칠백원이었다.

"긴상두 잘 아시겠지만 그 자리가 그만 값은 됩니다. 첫째 제 터전이 삼백 평이나 되구 집이 그만하겠다 터두 좋지요. 그 값에 내 맡아드리리다…."

거짓말처럼 이야기는 순조로이 진행이 되었다. 그럴밖에 없었다. 심구영은 영리營利에 눈이 밝은 사람이었으니까.

"그럼 어떻게? 기다하라상이 그 논을 되판답디까?"

"건 아직 못 알아봤습니다. 허지만 내 심경을 잘 이야기하구 한번 졸라보렵니다."

"글쎄, 그 사람이 놓을까? 땅이 원근 좋아노니까!"

이렇게 말말끝에 읍내 새 지주와 면장과의 사이가 퍽 절친한 사이라는 말이 나서 그는 먼저 면장을 찾았다. 면장은 이전 철도국에도 다년간 있은 일이 있는 비교적 지식계급이었다. 성은 그는 처음 보는 경慶씨였다.

경 면장과는 일찍이 안면도 있는 터고 김 영감과도 자별한 사이였다. 이 동리서 김 영감을 존경한 사람도 오직 그뿐이었다. 그러니만큼 이야기는 훨씬 쉬웠다. 그도 역시 수택의 계획에 감동한 빛으로,

"긴상 같은 청년이 우리 면에 자꾸 나왔으면 좋겠습니다. 턱도 없이 농촌들을 싫어해서 큰 탈입니다. 이것은 단지 우리 면에 한한 것이 아니고 우리 국가로 본대도 크게 찬동할 만한 일입니다."

이렇게 말하며 그런 의기를 농촌 청년이 본받도록 해달라고 당부 당부하며 신 지주한테 보내는 긴 편지도 써주었다.

"기다하라상두 기꺼이 응할 겝니다. 값도 산 값으루 넘기도록 잘 말했습니다. 만일 안 된다면 내라두 가 드리리다. 내 말이면 못 떼겠지요. 나와는 전에 철도국에 있을 적부터의 친구인 터니까… 하여튼 긴상 같은 분이 우리 농촌 진흥 운동에 좋은 표본이 되어주어야 하지요…."

이렇게 해서 며칠 후 수택은 심구영에게서 현금 칠백원을 받아쥐었다. 그러나 그가 현금을 받기 전에 그의 집은 심구영의 손을 거치어 벌써 제삼자의 수중에 들어간 것이었다. 그의 집 일대가 장차는 교통의 중심지가 되고 그 자리에는 자동차부가 설치된다는 것도 그는 모르고 있었던 터였다. 칠백원은 며칠 새에 오백원의 새끼를 쳤었다.

그러나 이런 것을 모르는 수택은 심구영에게 그 호의를 눈물이 나게 치하를 했다.

사흘 후 수택은 착착 개켜서 버들상자 속 깊이 간직해두었던 여름 양복을 꺼내 입었다. 만 일년 만에 입는 양복이었다. 읍에 가서 새 지주를 만나보려는 것이다.

그는 아내가 신발에 손질을 하는 동안에 역시 양복을 입고 안마당 한가운데 넋잃은 사람처럼 서 있는 상태를 방안으로 불렀다.

"너 언제 올지도 모르니 할아버지께 다녀가거라. 나두 가뵙겠다."

이렇게 조카한테 말을 하고 자기도 일어서 제청으로 들어갔다. 절을 하는데 그대로 눈물이 좌르르 쏟아진다. 아버지가 한 달만 더 살아계셨던들 싶었다.

여름 햇살은 아침부터 뜨겁다. 그는 모자를 든 채 자전거를 끌고 신작로로 나왔다. 자동차 정류소 앞에는 그의 가족이 벌써 죽 모여서 있었다.

상태가 기어코 서울로 가는 것이었다. 그의 수중에는 돈 백원이 들어 있다. 그 돈 백원이 없어져도 직업을 못 얻는 때는 두말없이 돌아온다는 조건부로 수택은 몇몇 친구한테 편지도 써주어 보내는 것이다.

"그럼 잘 가 있다 오너라. 난 오늘 되돌아와야 할 게니까 떠나는 것 못 보겠다—."

"네—."

하는데 상태의 눈에도 눈물이 가득히 괸다.

"부디 몸을 조심해!"

이렇게 다시 당부를 하고 자전차에 올랐다. 비탈길이요 면소 앞인 터라 길도 골라서 자전차 바퀴가 그지없이 연하게 돈다.

수택은 발에 힘을 부쩍 주어 페달을 밟았다.

——— 〈「인문평론」 7호, 1940년 4월〉

문 서방

궁촌 제7화

•

•

1

"어서 먼저들 휭하니 올러가거라. 내 담배 한 대 피우고 이내 뒤쫓아갈 께시니…."

지게 위 목판에다 마지막으로 무나물 보시기를 얹어놔주며 문 서방은 말했다. 큰놈은 그래도 철이 들어서 아버지의 눈치를 슬슬 보며 버티어논 지게 앞으로 가더니 한쪽 무릎을 세우고 어깨를 디어민다.

"엎지를라. 비알을 올러갈 때 몸뚱일 앞으로 폭 까우려."

"예—."

"창식인 집이서 분이나 데리구 놀잔쿠."

막걸리 담긴 주전자를 들고 앞서는 둘째놈을 보고 문 서방이 달래듯 말을 하니 큰놈이 받아서,

"그래라. 그 주전잔 인 주구 분이하구 간난이나 데리구 놀어."

"나두 싫은걸."

"인저 또!"

중식(큰놈)이는 제법 형의 위엄이나 보이려는 듯이 눈을 딱 부릅뜬다.

"간난인 누나가 보잔나. 분이두 간다는걸!"

"난두 간다나!"

하면서 저만큼이나 앞서 달아나는 분이를 보고 큰놈이 버레기 깨지는 소리를 친다.

"가긴 어딜 가! 이놈에 지지배!"

말뚝처럼 마당 한복판에 서서 이 꼴을 보고만 섰던 문 서방은 다 죽어가는 사람의 목소리로,

"놔두렴. 거 그리 멀지두 않구 허니…."

이렇게 큰놈을 타이르고,

"철들이 나기나 해서 그런다면 좋겠다만서두…."

혼잣말처럼 중얼거린다. 문 서방 아내의 삼우제를 지내러 가는 구슬픈 광경이다. 열여섯을 위로 열하나, 아홉, 이렇게 삼남매가 앞서거니 뒤서거니 울섶을 돌아서 동산으로 올라가는 꼴을 바라다보는 모양이나, 그의 시선은 반드시 어린것들에게만 집중이 되어 있지도 않은 모양이다. 그 증거로는 어린것들이 아카시아 풀섶을 지나서 사태 난 골짝을 건너고 잔솔밭 등성이 너머로 사라진 후도 그의 시선은 회색 공간에 그대로 흩어진 채로 있는 것이다. 눈자위가 유달리 움푹 들어간 때문뿐 아니라 요 몇 해 동안에 사태처럼 내리덮친 불행에 안광도 무딜 대로 무디어졌다. 그의 눈은 그 무엇을 능동적으로 본다느니보다는 차라리 창망한 공간에 흩어진 그 무슨 형체가 그의 시선 속으로 기어들기를 기다리고 있는 것도 같이 보인다. 넓직한 어깨는 부러진 날개처럼 처졌다.

키 닮아서 얼굴도 바탕은 넓고 길고 하나 볼이 없고 보니 하릴없이 삼년 굶은 빈대 쭉정이 모습이다. 볼에 살이 잡혔다면 그렇지도 않았을 것이련만 면장面長인데다가 양쪽 볼따구니가 푹 패이고 보니 자연 주걱턱이 될밖에 없었다. 흙빛 그대로의 얼굴빛에 담송담송 난 노리끼레한 수염이 문 서방을 한층 더 궁상맞게 보이고 있다.

동짓달이 내일 모레라는데 무릎에도 안 닿는 깡뚱한 회색 홑단 두루마기가 오늘 아침의 문 서방을 더욱 초라하게 보이고 있다. 그나마도 품이 솔고 소매도 짧다. 일년내 개두었다가 그대로 내입었는지 접었던 자국이 그대로 굵다. 정강이에 겨우 찰까말까한 길이에다가 섶이 바짝 치켜달려서 동정 여민 선이 마치 그의 목을 졸라맨 것처럼 거북상스러 보인다.

문 서방은 어린것들이 잔솔밭 등성이를 넘어 오봉산 골짝으로 사라지고도 얼마 동안이나 그 자리—처음 섰던 바로 그 자리서 움직일 줄을 모른다. 그의 시선은 여전히 눈발이 차차분하니 내려덮인 오직 뿌연 대공을 향해서 흩어져 있다. 뽀얀 회색 이외에는 아무것도 없는 완전한 공간에서 열심으로 그 무엇을 찾는 사람의 눈이다. 완전한 무無에서 그 무엇이든지를 찾아보려고 초조해하는 눈이다.

햇살도 으수이 퍼졌음직한 때건만 오늘 아침은 유달리 음침하고 신산하다. 잎도 다 진 감나무 가지에 핀 하이얀 서리꽃이 겨우 희미한 빛을 발하고 있다. 산기슭 세 집 뜸인 이 구석말에는 이렇다 이름질 만한 음향도 없다. 추녀 끝에서 조작이는 참새 소리, 이따금 잊어버렸던 듯이 외마디소리를 치는 까마귀의 그 음침한 울음소리. 소도 개도 없는 이 구석말의 아침 저녁을 장식해주는 까치 소리도 오늘 아침에는 들을 수가 없다. 오직 음산한 하늘과 침통한 문 서방의 빈대 쭉정이 같은 얼굴과—이러한 모든 우울한 분위기보다도 더한층 불길한 까마귀 소리. 덧없이 긴 한숨을 쉬고 문 서방은 겨우 그 자리를 떠서 삽짝 안으로 들어선다.

"아버지, 그만 올러가 보시지유."

아까부터 김치광 거적 이스매를 들치고 너무나 심란해하는 아버지를 훔쳐보고 있던 이쁜이는 행주치마 끈으로 눈물을 찍어낸다.

"아버지, 국에 진지 좀 놔 잡숫구 가셨으면…."

"괜찮다."

"엊저녁두 진질 설치시구 아침두…."

그러다 말고 이쁜이는 봉당 기둥에 얼굴을 붙이고 조심성스럽게 느낀다.

"듣기 싫다. 울긴 왜."

문 서방은 아무렇지도 않은 듯이 마당 한구석에 있는 댓돌(짚을 두드리는)에 주저앉아서 무섭게 느린 동작으로 주섬주섬 담배 연모를 꺼낸다. 먼저 오른쪽 조끼주머니에서 한 뼘은 되는 골통대를 꺼내서 두루막 앞섶 자락에 내논 다음 왼쪽 두루막 옆구멍으로 손을 넣어서 쌈지를 꺼내어 손바닥에 한줌 놓고 침을 퉤퉤 몇 번 뱉어서 녹녹히 축인 다음, 대통에 몽글려 담고 이쪽 주머니 저쪽 주머니 한참을 부스럭거려서 성냥을 꺼내어 황 대가리가 겨우 뵐까말까한 정도로 바짝 내려다 쥐고는 확지에 드윽 그어 불을 붙인다. 불을 붙이고는 성냥불을 엄지손가락과 둘째손가락 끝으로 싹 부벼 꺼서 성냥곽을 열고 황 대가리가 안 붙은 쪽을 골라 섞바뀌로 되집어 넣는다. 이 간략한 동작에 그는 실로 오분이나 실한 시간을 허비하는 것이다.

문 서방이 이 느릿느릿한 동작을 하는 동안에도 이쁜이는 아버지에게 등을 보인 채 그대로 기둥에 엎디어 울고 있다. 어미 뱃속에서 나오면서부터 오늘날까지 십팔 년 동안 배를 곯고 드센 일에 지기를 못 펴고 살아온 이쁜이건만 거짓말처럼 어깨받이가 통통하다. 제 어미의 허우대 요량해서는 이쁜이는 졸한 편이었다. 그러나 금년 접어들면서는 마치 호된 설한雪寒에 지질렸던 싹들이 봄소리를 듣기가 무섭게 언 땅을 분연히 헤치고 새싹을 트듯이 이쁜이도 열여덟의 봄을 맞으면서부터는 굶주림과 육체의 발육을 억누르고 있던 몸에 겨운 무서운 노역에도 개의치 않고 수양버들 가지처럼 사지가 쭉쭉 뻗어났다. 그것은 마치 까슬까슬하니 말랐던 나뭇가지에 물이 올라 하루하루 윤기가 흐르고 파아란 생기가 소생하는 것과도 같았다. 이쁜이는 정말 금년 봄 접어들면서부터 봄을 맞은 물가의 수양버들 가지처럼 미끈해졌다. 그 노리끼레하던 얼굴빛에도 어딘지는 모르게 화색이 돌아졌고 더욱이 양볼에는 발그레하니 핏기가 깨어났다. 일에 억눌리고 철이 들면서부터 뒤덮이는 가지가지의 불행에 오들오들 떨기만 하던 눈도 올봄을 접어들면서부터는 한결 대담해졌다.

이쁜이를 보면 누구나 옥의 옥다움을 다시 한번 생각게 한다. 아무리 시궁창 썩은 흙 속에 묻힌 옥이라도 옥은 옥이다. 비록 성냥 한 갑, 생강 한 쪽을 사재도 십리 길을 걸어야 하는 두메 산기슭 상여집처럼 납작한 다섯 칸 초가집에 태어나서 흙과 검정을 뒤집어쓴 채 문명이라는 것을 모르고 살아오는 이쁜일망정 타고난 아름다움은 어떠한 외계의 압박에도 가시어지지 않았다. 온갖 생물을 유린하는 설한도 한마디의 개구리 소리를 무시할 수 없듯이 이쁜이의 미는 자연의 법칙과 함께 부쩍부쩍 자랐다. 그것은 생의 무서운 약동이었다.

문 서방은 시름없이 담배를 피우며 소담한 딸의 머리채를 멀끄러미 바라다보면서,

"느 어미가 몹쓸 사람이다."

거의 입밖에 내어 이렇게 중얼거려보는 것이다.

문 서방은 겨우 몸을 일으켰다. 돌에서 온 찬 기운이 아랫배를 통해서 가슴으로 올라옴을 무의식중에 깨달으며 오른손으로 한참 아랫배를 눌렀다.

"인저 그만 그쳐라. 울면 되느냐. 울어 모든 게 잘된다면 나두 오십 평생 울기만 했겠다."

문 서방은 전에 없이 이쁜이가 측은해 보였다. 그는 가까이 가서 가벼이 머리를 쓰다듬어주며,

"내 모자 내온."

"네—."

운 티도 없는 맑은 목소리다.

문 서방은 딸의 손에서 다 찌그러진 고동색 중절모자를 아무렇게나 받아 쓰고,

"내 갔다 오마. 얘들은 벌써 다 갔겠구나."

시적시적 삽짝 밖으로 나간다.

2

하늘은 여전히 뿌옇다. 보리밭에 준 퇴비를 파헤치던 까마귀떼가

흉측스러운 소리를 치며 감나무 가지로 올라앉는다. 처적처적 울 뒤를 돌아서 사태 난 골짝을 건너 등성이를 올라가노라니 점점 눈앞이 흐려진다. 높다고 디디면 헌청하고 다리가 헛놓인다. 눈앞이 아물아물해진다. 문 서방은 하는 수 없이 잔솔 폭을 붙들고 주먹으로 눈을 부볐다. 그는 모든 것을 잊자 했다. 그러고는 걸음을 재촉해서 장군바위를 타고 부지런히 올라갔다.

쏴! 솔잎을 스치는 바람 소리 사이사이로 요령 소리가 들려온다. 문 서방은 찔끔해서 발을 멈추었다. 솔새가 머리맡에서 짹짹일 뿐 다시 한 차례 쏴— 바람이 솔잎을 흔든다. 문 서방은 다시 걸었다. 장군바위 밑을 지나서 감나무숲을 지나려니 이번에는 분명한 요령 소리가 귀를 스친다. 그는 다시 발을 멈추었다.

"…인생은 칠십이라든데 워-호-워-호… 남은 삼십은 어디 가 살려나, 워-호-워-호- 조당죽을 먹어도 같이 살아야 장하지. 워-호-워-호- 걱정마소… 이팝 쌀밥 지어놓고 낭군님네 모셔가지. 워-호-워-호-…."

문 서방은 못 들을 소리를 들은 것처럼 허들겁스럽게 진저리를 치고 다시 등성이를 넘어서 수리대로 빠지는 골짝을 내려탔다.

그러나 그의 발은 저도 모르게 또 뜨먹해졌다.

'빌어먹을 사람… 정말 조당죽을 먹으면서두 같이 살아야 장한 게지… 저 혼자만 넙죽 죽으면 그만인가….'

문 서방은 정말 아내가 죽은 것이 아내의 자유 의사이기나 한 것처럼 이렇게 원망해보는 것이었다. 죽으려고 마음이 변했던 탓이었겠지만 자리에 눕기 전부터 유달리 죽을 싫어하고 걸핏하면 퉁퉁증을 놓던 것이 문 서방에게는 지금도 야속하게 생각이 드는 것이었다. 본심이 안 그런 줄은 문 서방도 십 년이나 살아본 터라 잘 알고는 있었다. 잘 알고는 있으면서도 죽그릇에 숟갈을 꽂고는 쑤석쑤석하는 꼴이며 살며시 한숨을 짓는 것을 볼 때는 용하디용한 문 서방도 가끔 불끈해진다. 그러나 문 서방은 지금 아내와 동거를 한 이래 만 십 년간 단 한 번도 그 불끈 끓어오르는 감정을 표면에 나타낸 적은 없었다. 물론 그도 사람인지라 얼굴에 나타나는 것을 감출 도리는 없었다 하더라도 적어도 아내한테 손찌검 한 번 하지 않았다. 그러한 그의 관대가 되려 아내의 기를 돋우었는지는 모르나 그가 병들기 전후에는 남편한테 욕이라도 능히 함직하게까지 거세어졌던 것이나 문 서방은 매양,

"거 뭘 그랴. 죽을 먹구 이팝을 먹는 것만은 사람 힘으루 안 되는 게여. 다 하느님이 태운 대루 살어야지. 투덜대면 한정이 있다든가. 이팝 먹으면 고기 먹구 싶구 고기 먹게 되면 명지옷만 입구 싶구, 그저 사람은 제 복에 태어난 대루 살구 그걸 감지득지해야 하는 게니…."

이렇게 타일러왔다.

"허, 또 죄받을 소릴 하는군!"

문 서방은 멀쭉하니 물러나앉는 것이 보통이었다. 그러나 그도 참다참다 못하면,

"허, 그럴 거 뭐 있나. 어디구 가서 이팝에 고기만 먹구 빈들빈들 놀려줄 데가 있음 찾어가게나. 내가 잘 먹이구 잘 입히진 못할망정 그런 용당자리가 있다믄야 보내주기야 못할갑세…."

문 서방은 자기 아내가 그런 생각은 꿈에도 않는 줄을 잘 안다. 잘 알면서도 그래 보는 것이었다. 아니 자기 아내가 비록 개가를 해왔다고는 하지마는 덩그러니 살아 있는 남편을 두고 또 딴집 문지방을 넘지 않

을 사람인 줄을 잘 알고 있기 때문에 그런 말도 해보던 것이었다.

그러면 아내는 매양 울었다. 서러워서가 아니라 분해서 울었다. 억울해서 울었다. 어떻게 박복해서 한 남편을 섬기지 못하고 이런 천대를 받느냐고 푸념을 했다. 삼십도 못 살고 죽을 사람이 뭣하러 태어났더냐고 죽은 남편한테 포악을 했다. 삼십도 못 살 위인이 그 샐 못 참고 왜 장가는 들었느냐고도 원망을 했다. 그것은 입에 발린 소리가 아니었다. 가슴에서 우러나온 포악이요, 원망이요, 울음이었다.

그는 몸부림을 치고 머리를 쥐어뜯으며 절통해했다. 그의 그 울음이 얼마나 절통한 것인가는 그럴 때마다 침식을 잃고 애통해하는 것만으로도 짐작할 수가 있었다.

아내의 그토록이나 설워하는 것을 보는 것이 문 서방에게는 더없이 기뻤다. 전실 자식을 둘이나 거느리고 죽조차 배불리 먹지 못하면서도 일평생 이 집 문지방을 넘지 않겠다는 아내의 갸륵한 심정이 엿보이어 그지없이 즐거웠던 것이다.

"이것이 모두 하느님의 덕분이지!"

그는 아내한테 감사하는 마음으로 하느님한테도 백배 치하를 했다.

아내가 시름시름 앓다가 몸잡아 누웠을 때는 정말 문 서방은 뜨끔했다. 바로 십여 년 전 역시 늦은 가을 조강지처를 공동묘지에 묻고 돌아온 쓴 경험이 있다. 그러나 그때만 해도 문 서방은 젊었었다. 사람이 앓는다고 다 죽으랴 하는 생각도 있었다. 아내가 드디어 숨을 모으고 손발이 싸늘해질 때까지도 설마 죽으랴 했었다. 염을 하면서도 염한 지 이틀 만에 푸스스 깨어났다는 말도 있잖는가 했었다. 그러나 그의 조강지처는 기어코 살아오지 않고 말았다. 그는 칠성판을 구혈에 묻고 회를 치고 흙을 덮고 달구질을 할 때까지도 자기 아내가 정말 죽었거니 생각이 들지 않았던 것이었다.

그리고 또 한 가지 위안은 그때만 해도 그렇게 조석끼니가 간데없지는 않았다. 비록 남의 땅일망정 젊은 기운에 겁날 것이 없던 때였다. 그는 약도 썼다. 경도 읽었고 굿도 했다. 고명타 해서 침도 맞았다. 그는 아내를 위해서 소도 팔았고 도야지 마리도 아낌없이 돈과 바꾸었다. 죽은 뒤에도 한은 없었다.

그러나 두 번째 아내가 몸져 눕는 것을 볼 때 그는 정말 눈이 홱 돌아갔다. 아기자기한 정도 기실은 조강지처보다도 두 번째 아내한테 들었었다. 전처는 민며느리로 데려다가 십여 년 살기는 했으나 철없이 살았었다. 아내 귀여운 줄을 안 것도 이번이었고 아내의 고마움을 안 것도 전처가 죽은 뒤 이태 동안의 홀아비 살림에서 뼈에 사무치게 경험했던 것이었다.

두 번째 아내가 죽었을 제 문 서방은 정말 절통해했다. 오봉산이 찌렁찌렁하게 아내를 부르며 울었다. 아내를 묻고 와서도 그는 이틀 동안이나 자리에 누웠었다. 가슴이 띵띵 부었었다. 땅을 치며 울어서 손이 말 못 되었다. 문 서방은 그 길로 안질이 생겨서 늘 운 사람처럼 충혈이 되었고 눈곱이 끼고 지적지적했다.

"복통할 노릇이지! 자식새끼들이나 적은가?"

사람들은 이렇게 말했다.

"한 번두 아니구 두 번이 아닌가베. 하느님두 무심하지. 그 용하디용한 사람한테… 그런 적악이 어딨나."

이렇게들도 말했다.

그러나 문 서방의 설움은 다른 데 있었다. 다섯이나 되는 자식들이 불쌍키도 했다. 하느님이 준 시련이 너무 자기에게 가혹한 것을 원망하는 설움도 있었다. 그러나 그는 무엇보다도 전처처럼 시약도 못했고 굿 한번 못해 준 것이 더욱 서러웠다. 먼저 처는 내종이었다. 그러나 이번 아내는 감기였다. 감기가 쇠해서 몸살이 되고 몸살이 더치어 열병이 됐다. 그는 약을 안 쓴 것이 설운 게 아니라 약을 쓰지 못한 것이 한이었다. 약 한 첩 변변히 쓰지 못하고 밥 한 그릇 변변히 못해 내버린 채 죽였다. 그는 자기가 죽인 게나 진배없다고 생각한다. 본처 때, 소와 돼지를 팔아서 약을 쓰고 굿한 보람을 못 봐서 안 쓴 것이 아니었다. 사실 지금의 그는 팔 것도 없었다. 세상이 변해서 오푼 변을 주고도 빚을 얻어낼 재간이 없었다. 그의 집은 단돈 십원에도 잡으려는 사람이 없었다. 돈 있는 사람들은 주머니끈을 잔뜩 졸라매고 말대꾸도 변변히 하지 않았다.

그러나 그보다도 절통한 것은 아내의 어리석음에서 생긴 비극이었다. 문 서방이 한이나 없게 마지막으로 굿이나 한번 해본다고 빚을 얻으러 갈팡질팡 다닐 때 아이 어머니한테 돈 십원쯤은 있을지 모른다고 귀띔해주는 사람이 있었다. 도랫말 술집 여편네였다. 자기도 작년에 한번 오원을 빚내다 쓴 일이 있다는 것이었다. 처음엔 그럴듯이 들었다. 그러나 그는 그것을 믿을 수 없었다. 믿을 수는 없으면서도 아내한테 물어보았던 것이나 역시 그런 돈이 있을 리 만무였다.

그랬던 것이 역시 아내에게는 돈이 있었다. 개가해올 때 몸에 지니고 왔던 돈 십오원에 살을 붙이고 붙이고 해서 꽁꽁 뭉친 채 백원 돈이 있었다. 연전 중식이란 놈이 담으로 앓을 때 친정에 가서 얻어왔다던 전후 이십원 돈이 그의 주머니 속에서 나왔다는 것을 안 것도 그가 죽은 후였다. 전실 자식을 살리는 데는 아낌이 없이 돈을 내놓고는 자기 병에는 일전 한 푼 못 쓰고 죽어버린 어리석은 서모. 그런 아내의 심정을 생각할 때 문 서방은 그 어리석은 서모를 위해서 다시 한번 울어주지 않을 수 없었다.

"빌어먹을 사람!"

문 서방이 장군바위 넘어 잔등을 타고 싸릿골 쪽으로 내려갈 무렵에 문득 눈이 날리기 시작하였다. 금년 접어들어 첫눈이었다. 첫눈치고는 송이가 컸다. 문 서방은 문득 발을 멈추고 십여 년 전 본처를 묻으러 가던 날도 눈이 왔던가? 그런 생각을 해보는 것이었다. 역시 그때도 눈이 왔던 성싶었다. 그는 생각없이 손바닥을 내벌렸다. 활짝 핀 매화송이처럼 소담스런 눈송이가 한 개 두 개 손바닥 위에 떨어진다. 먼저 떨어진 눈송이가 녹으면 다시 파시시 한 송이 내려와 앉는다. 잠깐 동안에 그 눈송이도 사르르 녹아버린다.

"…그러고 보면 사람의 한평생이란 긴 것이로구나. 먼저 온 눈은 녹아 없어지고 또다시 딴 눈이 오고…."

문 서방은 이런 부질없는 생각에 잠겨 있는 자신을 문득 발견하고 멈칫해하며 사방공사 자리인 노가주나무 비탈을 싸릿골 쪽으로 내려섰다.

거기서는 저 아래로 공동묘지가 내려다보였다. 어린것들도 멀찍하니 보였다.

아이들도 아버지를 보았는지 분이란 년이 손을 내두르면서 아버지를 부른다. 둘째놈도 얼른 오라고 고함을 친다.

"오—냐."

문 서방은 이렇게 대답을 하려고 했으나 어쩐지 목이 컥 메이면서 목소리가 갈래갈래 흩어져버리는 것이었다.

•
3

산에서 내려온 그날 밤… 이렇게 문 서방의 이야기를 다시 시작하면 지금까지의 문 서방의 행장을 보아온 독자는 깜박깜박하는 등잔불 앞에 앉아서 한숨짓는 그를 상상하기가 십상이리라. 그렇지 않으면 도랫말 주막에서 곤드레만드레 콧노래를 부르고 있는 그를 연상하기도 쉬우리라. 또 그것이 사람의 상정이기도 할 것이었다.

—그러나 그날 밤도 문 서방은 여느 날 밤처럼 가마틀에 매달려 있었다. 오른쪽에는 이쁜이, 왼쪽에는 창식이가 제각금 짚을 먹이고 문 서방은 오늘이 그처럼 아끼던 아내의 삼우젯날이라는 사실조차도 잊어버린 사람처럼 바디를 치기에 경황이 없었다.

"창식아, 네 짚은 좀 가는가부다."

"이쁜아, 세 번 넣군 창식이더러 넣으라구 일러라."

"중식아, 너 부지런히 새끼 꽈야 낼 날거리가 되겠다!"

문 서방은 이렇게 이르면서도 대견한 모양이다. 굵은 짚이면 한 오리, 가는 짚이면 두 오리씩 댓가지에 꿰어서 양편으로 늘어진 가마니날 새로 집어넣는 것이나 둘쨋놈 창식이의 손은 날듯이 재빠르게 움직인다. 이쁜이의 손에서도 바람이 인다. 이면치레로 불이라고 등잔이 놓이기는 했으나 우중충한 방안을 비춰주기에는 너무도 흐리다. 그렇건마는 그들은 어둠 속에서 제 코, 제 눈을 만지는 것보다도 손이 익다. 매끈매끈한 댓가지가 새끼 날을 스치고 지나가는 소리가 금속성처럼 맑고 가늘다. 그 짚 스치는 소리가 새액 나기가 무섭게 덜컥 바디 치는 소리가 난다. 새액, 덜컥, 새액, 덜컥, 한창 신이 날 때는 이 새액 소리와 덜컥 소리가 거의 동시각에 난다.

만일 독자가 전장의 이야기를 듣지 않은 채 산촌 들창 밖에서 이 가족의 가마 치는 소리를 들었다면 거기에서 좋은 음악을 듣는 때와 같은 일종의 즐거움을 느꼈을 것이다.

"아버지, 그만 주무시지요."

이쁜이가 짚을 먹이면서 간절하니 말한다.

"왜, 고단한가보구나. 난 괜찮으니 느나 먼저들 자거라."

"아녀요. 즌 괜찮아요. 인저 골른 짚두 얼마 안 남었구, 이깟거야 창식이하구 둘이만 해두 잠깐 해칠 걸유, 뭐."

"그럼 다같이 끝막자꾸나. 느들만 시키구 내 맘이 좋겠니, 그까짓 잠깐 먼저 잔다구 살이 찌겠느냐."

"그럼 중식이 네나 먼저 자렴. 아버지하구 해치구 잘 께니."

"뭐, 난 좀 더 자면 살 찌나."

"넌 아침이 일느니께 말이야."

"참 그러렴. 어린것이 그 꼭두새벽에 그게 할 짓이냐. 모두 애비가 못난 탓이지…."

문 서방은 이렇게 혼잣말처럼 하더니,

"허지만 사람이란 밥값을 해야 하느니라. 일복두 태는 사람이 있는 게니 암만 일을 허구 싶어두 일이 안 생기는 사람이 있거든. 너머 여러

날 못 가서 뭬라구 않을는지나 모르겠다."

중식이는 보름 전부터 용산역 열차구 석탄고에 다니는 것이었다.

"뭘요. 워낙 사람이 많어노니께, 누가 왔는지 누가 안 왔는지두 모르는걸요. 가만히 보면 아침에 호명만 하구 저 석탄고 뒤에 가서 실컷 놀다간 나중엔 덴뽀에 도장만 맡아가지구 오는걸요."

중식이는 아직 나이 열여섯 살이나 문 서방네 집에서는 없을 수 없는 장정이다. 문 서방을 닮아서 기골이 장대하고 어려서부터 드센 고역으로 다질러진 몸뚱이라 강철처럼 모질다. 해동을 하면 그럴 겨를도 없지마는 거둠세가 끝나고 보니 땔나무에 잔일이 없는 바는 아니나 하루 일로서는 신푸장스럽던지 석탄고에라도 다녔으면 하는 눈치였다.

이 근동에서 용산 열차구 석탄고에 다니기 시작한 것이 삼 년 전 흉년이 시작되던 해 겨울부터다. K역에서 새벽차를 타고 용산 가서 일을 하고는 저녁 일곱시차로 돌아들 온다. 일이란 석탄고에서 기관차에 석탄을 실어주는 것이다. 온종일 삽질을 하는 고역이기는 하나 어른은 하루 일원 오십전부터 이원 가까이 받았고 아이들도 팔십전부터 일원 사오십전까지는 나왔다.

그런 말을 들었을 제 문 서방은 겨울 동안에 그것이나 해볼까도 했었다. 그러나 아내가 있는 것도 아니요, 어린것들한테만 집을 맡기고 새벽에 나가서 밤중에 올 수도 없어 멈칫하고 있는데 중식이가 가겠노라고 서둘렀다. 부지런히만 다니면 한 달에 삼십원 벌이가 되는 것을 생각하면 괴이치 않은 일이나 정거장까지 십리 길이나 되는 구석말에서는 암만 생각해도 헤어날 것 같지 않아서 한사코 말렸던 것이다.

"뭘 그러셔요. 지가 지 생각 못할라구요. 정 못견디겠으믄 그만두지요."

"그래, 기어코 가보련?"

"한결만 단겨볼래유. 아침잠 남보다 조곰만 들 자면 한 달에 삼십 원씩은 곶감 빼먹듯 할 겐데유."

"글쎄, 정 가보겠으믄 가보라만. 해두 정 몸이 고된 듯하건 억지루 참진 말어라. 없는 놈은 몸뚱이가 밑천인데…."

이렇게 해서 중식이가 석탄고에 다닌 지가 한 보름 된다. 중식이는 하루 일원 오전이었다.

"그래, 너두 더러 남들처럼 그렇게 베때려 봤니?"

문 서방은 여전히 바디 치는 손을 쉬지 않고 물어본다. 은근한 말씨다.

"안적 들어간 지두 며칠 안 돼서 그런 짓을 하면 되나요."

"그럼 오래되면 너두 하겠구나?"

"어이, 아버지두."

중식이는 천부당만부당이란 듯이 펄쩍뛴다.

"그래야지. 사람이란 남의 눈을 기우면 못써. 한 번 기우구 두 번 기우면 재미가 나거든. 남을 속여먹구 잘사는 놈 없느니라…."

준준히 이렇게 타이르고는,

"하기는 난 어머니 뱃속에서 나온 후루 단 한 번두 남을 속여먹은 일이 없어두 지금 이 꼴이다만…."

혼잣말처럼 중얼거린다.

자식을 훈계하느라고 그러는 것이 아니라 문 서방은 사실 그런 사람이었다. 오십 평생에 별로 남과 이렇다 할 시비를 한 적도 없거니와 남을 속여먹었다거나 남을 해쳐서 제 속셈을 차렸다 하는 등 사가 도시 없는 사람이다. 아무리 사람이 용하다 해도 젊은 결기에 시비도 하고 싸움도 하고 더러는 상처도 나고 하는 것이 사람의 일생이겠건만 문 서방은 철들면서부터는 남의 뺨 한 대 쳐본 일이 없다. 그의 뺨을 친 사람도 없다.

"이 세상 사람들은 모두 저 잘난 맛에 사는 겐데 저 잘났단 사람을 못났대서 쓰겠나. 남은 잘난 맛에 사는 대신 난 못난 맛에 살면 시비가 날 리 없지."

문 서방은 늘 이렇게 말했고,

"사람이 절하구 뺨 맞는 법은 없느니."

이것도 그의 세상 사는 법이요,

"맛난 것은 생(사양)을 하구 일엔 탐을 내보지. 어떤 실없는 사람이 시빌 거나."

말뿐이 아니었다. 문 서방은 매사에 그랬다. 사람들은 그런 그를 조롱했다. 그의 별명은 '생불'이었다. '생불'이란 별명은 반드시 그를 존경하는 데서 온 것은 아니었다. 그러나 그는 그것을 치욕으로 생각지 않는다. 자랑으로도 생각지 않았지만.

문 서방에게는 생에 대한 굳은 신념이 있었다. 그것은 악하지 않은 사람은 반드시 끝장이 좋다는 것이다. 그는 그것을 믿었다. 세상에는 착하고도 끝장이 좋지 못했던 사람도 많았다. 그러나 그것은 하느님이 그른 것이 아니라 하느님이 돌보시도록 그가 착하지 못했기 때문이라 했다.

이 "선자는 반드시 흥한다"는 진리에 문 서방은 또 다른 지론을 갖고 있었다. 즉, 착한 사람은 반드시 흥하기는 하되 그것은 당대에보다도 자손대에 가서야 그 혜택을 받게 된다는 것이다. 그가 언제부터 그런 지론을 갖게 되었는지는 물론 알 길이 없으되 동리 사람들은 두 번째 처를 죽인 후부터라고들 한다. 어디로 따져보아도 자기는 악인은 아니다. 일찍이 남을 속인 일이 없고, 남을 해친 일이 없고, 자기의 이익을 위하여서 남에게 손을 보인 일이 없다. 그러고 보니 내게는 반드시 복이 오리라. 초년 고생은 돈 주고도 못 산다지 않는가. 말년에는 나도 남처럼 살 수가 있으리라. 이렇게 생각하고 믿고 했던 것이 두 번이나 상처를 당하고 어미 없는 자식을 다섯이나 떠안고 보니 악하지 않다고 반드시 흥하지만은 않는가보다, 이렇게도 생각게 되었으리라—이렇게들 생각했다. 그리고 또 그것은 사실이기도 했다.

문 서방은 하늘의 뜻이 어디 있는가를 의심도 했다.

그러나 그는 자기의 지론을 버리기에는 너무나 하늘에 대한 신념이 강했다. 그 신념이 없이는 그는 단 하루도 살 수가 없었다.

비 한 줄금, 눈 한 송이까지도 하늘이 주심이라 하고 또 믿고, 하루에 물 한 모금을 얻어먹는 것도 오직 하늘의 뜻이라 했고, 또 믿는 그로서 자기의 처가 죽었다 해서 곧 하늘을 저버릴 수는 없었다.

“아마 당대에는 하늘님의 혜택을 못 받는가보다.”

듣기에는 매우 궁한 변명이나 문 서방은 사실 그렇게 생각함으로 해서 그의 맘도 어느 정도로 편했을 것이었다.

그는 오직 하느님에 대한 감사의 정으로 살았다. 비를 주니 감사했고 눈을 내리시니 감사했다. 병을 주심은 잘못에 대한 꾸지람이라 했다.

그렇다고 문 서방은 교육을 받은 사람은 아니다. 그는 종교를 가져

본 일도 없고, 어느 포교사의 강화를 들은 적도 없다. 하느님에 대한 그의 신앙은 오직 오십 평생의 그의 흙 생활에서 빚어진 것이다. 흙 속에 씨를 뿌리면 싹이 트고, 싹이 트면 비를 주시고 열매를 맺게 하시고, 중생으로 하여금 그 열매로 연명을 하게 하신다. 보리를 심어노면 얼어죽을까 눈으로 덮어주시고 눈을 녹여서 봄갈이 물을 마련해주신다.

만물은 또 그에게 있어서 모두가 하느님의 것이었다. 재물도, 목숨도. 재물이 생기면 하늘이 내리셨다 했고 그것을 진심으로 믿는 사람이었다.

이러한 그의 굳은 신념은 그의 생에 그대로 나타나지는 것이다. 그는 일찍이 단 한 번도 나라에 바치는 세금을 하루라도 늦추어본 적이 없다. 언제 한 번 많다 적다 논란을 해본 적도 없었다. 바로 수년 전 면소 옆에 학교를 질 때다. 남의 소작으로만 연명을 해가는 문 서방에게 사십이원이라는 큰돈이 배당이 되었었다. 그것은 분명히 면의 착오였다. 그러나 그는 기일까지에 아무 말 없이 갖다 물었다. 나중에 그것이 잘못된 것이 판명도 되었고 그가 그 기부금을 물기 위하여서 집을 잡혔던 것도 드러나서 면장으로부터 상장과 상품을 받으러 오라는 통지를 받았다.

그때 문 서방은 이런 말을 했다.

"면장 어른이 처사는 잘하는구먼서두 농사꾼의 사정은 모르시는군."

마침 논갈이가 시작될 때라 끝끝내 문 서방은 가지 않고 말았었다(후에 면에서 일부러 보내서 종이 한 장과 호미 한 자루를 받기는 했었지마는).

문 서방이 오늘처럼 마음 산란한 날 밤에도 이렇게 유쾌하게 일을 할 수 있다는 것도 그의 하느님에 대한 굳은 신념 때문이었다. 그는 간밤에도 변변히 잠을 못 이루었다. 조반도 설쳤다. 그 극진히도 먹고 싶던 기름이 자르르 흐르는 쌀밥도 모래알처럼 깔깔했다. 그만큼 그는 오늘 슬펐다. 적어도 산에 올라가기까지에는.

그러나 그의 설움은 산에서 내려온 때 말끔히 개어 있었다. 사람의 수명은 하늘에 매였다. 하늘이 살리고 싶으면 살리고 죽이고 싶으면 죽인다. 아무리 집을 팔고 도적질을 해서 약을 쓰고 굿을 했다더라도 아내는 죽었을는지 모른다. 사람이 병들었다고 다 죽으랴. 이렇게 문 서방은 생각하는 것이었다. 아내를 죽인 사람이 이 세상에 어찌 나뿐이랴. 아내는 죽었지만 자식들은 살지 않았는가. 아내가 죽었으니 아니 아내가 죽었으니까 나는 한층 더 부지런히 일을 해야 하리라. 아내가 죽었다고 슬퍼만 하랴. 슬퍼한다고 죽은 아내가 살아올 것이 아니겠고 저의 죽은 어미를 위해서 슬퍼했다고 어린 자식들이 붕어처럼 물만 먹고 살아지지도 않을 것이다.

문 서방은 이렇게 그날 밤 뚱뚱 부은 눈을 부비고 다시 손에 일을 잡았다. 일을 하는 것이 죽은 아내한테 안심을 주는 유일한 방법이요, 자식들에게 대한 유일한 도리라 했다. 하늘이 나를 이 세상에 보내실 때 하늘은 내게 일을 주셨다. 그 일을 어찌 남기고 가랴.

그에게 있어서 하느님은 반드시 하늘에만 있는 것은 아니었다. 면서기도, 주재소 순사도 그에게는 하늘이었다. 금융조합 서기도 그에게는 극진히도 고마운 하늘이었다. ―아니 동리 구장도 그에게는 범할 수 없는 하늘이었고, 진흥회장도 그에게는 하늘이었다. 진흥회 사환 아이, 동리 소임의 말도 그에게는 바로 하느님의 명령이었다.

그가 지금 짜는 가마니도 기실은 동리 소임의 명령을 받았던 것이다. 여편네도 없는 홀아비 살림에 가마니 백 개란 좀 과한 짐이었다. 그러나 그는 한마디 대꾸도 안했다.

"아, 치구말구!"

그는 그 자리에서 대답했다. 소임도 구장의 명을 받아 하는 것이요, 구장은 면장의, 군수의 그리고 군수는 또 그 위의(문 서방은 그 바로 위의 벼슬이 무엇인지는 모르거니와) 지시를 받아서 행하는 것이고 보니 나이 사십에 은동곳 같은 콧자루를 늘어뜨리고 다니는 소임도 따지고 보면 결국은 나라 명령을 백성들에게 전갈해주는 셈이 되잖는가.

문 서방은 이렇게 생각는 것이었다….

바로 며칠 전 가마니 이야기가 났을 때도 문 서방은 의젓하니 앉아서 이런 이야기를 삼남매를 놓고 타일렀던 것이다.

—그날도 그들은 저녁술을 놓기가 무섭게 가마니틀 앞으로 모였다. 중식이는 가마니 새끼날을 꼬고 앉았었고 둘쨋놈은 바로 등잔불 밑에서 짚신을 삼고 있었다. 눈썰미가 있어서 작년부터는 제 발에 꿰는 신발은 제 손으로 얽어 신는다. 물론 날도 제 형이 쳐주고 신총도 꽈주기는 하는 것이나 제법 얽어놓는다. 이쁜이는 언제나처럼 짚을 먹이고 있었다. 문 서방은 매양 바디질이다.

그날도 무슨 말 끝에 짚두 없는데 가마닌 그렇게 많이 쳐서 뭣을 하느니, 만성이네는 쉰 장 배당인데 반만 치고 안 친다느니 그런 이야기가 벌어졌었다.

"허, 그래서 쓰나!"

문 서방은 바디를 쉬고 펄쩍뛰었다.

"개가 학골 좀 다니더니 너무 아는 체하나보드라. 없는 집에 바쁜 백성들한테 가마닐 치울 젠 나라에서두 쓸 데가 있어 그러겠지, 공연히 백성들 들볶느라구 그럴까."

그는 이렇게도 말했다.

"사람이란 남의 공을 알어야 하느니라. 부모의 공두 알어야 하구, 이웃집 사람의 공두 알어야 하구, 나라 공두 알어야 하구. 바른 대루 말이지만 지난해 삼 년이나 내리 흉년이 들었을 제 나라에서 그처럼 해주잖었으믄 이 근동만 해두 수백 명 굶어죽었으리라. 뭐 벼 한 톨 있었다든? 너들은 모르겠지만 옛날엔 흉년이 들면 그대루 앉아서 굶어죽었느니라. 있는 놈두 못견디어났지! 생각하면 지금 세상은 고마우니라. 연전 을축년 장마 때만 해두 몇 만 명이 굶어죽은 줄 아니? 그런 공을 모르구 가마 좀 짜란다구 이러구저러구 해? 몹쓸 생각이니라. 나라 공을 알어야지. 고마운 줄 알어야지. 만성이 그놈 잘못 생각이지."

"주성네보다두 많이 돌아갔나봐유."

하고 중식이가 미처 말을 마치기도 전에 문 서방은 말꼬리를 툭 채서,

"거 다 못된 생각이지. 그런 일거리가 아니구 나라에서 모찌떡을 남보다 더 줬대두 그 녀석 투정을 할까? 도시 그애가 못쓸레라. 제 부모 은혤 모르는 놈이니 나라 공을 알랴만서두…."

이런 문 서방이다.

어느 때나 되었는지 감나뭇골서 말꾼 넘어오는 소리가 왁자하다. 이쁜이는 연성 짚을 먹이면서도 문밖으로 귀를 기울이는 양하더니,

"누가 뭬라는가바, 아버지."

"어디."

하고 잠시 세 사람의 손이 일제히 멈췄을 때 누가 소리를 친다.

"중식아!"

"뭐?"

중식이가 문을 열고 뛰어나간다.

"동룡이냐?"

"그래."

"왜?"

"너 낼 가니?"

"간다!"

"그럼 낼 덴뽀 가주가!"

"그래!"

"낼 간죠 타나보군요, 아버지."

하고 이쁜이는 생긋한다.

중식이도 인차 뛰어들어오면서,

"낼 간날야, 아버지."

"거 좋겠구나."

문 서방도 더없이 만족한 모양이다. 벌써 자식이 돈벌이를 한다. 생각만 해도 대견했다.

"그래, 첫월급을 타믄 애빌 뭣 좀 사다 주겠지?"

어쩐지 농담이라도 한두 마디 하고 싶었다.

"들어가기 전부터 방한모자 사다 드린다구 별렀대요, 아버지."

이쁜이가 잽싸게 받는다.

"방한모자? 허, 건 비쌀걸. 다 그만두구 네 누이 분이나 한 갑 사다

주렴."

"아니래요, 아버지. 누인 구리무하구…."

하다가 '아얏' 소리를 친다. 이쁜이가 댓가지로 찌른 모양이었다.

"구리문가, 뭔가두 분이겠지? 허긴 지금은 박가분두 없어졌으니까."

"뭐 박가분이 있으믄 누나가 그런 걸 바를까봐서유."

"조게 괜히."

하며 중식이를 또 대꼬챙이로 찌르는 모양이다. 중식이는 찔끔해서 문서방 곁으로 바짝 다가들며,

"누나, 내 암말두 않을께 내 말 들어줄 테야?"

"에-피-말 안해두 난두 알어! 내 알아맞춰볼까?"

"그래!"

"밥 줌 달란 말이지 뭐!"

"흐흐흐흐…."

중식이는 소처럼 웃는다.

"누나 참 용하네! 흐흐흐흐…."

"허허허허…."

문 서방은 커다랗게 웃었다.

"그래—라. 거 뭐 어려운 노릇이냐."

문 서방은 주먹으로 잔허리를 꽁꽁 두세 번 족인다.

"온, 인전 조굼만 꿈지럭거려도 허리가 아퍼노니…."

"아버지, 좀 누워 계시지요. 팔자 존 어른 같았으믄 아랫목에 앉아서 담뱃대나 뚜드리고 계실 나이신데…."

천연덕스럽게 이런 한탄을 한다.

"재 좀 보게. 너 아랫목에 앉아서 담뱃대나 뚜드리고 큰 기침이나 하고 있는 사람이 팔자가 존 사람인 줄 아느냐? 너 거 모르는 소리니라. 사람은 일을 해야지. 일복 타고난 사람이 젤 팔자가 존 게다. 아침부터 밤까지 담뱃대만 뚜드리고 앉었을 팔자가 오죽해서 그러겠느냐. 난, 일거리 끊치잖는 게 젤 고맙더라. 참, 낼은 나두 중식이하구 같이 새벽밥 먹겠다."

"왜, 어디 가셔요, 아버지?"

"지금 애길 하다 생각이 났다만 낼부터 김 구장네 뒷산 벌목이 시작된다는구나. 재목감 다루는 사람은 한 사이 삼전씩이란다! 삯품으루는 하루 일원 이십전이구… 허니, 사이 풀이를 한다구 친다면 하루 이원이야 못허겠니?"

"벌목을 하긴 해두 모두 서울루 가져가지 여기선 팔두 사두 못한대요."

중식이가 신푸장한 듯이 말한다.

문 서방은 담배를 담다 말고 연성 허리를 잡으며,

"사람 사는 게 다 그러니라. 우리네 농군은 서울 사람한테 쌀, 나무 대줘 먹구살구, 또 대처(도회) 사람들은 옷감이구, 성냥이구, 고무신이구, 이런 걸 만들어서 우리넬 주구. 너들은 가끔 학교 못 다닌 걸 한하지만 공불 못했으믄 대수냐. 우리네 같은 무식꾼두 더러 있어야 세상 사람들이 쌀밥을 먹지. 그래, 모두 공부만 했어봐라. 제가끔 공부했다구 면서기가 됩네, 조합엘 다닙네 해노면 농사질 사람은 없잖냐? 면서기나 단긴다구 우리네 농군은 발때꼽만큼두 안 알어주지만. 네들 봐라.

정말 도저한 사람들은 안 그러니라. 군수 같은 양반들두 우리네 농군을 여간 소중히 여기는 게 아니야. 올부터 벼 한 섬에 오원씩 장려금을 준다잖든? 그게 다 그런 게니라….”

문 서방은 기운이 버쩍 나는지 성냥을 허들겁스럽게 드윽 그어 담배에 불을 붙인다.

중식이도 행결 기운이 났다. 낫 놓고 기역자도 모르는 자기는 아무 쓸데도 없는 식충이거니쯤만 생각해오던 그로서도 어쩐지 어깨가 우쭐해지는 것 같았다.

이쁜이도 행결 가볍게 몸을 일으키었다.

“아버지, 그럼 밥을 볶을까요?”

“거 그러렴. 헌데 밥은 있니?”

“밥은 많아요.”

“그럼 됐지, 뭐. 김치나 숭덩숭덩 썰어넣고 깨소금이나 치구 해서 들들 볶아서 좀 먹자꾸나….”

“덕준네가 꿔갔던 참기름두 아까 가져왔어요. 무나물도 좀 있구요….”

“허, 그건 과하구나. 그래, 어서 가 좀 맛있게 볶아오너라, 나두 좀 후출하구나.”

“네―.”

가냘픈 대답을 하며 밖으로 나가더니 이쁜이는 문을 닫을 줄도 모르고 소리를 친다.

“아규! 어쩌믄! 그양 별이 총총 났네!”

“누나가 뭘 알어! 내가 봐야 정말 별인지 아닌지 알지.”

하고 중식이도 따라 일어서 나간다.

"낼 이원 돈은 떼논 당상이로구나…."

문 서방은 흐뭇해서 혼자 중얼거리는 것이었다.

──── 〈「국민문학」 5호, 1942년 3월〉

유모 乳母

•

•

1

유모 제도(?)에 대한 아무런 비판도 없이 나는 유모를 두었다. 아내한테 쪼들리는 것도 쪼들리는 것이려니와 첫째 나 자신이 아이한테 볶여서 못살 지경이었다.

어떤 편이냐면 아내는 사대사상事大思想의 소유자였다. 아내 자신은 자기는 그렇게 크게 취급하지도 않는 것을 내가 되레 크게 벌여놔서 자기가 사대주의자가 되는 것처럼 푸우푸우 하지마는 입덧이 났을 때부터 벌써 산파 걱정을 하는 것이라든가, 아직 피가 엉기지도 않았을 때건만 아이가 논다고 수선을 피우는 것이라든가, 당신 친구 부인에 혹 산파가 있는지 알아보라고 아침마다 한마디씩 주장질을 하는 것이라든가, 그것을 나이 어린 탓으로 돌리면 못 돌릴 것도 없기는 하지마는 어쨌든 사대주의자라는 것만은 면할 도리가 없었다. 물론 나이 어린 탓도 있기는 했다. 그런데다가 어머니 아버지가 등잔덩이처럼 살아 있으면서도 군더더기 식구가 꿀벌처럼 엉겨들어서 버젓한 외딸이면서도 아기

자기한 부모의 정을 모르고 자라난 아내였고, 나 자신이 또한 이렇다는 이유는 없으면서도 어려서부터 아버지와 눈을 못 맞추고 십여 년을 제멋대로 굴러다닌 사람이라 아내라기보다는 친구의 누이에게 대하는 것 같은 애정으로 아내에게 대해온 관계로 아내는 나를 어려워하는 대신 응석을 한다.

그러한 아내인지라 유모 걱정을 하는 것은 예사로 들어왔다. 그런 것은 이번이 처음이 아니다. 번연히 제 달이 찼고 아내의 배가 빵그랗게 일어난 것을 내 눈으로 보면서도 산파 때문에 재수를 하는 아내를 그저 픽픽 웃고만 있었다. 그러다가 갑자기 온 방 안을 매대기를 치면서 복통을 호소할 때서야 부랴부랴 산파 주선을 하다가 뒤늦고 말았다. 그래서 생전 해보지도 못한 해산 시중을 식모하고 치른 쓴 경험을 가지고 있으면서도 젖이 안 난다고 울상을 해도 나는 들을 때뿐이지, 밖에만 나가면 잊어버리곤 했다.

"글쎄, 어쩌자구 나만 볶이게 한대요. 당신은 아침에 휙 나가면 밤에나 들어오시니까 아주 이건…."

아내는 참다못해서 짤끔 했다.

"글쎄 여보, 유모를 어디서 파는 줄 아오. 어떻게 갑작스레 입에 맞는 떡을 구하우. 박순영이가 아이 낳을 줄 알고 젖통을 메고 다닌답디까."

이렇게 웃음엣소리를 하면 아내는 냄비 속의 콩알처럼 튀다가도,

"아이 내 참, 당신같이 맘이 편해서야…."

하고 마지못해 웃어버리고 만다.

그러고 나면 그것이 또 이럭저럭 며칠이 된다. 그러나 그러는 동안

에 정말 아내의 젖통은 들어붙고 말았다. 젖먹이는 젖꼭지를 빨다가도 신산찮으면 바르르 떨고 재수를 한다. 더욱이 그날 밤은 양유 꼭지를 물려도 괴벽만 피운다. 아내는 어르다 젖꼭지로 달래다 추썩이다 별짓을 다해도 바늘방석에 앉은 아이처럼 잡는 소리를 한다. 그러니까 참았던 분이 복받치는지 젖먹이를 내게다 집어던지듯 내앙긴다.

"당신 자식이니, 당신이 맡으시구려!"

"왜 내 자식인가?"

"그럼 뭐야요! 당신이 늘 그러잖었수. 머슴앨 낳으면 당신 거구 계집앨 낳으면 내 거라구!"

그 말끝에는 픽 웃으리라고 생각했던 나의 기대는 어그러졌다. 아내는 팩 돌아앉아서 훌짝훌짝 울더니 무슨 큰 불행이나 되는 것처럼 점점 울음소리가 높아진다.

"아무리 남자라지만 어쩌면 그렇게두 못본 체한대요!"

아내는 이런 넋두리까지 하며 맘놓고 운다.

"인저 그만큼 해두구려. 어디 좀 알아봅시다."

"다 그만둬요! 그까짓 자식 죽거나 말거나!"

그날 밤은 둘이 다 뜬눈으로 새웠다. 추썩이면 챙알챙알하다가도 심통이 나면 자지러진다. 나는 혼곤히 잠이 들다가도 깨고 깨고 했다.

"고놈에것 그냥!"

참다못해서 중얼거리니까 아내는 기다렸다는 듯이,

"유모 구하긴 싫은 사람이 애 우는 소리는 왜 싫다시우?"

하고 기어이 한술 뜬다. 사실 한두 번 내동댕이쳐서 죽지만 않는다면 그렇게라도 해서 화풀이를 하고 싶을 만큼 아이는 보채었다.

이럴 즈음이라 유모가 있다는 말을 듣자 나는 귀가 버언했다. 그날 밤부터 오기로 작정이 된 뒤에야 외손녀 보러 온다고 삼칠일이 나자마자 뛰어올라온 장모가 궁합을 봐야 하느니 손이 있는 날 여편네를 들일 수야 있겠냐느니 하고 푸념을 하는 것도 못 들은 체했다. 아내도 중학은 마친 터라 궁합을 본다고 서둘지는 않으나 유모의 젖을 분석해보지 않으면 안 된다고 꽤 까다로운 주문을 한다. 그러나 이것저것 다 따질 겨를이 없을 만큼 나는 며칠내 아이한테 달달 볶이어서 잠을 못 잤다.

"뭘 그런 걸 다 따지오. 그 사람도 사람일 게니까 사람젖이 나겠지, 사람 젖꼭지에서 개젖이야 나겠소."

"허지만 그 집 혈통도 안 보고 어떻게 젖을 얻어먹인대요. 무슨 병이 있는지 누가 안다우?"

"글쎄, 괜찮대두 그러거든! 소개하는 사람도 점잖은 이고 K의 어린것두 이 사람 젖으로 살아났다는데…."

이렇게 꾸며대기도 했다. 실상 그런 걱정이 안 되는 것도 아니었지마는 그야말로 만들어 파는 물건도 아닌 유모를 또 어디 가 얻어올 길이 망연했다. 그래서 끝끝내 빽빽 우겨대는 것을,

"젖두 없는 것이 애는 뭣하러 낳는 게야!"

하고 서슬이 퍼래서 윽박질러놓고, 그래도 나와서는 유모를 소개해준 같이 잡지일을 보는 S를 도렴동으로 찾아갔다.

우리는 문학 잡지 발간에 관한 의논을 한 후에 온 뜻을 이야기했다. S는 나의 이야기를 듣고는 "글쎄" 하더니 안으로 들어간다. S도 자기 부인이 소개한 것이라 잘 모르는 모양이었다. 안으로 들어가서 한동안 있더니 자기 아내도 유모의 근본에 대해서는 백지라고 한다.

"자네가 하두 앨 쓰기에 집사람더러 좀 수소문을 해보라고 했더니 저 집에 있는 식모가 소갤 해서 지금 그 사람을 말하더라네. 저 집에 갔다 오면 웬만 것이야 알겠지마는 혈통이 어떤지 병이 있는지 그것까지야 알 수 있겠는가."

그도 그럴 것이었다. 그래서 모자를 들고 일어서려니까 S는 기를 쓰고 붙들었다.

"아니야, 어떻게 되었든 유모는 데려다놓고 봐야잖겠나."

"글쎄, 앉게나. 유모 집도 화동이라니까 화동서 계동이야 못 찾아가겠는가 뭘— 그러구 지금 저 집에 가서 식모한테 물어보고 오겠다니까 그동안에 우리 이야기나 좀 허세그려."

"뭘 일부러 가시기까지야."

"바루 요긴데 뭘. 볼일이 없어두 하루에 몇 번씩 가는걸."

S 부인의 보고도 우리의 예측대로였다. 고향은 밀양이라는 것과 남의 소작으로 겨우 입에 풀칠을 해가다가 삼남 수재에 논이 개천이 돼버려서 서울로 올라왔다. 나이는 삼십이나 시골 사람 요량해서는 만혼인데다가 아들 하나 있던 것을 물에 띄우고 젖먹이가 하나 있었으나 그것마저 잃어버렸다. 이것이 S 부인의 보고였다.

S와 저녁을 같이 하고 집에 돌아온 때는 유모도 벌써 와 있었다.

언뜻 보고 그만하면 싶었다. 나이가 좀 앳되어 보이기는 했으나 기골이 장대한 것이 얼굴도 투덕투덕했다. 얼굴에 화기가 안 도는 것은 고생에 찌들려 그런 것이리라 했다. 깐깐스러운 장모의 눈에도 거슬려 보이지는 않았던지,

"사람두 걱실걱실한 게 괜찮구먼서두 아이가 죽었다니 께름칙하

잖은가?"

"장모님 마음에 든 것을 보면 괜찮은 정도가 아니라 훌륭한가 봅니다. 그러구 어린것이 죽었다는 것도 홍역을 하다가 죽었다니까 뭬 께름칙할 게 있어요. 이런 말은 못할 소리지만 딸린 아이가 없는 편이 되려 낫지요."

그래도 그악스러운 장모는 점장이를 찾아가서 궁합이며 손이며 다 물어보고야 결말을 지었다.

"어떡헐까요. 유모 말은 제집도 그리 멀지 않고 하니 하루에 세네 번씩 집에서 다녔으면 좋겠다구 그러는데?"

이튿날 아침, 자리에 누운 채 아침 담배를 피우고 있으려니까 아내가 들어와서 이런 의논을 한다.

"대관절 월급은 정했소?"

"십오원을 달라는데 쥐꼬리만한 월급에서 십오원을 떼내고야 우린 뭘 먹구살우?"

"허지만 내라면 냈지 별수가 있소."

"봄엔 그렇게 부처님 가운데 토막 같아도 여간내기가 아닙디다. 뭐 어디선 식모 월급이 얼마구 어디선 유모 월급이 얼만데 하며 주워섬기는데 아주 문서가 환합디다요."

어쨌든 월급도 작정이 되었다. 물론 제집에서 다닌다는 데도 이의가 없었다. 아니 그것은 되레 이쪽에서 청할 일이었다. 아내도 참(間)젖은 되는 터요 집에다 둔다면 아무리 안 먹는대도 칠팔원은 먹을 거고 방 하나는 따로 치워주어야 할 거고 보태줄 것은 없더라도 주제가 사나우면 그것도 못본 체할 수 없을 것이고 보니 하루에 세네 번씩 제 시간만

맞추어준다면 더 생각할 나위도 없었다. 나이 젊은 것도 꾸지지한 것보다는 나을 것이다.

"그야 좋잖겠수. 십오원을 준대도 우리야 십오원밖에 안 되는 폭인데. 집에 둔다면 오원어치만 먹겠소."

"그야 그렇지요."

"그럼 됐지 뭘 그라우. 죽그릇에 넘어지는 셈치구 생색이나 내구려. 허구 그뿐인가 또."

"또 뭐야?"

"젊은 유모한테 애 잃을까봐 맘 켕기지도 않을 거고."

"아따, 겁날 것 없어요!"

"잘두 없을걸!"

고심하던 유모 사건의 단락을 짓자 우리 부부는 이런 웃음엣소리까지 했다.

•
2

유모는 아내의 눈에 아주 쏙 든 모양이었다. 아내뿐만 아니라 그 꽤 까탈스럽고 그악스러운 장모가 이러니저러니 말이 없다.

"생김생김두 그렇지마는 아주 사람이 털스러운 게 웃음엣소리도 곧잘 하데나그려."

하고 장모가 회사에서 돌아온 나를 붙들고 유모를 추켜세울라치면 아내는 제가 칭찬이나 받는 듯이 맞장구를 친다.

"참 그래요. 아까두 와서 시골서 살던 이야기를 하는데 이야기두 구수하게 잘합디다."

"그래, 어디 불쌍해 들겠더냐."

이것은 장모의 말이었다.

모녀가 주거니받거니 유모 칭찬하는 소리를 듣고 나는 마음이 놓였다. 그러면서도 어떤 편이냐면 변덕스러운 장모요 사대주의자인 아내의 일이라 언제 또 무슨 트집을 잡을지 모른다고 그런 걱정까지 했다.

젖도 유아에게 맞는 모양이었다. 먹지를 못해서 비영비영하던 것이 며칠 새로 두 뺨에 살이 토실토실하게 올랐다. 울음소리도 훨씬 영악스러워졌다. 달소수나 되더니 인제는 정말 사람 같았다. 윤기도 없이 원숭이 볼기짝처럼 새빨갛던 얼굴도 점점 붉은빛이 가시고 제 살빛이 돌아온다. 모자라서 찢어논 것처럼 빡빡해뵈던 눈꺼풀도 여유가 생기고 눈알에도 제법 광채가 났다.

"억꿍 억꿍, 아빠가 왔네. 얘 성순아, 아빠보구 과자 좀 주우 그래!"

나는 장모가 어르는 것만 우두커니 굽어보고 섰었다. 성순이는 영글지 못한 동자건만 잽싸게 굴리고 있다. 이것이 내 자식이다, 이런 생각이 생전 처음 나의 머리에 떠올랐다. 저것이 나의 피를 받은 것이다, 그것은 결코 기쁘지 않은 감정은 아니었다. 적어도 불쾌한 일은 아니었다.

그 감정은 내가 일찍이 경험해보지 못한 감정이었다. 기쁜 것도 같았다. 형언은 할 수 없으나 푸근한 것도 같았다. 아내가 있으면서도 어딘지 한 귀퉁이가 빈 것 같더니 손발을 바둥거리고 있는 어린것을 내려다보고 있는 동안에 그 비었던 구석이 채워진 것처럼 든직도 했다.

하여튼 그것은 야릇한 감정이었다. 묵처럼 는실는실하던 살이 굳어지고 윤이 나고 붉은 기가 걷히어 제법 사람 형태를 쓰자 그 야릇한 감정은 차츰차츰 구체화해가고 여물어갔다. 암만해도 그 감정은 자식에 대한 애정으로 해석할 수밖에 없었다—아니 그것은 확실히 어버이의 애정이었다.

이때부터 나는 나의 자식—딸년에 관심하게 되었다. 따라서 유모에게도 머리를 쓰게 된 것이었다.

나는 뒤늦게 유모의 피검사도 했다. 젖을 분석도 해보았다. 아무런 이상이 없는 건강체라는 말을 의사에게서 들을 때 한숨이 휘 내쉬어졌다.

"오늘은 잘 먹습디까?"

딸년에게 대한 관심이 지나쳐서 이런 주책없는 인사를 했다가 아내한테 핀잔을 맞기도 했다.

"왜 걔가 언젠 젖을 안 먹었수?"

어떤 날 나는 본정에 갔다가 장난감 가게 앞에 섰었다. 비행기니 기차니 목마니 하는 것을 이것저것 구경하다 말고,

'그것이 언제나 저런 목마를 타게 되나.'

이런 생각을 하며 셀룰로이드로 만든 손잡이를 한 개 사들고 돌아왔다.

"성순아! 이것 봐라! 이것 봐."

마침 방 안에 아무도 없어서 이렇게 딸년을 어르고 있으려니까 앞치마 폭에다 손의 물기를 닦으며 아내가 들어왔다.

"여보우, 그것두 인간이라구 이렇게 암팡지게 쥐구 있구려."

아내는 갑자기 내가 어린것한테 긴케 구는 것이 우스웠던지,

"인제 당신두 철이 나시나 보구려."
하고 웃는다.

그러나 딸년에게 대한 나의 관심은 이 정도에서 멈추지 않았다. 관심은 나도 모르게 도를 넘어서 잔소리로 변했다. 기저귀를 갈아주지 않았느니 베개를 삐뚜르게 받쳐주어서 머리가 한쪽으로 일그러지겠다느니, 어른들이 아이 머리맡에 앉아서 아이가 눈을 치뜨게 되느니, 나의 참견할 영역이 아닌 데까지 아는 체를 하자 아내는 말끝마다 톡톡 쏘아붙였다. 물론 수다한 경우도 있었지마는 번연히 내 말이 옳건만도 되레 나를 윽박지르는 때도 있는 것 같았다.

"글쎄, 당신더러 그런 일 참견하시랬어요! 어련히 알아서 할까봐. 이건 오줌똥 받는 데까지 참견이구려!"

"아따, 이건 소리만 빽빽 지를 줄 알았지 자기 잘못한 생각은 도무지 않나."

"글쎄, 제발 그러지 좀 말아요. 우리끼리야 괜찮지만 유모가 듣는다면 고깝게 생각하잖겠수. 자긴 올 때마다 기저귀까지 빨아주고 온 정성을 개한테다 바치는데 그런 소리 듣는다면 오죽 섭섭다구 하겠수."

생각하면 그도 그럴듯한 일이었다. 그러나 실상은 유아에 대한 아무런 지식도 없으면서 웬일인지 여자들 손에만 아이가 맡겨지는 데 불안을 느끼는 것도 사실이었다. 이리하여 나는 아내에게서 아이에 관해서는 비용을 지불하는 이외에 절대 간섭을 허락지 않는다는 명령을 받고 말았다.

"집에서 요샌 일거리가 없어서 야단예요. 어떻게 수소문해보셔서 일자리 한 군데 마련해주십시오."

자기 집 이야기는 털끝만큼도 하지 않는다고 아내가 늘 이상하게 생각해오는 눈치더니 하루는 유모가 풀쑥 이런 말을 꺼냈다. 아내는 이상하다는 듯이 나를 쳐다보더니,

"거 어디 하나 천해주시구려."

하고 말을 시키라고 그러는지 탄한다.

원래 사람을 어디 천할 만한 주제도 못 되지마는 지게꾼을 소개할 만한 자리가 없으리라는 것을 아내 자신 잘 알고 있으면서 그런 말을 하는 것으로 보아 필시 면치레로 한 말이겠거니 싶어 나는 잠자코만 있었다. 그런 터라 나는 그날로 잊어버리고 말았다. 유모도 그후에는 다시 말이 없었다.

그런 지 며칠 지난 어떤 날 나는 늦게야 집으로 돌아왔다. 지금까지는 순 학술 잡지를 편집해오던 「논단」을 갑자기 대중 잡지로 고쳐보자는 의견이 돈 것이다. 나는 물론 반대였다. 그러나 「논단」의 경영자인 K가 그것을 고집하는 이상 중뿔나게 나만이 나설 것도 없고, 또 그런대야 별 효과도 없을 것 같아서 굿 보고 떡이나 얻어먹는다고 반대당인 S와 함께 애꿎은 선술집만 뒤진 것이었다.

"그 노릇이야 어떻게 하겠나. 월급 사십원두 좋지마는…."

나는 아무 말도 못했다.

물론 「논단」 역시 합법 출판물인 터고 보니 그것을 간행함으로 해서 그의 양심이 자위自慰를 받아온 것은 아니다. 그러나 저급한 독자의 취미에 영합시키기 위해서만 만들어지는 잡지를 편집한다는 것은 그의 양심이 허락지 않았다. 그것은 계급적 양심이라고 할 것까지도 못 되는 아주 평범한 도의심道義心의 발작이었다.

S의 심경에 나도 물론 동감이었다. 그리고 응당 그와 태도를 같이 한다는 약속을 해야만 옳을 일이었다. 그러나 나는 말을 못했다.

동의를 표하고 태도를 작정하려고 한 그 순간 나의 머리에는 어린 것의 토실토실한 뺨이 떠올랐다. 술 덤벙 물 덤벙 살아오던 나에게 '처자' 라는 두 글자가 뚜렷이 재인식되었던 것이었다.

그것은 어떤 편으로 해석하거나 내게는 괴로운 일이었다. 두드러지게 내세울 만한 것은 아무것도 없다고는 하면서도 계급적으로 보아 추호만큼도 대중에게 기여함이 없는, 아니 되레 악영향을 주는 대중 취미 잡지에 이름을 내걸기가 괴롭다고 처자를 거리에 내동댕이치는 것도 괴로웠지마는 그렇다고 처자에 얽매여서 양심의 가책을 받으면서도 꾸벅꾸벅 돈 사십원에 얽매인다는 것도 괴로운 일이었다. 그러나 그런 이야기를 아내에게 할 도리도 없었다. 입으로는 어쩌니어쩌니 야불야불 지껄이면서도 몇 해 배운 아라비아 숫자의 덕택으로 타산에는 빠른 아내다. 양심과 기근과를 바꿀 아내라고는 생각되지 않았다.

그날 밤 나는 더없이 우울했다.

내가 늦게 들어올 때는 으레껏 그랬지마는 아내의 심기는 또 좋지 못했다. 그래도 전에는 일찍 들어와야 한다는 것이 무언중에 그러면서도 범할 수 없는 법률처럼 되어 있는 '가정생활' 인지라 피치 못할 일이 있어서 늦었다더라도 떳떳하게 뱃심을 부리지 못하고 눈치를 보았지마는

"문 좀 닫고 들어오셔요!"

하고 툭 쏘아붙이는데도 귀 거슬리게 들을 여유도 없었을 만큼 나는 내 생각에만 골몰했었다.

"요샌 웬일인지 유모가 발이 떠요."

아주 안 볼 사람처럼 쌀쌀하게 굴더니 아내는 이렇게 말을 붙인다.

'기계가 아닌 이상 그럴 수도 있지 뭘!'

하고 생각은 하면서도 나는 잠자코 있었다.

"그러구 젖 나는 품도 전만 못하던데, 어디 다른 데 또 젖을 빨리러 다니는 게나 아닐까."

아마 모녀가 앉아서 이때껏 주고받은 모양이었다. 그래도 나는 탄하지 않았다. 얼굴 생김으로만 한대도 그네들이 말하듯이 그렇게 야마리까진 짓은 할 것 같지도 않았지마는 머리가 어수선하여 이러구저러구 참견하고 싶지가 않았다. 나는 쓰다 달다 말도 없이 그대로 건넌방으로 건너가서 쓰러졌다.

취미 잡지 문제는 며칠을 두고 계속이 됐다. 사장 되는 사람은 실상 문화 사업을 위한다느니보다도 그렇게 상서롭지 못한 방법으로 모은 돈이라 사람들의 입을 막기 위해서 시작한 터고 보니 잡지를 발간하고 수지도 맞고 한다면 더 볼 나위 없을 것이었다. 같이 일보는 사람들의 공기도 반수 이상이 그쪽으로 기울어진 것 같았다. 다만 S만이 사의를 표하고 있을 뿐이다.

'그만둬? 탈을 쓰구 참아봐?'

나는 하루에도 몇 번씩 이런 생각에 몰두했다.

이렇게 머릿속이 어수선한 동안에도 아내는 몇 번이나 나의 귓전을 울렸다. 갑자기 전보를 받고 내려가면서 장모 되는 이도 유모를 갈아내라고 신신당부를 했지마는, 이것도 역시 아내의 사대주의에서 나온 의논일 게라쯤 생각하고 한 귀로 듣고는 한 귀로 흘려버리고 했다.

그러던 어떤 날이었다.

늦더위도 가시고 바람도 제법 산들산들해졌다. 마침 그날은 아침결에 소나기가 한 줄기 지나가고는 여우볕처럼 햇살이 퍼졌다. 나는 며칠내로 무겁던 몸이 가뿐해져서 사로 나가서 급한 시간을 다투는 것만 대강대강 정리를 해놓고 S, K, M, 이렇게 작당을 해서 몰려나오다가 아내와 딱 마주쳤다.

"웬일이오."

한 손 접는대도 놀라지 않을 수 없었다.

"유모가 안 와요."

"유모두 사람이니 혹 그럴 때도 있잖겠소. 난 또 무슨 큰일이나 났다구."

"글쎄, 그러시지 말구 좀 가보셔요. 암만해두 딴 데 또 가는 데가 있는 것 같아요."

길게 이야기해야 아내의 고집을 꺾자면 왁자지껄해야만 되겠기에 그러마고 아내를 돌려보내고 절에 가서 놀다가 다 저녁때에야 들어갔다.

아내가 아는 체를 하리라고는 기대하지도 않았다.

"유모 왔습디까."

"……."

나는 젖먹이 머리맡에 놓인 양유통을 보았다.

"그럼 온종일 안 왔나 보구려?"

"다 저녁때서야 다녀갔어요."

대꾸하기도 싫다는 말씨다.

"왜, 무슨 일이 있답디까?"

"남편이 앓아서 몸을 못 빼쳤다고 그러더군요."

아무리 남편이 앓기로서니 엎드러지면 코 닿을 데니 잠깐 다녀감직한 노릇이라고는 생각했지마는 그렇잖아도 성이 머리끝까지 난 아내를 북돋아줄 때도 아니다. 나는 또 한번 참았다.

여덟시가 지나서 유모가 왔다.

"그래, 바깥어른이 편찮다더니 좀 어떠시오."

하고 물으려니까 유모는 잠깐 머뭇거리는 눈치더니,

"인제 그만해요."

하고 다소곳이 고개를 떨어뜨린다.

"어디가 어때서 그럽니까."

"몸살이죠, 뭐."

"몸살?"

몸살이라면 남의 아이를 맡은 사람이니 잠깐 다녀갈 수도 있지 않을까 싶었다.

"어려워 말구 바른대로 얘길 하구려. 우리 친구에 영한 의사도 있고 하니 좀 가서 보이기라도 하게."

"뭘요, 몸살인데요."

유모는 몸살만 자꾸 내세우더니만 자기도 난처하던지,

"홧병이야요, 홧병! 벌이는 없죠. 양식은 떨어지죠. 성미는 급하죠—."

"단 두 식구라면야 그것 가지면 그럭저럭 조석은 끓여먹잖겠수? 그야 십오원 가지구 뭣 떼구 뭣 떼구 하면 어렵기야 하겠지만 살림이란

한도가 있는 게요."

아내는 무슨 단서나 얻은 듯이 이렇게 꼬집어 말을 한다.

"아이 참, 생각해보셔요. 말이 십오원이라지, 거기서 삼원씩 집세 떼지요. 쌀값이죠. 나무값이죠. 약값이죠… 옷 해입어야 살죠!"

"그럼 월급을 올려달란 말요?"

아내는 얀정없이 말문을 콱 막는다. 유모는 펄쩍뛰듯이 그렇지 않다는 것을 변명하고는 젖을 먹이고 일어섰다.

"낼은 일찌감치 오죠."

아내는 내다보지도 않았다.

3

그후로도 아내는 날마다 앉으면 유모 말을 했다. 처음에는 귀담아 듣지도 않았지마는 하도 여러 번 듣고 나니 사실 요새는 유모가 몸을 좀 사리는 것같이도 보였다. 어린것도 전에는 제 어미 젖꼭지를 물고는 챙알대다가도 유모가 젖통을 들이대면 끽소리 없이 벌컥벌컥 들이켜던 것이 며칠내로는 몹시 시답잖아하는 모양이었다. 어떤 때는 신푸넝스러우면 젖꼭질 문 채 잡는 소리를 하고 앙탈을 하는 때도 있었다.

"아무래두 딴 데 젖을 대이는 게야요! 그렇게 흔턴 젖이 요새 갑자기 그렇게 말라붙을 리가 있어요."

아내는 하루에도 몇 번씩 되뇌었다.

그제야 나도 생각키었다. 혹 끼니때에 와서 밥먹는 것을 보면 거량이라기보다도 허겁지겁 퍼넣는다. 그것은 맛나게 먹는 것이 아니라 시장해서 먹는 것 같았다. 먹던 밥을 주어도 김치 국물을 들이부어 무말랭이를 넣고 썩썩 비벼서는 아귀같이 퍼넣는다. 그것으로 보아 식량을 못 채운다는 것은 짐작되었다. 물론 십오원에서 삼원 집세를 떼고, 장정 두 식구가 먹는데 여유가 있을 턱이야 없다지마는 그렇게까지 식량이 못 된다는 것은 그의 자취 시대를 요량해본대도 의심스러운 일이었다. 하지만 남편이 약질이라 약첩이나 달이게 된다면 돈십원 가지고 풍성할 게 어디 있으랴, 이렇게 돌려 생각도 해보았다. 그리고 또 모체가 그렇게 부실하게 먹는다면 젖이 안 나는 것도 의당하리라 생각하자 그대로 내버려둘 수도 없다 싶었다.

그러나 내게는 더 여유가 없었다. 아니 여유가 없는 정도가 아니라 현재도 십오원씩을 떼내고는 담배 한 갑 맘놓고 사 피우지를 못하는 터다. 여기저기 일이원씩 어떤 때는 삼사십전씩 거미줄 얽히듯 빚을 져오는 터였다. 그렇다고 아내의 말대로 유모를 갈아들일 수도 없는 일이었다. 고만 것이라도 수입이 있는데 그럴 제야 그나마 똑 끊어진다면 그도 딱하리라 싶었다. 유모를 도와준다는 동기에서 유모를 둔 것도 아니요, 악의라는 의식까지는 없다 하더라도 자기 자식 먹이자고 남의 귀한 젖—아니 그것은 피였다—을 돈 주고 산다는 것이 그렇게 떳떳스러운 일은 못 될 것이었다. 더욱이 병든 남편을 안고 양식거리가 없어서 우리의 눈을 속이어 다른 아이에게 젖을 빨리러 다닌다는 것이 사실이라 하더라도 그만을 나무랄 용기는 나지 않았다. 자기 자신이 되레 악착한 것만 같이 생각되었다. 어떤 날 동료한테 그런 이야기를 하니까 그 사람은 "이크, 또 인도주의자가 하나 더 생겼군" 하는 조롱을 받은 일도 있었다. 그러나 나는 어쩐지 내 자식만을 위해서 지금의 그들 부부에게는 유일한 생명선인 젖꼭지를 봉쇄할 용기는 안 났다. 그것은 동료들의 말마따나 인도주의도 아니었다. 로맨티즘도 아니었다.

「논단」사의 동요는 달포가 되도록 잦을 줄을 몰랐다. 따라서 나의 우울도 개이지를 못했다.

그날도 나는 S의 집에서 두 친구와 따로이 재단을 세워서 좀더 떳떳이 낯을 들고 해나갈 수 있을 만한 잡지를 발간키로 의논을 하고 S가 다소 희망도 없지 않은 외삼촌인 P씨에게 교섭을 하기로 하고 아홉시에 헤어졌다.

나는 거기서 다시 팔판동 M에게 간단한 보고와 부탁을 겸해서 하고 M도 출동을 시키었다. M의 집을 나온 때는 열시가 훨씬 지났었다.

팔판동에서 내려오자면 화동으로 빠지는 좁다란 골목 모퉁이에 담배 꼬바리 속같이 꾸민 구멍가게가 있다. 그 구멍가게에서 지게꾼 하나가 어린것에게 무엇인지 사주고 있다.

물론 이 평범한 장면이 나의 눈을 끈 것은 아니었다. 무심코 내려오는데 나의 눈에 비쳤을 따름이다.

그러나 나는 내려오다 말고 발이 딱 붙어버렸다. 바로 지게꾼 옆에는 아이를 해서 들쳐업은 젊은 부인이 있었기 때문이었다.

그 부인은 희미한 불빛에서나마 유모인 것이 분명했다. 그가 유모라는 것이 분명하다면 그 옆에 선 지게꾼이 그의 남편일 것도 분명할 것이고, 또 그 지게꾼의 팔에 매달린 아이와 등에 업힌 어린 젖먹이가 지게꾼과 유모와의 사이에서 난 어린것들이라고 상상할 수도 있을 것이었다. 설사 유모 자신의 어린것은 아니라 친다더라도 유모가 등에다 걸머지고 다닐 제야 유모와 아무런 관계도 없는 아이라고는 생각키 어려운 일이었다.

나는 가던 걸음을 멈추고 한참이나 동정을 살피었다.

지게꾼은 손을 잡은 어린것에게 무엇인지를 사주는 모양이다. 어린것은 이것저것 사달라고 조르는지 신이 나서 손가락질을 한다. 지게꾼은 한참이나 서서 아이에게 시달리더니 지게를 벗어젖히고 구멍가게 안으로 들어간다. 유모가 넌지시 넘겨다보고 무엇이라는지 말을 하는 모양이다. 내게까지는 들리지 않았다.

"아무것이나 하나 사 들리잖구 뭘 이것저것 만지구 있수."

—상상컨대 이런 종류의 말을 하는 것도 같았다.

그들은 얼마 동안 주거니받거니 하더니 도로 지게를 지고 개천을 건너선다. 유모의 손에는 배추 한 단과 무엇인지는 모르겠으나 큼지막한 신문 봉지가 들려 있었다. 콩나물인가도 싶다.

나는 생각없이 그들의 뒤를 밟아 한참이나 따라갔다. 따라가다가 정신이 돈 때는 어디로 가는 건지 그것이 궁금해졌다. 어떤 집에서 어떻게 사는가도 알고 싶었다.

그들은 천변을 끼고 자꾸 올라갔다. 저희들끼리는 무슨 이야기를 하는 모양이나 "그래서"니 "아주"니 하는 말 대문이 가끔 흐를 뿐 무슨 이야기인지는 짐작할 도리가 없었다.

삼청동 막바지에서 그들은 비탈을 타고 산기슭으로 올라간다. 나는 허리끈을 잡힌 사람처럼 무한정 따라갔다.

산등성이에 올라서니 거기는 난가게처럼 거적과 양철 조각으로만 지은 집이 사오십 채 있었다. 나는 그제서야 말로만 듣던 빈민굴이 여기던가 했다. 그것은 하릴없이 석유궤를 세워논 것 같은, 심하게 말한다면 돼지울 그대로였다. 이십 세기 문명의 자랑이라는 전기가 여기까지 올 리도 만무했지마는 석유불이나마 안 켠 집이 많았다. 불은 켰대도 불빛이 새어나올 창도 없는 집도 그중에는 있는 것 같았다. 유모의 일행이 들어간 곳도 이 집 중의 하나였다.

나쁜 짓이라고는 생각하면서도 그대로 내려오기는 싫었다. 그래서 나는 발이 가는 대로 따라갔다. 그것은 이 부락의 맨 끝이었다. 희미해서 잘 보이지는 않았지마는 이 부락에서도 제일 날림으로 꾸민 헛간이었다. 벽은 모두가 가마니짝이었다.

한동안 불을 켜고 뭣을 치우고 하느라고 법석을 피우더니 어린애 우는 소리가 새어나온다. 나는 또 한번 놀랐다. 그것은 아까 등에 매달렸던 어린것 요량해서는 갓난애 울음소리였기 때문이었다. 그것은 확실히 나의 딸년 또래의 젖먹이 울음소리였다.

'하나도 없다는 것이 자그만치 셋씩!'

나는 속에서 푹 치밀어올라 오는 것을 꿀꺽 참았다. 그 푼더분하고 순박해 보이는 얼굴—어디에 이렇게 앙큼스러운 일면이 있었던가 싶어 나는 어둠 속에서 유모의 얼굴을 그려보고 있었다. 어딘지 모르게 온후한 맛이 도는 그 눈언저리, 더없이 후해 보이는 코, 덤덤하게 다문 입, 오줌동이나 이었으면 격에 맞음직한 그 얼굴 어느 구석에 그렇게 앙큼스러운 일면이 있을까. 유모는 말소리까지 그랬다. 덤덤한 게 어딘지 어리석어 보였다. 웃음소리만 해도 그랬다. 앙칼진 데는 조금도 보이지 않았다. 이렇듯 얼굴로나 체격으로나 음성으로나 여유가 있는 유모였다.

'그 유모가? 그럴 수가 없지!'

사실을 눈앞에 놓고는 나는 이렇게 중얼거렸다.

나는 그제서야 유모를 다시 한번 뜯어보았다. 그렇게 생각하고 나니 눈갓이 알로 축 처진 것이 얼굴답지 않게 요염한 인상을 주는 것같이도 생각키었다.

'그렇다! 눈이다. 눈!'

엉겁결에 갓난것이 잡는 소리를 한다. 뭬라고 어르는 소리가 나더니,

"이런 놈의 팔자가 있담! 제 자식은 젖이 적어 안달을 하는데 남의 자식한테 젖을 먹이러 다닌담. 세상두 고르지도 못하지!"
하고는 한숨이 꺼진다.

"이 사람아, 빈말이라두 그런 소릴랑 말게! 이러니저러니 해도 그 아이 아니면 다섯 식구가 고태꿀 갈 판여!"

이것은 남편의 말이었다.

"암만해두 애가 죽을라나 보우, 어째서 못 돌리구 이렇게 감기가 심할까!"

"뭣보다두 기침을 놔야 해! 갓난애 기침 소리라구 양철 두드리는 소리가 나는걸그랴!"

말거취가 젖먹이가 몹시 앓는 모양이다. 과연 조금 있더니 깔딱 넘어가게 기침을 한다. 요새 며칠 제때를 못 맞춘 것도 그 까닭이었구나 싶었다. 그러고 보니 아내의 불평에도 일리는 있었구나 했다.

또 한바탕 기침이 터졌다.

"그 망할 놈에 계집앤 처먹기두 해! 띵띵 불구어가지고 가두 그저 홀쪽하게 빨아대니!"

나는 질겁을 하듯 그 자리를 떠났다. 쫓기는 사람처럼 부리나케 비탈을 내려와서 그 부락이 보이지 않는 데까지 와서야 숨을 내쉬었다.

까닭없이 괴로웠다. 거기 있기만 하면 점점 무서운 말이 쏟아질 것만 같았다.

'괘씸한 년!'

드윽 성냥을 그어서 담배를 붙여물고 나는 한참이나 산등성이를 올려다보았다. 괘씸한 요량해서는 연놈을 한번 휘둘러봤으면 싶었다. 속이는 것보다도 속은 것이 분했다. 첨부터 그런 사정을 이야기했다더라도 자식 없는 젖이 날 데가 없을 게고, 나 또한 그렇게 수숫대 속처럼 차지를 않은 터고 보니 그만 것쯤이야 양해할 수도 있었을 것이었다. 그러한 자기를 감쪽같이 곯려먹은 유모가 밉다 못해 분했다.

"에이, 깜찍한 것들! 어디들 좀 보자. 십오원이나마 없으면 너들두 어려울걸!"

나는 길을 걸으면서도 혼자 되뇌었다.

"내가 자식을 굶겨죽이는 한이 있더라도 네 젖은 안 먹일 테다!"

"정말 젖 때문에 큰일났어요! 내 젖은 그나마두 안 나구 유모 젖은 자꾸만 줄어가구…."

집에 들어서기가 무섭게 오만상을 찌푸리었을 말소리다.

"아따, 짜증을 내더라두 방에 들어가서나 냅시다그려."

"애는 배를 못 채워 잡는 소릴 하구 온종일 나 혼자서만 매대기를 치니 살겠어요! 아이 볼 계집앨 하나 얻어주든지 식모를 하나 구해보든지."

"인제 그만해두우."

하고 나는 방으로 들어와서 아내가 앉기를 기다리어,

"그런데 여보."

하고 말을 꺼냈다.

아내는 무슨 얘긴가 싶어 나를 빠안히 쳐다보고 앉았다.

그러나 막상 이야기를 하자고 드니 차마 용기가 안 난다. 아무리 유모의 한 짓은 괘씸하다 친다더라도 자식을 가진 어미로서의 그를 나무랄 도리는 없다 싶었다. 그 말을 듣는다면 그 성미에 녹두방정이 나올 것도 겁 안 나는 바도 아니기는 했지마는 그보다도 내 자식 주린다고 남의 자식 굶겨죽이라고 강요할 도리는 없지 않을까 했다. 제 자식을 살리자고 유모를 구하는 아내의 모성애나 이 세상에 나올 때 어엿한 제 젖을 가지고 와서 부모의 가난 때문에 남에게 빼앗기고 골골하는 자식을 불쌍히 생각하는 유모의 심정이나 자식에 대한 애정임에는 다름이 없지 않을까?

여기에서 젖을 뺏긴 쪽을 따진다면 그것은 유모의 젖먹이가 아니라 나의 딸년이었다. 유모의 어린것이 제 젖통을 빨려고 하는 것은 부여된 권리였다. 십오원, 그러나 이것은 한 호의에 대한 사례였다. 호의란 것은 베풀 수는 있는 일일지라도 결코 그것을 강요할 성질은 아닐 것이었다.

그러나 지금의 경우는 주객이 전도된 셈이다. 당당한 주권을 가진 유모의 어린것은 강요할 성질이 못 되는 호의를 받고 그 대가로 권리를 빼앗긴 것이었다. 유모의 어린애로서 볼 때에 그것은 심히 모순된 일일 것이다. 그리고 무엇보다도 더 큰 모순이요, 더 억울한 것은 자기의 자유 의사에서 생긴 교환이 아니요, 부모의 자유 의사, 아니 돈이라는 야릇한 물건에 정복된 부모의 무능이 그것을 강요한 것이다.

그리고 이보다도 더 큰 모순은 그네들만 한대도 이렇게 모순된 교환 조건을 달게 받기는 하나마 결코 바라지는 않았다는 것이었다. 저쪽에서 줄 권리는 있을지 몰라도 이쪽에서 달랄 권리는 없는 유모의 젖꼭지였다.

나는 나 자신을 비웃었다. 확실히 우리 것이 아닌 것을 잘 알고 있으면서도, 제 것을 제가 먹자고 애를 쓰는 아이를 나무란 나 자신을 조롱했다. 그리고 유아에게 맡은 젖통을 맡긴 당자에게 반환했다고 유모를 욕한 나 자신의 어리석음을 깨우쳤다. 자식에게 대한 애정으로 아니 남의 것을 일시적으로 맡은 사람으로서의 임무를 다하기 위하여 그 먼 곳을 무릅쓰고 하루에도 몇 차례씩 왕복한 유모가 아니었던가? 삼청동 막바지를 화동이라고 속여가며까지 눈이 말똥말똥하니 산 자식들을 죽었노라고 꾸며가면서까지 자기의 맡은 임무를 다하기에 노력한 유모가 아니었던가.

이렇게 생각하자 나는 유모를 나무랄 용기가 다시는 안 났다. 그때 유모에게 대한 나의 감정이라면 동정이었다. 마음속에서 우러나온 정의감이었다.

나는 제가 맡긴 젖을 달라고 그악을 떠는 어린것을 떼치고 띵띵 불은 젖통을 움켜쥐고 삼청동 막바지에서 계동 꼭대기를 달려올 때의 유모의 심정을 이리저리 상상해보았다. 더욱이 병까지 난 어린것을 떼놓고 투실투실하게 살쪄가는 남의 자식을 찾아 나올 때의 유모의 표정을 상상해보고 있었다!

"나 참, 싱거운 양반두 봤수. 남을 불러놓고 무슨 생각을 그렇게 하구 앉으셨수, 그래?"

나는 그대로 잠자코만 있었다. 지금의 나의 심경을 그에게 이야기 한댔자 아내는 비웃기만 할 것을 잘 알고 있기 때문이었다.

이튿날은 일요일도 아니었지마는 나는 사에도 안 나갔다. 아내는 아침부터 머리를 빗는다 치마 주름을 잡는다 법석이다.

"왜 어딜 갈라우?"

"좀 나갔다 오겠어요. 집에 계시다지요?"

"어딜 가기에?"

"유모 한 군데 말해볼까 해서 그래요. 내 곧 다녀 들어올께니 아이 좀 보셔요."

"유몰 두구서 무슨 유몰 또 구하러 간다구 야단요."

하고 나는 펄쩍뛰었다.

"유모라구 쓰겠어요? 그 흔케 나는 젖을 어떻게 하는 겐지 글쎄 요 샌 빈 꼭지만 빨리구 간다우! 필시 어떤 놈의 집 자식한테 젖을 대이는 게야, 그러게 그렇지 뭐요!"

나는 한사코 아내를 만류했다.

유모의 젖이 시원치 않은 것은 요새 자기 남편의 병으로 돈이 몰리니까 배를 주려 그런 것이다. 그렇게 가난한 사람을 지금 당장 뗀다는 것도 사람으로서는 차마 못할 노릇이요 그럴 리야 없겠지만 설사 다른 데 젖먹이는 곳이 있다손 치더라도 굶어죽잖을라고 하는 노릇이고 아이 없는 어머니에게 젖이 날 턱이 없고 보니 제 자식 있는 사람의 젖을 얻어먹이는 것보다도 갈라 먹이더라도 제 소생 없는 편이 유리하지 않느냐는 것을 여러 가지로 역설해 들리었다.

"생각해보구려. 당신이 남의 집 유모로 들어갔다더라도 아무러면 남의 자식이 내 자식만큼이야 소중하겠소? 그건 사람의 본능인데 뭘. 그러니 두 집 유모 노릇을 한다 가정한대도 제 자식 없는 편이 되려 낫습넨다."

그 말을 듣더니 아내도 그럴 성한지 주저앉고 말았다.

유모는 열시나 돼서 왔다. 나는 아내한테 눈짓을 해서 밥을 차려주었다.

"바깥어른은 좀 어떠시오?"

나는 이런 인사를 하면서도 낯이 간지럽기는 했다.

"좀 그만합니다."

"어, 그것 참 다행이군!"

유모의 얼굴이 빨개지는 것을 보자, 나는 더 말이 안 나갔다. 유모는 몹시 거북하던지,

"젖이 모두 세빠져서."

하며 어린것에게 젖꼭지를 물린다.

"우리 성순이한테 젖꼭지를 물릴 때마다 유모두 잃은 것 생각이 나겠구려, 까딱하면 큰일나지. 아이 하나 기르기가 우리같이 힘들어서야!"

무심코 한 말이건만 유모의 귓바퀴는 빨개졌다. 아내는 아무것도 모르고 한 말이나 유모에게는 콕 찔렸을 것이다. 유모는 아무 대꾸도 없이 어쩔 줄을 모르더니,

"아유, 몹시 시장했던가베. 가엾어라."

하고 어린것의 뺨을 어루만진다.

"유모 어린것 잃은 대신 자식이 하나 생겼으니 부디 좀 잘 키워주슈. 저것이야 바가지나 긁을 줄 알지 뭘 안다우."

나는 이렇게 웃음엣소리를 하며 담배에 불을 붙였다. 유모는 그 말에도 대답이 없이 얼굴만 붉어졌다. 그것이 더 안타까웠다.

푸우, 나는 연기를 내뿜었다. 문구멍으로 새어든 햇살은 마치 빨랫줄처럼 방을 가로질러 맞은편 벽에 못박히었다. 자줏빛 담배 연기는 물살을 이루듯 햇살을 칭칭 감고 돌아간다.

"잘 먹우?"

나는 유모를 돌아보았다.

"네, 아주 꿀떡꿀떡 넘어가요."

"우리 성순이가 복은 많구나."

혼잣말로 이렇게 말을 하고 나는 내 방으로 건너왔다. 어쩐지 지금의 내 자신의 생활이 유모의 그 생활과 똑같다는 것을 깨닫는 순간, 내 자신에 대한 증오가 무럭 치밀어올라 왔기 때문이었다.

벌써 써야 할 사직원이 여태 백지대로 있는 것은 내게는 괴로운 일이었다.

——— 〈「신동아」 57호, 1936년 7월〉

죄罪와 벌罰

•

•

•

1

관이 쏜 피스톨에 범인인 교회지기가 쓰러지자 관중석에서는 벌써 의자 젖혀지는 소리가 요란했다. 그러나 화면은 아직도 계속되고 있다. 신부로 분장한 몽고메리 크리프트가 천천히 걸어가서 쓰러진 범인을 받쳐들고 관중의 시야 속으로 부쩍부쩍 다가올 때는 관중석에서는 어시장 그대로의 혼잡이 벌어지고 있다. 아직 이회 관중들이 반도 빠져나가지 못했는데 삼회권 가진 사람들이 출입구를 막은 것이다. 빨리 나가라는 듯이 벨이 요란스럽게 울어대고 있다. 십분간이라는 휴식시간도 있고 하니 길을 텄으면 순조로우련만 출입구를 막고는 서로 입심만 세우고들 있다.

"나갈 사람이 다 나가거든 들어오너라!"

"길을 틔워라! 바보 같은 자식들아!"

"내밀어라, 내밀어!"

「나는 고백한다」라는 영화가 끝날 무렵의 S극장 이층의 광경이었다. 특별 요금까지 받는 영화를 감상하러 온 서울의 지성인들이 연출하고 있는 장면이었다. 뚫고 들어온 사람은 제자리를 찾느라고 또 법석이다.

이 마치 됫박 속의 메뚜기들처럼 쑤알거리는 이층 한복판에 흡사 입상이기나 한 것처럼 움직일 줄 모르는 한 검은 그림자는 먼데서 보아도 분명 신부다. 신부로 분장한 성격배우 몽고메리의 그 처절한 표정에서 아직 완전히 해방이 되지 못한 관중의 눈에도 아직도 「나는 고백한다」가 계속되고 있는 것 같은 착각을 일으키게 했다. 사실 화면과 실제의 구별이 안 갔다.

가까이서만 보았다면 이층 신부 복장의 사나이의 표정도 몽고메리 못지않게 심각한 것이었을지도 모른다.

이윽고 신부는 움직였다. 이 동작이 또 보는 사람으로 하여금 착각을 일으키게 한다. 정말 영화 속의 신부인지 관객석의 실재한 신부인지 분간키가 어렵다. 몽고메리가 무죄 언도를 받고 석방이 되어 재판소 문밖을 나왔을 때의 군중의 흥분하던 그 장면과도 비슷했던 것이다.

"으으음!" 인지 "으으응" 인지 분간키는 어려웠으나 정녕 이와 비슷한 신음 소리가 몽고메리가 아닌 실재의 신부 복장의 사나이 입에서 흘러나오고 있다. 신부는 늘씬한 키에 나이도 사십 가까이는 되어보인다. 입구가 풀리자 신부 복장의 사나이도 군중 틈에 끼여서 문께로 밀려나가고 있었다. 아직도 화면에 미련이나 있는 듯 두어 번이나 스크린 쪽을 돌아보기도 한다.

이윽고 신부 복장의 사나이도 밖에까지 나왔다. 밖에 나오면 대개가 옆도 안 돌아보고 휭하니 자기 갈 길을 가는 법이건만 신부복의 사나이는 그렇지가 않았다. 선전판에 붙은 사진들을 어린아이들처럼 바라다보기도 하고, 높다랗게 붙은 간판 그림을 올려다보기도 한다. 선전간판에 그려져 있는 그림은 신부로 분장한 몽고메리 크리프트가 우람스러운 벽과 벽 사이를 처적처적 걸어가고 있는 뒷모습이었다. 범죄자가 교회지기라는 것을 알고 있으면서도 성직에 있는 신부의 몸으로서 '살인 강도' 라는 어마어마한, 아니 추잡한 죄명을 써야만 하는 몽고메리였다. 그럴 것이 그는 천주의 대변인인 고해신부로서 신도의 고명을 들은 것이었다. 그는 범하지 않은 죄를 스스로 져야만 했고 성덕을 닦았다는 몸으로서 교수대에 서야만 했다. 그러나 몽고메리가 자기의 살인죄를 부정 못하는 것은 교회지기가 살인에 사용했던 피 묻은 신부복이 자기 의장 속에서 나왔대서만은 아니다. 오직 그 자신이 고해신부였기 때문이었다. 신도로부터 고해를 받는다는 것은 인간 대 인간의 한 접촉이 아니라 천주를 대신하여서였다. 고해성사는 천주의 정하신 바인 것이다. 천주의 이름으로써, 천주의 성총으로써 죄를 사해주는 것이다. 천주께서는 한 번 사하신 바 있는 불행한 인간의 죄를 두 번 묻지 않으신다. 고해신부가 고해받은 신도의 죄를 입밖에 낸다는 것은 천주께서 사하신 바 있는 죄를 두 번 벌하게 되는 것이요, 이러한 고해신부의 파계는 곧 천주 전능을 범하는 대죄이기 때문이다. 신부 역인 이 몽고메리와 함께 신과 인간의 틈서리에 끼여 몸부림쳐온 신부 복장의 사나이한테는 몽고메리의 뒷모습에서 그의 초인간적인 그 처절한 고뇌의 표정을 샅샅이 읽을 수 있던 것이다.

"으흠!"

신음 소리가 신부복의 사나이 입에서 또 한번 흘러나오고 있다. 겨우 그는 간판 앞을 떠나서 큰 거리로 발을 옮기는 것이었다. 거리는 이미 어둡기 시작하고 있었다. 덜 익은 밀감 빛깔의 가로등이 어둠 속에 풍선처럼 떠 있다. 늦가을을 지나 초겨울에 접어든 날씨치고는 푹한 편이었지만 앙상해진 가로수에서 오는 시각은 역시 찼다. 이따금 제법 찬 바람이 한 차례씩 분수를 떨고 지나간다. 그럴 때마다 신부복의 사나이는 그 껑충한 목을 움츠리고 양쪽 어깨를 추썩인다. 흡사 오한이 오는 사람 같아 보인다. 혹 한기가 드는지도 몰랐다.

사나이는 네거리를 바른쪽으로 꺾어 퇴계로 침침한 거리로 접어든다. 서울의 심장부라면서 숫제 어둡다. 거기에 검정 복색이라 하지만 칼라만 아니면 존재조차도 선명치 않을 그런 어둠의 거리였다. 거기에 걸음새가 또한 어두운 거리에는 제격이었다. 고개를 비어꽂은 기다란 몸체가 뒤에서 보면 사뭇 능청댄다. 거기에 또 긴 옷자락이 너펄대어 히질대는 인상까지 준다.

가끔 자동차의 불빛이 그의 전신을 어둠 위에 부각시켜준다. 영화 「나는 고백한다」를 본 사람이면 누구나 이때의 장면을 스크린의 화면과 착각을 했을 것이다.

"으으응!"

또 한번 검은 그림자 상부에서 이런 신음 소리가 들린다. 그리고 잇대어 이런 기구 소리가 들렸었다.

"주여! 이 몸을 구하소서!"

2

그렇다. 이 검은 옷의 사나이는 역시 신부였다. 뒤늦게 교문을 두드린 수도자도 아니다. 어엿한 태중교우로 신학교를 거친 신부였다. 원명은 박진태였지만 진태란 이름은 어려서 불러보았을 뿐 사십을 바라보는 오늘까지 '요셉'으로 통해 오고 있다. 지금은 본당을 떠나서 변두리의 자그마한 성당의 주임신부였지만 강론은 말할 것도 없거니와 교리에도 밝았고, 자기의 소신을 문자로 표현하는 특재가 있어 교우들의 신망도 컸다. 주교님까지가 특히 한 점을 더 놓고 있는 터다. 박 신부의 손에 세례를 받은 사람만 해도 수천으로 헤아릴 수 있고, 그 앞에서 혼배를 한 사람들은 거짓말처럼 모두가 행복하다 하여 교우들간에는 우상처럼 받들어지는 존재였다. 어려서 한학을 많이 닦기도 했으려니와 특히 역사에 밝았다. 노인 교우들 틈에 가면 노인들과 이야기가 어울렸고, 철학은 신학 수업에서 필수과목처럼 되어 있다지만 문학에도 조예가 깊었고, 그 자신 시작도 취미삼아 하는 터라 젊은 사람들 앞에 나가서는 또 젊은 사람들과도 호흡이 맞던 것이다. 평생을 불교도로서 자처한 저 유명한 한학자인 구봉 선생을 천주교로 개종시킨 공로자도 이 박 신부였던 것이다.

"박 신부님은 정통하신 어른이셔. 한번 척 보시기만 해두 성찰을 잘했는지 통회를 했는지, 통회까지만 하구 정개를 않았는지 그냥 꿰뚫으시거든!"

이것이 교우들간의 박 신부 평이었다.

사실 박 신부는 고명을 받기 전 고해자의 얼굴만 보아도 이 세 절차를 밟은 고해자인지 아닌지를 정확하게 판단을 했던 것이다.

연평도에 가서였다. 고해소가 마련되어 있지 않은 자그마한 성당이었던지라 어린 교우들의 고명을 성당 앞 커다란 느티나무 밑에서 받은 적이 있다. 그때 한 소년이 고명을 하러 왔었다. 소년의 고해 사실은 대수롭지는 않은 것이었다. 제 동무인 어떤 소년과 싸우다가 매를 맞은 감정으로 그 아이의 집 그물을 밤에 몰래 가서 한 뼘은 찢었다는 것이었다. 이 고명을 듣고 박 신부는 머리에 손을 얹어 죄를 사하기 전에,

"너는 신부님이 보기엔 통회를 않았다. 통회 하지 않은 사람한테 정개가 섰을 리 없고 정개 않은 사람이 어떻게 고해를 하러 나왔는가?"

이렇게 꾸짖자 소년은 그 자리에 엎드려 흑흑 느끼어 울었다는 것이다.

이 소문이 교우들간에 쫙 퍼지고 말았다.

"박 신부님은 고해자의 음성만 들으시고도 그것이 참된 고핸지 모고해인지 딱 판단을 하신다!"

이쯤 되면 섣불리 박 신부한테 고해를 하러 나갔다가는 큰일이다.

"박 신부님은 관상두 보시나 보죠!"

하고 여학생 교우들이 한번 놀린 일이 있었다.

"저런 잡소리."

"관상은 미신과 달라서 과학이라던데요?"

"관상으루 판단하는 게 아니라 성덕을 잘 닦고 나면 모든 사리가 판단이 되는 법이지. 성덕은 모든 불투명체를 투명케 한다. 그러기에 천주님의 뜻과 가르치심과 판단은 성덕을 닦음으로써만 이루어지는 것이다. 조금도 이상한 일도 아니요 신기한 일도 아니야. 너희들두 믿음이 크면 다 알게 돼요. 이 믿음이란 교리를 잘 이해하는 데 있지. 고해성

사 한 가지만 놓고 본대도 고명이 얼마나 필요한 것이고 신앙생활에 있어서 얼마나 소중하다는 것을 모르게 되면 자연 큰죄는 숨기고 하잘것없는 과실만 들어서 모고해로 모령성체를 영하게 된단 말야. 그렇지만 모고해가 얼마나 무서운 대죄라는 걸 깊이깊이 깨닫게 되면 하라고 해도 모고해를 못하게 되는 거야. 모고해를 했어도 깊이 뉘우치고 총고해를 하기만 하면 천주께서는 또 웃으시면서 아무리 대죄라도 사하신다는 거룩한 뜻을 가지셨느니라."

하나하나, 그것도 지극히 알기 쉬운 말로 교리를 풀어주는 박 신부 주변에는 남녀노소의 구별이 없이 언제나 교우들이 둘레를 싸고 있었다.

이렇듯 경앙의 적이 되어 있기도 하려니와 그 자신도 이만하면 천주의 뜻에 거슬리는 일은 없으리라고 어느 정도 자부하기도 하였던 박 신부한테 무서운 고뇌가 찾아온 것이었다.

어제까지도 교우들의 고명을 받던 박 신부였다. 그리고 천주의 이름을 대신하여 그들의 죄를 사해주는 위치에 있던 사람이었다. 신부가 고해소에 선다는 자체가 벌써 천주의 이름과 몸을 대신한다는 뜻인 것이다. 신부는 천주의 대변인이요, 대리 행사자이기 때문에 사람들은 신부의 발 앞에 꿇어앉아서 부부간, 형제간, 친부모한테도 토설하지 못한 모든 죄를 고백하는 것이다. 이 고해신부에 대한 믿음은 곧 천주께 대한 믿음이요, 천주의 성소를 받음으로써만 신부가 될 수 있고 또 고명도 받을 수 있다는 것을 믿는 데서였다.

이 믿음을, 아니 천주께서 마련하시고 예수께서 교시하신 이 거룩한 성사를 저버리는 것보다도 대죄는 없던 것이다. 이 교리를 알기 때문에만, 믿기 때문에만 그들은 신부 앞에 모든 죄를 고명하는 것이었다. 이것을 그 누구보다도 잘 아는 사람이 신부였고 고명을 받은 박 신부 자신이던 것이다.

이 고해신부인 박 신부가 교우로부터 고명받은 사실을 누설하지 않으면 안 될 함정에 빠지고 만 것이다. 그럴 수는 없었다. 그러면서도 그러지 않을 수도 없는 처지였다.

•

3

사건이 벌어진 것은 아직 늦더위가 채 걷히기 전인 어느 날 아침이었다. 새벽 미사를 올리고 돌아와서 그날 할일을 메모하고 있는데 문을 두드리는 사람이 있었다. 박 신부는 노크 소리만으로 외래 손님이라는 것을 알았기 때문에,

"들어오십시오."

대답을 하면서 손이 들어오기를 기다리지 않고 방문을 열어주었던 것이다.

"박 신부님이십니까?"

"네, 그렇습니다만, 누구시던가?"

아는 교우가 아니다. 낯은 선 사람이었지만 교우라고 다 아는 도리도 없는지라 우선 이렇게 교우 대접을 하려니까,

"신부님께 좀 여쭈어 볼 것이 있어서요. 여기 좀 앉으시지요."

하고 도리어 의자를 권한다. 그때까지도 박 신부는 어느 구의 교우겠거니만 싶어 원탁자 위에 어수선히 흩어져 있는 신문 잡지 등속을 큰 테이

블로 옮기고 자리를 잡으며,

"아침 소제도 채 못했습니다. 과히 흉보지 마십시오."

이렇게 웃으며 하는 말에도 찾아온 청년 신사는 굳어진 얼굴로,

"박찬재 씨와 신부님관 어떻게 되시던가요?"

"박찬재?"

박찬재라는 소리에 신부는 벌써 가슴이 철렁해졌다. 웬일인지 찬재라는 소리를 듣는 순간 이 청년이 경찰관계 사람이니라 하는 것이 동시에 깨달아진 것이다.

"박찬재, 내 동생인데요? 누구신데, 왜 그러시나요?"

"아, 그러십니까. 역시 그렇군."

하고 혼잣말처럼 하더니만,

"나 이런 사람요. 서에서 잠깐 박찬재 씨에 대해서 여쭈어볼 것이 있어서요. 너무 일찍 이렇게 찾아와 뵈어 죄송합니다."

"원 천만에."

말은 이렇게 했지만 유쾌한 기분은 절대로 아니었다. 시간이 이르대서는 아니다. 이 불의의 방문객이 가진 임무에 대해서였다.

그대로 자기를 찾아왔단대도 유쾌한 일은 아닐지 모르는데 동생인 찬재와의 관련이 된다면 결코 유쾌한 일은 아니니라 싶었기 때문이다.

찬재와 경찰과는 그런 인연도 있을 수 있느니라 싶었다. 그렇지 않아도 늘 불안한 중에 있던 터라 박 신부는 즉각적으로 찬재의 그 무슨 범죄에 대한 것이니라 깨달아졌다.

"무슨 말씀인지? 뭐 개한테 무슨 잘못이라두 있었던가요!"

"뭘요! 대단친 않은 일이니까 안심하십시오. 뭐 좀 누구하고 박치

길 해서요."

"아, 그렇습니까."

우선 죄명이 박치기 정도라는 데서 마음이 후련해진다. 박 신부는 찬재와 경찰과라면 좀더 큰 죄명이 아닌가 했던 것이다. 찬재는 그럴 만한 소질을 다분히 가진 청년이었던 것이다.

주소, 이름, 나이, 학력—이렇게 평범한 것을 묻고 난 형사가,

"평소의 언행은?"

하는 데서는 박 신부로서도 난처했다. 좌익도 아니요 그렇다고 우익도 아닌 어떤 회색 정치단체에 가담하고 있다는 것도 알고 있었고, 여·야 할 것 없이 지도자들에게 대한 불만으로 '죽일 놈, 살릴 놈' 하는 것도 알고 있었지만 그런 말을 할 수도 없거니와 신부의 몸으로서 거짓말을 할 수도 없는 난처한 처지다. 그래서,

"평소라야 집안일로밖에는 별로 이야기하는 일이 없습니다만, 무엇을 물으시는지 요점을 말씀하시면…."

"평소에 정치라든가 정부라든가, 기타 사상적인 언행은 어땠는지요?"

"그런 얘긴 통 못 들었습니다. 내가 만나기만 하면 성당에 나오라고 야단을 치니까 잘 오지도 않지만."

이것은 사실이기도 했다.

"그럼 뭐 어디 정치라든가 무슨 단체 같은 덴?"

"그런 것도 없을 겝니다. 그저 아이가 좀 성격이 괄해서 웬만 일엔 참질 못하는 단점이 어려서부터 있긴 해요. 그래서 나하고도 많이 싸웠습니다."

이밖에도 최근 만난 시일과 장소, 그때의 대화, 교우 관계—이런 것을 꼬치꼬치 캐어물었지만 실상 박 신부도 동생을 만난 지 십여 일이나 되었었고, 그때도 병중에 계신 아버지, 역시 몸이 가볍지 못하신 어머니에 출가 전인 누이 찬숙이, 저희 내외에 어린것 해서 여섯 식구나 되는 집살림 이야기밖에는 다른 얘기란 야당 지도자와 여당의 지도자 몇 사람의 이름을 들어 때려죽이느니 어쩌느니 했지만 그까짓 소리는 늘 하던 소리였고 보니 들추어 말할 이야깃거리도 못 된다.

"그렇습니까. 아침부터 실례했습니다."

형사는 이렇게 작별 인사를 하고는 구체적인 사건의 내용도, 어느 서라는 것도 밝히지 않고는 '다시 알려주마' 하고 돌아가버렸다. 없었더니보다야 못하다 해도 그만 정도의 사건인 데 오히려 다행하다 싶다.

'정신 좀 차려야지, 저도…' 이렇게 마음을 늦추고 방 안 정돈을 하는데 찬숙이가 달려왔다. 간밤 오빠는 들어오지도 않고 새벽처럼 형사 셋이 달려들어서 온 집안을 발칵 뒤집고 수색을 했다는 것이다. 책상은 물론 백여 권이나 되는 책갈피며, 천장, 다락, 심지어 마루청까지 뜯어젖혔고 웬만한 데는 파보기까지 했다는 것이다.

"아니, 내겐 와서 누구하구 박치길 했다구 그러던데?"

"박치기가 뭐야요?"

"들이받았다는 말이지 뭐냐? 쌈을 한 말투던데? 그래, 뭐라고들 그러던?"

"사람을 죽였단 말만 불쑥 하곤 물어야 대답두 않아요. 집에 드나든 사람의 이름두 싹 적어가구 철씨 이름은 안 대두 좋은데 어머니가 불쑥 대지 않아요!"

철이란 찬숙과 상애 관계에 있는 젊은 의사였다. 박 신부도 한두 번 만난 적이 있어 성당에도 나오겠다 했고, 착실해 보이기도 하여 저희들만 좋다면쯤 생각하고 있던 터지만 이런 판에도,

“철 씨가 뭐 오빠 친군가, 날 찾아온 사람이지.”
하고 되뇌는 것을 듣고 있으려니 인간이란 이렇게도 모든 사고가 자기 본위인가 싶어진다.

“그래, 뭐 가져간 건 없구?”

“서랍 속을 그대로 폭삭 쏟아 갔으니 그 안에 뭐가 들었는지 알 수 있어요. 책두 대여섯 권 갖구 갔구, 자꾸만 무기를 어디다 감추었는지 대라잖아요? 하두 으르딱딱대기에 우리 집안엔 무기가 이것밖에 없다구 방바닥에 굴러 있는 송곳을 집어주었죠. 그랬더니 냉큼 받았다가 홱 팽갤 치겠지.”

누이의 이런 이야기를 듣고서야 박 신부도 단순한 박치기가 아니니라 싶어졌다. 박치기로 살인이 될 수도 있겠지만 단순한 박치기였다면 가택수색까지는 않았을 것이요, 더욱이 무기 운운할 리가 만무다 싶다.

그제서야 사건의 중대성을 깨닫고 박 신부는 분관으로 뛰어가서 신문사에 전화를 걸어보았다. 아는 사람 이름을 대니 없다는 것이다. 그래서 여기는 한 독자인데 새벽에 어디 살인사건이 발생했느냐 물었더니,

“지금 호외가 나갔습니다.”
하고 탁 끊어버린다.

딴 신문사에다 또 걸었더니 그 사에서는 아직 호외를 내는 중인지 두 군데서 전화 받는 소리가 다 들려오고 있다.

“여보시오, 여기는 독잔데요”

하기가 무섭게,

"지금 바쁘니 좀 이따가 걸어주시오."

하고 탁 끊어버린다.

중대한 사건임에 틀림이 없다. 이 중대한 사건의 주인공이 아우 찬재라고 단정하고 나니 오금이 착 접쳐진다. 자세한 내용은 알 수 없었지만 이 사건은 다분히 정치적이란 것, 찬재가 직접 관계자라는 것이며 상대방은 절명이 되었는지도 모른다는 데 귀결이 되자 더 알아볼 용기도 나지 않는다. 수화기를 든 채 그는 그저 우두커니 서서 있기만 했었다.

이 박 신부의 추측은 불행하게도 사실에 접근한 것이었다. 전날 밤 통금 직전인 열시 사십분경, 여당의 중요 간부일 뿐만 아니라 재정 운영에 큰 뒷받침을 해주고 있던 삼일제당, 삼일방직, 삼일상사 등 삼일재벌의 주인공인 한규덕 씨의 침실에 복면을 한 괴한 한 명이 침입, 문소리에 깬 한씨에게 불문곡직하고 피스톨 두 방을 쏘았다. 한씨가 비명과 함께 쓰러지는 것을 보고는 행방을 감추었다는 것이다. 마침 그날은 한씨의 생일날로 열시 지나기까지 댄스파티가 있었다 하며, 한씨가 침실에 들어간 지 불과 십분도 못 되어 이런 변괴가 생겼다고도 한다. 문 여닫는 소리를 식모도 들었지만 주인이 변소에 가는 줄로만 알았다는 것이다. 한씨는 생명이 위독하다.

물품에 일체 손을 대지 않은 것으로 보아 순전한 강도 행위가 아니라는 것이 유력시되고, 여당의 간부인만큼 정치적인 배후가 있으리라는 것도 단정할 수 있다고도 했다.

범인은 범행 전 내객을 가장하고 미리 어디에 잠복했다가 기회를 본 것이 분명했다.

사건 발생의 급보를 받고 달려간 경찰대는 유력한 용의자 한 명을 체포하였으나 수사상 기밀을 보유하기 위하여 성명, 나이, 직업 일체의 발표를 보류하고 있다.

—이런 내용이었다.

용의자의 이름이 밝혀진 것은 그날 오후였다. 용의자가 박찬재로 박모 신부의 실제라는 것도 발표되었으나 범인은 일체 사실을 부인하고 있어 준엄한 문초를 계속하는 한편 방증을 얻기에 수사진은 혈안이 되어 있다는 것이다.

그리고 박이 유력한 용의자로서 등장하게 된 중요한 이유는 동 용의자가 한씨 집에서 약 천오백 미터 지점인 덕성여중 정문 앞에서 골목으로 숨다가 체포된 것이었다.

거기에다 가택을 수색한 결과 불온 문구가 수없이 나열된 일기장이 나타났고 불온 서적도 발견이 되었다는 것이다. 구체적인 것은 하나도 발표를 보지 못한 채 사건은 다시 오리무중으로 들어갔다. 본인의 극력 부인은 있을 수 있는 일이라 해도 방증이 될 만한 무엇 하나 발견된 것이 없던 것이다. 상당한 지능 범행으로 피스톨을 방안에 버리고 갔으나 문에도 피스톨에도 지문 하나 자국이 없을뿐더러 구두에도 헝겊 커버를 신었던지 신발 자국 하나를 발견할 수 없다. 이 범행 동기나 방법으로 보아 확실히 배후에 그 무슨 커다란 움직임이 있다는 단정이 내려졌다. 그러니만큼 수사진은 더 초조해졌다.

오직 하나 다행한 것은 한씨는 생명을 건질 수 있다는 것이 확인되었을 뿐 한씨가 의식 회복이 되면 범인의 인상 윤곽이 나타나리라 했던 것이나 막 잠이 들다가 문 여는 소리에 놀라 눈뜬 순간에 총탄을 맞은 터라 전혀 기억에도 없다는 것이다.

이러고 보면 용의자를 달구치는 도리밖에 없다.

용의자한테 또 한 가지 불리한 것은 용의자는 군대 복무시에 사격 대회에서 항상 등내에 들었다는 것, 거기에 또 체포된 지점에서 피신한 이유로서 갑자기 경관 사이드카가 달려오고 경찰 지프차가 내닫고 하니까 필시 사건이 생겼을 게고 이런 때 붙들리면 죄는 없지만 도시 성이 가시니까 어두운 골목으로 잠시 피하자던 것이라 한다. 있을 수 있는 심경이었지만 그것으로 죄가 벗어지는 것은 아니었다. 거기에 직업도 없었다. 이름도 없는 출판사에 다니다 말다 한다는 것이다. 용의자에게 한 가지 유력한 것이란 오직 그의 집이 삼청동 막바지라는 것뿐이다. 체포된 지점에서라면 용의자의 집까지 통금 시간에도 충분히 갈 수 있는 상거였던 것이다.

사건 발생 전 약 두어 시간의 알리바이를 증명할 만한 재료도 용의자는 갖고 있지 못한 것이 또한 혐의를 농후케 하고 있다. 여덟시나 되어 집을 나와서는 다방에 한 번 들렀을 뿐 줄곧 거리를 헤맸다는 것이다. 불행히 다방도 늘 가는 다방이 아니었던지 레지도 마담도 전혀 본 기억이 없다는 증언을 했다.

사건은 날로 오리무중에 들어갈 뿐이었다. 이제 기다릴 것은 용의자의 자백뿐이던 것이다.

4

용의자가 드디어 자백을 했다. 사건 발생 후 만 삼 주일 만이었다.

그러나 박 신부는 조금도 놀라지 않았었다. 그는 이 사건의 진범이 자기 동생임을 벌써 단정하고 있었던 것이다.

평시의 언행으로 보아서도 그러했다. 성격도 그럴 수 있는 소질이 많았었다. 고향인 안악에서였다. 찬재가 여덟인가 아홉 살인가다. 찬재는 열두 살이나 먹은 아이와 싸우다가 넉장이 되게 맞고는 그날 밤 그 아이의 집에 불을 퍼질렀었다. 가난한 집이었고 다행히 지붕만 반가량 타서 변상만 하고 무사했지만 형과도 싸울 때는 돌이고 칼이고 마구 던지던 아이다. 군대에서도 그랬다. 중위로서 중령을 넉장이 되게 패주고 영창생활도 했었다. 어려서부터 제분에 못이기면 제 손가락을 아지끈 아지끈 깨물던 아이다.

박 신부는 어느 날 하루 동생한테 성총이 내리기를 기구하지 않은 날이 없었다. 그러나 찬재는 더 엇나가기만 하던 것이다. 그대로 잠자코 있기나 했으면 오히려 좋았다. 그는 성직자인 형 앞에서,

"종교는 아편이어요!"

했었고,

"형은 가장 신성한 직책이나 다하고 있는 성실을지도 모르지만 신부가 마술사와 뭣이 다르지요? 사기꾼과? 사기꾼은 한 사람만 속이지. 형은 천주의 이름을 팔아서 만인을 사기하고 있는 거야."

이런 찬재였다. 이런 아우였었다. 형은 아우를 버린 지 오랬었다. 아우는 마귀 이외의 아무것도 아니었었다. 그러나 그러면서도 형은 아우를 못잊어해 왔다. 신부였지만 그는 역시 형일 수밖에 없는 인간이었던 것이다. 형은 슬펐다. 슬프면서도 동생의 살인을 인정치 않을 수 없었던 것이다.

아우가 자백을 했다는 신문 보도를 본 순간 형은 슬프기는커녕 기뻤다. 당국의 알선으로 형은 두 번이나 아우한테 자백하기를 권했던 것이다.

두 번 다 아우는 완강히 부인하고 있었다.

"형은 놈들과 부동이 돼서 단지 하나밖에 없는 동생을 살인범으로 몰고 마음이 편하리다. 편할 게요. 내가 이만큼 사실이 아니란다면 형만은 믿어주어야 하지 않겠소, 형만은! 형은 천주의 대변자라니까. 난 교우는 아니지만 형이 믿는 천주 앞에 맹세를 합니다. 절대로 난 범인이 아니예요. 여덟시에 집을 나왔어요. 울적해서, 울분에 가슴이 터지는 것 같아서… 돈도 없었소. 형이 언제 한번 집안에 보태 쓰라고 목돈 집어준 일이 있던가요? 신부는 제 부모 형제를 돌보아선 안 되오? 굉장한 법규로군. 성스런 규율이라구요? 오 년간이나 전쟁을 하구 왔으니 직업을 주오? 집엔 돈 한푼 없었소. 내가 어째서 울적지 않겠어요? 그날도 실은 형이라도 찾아가리라 나섰다가 형을 보면 골통을 깨고 싶어질까봐 참고 돌아오던 길이었어요. 그런 날 죄인을 만들어?"

두 번째 갔을 때는 만나주지조차 않으려 들었었다. 겨우 만나더니 그대로 감정을 폭발시키어 물어뜯으려 들던 것이다. 몸이 몹시 약해져 있었다. 그 때문이니라 싶어 그날은 단념을 하고 돌아왔던 것이다.

그렇게 완강히 자백을 거부하던 아우가 드디어 자백을 한 것이다.

이로써 아우는 천주님의 사하심을 받았느니라 했다. 성덕을 입고 성총이 베풀어지느니라 했다. 형은 성당으로 달려갔다. 무릎을 꿇었다. 오늘처럼 천주와 감정이 통한 기구는 일찍이 없던 것 같다.

"지극히 자애로우신 천주시여, 주님의 거룩하오신 계시로 악마의 자식이던 아우 깨친 바 있사와 주의 품에 돌아오게 해주시오니 그 은총 무한 감사하오이다. 제 아우 비록 아직 주의 품에 들지는 못했사오나 성총을 입사와 통회할 날이 있을 것이옵고 임종할 그 순간까지에는 반드시 천주님을 받들 때 있으리라 믿사옵니다. 아우 찬재 비록 마귀에 사로잡혔사와 대죄를 범하였사오나 이제 천주께서 계시하오신 십계 중 일계만이라도 깨우치고 성총의 도움을 받아지자 몸부림치고 있사옵니다. 저의 아우 사심판정에 서옵거든 성총으로 어루만지시고 강복해주시와 성 분도 기록에 있는 성 요안 네뽈지에노도 되게 하옵소서."

형의 기구에는 눈물이 섞여 있었다. 외어도 외어도 미진했다. 미운 아우였었다. 죽이고 싶은 아우이기도 했었다. 차라리 죽기나 했으면 영혼의 구원을 받느니라 한 아우였었다. 사교 사상에 물든 아우, 무신자보다도 더 밉던 이단자인 아우! 그러나 그는 신부였지만 역시 아우의 형이었다. 이단자요, 사교자요, 마귀의 아들이었지만 역시 사랑하는 아우였다. 형은 오늘 지금서야 자기가 얼마나 아우를 미워했던가도 알겠지만 또 얼마나 사랑했었는가도 깨달아지는 것이었다. 그는 자기가 신부일 뿐만 아니라 인간이었다는 것도 깨달았고, 신부이지만 역시 인간인 아우의 형이라는 것도 뼈저리게 깨우쳤었다.

"아우여! 동생아, 형을 용서해다오! 나는 천주의 아들인 동시에 너의 형이었어야 했다. 그러나 형은 오직 천주님의 아들이었을 따름이었다."

자기 방에 돌아온 형은 문을 잠그고 목을 놓아 울었다. 울어도 울어도 시원치 않았다. 아우에 관한 속보는 거의 매일처럼 신문에 나고 있었다. 이제는 배후 관계의 추궁만이 남았었다. 배후 관계가 밝혀진다면 불똥이 어디로 튈는지 모른다는 것이다. 어떤 신문은 배후 관계 여하로는 정부 고위층에 바람이 불지도 모른다 했고, 여당계 신문은 또 야당계 거물급의 선이 닿지 않았나 하는 무시무시한 추측 기사를 내기도 했었다.

"—한씨 저격 사건, 정계 거물급에 비화?—"

가로 일단 반의 어마어마한 타이틀은 국민들을 불안에 사로잡히게 했다.

그러나 다 읽고 나면 아무런 근거도 없었다. 그저 그럴지도 모른다고 추측일 뿐이었다. 근거있는 소스의 기사는 못 되었다.

"장난들 몹시는 한다. 아니, 신문이란 이런 수단으로밖에 팔아먹을 길이 없더람!"

이렇게 분개하는 축들도 있었다.

누구보다도 형이 그랬다. 신문에 대한 증오감까지도 드는 것이다.

그러나 형 신부는 체념을 했다. 배후 관계가 없기를 바라는 마음에는 틀림이 없지만 그것도 아우의 죄를 덜어주기 위해서이지 형벌을 덜어주자는 데서는 아니었다. 배후 관계가 있든 단독 범행이든, 살인 기수가 아니고 미수이든 아우의 생명은 이미 없는 거나 진배없는 일이었다. 아니, 생명이 없어져야만 아우는 영혼의 구원을 받느니라 한 형이었다. 이 기구 또한 아우에 대한 형의 극진한 애정의 표현이었다. 죄로 더럽혀진 아우의 생명이 이 세상에 남아서 더 욕되게 하고 싶지 않은 심정이기도 했던 것이었다. 형의 혼란된 머리에는 형에 대한 판단도 서지 않았고, 아니 그런 것은 생각하고 싶지도 않았다. 지금 형이 알고 싶은 것은 아우가 언제 천주께로 돌아와주겠느냐 하는 것이었다. 언제 고요한 마음으로 교리를 배워 영세를 하고 총고해를 하게 되느냐는 것만이 지금 형의 머릿속을 채우고 있는 생각이었다. 희망이었다. 외인이 볼 때는 한낱 잠꼬대 같은 이야기일지도 모르지만 천주의 아들이요 성직자인 형으로서는 이것이 아우에 대한 최대의 애정이었고 사랑이었다. 지금의 형은 이밖에는 애정을 표현할 줄 모르는 사람이기도 했다. 그 이외의 어떤 사랑의 방법도 형을 만족시켜주지는 못했던 것이다.

"아우여! 하루바삐, 아니 한시라도 빨리 주의 품으로 돌아오라…."

5

다시 열흘이 지났다. 또 열흘이 헛되이 갔다.

그러나 배후 관계는 실마리도 집어낼 수가 없었다. 범인이 일체 부인했던 것이다.

다시 며칠이 지나서다. 비로소 단서를 얻었다는 신문 보도가 났다. 모 무소속의 거물급인 정치인이라는 것이었다. 정계는 물론 전국민의 신경은 다시 날카로워졌다. 그렇다면 이북 괴뢰 간첩과도 접선이 되지 않았을까 하는 공포에서였다. 그렇지 않아도 거의 매일처럼 간첩이 잡히고 있었다. 상당한 거물급의 간첩도 벌써 이달 들어서 두 명이나 체포가 되었던 것이다. 월북하려던 집단 간첩 일곱 명 일당이 서해안에서 체포가 되자 간첩단의 세포가 속속 드러나고 있었다.

그러나 조사 결과 그것은 범인의 전혀 허위 진술이었음이 판명되었다. 몇몇 거물급 인물한테서는 범인의 진술을 인정할 만한 아무런 방증도 찾아내지 못했던 것이다. 며칠날 어디서 만나서 피스톨을 받았다는 진술을 기초로 조사를 진행하다 보면 당자는 그 당시 고향에 가 있었다는 알리바이가 명백하게 성립이 되던 것이다.

이렇게 질질 끌던 어느 날 밤이었다. 범인의 형 박 신부는 피이넛을 사다 놓고 진을 마시고 있었다. 책상 위에는 현금 백만환 뭉치가 놓여 있다. 부실한 취직이나마 아우를 잃은 집안 살림이 말이 아니었던 것이다. 아버지는 아들의 그 꼴을 본 후로 병이 부쩍 더해져서 가래가 식도를 막는 형편이었다. 며칠 전 찾아간 큰아들을 붙들고 병든 아버지는 약을 좀 사다 달라고 애걸을 하던 것이었다. 그 약이 수면제였다.

"넌 너의 교리로써 그런 것을 죄루 알지 모르겠다만 아픈 사람을 더 아프게 하는 것도 죄니라. 아비두 더 살구 싶구 교리두 안다. 하지만 그건 아파보지 못한 사람의 일이다. 날 고이 잠재워다우. 빨리 천주께 보내다우. 첫째 저것들 굶는 꼴 볼 수 없어 더 견딜 수가 없다."

굵은 주름살 골을 타고 눈물이 천천히 흐르고 있었다. 어머니도 울고 누이도 울었다. 신부도 울었다. 신앙도 신앙이지만 우선 가족을 살려놓고 보아야 했다. 신부가 된 순간부터 그는 가정을 떠났고 혈족과 절연을 했다. 신부는 천주의 아들일 뿐 한 아들에 두 아버지가 있을 수는 없었다. 신부는 일체의 수입을 자기 일신의 필수품 외에 쓰지 않기로 했었다. 수녀는 더 말할 것도 없었지만 신부 또한 원칙적으로는 자기의 수입을 자기 가족 생활비에 쓴다는 것은 금지되어 있던 것이다. 오직 성당의 유지와 확장을 위해서만 쓸 수 있는 돈이었다.

그러나 신부도 인간이었다. 오늘 백만환을 월부로 갚기로 하고 빌린 것이다. 마침 집에 붙은 판잣집 구멍가게를 집째 팔겠다던 것이다. 이것만 마련해주면 그냥저냥 찬재 댁이 꾸려가겠다는 것이다. 하느님의 아들은 또 한 아버지를 모시기로 결심했던 것이다.

형 신부는 동료 신부와도 만나는 기회를 되도록이면 피했다. 윤 신부가 고해를 하러 와서 부득이 한 번 만났을 뿐 이 사날째 성당에도 되도록 혼자 나갔다. 교우들한테도 실로 면목이 없다.

"살인범 아우를 가진 신부."

자기 자신이 범한 죄나 진배없었다. 제 아우 하나 교도 못하는 형이 어떻게 많은 교우의 시범이 될 수 있느냐 하는 가책이 무서운 고통을 가져다주는 것이다.

박 신부는 또 술을 따랐다. 오십도가 넘는다는 독주 진이었다. 취하고 싶은 심정이었다. 석 잔째 잔을 비우고 넉 잔째를 따라 입으로 가지고 가려는데 누가 노크를 한다. 윤 신부였으면 했다.

"누구시오?"

문을 열자니까 뜻밖에도 교우였다. 시간을 보니 열시다. 이 바오로라는, 깡패 소리는 들으면서도 성실하게 미사에 참여하는 독신자다. 기실 지금 마시고 있는 이 진도 바오로가 십여 일 전에 선사한 것이었다.

"바오로! 고맙소, 이렇게 찾아와주어서. 자, 앉으시오. 바오로가 준 술, 오늘 처음 마갤 떼구 한잔 하는 길이오. 바오로 술이지만 자, 한잔."

신부는 차라리 이런 속인과 세상 이야기나 하며 취하고 싶었다. 교리에 관한 이야기를 떠난 명동 이야기나 들으리라 했다.

"자, 한잔."

"그만두겠습니다, 신부님."

바오로는 기구할 때처럼 손을 모으는 것이다.

“왜 그래, 바오로? 난 오늘 바오로와 한잔 하구 싶은데. 한잔 하면서 이야기도 좀 듣구! 세상 얘기가 좀 듣구 싶어졌어.”

“아닙니다, 신부님. 오늘은 조용한 시간을 타서 신부님께 고해성살 받으러 왔습니다.”

앉지도 않고 나무처럼 꼿꼿한 채 손을 모은다.

신부도 얼른 잔을 놓고 성직자의 자기 자세로 돌아갔다.

“신부님, 방에서 받아주실 수 없을까요?”

“성찰, 통회, 정개에 조금도 유감됨이 없으시오?”

“네.”

“그럼 고명하시오. 천주님의 정하신 바요, 예수님의 가르치심을 받아 바오로의 고해를….”

하는데 바오로가 말을 탁 가로막는다.

“신부님, 시간은 아니지만 성당 역시 고해소에서 받고 싶습니다.”

“그래도 좋고.”

했다가 신부는 의심이 났다.

“이유가 따로 있소?”

“네.”

“뭘까.”

“여긴 너무 밝습니다.”

“성찰은?”

“네….”

“통회도?”

“네.”

"그럼 정개가 부족했소. 천주께 고해성사를 올리는데 밝고 어두움이 어디 있겠소. 그럴 리 없지 않소?"

"그러면 여기서 받겠습니다, 신부님!"

신부는 속으로는 의아스러웠지만 그런 내색은 할 수도 없어 천천히 몸을 일으켜 제의장 앞으로 가는 것이었다. 제의장 문손잡이를 잡고서도 한참 무슨 생각에 잠긴다. 장 문을 열었다. 영대를 꺼내어 몸과 팔에 걸고 고해소에 자리를 잡으며 성호를 긋고 있다.

이러한 신부의 동작을 지켜보고 있던 바오로는 신부가 성호를 긋고도 한참이나 되어서야 신부 앞에 무릎을 세우고 십자를 그으며 고죄경을 외기 시작한다.

"오 주 전능하신 천주와 평생 동정이신 성 마리아와 성 미가엘 대천신과 성 요안 세자와 종도 성 베드루, 성 바오로와 성인 성녀와 신부께 고하오니 나 과연 생각과 행함에 죄를 심히 많이 얻었나이다. 나 오늘 신부님께 고해하옴은…."

바오로의 고해가 갑자기 뚝 그친다. 신부는 눈을 딱 감은 채 계속을 기다리고 있었다. 그러나 아무리 기다려도 바오로는 입을 딱 봉한 채 열지를 않는다. 신부는 눈을 떴다. 바오로는 처음 고해를 시작할 때의 그 자세였다.

"바오로! 계속하오."

신부의 재촉을 받자 바오로는 벌떡 일어나며,

"신부님, 저 다음 기회로 미루겠습니다 신부님 말씀대루 정개가 미진한 것 같습니다, 죄송합니다."

"바오로! 그게 무슨 소리야! 죄를 지었으면 빨리 고해를 해야지.

죄란 병균과 같은 거야, 쵤 짓구!"

"아닙니다, 담에 오겠습니다."

하기가 무섭게 바오로는 인사도 변변히 않고 뛰어나가버린다. 신부는 어이가 없었다. 한참이나 멍하니 섰다가 뛰어나가서,

"바오로오, 바오로오!"

몇 번이나 불러야 바오로는 대답도 않고 뛰어가버리는 것이다. 발소리까지 들리고 보니 신부의 부르는 소리가 안 들렸을 리 만무였다.

'웬일일까? 무슨 일을 저질렀을까?'

신부는 영대를 벗어 의장 안에 넣고도 한동안이나 방 한가운데 멍하니 서 있었다.

'바오로가 무슨 잘못을 저지른 것일까?'

이상할 만큼 바오로의 행동이 마음에 걸린다.

보통일이 아닌 성싶게만 생각이 든다. 웬만한 일이란다면 이렇게 밤에 찾아오기까지 했다가 달아날 리가 없었던 것이다.

'또, 오겠지, 바오로는 진실한 교우니까 이렇게 죄를 짓고 괴로워한다는 자체가 그만큼 성실한 때문이다.'

신부는 이렇게 생각했다. 그는 다시 테이블 앞으로 갔다. 술병과 돈을 싼 책보가 한꺼번에 눈 속으로 파고든다. 그는 술잔으로 손을 가져갔다. 또 따랐다. 잔을 입으로 옮긴다.

아무리 먹어도 오늘만은 취할 것 같지가 않다. 취할 때까지 마시고 싶었다. 그리고 실컷 울고 싶었다.

며칠이 지나도록 바오로한테서는 아무런 소식도 없었다.

불안한 며칠이었다. 돈은 준비가 되었다는 기별을 했지만 그나마

틀어지는지 누이한테서도 기별이 없다. 일이 잘 안 되는 것이라면 비싼 이자를 물고 있을 수도 없느니라 싶어 오늘 저녁에는 집에를 들러 보리라던 날 고해소에 홀연히 나타난 바오로가 실로 놀라운 고해를 했던 것이었다.

뜻밖에도 그것은 무서운 대죄였다.

살인이었다.

고죄경을 외는 바오로의 음성은 그대로 신음 소리였다.

"내 탓이오, 내 탓이오, 내 큰 탓이로소이다. 그러므로 평생 동정이신 성 마리아와 성 미가엘 대천신과 성 요안 세자와 종도 성 베드루, 성 바오로와 모든 성인 성녀와 신부님께 나를 위하여 오 주 천주께 전구하심을 비옵나이다…."

바오로는 고해를 끝마치었다. 그러고는 그대로 울어버리던 것이다.

'바오로가….'

신부는 의외였다. 괄하기도 했고 명동을 휩쓴다고도 들었지만 심지는 고우니라 한 바오로였다.

"동기는?"

"돈이 필요했습니다."

"그래, 얼마나 소득이 있었는가?"

"천만환 받기루 했었는데 백만환밖에 못 받았습니다."

"무엇? 받다니?"

"실은 강도를 한 것은 아닙니다. 어떤 사람의 심부름을 했을 뿐입니다. 그 사람은 기어이 그를 죽일 필요가 있었던 모양입니다. 그러나 자기로서는 방법이 없으니까 그 청부를 제게로 가져온 것입니다. 처음 이야기로는 그 사람만 해치우면 돈은 요구하는 대로 주겠노라 했습니다. 그래, 막연하게 얼마든지랄 것이 아니라 아주 보수를 정하자고 해서 천만환에 정하구 우선 착수금으로서 오십만환만 받구 성사한 날 잔금을 받기로 했습니다. 그러나 불행히—아니올시다, 신부님, 다행히도 실패했습니다. 그래, 약속한 자리에 가보니 그자는 오지 않았어요. 그자가 있던 집을 찾아갔더니만 떠나구 없다는 것입니다. 그래, 집으로 돌아왔더니 그자가 집에다 오십만환 두고 갔더군요. 실패를 했으니까 다 지불할 수 없다는 간단한 쪽지가 돈뭉치 안에 들어 있었습니다."

"그러면 피해자의 이름은?"

"신부님, 신부님이 저보다 더 잘 알구 계실 겁니다. 신부님의 아우님께서 혐의를 받구 계신 바루 그 사건입니다."

이때 고해신부의 입에서 고통을 참을 때 하는 신음 비슷한 소리가 났다. 아니, 그것은 그대로 성직은 그만두고 인간에게서 교양과 지체, 모든 것을 떼어버린 때에나 낼 수 있는 그런 동물의 소리였다.

그러나 고해신부는 곧 자기 위치로 돌아갔다.

"그래서?"

"범인으로 잡힌 사람이 신부님의 아우님이시라는 것을 안 것은 신문을 보구서였습니다. 그렇지만 않았더라면 전 이렇게까지 괴로워하지는 않았을 것 같습니다."

"그것은 고해자의 잘못 생각이오. 고명한다는 것은 죄의 사함을 받는 데 있소. 누구를 위해서 자신의 죄의 사함을 받는 것이 아니라 자기가 지은 죄에 대한 사함을 받는 것이오. 어쨌든 고해할 생각을 한 것은 잘한 일이오. 그러나 고해를 했다 해서 다 죄의 사함이 받아지는 것은 아니오. 교우의 할 일은 이제부터요. 지금까지의 고해 사실은 실상은 통회에 지나지 않소. 정말 고해는 먼저 신부에게 할 것이오. 동시에 법에 나아가 자수하는 데서 비로소 고해가 성립되오. 이 순서가 바뀌었던 것이오. 그러나 지금도 늦지는 않소. 그러니 이 길로 바루 집으로 갈 것 없이 경찰서에 가서 자수를 하시오. 그것만이 천주의 계시를 좇는 길이오. 자, 조금도 지체치 말고 주저도 말고 기꺼운 마음으로 자수를 하시오. 이것만이 죄를 기워 갚는 길이오. 영혼의 구원을 받는 길이오. 자, 이 길로 가시오. 가서 자수를 하시오. 자수를 한 순간 내게 고명한 죄는 깨끗이 사함을 받게 될 것이오. 자, 가시오, 조금도 지체없이…."

"가겠습니다, 신부님…."

"고마운 생각이오. 훌륭한, 족히 영혼의 영원한 구원을 받을 훌륭한 생각이오. 꼭 가야 하오. 혼자 가기가 무엇하다면 내가 같이 가드려도 좋소."

"아니올시다. 당당히 제 발로 저 혼자 걸어가서 자수하겠습니다."

신부는 준절히 훈화를 하고 보속을 주고는 주께 감사한 마음으로 손을 들어 사죄경을 염할 때 바오로도 진심으로 가슴을 치며, "내 탓이오, 내 탓이오—"를 염하고 있었다.

고해가 끝나자 바오로는,

"신부님, 하나 부탁이 있습니다."

"무엇이든지."

"제가 만일— 아니올시다. 제가 자수한 뒤 제 가족을 좀 돌보아주셨으면 합니다. 마귀가 씌웠습니다. 지금까지 성당에 뭣하러 다녔는지 모르겠습니다. 신부님, 믿습니다."

"그건 염려 마오, 성당에서 돌보리다. 그러니 안심하고 가시오. 이 길로 바루 가시오, 그러지 않으면 또 결심이 풀어지는 법이니까."

"한 시간만 여유를 주십시오, 신부님. 집에 가서 어린것들 자는 얼굴이라도 한 번 더 보구 가겠습니다."

"아니오…."

고해신부의 말은 엄숙했다.

"이 길로 가시오, 이 길로. 집에 들르면 또 구원받을 길을 놓치오. 자수한 후면 내가 아이들과 부인까지 모시고 자주 찾아주리다."

"알았습니다, 신부님… 그대루 가겠습니다. 저두 어린것들 자는 얼굴을 본다면 결심이 풀릴 것 같습니다. 저두 자신이 없습니다. 자식이란 방 다섯 살 먹은 머슴애 그것 하나뿐이니까요. 죄인의 자식이지만 영리하게 생긴 놈입니다. 귀엽기 짝이 없지요."

바오로는 눈물을 씻고 있었다. 보기 추할 만큼 얼굴이 일그러진다.

"정말 귀엽게 생긴 자식입니다, 신부님…."

"그러니까 바루 가시오."

"감사합니다, 신부님. 인제 저도 마음이 아주 가벼워졌습니다."

신부는 바오로를 문께까지 바래다주며 그의 어깨에 손을 얹었다.

"바오로, 고맙소."

"감사합니다, 신부님…."

굳은 악수를 하고 둘은 헤어졌다.

역시 바오로는 귀여운 놈이니라 했다. '귀여운 놈야 귀여운…' 아우를 구했다는 기쁨보다도 몇 배나 큰 기쁨이었다. 성직생활 십 년에 이렇게 기쁜 일은 처음이었다. 신부는 돈뭉치를 보아도 마음이 괴롭지 않았다.

'내일 아침 일찍 이 돈을 바오로의 아내에게 전하리라….'

신부 자신 무거운 죄의 사함을 받은 것 같았다. 즐거웠다.

6

이튿날 새벽 미사에 신부는 오직 바오로만을 위해서 기구를 올렸다. 진실로 기뻤다. 이 우주에서 가장 큰 죄악의 뿌리를 송두리째 뽑아낸 것 같은 기쁨이었다.

인간 사회에서 온갖 악을 물리치고 가장 위대한 선을 창조한 것 같은 환희였었다. 신부는 자신이 갑자기 커진 것 같은 감을 느끼는 것이었다. 천주의 안배에 포근히 싸여 있는 것 같다. 성총의 도움도 자기 혼자만이 독차지한 성도 싶어진다. 아우가 살아온다는 사실이 이 한 가지 선 앞에서는 이렇게도 미력한 것인가. 스스로 놀라지기도 했다.

'동기가 순전한 돈이었고 다행히도 피해자가 생명을 건졌고 더 다행한 일은 불구자도 되지 않았고 거기다 자수를 했고 보니 죄도 좀 가벼워지겠지.'

바오로의 고해신부는 이런 타산도 해보는 것이었다.

무엇보다도 유리한 것은 바오로가 자수를 한 일이었다. 그것도 그냥 자수가 아니라 범인이 잡힌 것이었다. 고통에 못이겨서 자백을 했다 해도 범죄는 성립이 되는 것이다. 엄연히 자백을 했고 당국도 이미 끝난 사건으로 처리해버린 때에 진범인이 자수를 한 것이다.

이 얼마나 장한 노릇이냐 했다.

'변호사도 내가 대리라….'

고해신부는 이런 결심도 했다.

새벽 미사를 올린 뒤로 고해신부는 집으로 가져가리라던 돈을 보자기에 쌌다. 그길로 바오로의 집을 찾았다. 바오로의 집에는 두 번이나 가본 적이 있던 집이다. 남산동 호화로운 집들이 즐비한 비탈에 자그마한 판잣집이 있었다. 판잣집이었지만 일각 대문일망정 그래도 대문이 달려 있다.

"이성태(바오로)."

바오로는 교명까지를 문패에 쓰던 그런 신자이기도 했던 것이다.

'역시 좋은 놈야. 어쩌다 길을 잘못 들어서 그랬지….'

신부는 문패를 한참이나 바라다보고 있었다. 자부와 같은 애정이 샘솟듯 하는 것을 신부는 깨달았다.

"바오로…."

신부는 나직히 불렀다.

신부는 그제서야 '바오로가 정말 자수를 했을까' 하는 생각을 해보는 것이었다. 정말 자수를 했는지 확인을 해보지 않고 쫄레쫄레 온 자기의 행실이 갑자기 쑥스러워졌지만 곧 그런 자신을 꾸짖었다.

'왜 나는 성직자로서 남을 의심하나? 더욱이 교우를.'

"바오로…."

"누구세요?"

그제서야 소리가 났다. 아직도 잠이 덜 깬 음성이다. 여성이었다.

"밖에 누가 왔어요?"

문이 빼꼼히 열린다.

"나 박 신부입니다."

"아, 신부님…."

질색을 하는 소리다. 역시 자리 속에 있었던 모양이다. 한참 만에야 바오로의 아내가 나왔다. 곱살맞게 생긴 예쁘장한 얼굴이었다. 빗장을 빼주고는,

"바오론 간밤 신부님한테 다녀오마구 하구 나가선 그길루 통 안 들어왔답니다. 신부님한테 안 갔던가요?"

"왔었어."

"그럼 어딜 갔을까. 어디 가 또 취해 쓰러진 게로군요. 몇 시나 돼서 신부님한테서 나왔던가요? 웬만만 하면 어린것이 성찮은 걸 보구 갔으니까 들어올 겐데요."

"몹시 귀여워한다지?"

"밉살맞아요, 너무 애 갖구 그러니까요. 저 같은 건 열 죽어두 괜찮구 저놈만 살면 된다는 거야요. 호호호. 참, 나 좀 보게나. 좀 들어가세요, 신부님. 누추하지만."

"아냐, 가야지."

"그래도 잠깐만 들어가셔서 담배라두 한 대 피우고 가셔야지… 그런데 무슨 일로 이렇게 일찌감치 오셨습니까?"

"과자 사갖구 왔지."

"아이 참, 신부님두. 좀 들어가세요."

"아냐, 나 곧 가겠어. 이것 맡아 잘 뒀다가 긴하게 쓰도록 하라구."

"뭔데요, 신부님?"

"바오로가 전에 내게 맡겼던 돈이야. 바오로를 주면 또 술 먹어치울 테니까 안나한테루 직접 가져왔어. 바오로가 어쩌면 좀 먼델 갈지 모르니까 잘 챙겨둬요."

"옳지. 그래, 요새 툭하면 일본으루나 가볼까, 이북으루 가볼까 그랬군요."

"이북은 아냐. 내 또 올 게니 뭐 어려운 일이 있건 내게 찾아오라구, 응?"

'역시 훌륭한 놈이야….'

신부는 비탈길을 내려오면서 사뭇 콧노래라도 부르고 싶은 기분이었다.

'훌륭하구말구, 훌륭해!'

신부는 다시 성당으로 돌아갔다. 바오로를 위해서 또 한번 기구를 드리지 않고는 견딜 수 없는 심정이던 것이다.

자기 방으로 돌아온 것은 열시나 되어서였다.

이쯤 되면 호외가 돔직도 한 시간이다.

그러나 열시 반이 지나도록 그런 기색도 안 보인다. 시적시적 거리에 나가보았으나 통 그런 눈치도 안 보인다.

'그렇지. 자수했다고 어떤 것이 진범인지 판단도 내리지 않고 발표부터야 할라구. 오늘 석간쯤엔 나겠지…'

이렇게 생각하고 종일 성경만 읽었다.

그러나 석간 신문에도 자수 이야기는 한마디도 없고 박찬재의 재판이 불원간에 있으리라는 내용의 기사가 이단으로 났을 뿐이었다. 그렇게 떠들어대던 사건도 벌써 잊기 시작하는 모양이다. 궁금해서 신문사 친구한테도 알아보았으나 별다른 사실은 없다는 것이다.

"그럼 사건에 관한 무슨 소식이라도 듣거든 연락을 좀 해주게나."

이렇게 부탁을 하고 언제 분관에서 전화 연락이 오는가 거기에만 신경을 쓰고 있으나 그날도 그대로 지나가버린다.

'오늘 밤에나 가려나?'

이런 생각도 했으나 이튿날 오전까지도 아무런 소식이 없다. 대체 어찌된 셈인가.

오후에는 어떻게 된 속인가 싶어 바오로의 집을 또 찾았다. 안나는 도리어 반색을 하며 바오로를 못 봤느냐는 것이다.

'짜고 하는 노릇인가?'

그런 의심도 들지 않는 바 아니나 그는 금세 그런 자신을 꾸짖었다. 남을 의심하는 것도 죄인 것이다.

"바오롤 안 주시구 돈을 절 갖다주셔서 신부님이 친정아버지처럼 생각돼요. 정말 잘 불려서 살림 밑천을 해야겠어요. 바오로보구두 얼마 동안 말씀 말아주세요."

"그러지."

신부는 이렇게 대답하고, 바오로가 오거든 급히 상의할 일이 있으니 어쨌든 곧 내려오도록 일러놓고 자기 방으로 돌아왔다. 방에 돌아오니 누이가 다녀갔었다. 차라리 죽어버렸으면 좋겠다고 편지를 써놓고 갔다. 아무 데라도 좋으니 취직을 시켜주면 싶었다는 말을 썼다가는 박박 지워버렸다. 무능한 그보다도 찬 신부 오빠에 대한 반감이 썼다가 흐린 붓끝에서도 느껴지는 것이었다. 사실 부모한테는 찬 아들이었고 형제간에는 무심한 형이요 오라비였다. 그러나 어찌할 수 없는 일이었다. 그는 천주의 아들일 뿐이었던 것이다. 이것이 교규였다.

'신과 인간은 이렇게 격리되어야만 하는가?'

신부는 처음으로 이런 생각도 해본다.

그러나 그는 이내 그런 생각을 떨쳐버렸다. 신과 인간과를 한 입으로 말하는 것도 그의 관습상 허락되지가 않던 것이다.

이튿날도 이튿날도 바오로는 나타나지 않았다. 신문사에서는 아무런 소식도 없다. 안나라도 한번 옴직한데 안나한테서조차 이렇다는 말 한마디가 없는 것이다. 바오로도 안나도 성당에까지 얼굴을 보여주지 않던 것이다. 신부는 초조했다. 그는 몽유병자처럼 휘적 자기 방을 나왔다. 성당에 들러 주 앞에 엎드리어 바오로를 위하여 오랜 기구를 올리는 것이었다. 주 앞에 나가니 모든 감정이 순간에 정화가 된다. 배신자에 대한 감정도 없었다. 오직 마귀한테 붙들려서 한 발짝도 헤어나지 못하는 불행한 바오로가 천주의 안배로 성총의 도움을 받고 참고해를 하여 죄 사함을 받게 되기를 기구할 따름이었다. 아우를 구해야 하겠다는 생각이 이 기구를 올리는 동안 자기 마음 그 어느 구석에서도 단 한 가닥이 없음을 깨닫는 기쁨이란 컸었다.

'바오로, 돌아오라, 천주의 품 안으로….'

또 하루가 갔다. 신부는 더 참고 견디기가 어려웠다. 방을 나왔다. 벌써 어둡기 시작하고 있었다. 그의 발길은 자기도 모르게 남산 쪽으로 옮겨지는 것이다. 바오로는 역시 집에도 돌아와 있지 않았다. 그 대신 편지 한 장이 왔다는 것이다. 신부는 그 편지를 받아 읽었다.

'꼭 찾아야 할 사람이 있어 시골 좀 간다. 그자만 찾는다면 곧 들어가마—.'

이런 내용의 간단한 편지였다. 우편국 소인은 상인천이었다.

'교사자를 찾아 함께 자수하자는 계획일까?'

그러나 그것은 무모한 짓이라 했다. 죄인은 자기의 죄만을 처리하면 그만인 것이다. 그보다도 그에게 그런 죄를 교사한 인간은 반드시 신자가 아닐 것이요, 그 어떤 중요한—어쩌면 정치적인 목적이 있을 것이고 보니 그렇게 만만히 자수를 할 것도 아니리라 했다.

"어딜 갔을까요, 신부님?"

"글쎄."

"찾아야 한다는 사람이 누군지도 모르시나요?"

"글쎄… 잘 모르겠는데…."

"뭔 얘긴진 모르겠어두 얼마 전부터, '나두 이제 맘을 바로잡아가지구 어디 점방이나 하나 차리구 앉아야겠다. 그리구 난 밖으로 돌면서 물건 사들이구 당신은 집에서 팔구 그래서 우리 저놈이 대통령이 되게 잘 공부시켜야 한다구—' 그런 소릴 하더군요. '지금까지 사귄 놈들 그런 인간쓰레기하군 낼부턴 어디서 봤느냐다…' 얼마나 고마웠던지 너무 좋아서 울구 말았었답니다."

"좋은 놈야."

신부는 혼잣말을 하고 있었다.

"바오론 구원받을 사람이지. 오겠지, 안심해. 오건 내게 곧 기별을 해주오. 나두 또 오지."

"아니 신부님, 오지 마세요. 제가 연락해 올리겠습니다."

"안난 지난 주일 성당에두 통 안 나왔지? 성당엔 나와야지."

"저것이 앓아서 그랬습니다."

"웬만하건 나와요."

내리막길이라 그런지 올라올 때보다도 다리가 허청댄다. 신부는 곧장 자기 방으로 돌아왔다. 역시 아무한테서도 연락 와 있는 것이 없다.

앞으로 사흘 후면 한씨 살해 미수범의 첫 공판이 있으리라는 신문 보도가 나던 날 저녁이었다.

"아직까지도 범인의 배후 관계가 전혀 밝혀지고 있지 못하나 여러 가지를 종합해볼 때 범인의 범행은 단독적 범행이 아니라 공범이 있다는 점과 이 범행 동기도 단순한 발작적 또는 감정상 대립이기보다는 그 어떤 정치적인 복선이 있다고 보여지고 있으니만큼 이번 공판을 계기로 범인도 그 어떤 중대한 발언을 하지 않을까 하여 많은 관심을 집중시키고 있다. 재판부 고위층에서도 이 점에 대하여 구태여 부정을 하지 않고 있다. 아직 피스톨의 출처조차 밝혀지지 않고 있는 이 사건을 이렇게 공판을 서두르는 데도 그런 의도가 있지 않을까 하는 관측도 있다…."

이 기사를 읽은 형은 처음으로 암담해졌다.

바오로는 자수를 단념한 것이 분명했다. 그렇지 않고서는 이렇게 행방을 감출 리가 만무다.

'이북으로 밀항을 했나?'

이런 의심도 간다. 바오로가 북한 괴뢰의 간첩과도 접선이 되어 있는지도 모른다는 생각까지 드는 것이다. 편지의 소인이 부산이나 군산 등지의 남쪽 항구였다면 혹 일본으로 밀항을 했다는 생각도 해볼 수 있었던 것이다. 그것이 인천이었다. 그러지 않아도 서해안을 타고 간첩들은 자기 집 드나들 듯하고 있다는 신문 보도가 몇 번이나 국민들을 불안에 몰아넣은 직후이기도 하다.

'설마… 설마 바오로가….'

그러나 이것은 오직 그만의 희망적인 생각이었다. 바오로는 신부를 조롱이나 하듯 꼬리를 감추고 만 것이었다. 그는 신부 주변 어느 곳에서 지금 신부를 비웃고 있을지도 모르던 것이다.

또 하루가 헛되이 지나갔다.

이튿날 피정신공을 지도하고 이어 강론에 들어갔다. 그날의 강론 제목은 고해성사에 관한 이야기였다. 그는 이틀 전 어떤 무명의 여성 교우로부터 이 고명에 관한 질의를 받고 있던 것이다. 자기는 일 신도로서 신부님을 가장 존경하고 또 숭배하고 있다는 수인사를 정중히 하고는, 자기는 남편이 알지 못하는 한 비밀을 가지고 있다. 물론 일시적인 과오로서 저질러진 죄요, 지금은 깨끗이 청산을 하기도 했지만 양심상 괴로워서 견딜 수가 없다. 첫째 남편과 천주님께 면목이 없으나 고해할 용기는 얻지 못하고 지금까지 끌어오고 있다. 이 사실을 남편에게 고백해야 하느냐 신부님께만 고해해도 좋으냐를 결정짓지 못하고 있다.

불행히도 나의 그 상대되는 의사는 남편과도 친한 터요, 신부님은 또 저의 남편과도 같은 교니만큼 잘 아는 터다. 고명받은 사실은 절대로 누설하지 않는다고 하지만 그것이 불안해서 매일 벼르면서도 고해소에 나갈 용기를 못 내고 있다. 그러니 강론을 통해서 한 번 자세히 설명해주면 좋겠다―.

상당히 달필인 이 문의에 대해서 이야기하지 않으면 안 되었던 것이다. 필시 관면혼배나 겨우 받은 교우인 성싶다. 마침 좋은 강론 제목이기도 했다. 그 부인을 위해서보다도 그는 자기 자신에게 고명의 존엄성을 다시 한번 일깨워줄 필요가 있었던 것이다.

"오늘은 교우 여러분과 함께 신성 불가침의 고해 비밀에 관해서 말씀드리고자 합니다."

신부는 이렇게 강론에 들어갔다.

"한 말로 말해서 고해신부는 고해를 받은 사실을 이야기할 입을 갖지 못한 사람입니다. 이렇게 말씀한다면 그런 인간이 어디 있으며 다른 말은 다 하면서 고해받은 사실만 이야기 못하는 입이 세상에 어디 있느냐— 이렇게 반문하실 분도 있을 줄 압니다만 그것은 신부라는 성직의 근본을 모르는 데서나 일어날 수 있는 의문입니다. 신부란 직책을 가진 사람은 천주님이 정하시고 예수님이 가르치신 바 이외의 그 어떤 언행도 하지 않도록 습성을 길러온 사람입니다. 우리 성직자가 인간이 타고난 모든 욕심을 억제하고 일생 이것을 실천할 수 있는 것은 그 사람 자체의 노력보다도 이 천주님의 뜻 속에서 살고 있기 때문입니다. 쉽게 말해서 어려서부터 왼손만 쓰기 시작한 사람이 삼십 년간 그대로 실천했다면 나중에는 왼손밖에 쓰지 못합니다. 그래서 왼손잡이도 있는 것입니다. 마찬가지입니다. 우리는 어려서부터 천주의 안배하심에 의하여 성총의 도움을 받자와 그 거룩하신 뜻 속에서만 살아온 것입니다. 다시 말씀하면 고해신부는 고명을 듣는 순간에 한 가지 법이 아니라 세 가지의 엄숙한 법에 지배되는 습성을 길러오고 있는 것입니다. 그 하나는 예수께서는 성사를 세우실 때 이 고명의 신비성과 불가침과 존엄성을 말씀하시어 이의 위반이 곧 대죄임을 밝히셨고, 둘째로는 자연법이 이 고명의 신성과 존엄을 보호하고, 셋째로는 여러분이 다 아시는 우리

교의 불가침의 법규입니다. 이것을 좀더 단적으로 말씀드리면 올해가 일천구백오십육년입니다. 천주께서 정하신 바 있는 이 고해성사법이 실시된 이래 일천구백 년이 지난 오늘까지에는 실로 수많은 고해신부가 또 수많은 교우들로부터 고해를 받아왔던 것입니다. 그러나 오늘날까지 동서고금을 통하여 단 한 사람도 고명받은 사실을 누설한 고해신부가 없었다는 이 한 가지만 가지고도 우리는 고해의 존엄성을 이해할 수 있으리라 믿습니다."

신부는 이야기하는 동안에 자기 자신의 마음도 차분히 가라앉는 것을 깨달았다. 좋은 음악을 듣는 그런 마음의 평화요, 그런 즐거움이었다.

"이런 사실을 좀더 우리가 인상깊게 하기 위해서 나는 가장 열성적이던 수도자이다가 열교자가 된 저 유명한 마르틴 루터 이야기를—."

하다가 신부는 깜짝 놀랐다. 성당 맨 뒤 구석에서 뜻밖에도 바오로의 얼굴을 발견했던 것이다.

그러나 그는 곧 말을 이었다.

"그렇게 열성 수도자이던 루터는 한번 교회에 반기를 들기가 무섭게 교회에 대하여 무서운 악담과 모함을 하고 다니었던 것입니다. 심지어는 고해성사까지도 마귀가 생각해낸 것이라고 욕설을 퍼부었습니다. 그 루터가 어느 술좌석에서입니다. 루터가 술에 곤죽이 돼서 교회 욕과 천주 욕, 고해 욕—이렇게 함부로 퍼붓는 것을 보고 술친구들은 재미가 나서 '여보게, 루터. 자네가 전에 들은 고명 중에서 재미있던 것 하나 들려주게나. 대개 어떤 것을 고명하러 오던가?' 이렇게 물었던 것입니다. 그러나 그렇게 교회에 대한 반감이 컸고 그렇게까지 취한 루터도 그 말에는 사자처럼 노하여 친구를 술병으로 후려갈겼던 것입니다. 이런 사실을 들자면 한이 없습니다. 보헤미아의 왕후 베제슬라오 왕후의 고해신부였던 성 요안 네뽈지에노도 그랬습니다. 왕이 왕후를 질투해서 성 요안에게 왕후가 고해한 사실을 고백하라 강요했습니다. 고해신부는 물론 이것을 완강히 거절했습니다. 왕이 대노하여 고해신부를 가죽부대에 넣고 돌을 달아매어 모르다바 바다 속에다 던졌지만, 요행히도 돌이 떨어져서 시체가 떠올라 장례를 지냈던 것입니다. 그로부터 사백 년이나 지난 천칠백이십구년에 성 요안은 성인품에 오르게 되어 다시 이장을 했습니다만 고해 사실을 끝내 말하지 않았던 성인의 혀만은 썩지 않고 산 사람의 혀처럼 그대로 있었던 것입니다. 이 몇 가지 사실만 보아도 고해성사가 얼마나 존엄한 것인가를 알 수 있고, 이천 년이 되도록 단 한 사람의 누설자가 없는 원리도 알아지리라고 생각합니다…."

신부는 여기에서 강론을 끝맺고 단에서 내려왔다. 강론 중에도 물론 그의 시선은 대부분 바오로에게 가서 있었다. 바오로는 고개를 푹 숙이고 듣고 있던 것이다.

한두 번 둘이 시선이 마주친 적이 있었다. 그때마다 바오로가 먼저 시선을 피했었다.

'날 찾으려나?'

신부는 단을 내려오면서도 바오로만 주시하고 있다.

그러나 바오로는 그대로 밖으로 나가는 것이 아닌가.

어쨌든 바오로를 만나야 했다. 그렇다고 신도들 앞에서 쫓아갈 수도 없었지만 뚫고나갈 수도 없다. 하는 수 없이 한 교우를 붙들고,

"이 바오로 날 좀 만나고 가라고 일러주시오."

이렇게 부탁을 하고는 문 쪽만 바라본다. 부르러 갔던 사람조차 나타나지를 않는다.

신부는 강단 앞에 그대로 서 있었다. 교우들이 거의 다 흩어졌을 무렵 해서야 부르러 갔던 청년만이 되돌아왔다. 쫓아가니까 마침 지나가는 택시를 타고 가더라는 것이다.

"내가 보잔 말은 전해졌나?"

"네, 들었을 겝니다."

"됐어, 그럼. 저녁에라두 내게 오겠지."

이렇게 태연히 말을 했지만 실상 그렇게 마음이 평탄한 것은 아니었다. 바오로는 다시 돌아오지 않느니라 했다. 돌아올 사람이라면 택시까지 타고 달아날 리가 만무다.

"배신자…."

신부의 입에서 비로소 이런 소리가 나갔다.

7

「나는 고백한다」가 첫 개봉을 한다는 날은 공교롭게도 아우의 첫 공판이 있는 날이었다. 특수한 경우 이외에는 일반 극장에 발을 들여놓지 않는 것이 성직자한테는 일종의 계명처럼 되어 있었다. 그런 것이 습관이 되어 영화 광고 같은 것은 챙겨본 일도 없던 박 신부의 눈에 어느 날 신문을 펴들자마자 신부의 사진이 눈 속으로 쑥 들어왔었다.

"미친 사람들. 어디 인물이 없어서 하필이면 고요히 수도하는 성직자를 끌어내더람. 악취미야. 악취미도 이만저만한 악취미가 아니지…."

일종의 불쾌감까지 났었다.

그날은 그러고 잊었었다.

그 뒤 며칠이 지나서다. 내일의 강론 준비를 하고 있으려니까 가톨릭 문학회 회원의 한 사람인 젊은 시인이 지나가는 길에 들렀다 하며 찾아왔었다. 여러 가지 이야기가 화제에 올랐다. 문학, 국회, 신문, 여러 가지 이야기가 나오다가,

"참 신부님, 「나는 고백한다」란 영화를 곧 할 텐데 한번 보십시오." 하고 권하던 것이다.

"유 군이나 보시오. 나는 별루 흥미가 없어…."

"전 봤습니다. 벌써 그저께 시사회 했어요. 그래 가봤는데 참 좋아요. 참고가 되실 겝니다. 신부님께두."

"유 군… 날 아직도 그런 정도로밖에 평갈 않는가? 영화를 보고 배워야 할—."

"아니, 그런 의미는 아닙니다만, 신부를 참 잘 그렸어요."

"그래, 그렇게두 좋다면 한번 보아두지."

그러고 말았었다. 아우의 사건이 터지기 며칠 전 일이었다. 그런 일에 등한한 그는 그 영화는 이미 끝난 것으로만 알고 있었더니 그때 본 광고는 예고였던 모양이었다. 그러자 이 사건이 터졌었고 그런 후로는 신문도 사회면 먼저 폈다가 덮고 하는 생활이 계속되었다. 그가 「나는 고백한다」라는 영화에 관심을 갖기 시작한 것도 바오로의 고명을 받고서였다. 날마다 광고를 보아야 언제 한다는 이야기는 없었다. 그러다가

날짜가 발표되고 보니 공교롭게도 아우의 첫 공판이 있으리라는 바로 그날이었다.

영화의 내용 이야기가 약간 신문에도 소개된 것이 호기심을 끌어주던 것이다. 마치 자기가 당하고 있는 사건이 영화화된 것처럼 일종의 흥분까지 느껴진다.

아침도 궐하고 시간 전에 재판소에 뛰어가보니 어디서도 모른다는 것이다. 한 시간 턱이나 기다리다가서야 공판이 무기 연기되었다는 사실을 알고 아침 겸 점심 겸, 어쩌면 저녁 겸도 될지도 모르는 식사를 하고 영화관으로 갔던 것이다. 눈에 뜨이는 복장이어서 불만했지만 신부 영화라는 점에서 사람들도 관대하게 보아주는 것 같았다. 불란서 신부도 한 사람 와 있어준 것이 어찌나 고마운지 몰랐다.

영화를 보는 동안 너무 긴장되었던 탓인지 방에 돌아오니 피로가 왈칵 온다. 조갈이 드는 것 같아서 물병을 집으러 가려니 진이 눈에 띈다. 아직도 삼분의 일은 넘게 남아 있다. 손이 그쪽으로 가다가는 움칫해졌다. 바오로가 사건 이후에 사온 술을 마셔야 하는가 했다.

'그러니까 마셔야지.'

쓴웃음이 입가에 돈다. 술도 오늘은 썼다.

'이래서는 안 된다.'

느닷없이 이런 생각이 붕 떠올랐다. 그러면서도 무엇이 어떻게 안 된다는 것인지 집어낼 수는 없다. 그저 모든 것이 그럴 것만 같다. 바오로의 술은 먹어서도 안 되고, 안 먹어서도 안 되고, 이러고 있어서도 안 되지만 그렇다고 움직여서는 더 안 될 것만 같다. 사실 그렇기도 했다. 이대로 방에서 궁상만 떨고 있을 수야 있느냐? 내가 이러고 있는 이 시간에도 아우의, 피를 나눈 오직 하나뿐인 아우의 생명은 시시각각으로 위축되고 있는 것이다.

한 선이 악 앞에서 유린을 당하고 있는 이 순간에 이러고 있어 좋으냐 했다. 이러고 있는 동안에 한 선은 악 밑에서 여지없이 짓밟히고 할퀴우고 찢기고, 그래서 영원히 소멸해가는 반면 악은 허세를 부리며 살쪄가고 있는 것이다. 형은 벌떡 일어났다. 소리를 내어 잔을 테이블에 놓았다. 잘깍 소리와 함께 신통하게도 반이 짝 갈라진다. 그러나 금세 또 마음속에 부르짖던 것이다.

'아니다. 아니다. 천번 만번 아니다. 나는 가만히 있어야 한다. 이대로 이 방 안에 있어야 한다. 한 발짝이라도 방 밖으로 나가서는 안 된다. 대체 어디를 가겠다는 것이냐? 바오로한테? 아니다. 갈 필요가 없다. 고명을 강요하는 것은 신부의 직책이 아니다. 그러면 경찰? 경찰과 나와 무슨 관련이 있느냐.'

그는 또 주저앉고 말았다, 털퍽—.

이튿날도 바오로는 나타날 줄을 몰랐다. 물론 성당에도 안 나왔다. 모처럼 안나가 나와 있었다. 안나는 딱 잡아뗀다. 도리어,

"좀 찾아주세요, 신부님!"

이렇게 되달라붙던 것이다.

'짠 것이 아닌가? 자꾸 하는 수작이?'

이렇게도 의심이 간다.

그러고 보니 모두가 바오로 부부가 짜고서 하는 노릇 같기도 하다. 지금까지에도 수없이 한 이야기를 편지로까지 강론 시간에 해달란 것도 바오로의 수단이 아닌가 싶어도 진다.

'제가 듣기 위해서가 아니라 나한테 말을 시키기 위해서?'

'편지란 것도 안나의 필적이 아닐까?'

한번 의심이 나기 시작하더니 끝이 없다.

그동안 딴청을 부리던 안나의 태도에도 하기는 수상한 구절이 도시 없지도 않다. 그만한 큰돈을 받고도 거기에 대해서는 그후 말 한마디 없다. 성당에 나오지 않는 것도 수상하다면 수상치 않을 것도 없다.

'그렇다!' 하고 신부는 부르짖었다.

'그러니 어떻다는 게냐?'

그 말에는 아무런 대답도 나가지 않았다.

그는 또 잔으로 손을 가져갔다.

이튿날 아침 조간을 펴들었던 형은 자기도 모르게 외마디소리를 쳤다. "간첩의 대거물 조원호 체포"라는 큼직한 글자 밑에 역시 특호나 되는 성싶은 활자로,

"한씨 살해 미수 사건의 주범 박의 배후 인물?"

"뭐?"

형은 아연했다.

"날로 격증해가는 간첩의 활동을 봉쇄하고자 지난 십일부터 극비밀리에 본격적인 간첩 색출에 정진한 결과 대소 네 건의 간첩단을 검거하게 되었거니와 특히 이번 체포된 간첩 중에는 북한 괴뢰의 검사를 지낸 최대 거물인 조원호가 끼여 있어…."

그러나 무엇보다도 놀란 것은 조원호는 남한 십대 재벌에 든다고까지 일컫는 실업가로 물산회사, 운수회사, 원양사업 등 각 기업체를 갖고 있을뿐더러 그 재산은 삼십억에 달하고 오백 명의 직원을 포용한

대사업가라는 것이다. 그는 각 은행에서도 막대한 돈을 끌어내다 쓰고 있고 경제교란으로 남한을 궁지에 빠뜨리는 동시에 각종 기밀을 전파로 북한에 보내어 신문 광고, 기타의 암호로 국회, 정부, 민심 동향 등을 수시로 타전하고 있었음이 밝혀졌다고도 했다.

압수된 기재로는 무전기 두 대, 기관단총 두 정, 실탄 팔백여 발, 사진기 한 대, 수류탄 여덟 개, 권총 소제 미제 각 한 정씩, 미화 이천 불.

우선 주범만은 잡았지만 배후 관계가 드러나지 않아서 재판 진행도 보류중이던 한씨 살해 미수범인 박찬재가 조원호의 직계였다는 윤곽만은 이미 포착한 듯하다는 것이니 문제는 정말 커지고 말았다.

이의 방증으로서 조원호는 정부, 정계, 재벌 등 거물급과 상당히 접근해왔다는 점과 특히 한씨가 저격을 받던 날 밤에도 조원호는 한씨 집에 초대되어 약간 일찍이 돌아갔다는 사실도 드러난 데 있다는 것이다.

이쯤 되면 바오로가 간첩이었거나 간첩과 연락이 있거나 한 것만은 더 의심할 여지가 없다.

형은 억울한 아우를 구하는 데 일루의 희망이 비쳤느니라 했다.

"살인자 바오로."

"교리의 배신자, 이단자, 모고해자."

그뿐이 아니었다. 거기에 그는 또 무서운 '간첩'이었던 것이다.

"간첩, 살인범."

이것만으로도 바오로는 구원받을 수 없느니라 한 형이었다. 그는 자기가 적어도 선을 주장하고 악을 증오하는 인류에 공통된 일반법의 준수자라 했고, 모고해로 영성체를 한 교리의 배신자를 교법으로써 처리해야 할 권한자라 했으며, 인간 최고의 대죄인 살인행위를 인간 사회에서 근절시킬 의무와 직책과 양식을 가진 자라 했다. 아니, 또 그는 국민의 한 사람으로서 국가의 안녕 질서를 파괴하는 일체의 비합법적 행위에 대하여 감연히 싸워야 할 국민의 한 사람이니라 했다. 이것은 미요, 선이요, 진이다. 격한 나머지 그는 이 진과 선과 미를 수호하기 위한 그 어떤 행위도 천주님의 안배시니라 착각까지 하고 있었다.

"이것이 가톨릭의 정신이 아니고 무엇이랴? 나는… 나는 이것을 밝혀야 한다."

그는 이렇게 부르짖고 있다.

"너는 천주 십계와 가톨릭 법규에 반역할 셈이냐?"

천장—분명히 천장에서 이런 소리가 들려온다.

그러나 그는 그 소리에도 항거했다.

"그렇습니다."

"천주께서 고해의 불가침법을 정하신 지 천구백오십육 년이 되는 오늘날까지 단 한 사람의 배신자도 내지 않은 이 거룩한 법규를 깨뜨릴 생각이냐?"

이 무서운 질책에도 그는 굽히지 않았다.

"그렇습니다. 천구백오십육 년간에 단 한 사람의 배신자도 못 났으니까 한국에서 한 사람쯤 나도 좋지 않겠습니까?"

"요셉!"

형은 소스라치게 놀랐다. 그는 앉았던 의자에서 벌떡 일어나며 동쪽 벽 앞으로 가서 무릎을 꿇고 복죄를 했다. 그 소리는 분명히 이쪽에서 났던 것이다. 벽에 걸린 십자가에 못박히신 예수의 입에서 나온 음성임에 틀림이 없던 것이다.

"주여… 성총을 베푸소서."

신부는 십자가 앞에 나아가 무릎을 세웠다.

"전능하신 천주여, 주 우리를 오늘까지 있게 하신지라, 비오니 권능으로 우리를 구하사 오늘날에 일체 죄에 떨어지지 말게 하시고 또한 생각과 말과 행위를 인도하사 주의 명을 정성으로 받들게 하시되 우리 주 그리스도를… 위하여 하소서… 천지대군 오 주 천주여, 오늘날 우리의 마음과 몸과 생각과 말과 행동을 바르고 거룩케 하시며 어거하고 다스리사 네 법령과 계명을 좇아 지키게 하사 우리로 하여금…."

신부는 죄의식에 사로잡혀 있었다. 이대로만 간다면 무슨 대죄를 범할지도 모르느니라 했다.

그는 또 바오로를 위하여도 십자를 그었다.

"…예수 참 목자 동무 잃은 양을 찾아 얻어 어깨에 메고 우리로 돌아오심을 찬미하나이다. 구하오니 예수는 이 바오로를 불쌍히 여기사 친절히 통회 개과함을 주시고 그 착한 행실로 은혜로이 사하심을 입어 천주을 즐겁게 하고 성 교회를 위로하게 하소서…."

바오로를 위하여 이렇게 기구를 올리는 동안에 신부는 차차 마음의 안정이 얻어지는 것이었다. 바오로의 이름은 벌써 증오의 대상은 아니었다. 죄를 짓고도 고해를 못하는 바오로와 함께 고민하고 슬퍼해줄 수 있는 심경이 되던 것이다. 죄에 대한 중압에 못 견디어 자수를 하러 갔다가도 그도 역시 인간이기 때문에 용기를 내지 못하고 되돌아서 오는 바오로의 모습이 눈앞에 떠오른다. 죄를 짓고도 고해를 못하는, 자수를 못하는 한 인간의 괴로움이란 형벌보다도 더 무서운 고통일 것이었다. 형벌보다도 더 무서운 고통—육체적 고통보다도 마음의 고통이 얼마나 더 가혹한 형벌이랴.

'바오로는 악인은 아니다. 그는 내게 고해를 하지 않았느냐. 그가 자수를 못하는 것은 그만큼 마음의 고통이 주는 형벌을 받기 위해서다. 육체적 고통보다도 마음의 고통이 그의 마음을 정화시켜주고 안정시켜 줄 것이다….'

그러면서도 그는 역시 안타까웠다.

자칫하면 배신자에 대한 증오감에 휘감기게 되는 자신을 어찌할 수가 없었다.

8

신과 인간.

인간과 신.

선과 악.

악과 선.

신과 악.

개정 한 시간 전부터 형은 맨 앞자리를 잡고 앉아 이런 단어들을 이리저리 붙여도 보고 떼어도 보고 있었다. 이렇게 붙여보나 저렇게 붙여보나 꼭 그 말이 그 말만 같았다. 악과 선은 상극이니라 해온 형이었다. 그러나 몇 번 되풀이해보는 동안에 선과 악에 대한 관념이 아리송해진다. 신과 인간과의 관념도 그랬고, 악과 선을 맞붙여보아도 나중에는 두 개의 단어가 갖는 어감부터가 비슷비슷해지던 것이다.

지금 확실히 이 불행한 형은 이 여러 개의 단어에 대한 관념에 혼란을 일으키고 있는 것이었다. '선과 악이 근본적으로 다를 것이 무엇이냐' 했다.

'훌륭한 선이 악으로 된 일도 얼마든지 있었고, 무서운 악이 위대한 선으로서 통한 예도 얼마든지 들 수 있다 했다. 역사에는 말할 것도 없지만 현실에도 얼마든지 있지 않으냐.

우선 내 아우만 해도 그렇지 않으냐? 아우는 확실히 인간이 규정한 선의 권내에 드는 사람이라 했다. 무신자라 해서 전부가 악인으로 간주될 수는 없지 않으냐.

적어도 아우는 악인은 아니었다. 또 악한 일을 한 적도 없다. 한씨를 죽인 것은 절대로 아우가 아니다. 그것은 이내 판명될 것이다.

그러나 세상은 그를 악인으로 부르고 있고 법은 또 선량한 한 인간에게 죄인의 낙인을 찍으려고 방대한 예산을 세워서 이런 건물을 마련하고 있는 것이다.

방청객만 해도 그렇다. 이들 중에서 내 아우를—천주 앞에 맹세하여 죄인도 악인도 아닌 내 아우를 선인이라고 보아줄 사람이 과연 하나인들 있겠는가. 아니, 내 아우가 선인이기를 바라는 사람조차 단 한 사람 없을 것이다. 그렇게 되기를 바라서 온 사람은 하나도 없이 모두가 극형을 받는 내 아우의 처참한 얼굴 표정을 봄으로써 느끼는 악마적인 쾌감 때문에 이렇게들 모여든 것이 아니고 무엇이냐.'

'너희들이야말로 악의 제조자요 악을 즐기는 향락자다.'

형의 감정은 점점 격해갔다. 그의 시선은 악을 가장 미워하는 체하면서 기실 내심으로 모든 인간이 악인이기를 바라고 악인이 없으면 제조라도 해서 악을 즐기자는 방청객의 하나하나를 훑고 있었다. 무서운 증오였다. 무서운 반발이었고 항거였다. 반역적인 심정이었다.

'죽일 놈들.'

'더러운 놈들.'

범인이 신부의 아우라는 것을 알고 있는 방청객들은 신부복만을 보고도 모두들 수군대었다.

"저 신부가 형이래."

이런 소리도 들렸고,

"제 동생 하나 잘 인도 못하는 게 무슨 신부 노릇을 하더람."

들으라고 일부러 이렇게 큰소리로 하는 여자 음성도 들린다.

그러나 형은 의젓했다.

'잘못 인도한 것이 뭐냐, 인도 못한 것은 너희와 같은 종류의 인간들이다.'

내 아우는 죄인이 아니라는 사실이 형을 도저하게 만들어주고 있었다.

형은 조금도 거리낌없이 소리나는 쪽으로 고개를 쓱 돌릴 수도 있던 것이다.

'그렇다. 내가 뭣 때문에 기가 죽으랴.'

이윽고 재판관들이 정내에 들어왔다. 어마어마한 복장이었다.

'무죄한 사람을 죄인을 만드는 데는 저런 옷을 입는 모양인가.'

형은 이런 구경이 처음이었던지라 이렇게 생각했다.

재판관들이 착석을 하자 무죄한 죄인인 아우가 끌려나왔다. 언도 공판에서 십 년이라는 형을 받은 관계도 있겠지만 요전 볼 때보다는 처참하게 야위었다. 십 년 구형에 검사가 상고를 한 것이다. 십 년은 적다는 것이었다.

"죄 짓지 않은 사람한테 십 년도 과하지 십 년도 적다는 조목은 형법 제 몇 조에 있던고…."

형은 옆사람도 듣게 말을 했다.

한참 변론이 벌어졌다. 변호사는 극력 무죄를 주장하고 있었다. 그러나 모두가 추상론이었다. 또 그럴 수밖에는, 없기도 했다. 형한테 변호를 시킨다면 단 한마디로 족했던 것이다.

"박 신부한테 고해한 바오로를 불러오시오."

그러나 변호사는 이 말을 않던 것이다. 알 리가 없었다. 이 세상에서 이 사실을 아는 사람은 오직 바오로 자신과 박 신부뿐이었던 것이다. 본인이 자수하거나, 고해신부가 고해 사실을 누설하거나 하지 않고서는 이 문제는 해결될 수 없는 것이었다.

그 당자인 바오로는 그후 행방을 싹 감추고 만 것이다.

고해신부는 법정에까지 나타났지만 그는 불행히도 고해를 듣는 귀는 가졌어도 그 사실을 옮길 줄 아는 입을 갖고 있지 못했었다. 검사의 논고가 시작되었다.

이미 알고 있었던 죄과에 놀랄 만한 새 범죄 사실이 첨가되어 있었다.

"피고는 북한 괴뢰의 최대 거물 간첩 조원호와 정을 같이하고 간첩 조의 직접 지시를 받아…."

이렇게 되어 있는 것이다. 아우는 가만 있었다. 그것이 무슨 의미인지 해득을 못하는 사람 같아 보인다. 형만이 발을 동동 굴렀다. 그러나 아무런 소용도 없었다. 그는 입이 없었으니까—.

긴 논고가 끝나고 피고에게 할 말이 없느냐고 묻는다.

"없습니다."

아우는 이 한마디만 했다가 다시,

"해야 소용없으니까요."

법정은 잠시 휴게로 들어갔다. 재판관들의 형 심의를 위해서였다. 삼십분이란 시간이 이렇게도 긴 것이었던가. 형은 아우의 얼굴을 자꾸 훔쳐보고 또 보고 했다. 집에서는 웬일인지 누이까지 오지 않았다. 와서 찔찔 우느니보다는 잘되었느니라 싶기도 했다. 다시 방청객은 쑤얼댄다. 재판관들이 입정을 하던 것이다.

이때였다. 형은 자기의 눈을 의심했다. 들어오는 재판장의 낯빛에서 형의 경중을 알아보자던 형의 눈 속으로 낯익은 얼굴 하나가 버쩍 달려들던 것이다. 찾던 얼굴이었다. 나타나기를 바라던 얼굴이었다.

"바오로!"

법정인 줄도 잊고 형은 고함을 쳤다.

형은 또 한번 놀라지 않을 수 없었다. 바오로는 뜻밖에도 이렇게 대답한 것이었다.

"염려 마세요."

그것도 웃으면서였던 것이다.

"바오론 역시 좋은 놈야."

형은 또 한번 입안에서 뇌었다.

"좋은 놈이구말구. 나보다 난 놈야."

재판관들의 착석이 끝나자 개정이 선언되었다. 마귀의 소리 같던 것이 숫제 음악이었다. 얼마나 통쾌한 일이냐 했다. 얼마나 즐거운 일이냐. 그리고 또 얼마나 선이 뻗어가는 세상이고.

"피고 박찬재에 대한 죄과를…."

음악은 계속되었다. 전 죄과에 대하여 최후의 단안을 내리고 있다. 형은 이때나저때나 하고 바오로의 입만 쳐다보고 있다.

"심판원 전원이 이에 찬성하였으므로—."

바오로는 그래도 입을 봉한 채였다. 형은 벌떡 일어났다. 그때, 바로 그 찰나에 재판장의 입에서 언도 선언이 끝났었다.

"사형!"

재판장의 사형 소리를 듣더니 바오로는 출구 쪽으로 휭 나가고 있었다. 형 신부는 자기도 모르게 층계를 내려오는 재판장 앞에 딱 다가섰던 것이다. 그리고 고함을 쳤다.

"진범은 저놈입니다."

그러나 그때는 벌써 바오로는 보이지 않았다.

"나는 압니다. 나는 압니다. 저놈, 저놈, 배신자 저놈!"

"박 신부, 뭔가? 그게 다 뭔 소리야?"

어깨를 잡아흔드는데 보니 재판장이 아니다. 재판소도 아니다. 난로 앞 의자에 앉은 채였다. 박 신부는 벌떡 일어났다. 눈을 비비고 보아도 재판장이 아니다. 법정도 아니었다.

주교님이시다.

"이 사람, 앉아서 무슨 잠꼬대가 그리 심한가. 심신이 약한 탓야. 좋은 소식 가져왔소. 진범이 자수를 했소그려."

"네? 자수했습니까, 바오로가?"

박 신부는 어떤 것이 꿈인지 잠시 분간이 안 갔다.

"그래두 했군요."

"했어."

"역시 귀여운 놈이군."

"인제 박 신부도 한 걱정 놨군. 나, 가네."

하고 나가는 주교님의 발 앞에 꿇어앉으며,

"주교님! 고해 받아주십시오. 저는 고해신부로서 고해받은 사실을 누설한 대죄를 범했습니다…."

——— 〈「자유문학」 24호, 1959년 3월〉

용자 소전 龍子小傳

•

•

1

'말을 해서는 안 된다"는 경구警句가 책 속에 씌어 있기나 한 것처럼 초록빛 부사견을 늘인 책장에서 책을 나르기 시작한 후로의 용자는 말이 적어졌다.

원래 말이 적은 아이고 나이보다는 조숙하여서 철학자같이 침묵을 지키고 있는 용자라 단 하나뿐인 오랍 동생이면서도 일년 가야 서로 이야기하는 일도 없는 우리 남매였다. 나는 용자가 무엇을 생각하고 있는지 어떠한 취미를 갖고 있는지도 몰랐다. 그러다가 언젠가 나의 책꽂이에서 하이네니 바이런이니 하는 시집이 없어지는 것을 보고 이상히 여겼는데 그것이 용자가 빼가는 것인 줄을 알고서야 나는 용자가 문학에 취미를 갖고 있다는 것을 알았었다—그러나 웬일인지 그런 후로는 원래 말이 적은 아이기는 하지마는 도통 집안에서도 입을 벌리지 않는다. 낮에는 온종일 병원에 가서 처박혔고 밤에는 일찍 온대야 해가 진 후고 내가 못 보아 그런 게거니쯤 생각하고는 별로 이상히 생각지도 않았다.

그러나 낮이나 밤이나 저 혼자 제 방에서 뒹굴다가 끼니 때나 되어야 안방으로 들어온다는 말을 어머니한테 듣고는, 바이런의 여독인가? 하는 생각도 없지 않았다.

집에서는 용자를 그렇게 만든 것이 나라고 생각하는 눈치다. 내가 문학서류를 사들이기 때문에—아니 용자를 문학 소녀를 만들기 위해서 저와는 부니가 떨어지는 책을 사들이는 것이라고 생각하는 눈치였다.

물론 아버지가 그렇게 생각하는 데는 그럼직한 근거가 전혀 없는 것도 아니다.

일찍이는 나도 문학 청년이었다. 중학 이학년 때부터 이해할 수 있는 정도의 문학 서적이면 되는 대로 읽고 혹 씁네 하고 원고지 장을 사들인 때도 있었다. 그러나 아버지의 반대는 졸업기에 와서 더욱 맹렬하였다. 나는 멱살을 잡히듯이 끌리어 의전에 시험을 쳤다. 별로 자신도 없었다. 되면 되고 안 되면 안 되어도 좋다. 아니 안 되는 것이 되레 좋다. 이런 태도로 시험을 친 것이 다행히(지금 생각하면 조금도 다행한 것이 아니었지마는) 패스가 되었다.

이리하여 나와 문학과는 인연이 멀어졌지마는 문학을 그리는 정은 사라질 줄 몰랐다. 피뜩피뜩 신문이나 잡지에서 옛날 동창들의 이름이 발견될 때마다 그지없이 부러운 정을 느끼었다. 멀리 별을 따러 가는 동무들을 저 밑구멍 속에서 바라보는 것 같은 하염없는 심사였다. 나는 실상 조금도 의학에 취미를 느끼지 못하면서도, 너희는 문학이면 나는 의학으로 몸을 세우리라는 엉뚱한 패기로 의학에 몰두하였다.

그러면서도 혹시 장정이나 새뜻한 문학서류가 눈에 뜨이면 자기도 모르게 그것을 샀다. 말하자면 내가 문학서류를 사는 것은 읽기 위해서

가 아니라 장서하기 위해서였다. 날로날로 문학적 지반을 닦아가는 동창들에게 자랑하기 위한 책이었다—봐라, 내게도 책이 있다. 언제든지 여유만 생기면 나도 너희들만한 지위를 얻을 수 있다. 이러한 자위自慰 행동에서 생긴 것이었다.

그렇기에 책은 사다만 놓고 한 권도 통독한 것이 없었다. 시라면 몇 개, 단편이라면 한두 개 틈틈이—그것도 시간 보내기 위해서 읽는 정도의 것이었다. 실상은 용자가 내 책상에서 문학서류를 빼다 읽는 것도 작년 봄에야 발견하였다.

그날만 해도 내가 하이네 시집 속의 「오월의 노래」라는 시를 찾아볼 일만 생기지 않았던들 지금까지 몰랐을지도 모른다. 한 권 빼가지고는 한 권 갖다 꽂는 터라 책장이 그렇게 눈에 뜨이게 뵈는 일도 없었고 한 달 가야 한두 번밖에 문학서적만이 들어 있는 이 초록 부사견이 늘인 책장에는 손을 대지 않는 나였기 때문이다. 그러나 그 봄까지만 해도 나의 문고란 그지없이 빈약한 것이었다. 시집이 몇 권, 소설이 몇 권, 「태서 명시의 감상」이니 「세계 문학 전집」이니 하는 따위뿐이었다.

그럴 때 중학시대 동창인 B가 찾아왔다. B는 작가로서 벌써 공고한 지반을 문단에 닦고 있는 사람이다. 그는 동반자 작가로 가장 촉망을 받고 있었다. 그가 나에게 문학 서적을 사라고 권한 것이다. 그는 말했다.

"그런 곰팡내나는 책만 사지 말고 문학 서적을 사게나. 나도 좀 얻어다 보게!"

B의 욕심은 이것이었을 것이다. 한편으로 질투는 하면서도 B의 작품에 적지 않은 경의를 느끼고 있던 나는 B도 읽힐 겸 용자에게도 읽힐 겸 단번에 이백여원어치를 사들인 것이었다. 용자를 중심으로 아버지

와 나 사이에 장벽이 생기기 시작한 것도 이때부터이다.

"문학이란 하릴없는 위인들의 마작하는 것과 같은 것이다. 역사를 보더라도 문학이 성한 나라는 망해왔다!"

일찍이 동경 유학까지 했다는 아버지가 이렇게까지 문학에 대한 이해가 적을까 하는 것이 나의 수수께끼였다. 용자도 아버지의 이러한 조전에는 몹시 머리를 앓는 눈치였다.

그처럼 입을 안 여는 용자가 하루는 나를 보고,

"아버지는 당신께서 동경 유학까지 하셨다는 것을 잊어버리고 계시는 것 같아요."

하고 격분한 일도 있다.

"글쎄 참, 어째 그러신지 모르겠다. 더욱 B 군이 오면 그냥 화를 내시고… 문학하는 사람이 그렇게도 미울까? B 군이야 인간적으로 본다면 참 사귀기 좋은 사람이 아닐까."

용자는 잠자코 있다가 이렇게 말하는 것이었다.

"B씨가 문학을 한대서가 아닐 겁니다. 아버지가 싫어하는 것은— 싫어하시는 게 아니지요, 무서워하는 것이지요— 문학이 아니라 문학에 종사하는 사람일 겝니다."

"그건 어째서?"

하고 나는 되물었다.

"어째서냐구요? 그야 뻔한 노릇이지요. B씨는 당국이 미워하는 사람이거든요!"

용자의 말하는 횟수가 한 마디 한 마디 더 줄어갈수록에 집안에서는 큰 변이나 난 것처럼 떠들게 되었다. 전에는 그래도 제 직성이 풀리면 되나 안 되나 안방에 들어와 이야기도 하고 나이가 허락하는 한도에서는 애교도 피우고 하던 것이 요새 와서는 아침에 제 방에 들어박히면 저녁이 돼야 밖에 나온다. 아버지는 그것이 모두 나의 탓이라 하였다. 내가 용자에게 문학서류를 권한 것이요, B가 드나들면서 그 되지 못한 사상을 용자에게 부어주었기 때문이라고 하였다.

그러나 사람은 한 가지 장기長技를 가지면 그것으로 족하다는 주견을 가지고 있는 나는 별로이 걱정을 하지도 않았다. 그렇다고 용자의 무언이 그렇게 칭찬할 만한 징후가 되지 못한다는 것만은 나도 시인하였다. 그래 병원에서 돌아오면 반드시 밥어멈을 보고,

"개 오늘은 어디 좀 나가던가?"

하고 물어보고는 하였다.

"오늘도 꼼짝 않으셨어요."

어멈의 대답은 대개 이런 것이었다.

그러나 지난가을부터 나는 갑자기 용자의 '무언'에 커다란 공포를 느끼기 시작하였다.

아무 생각 없이 신문을 펴고 앉았다가 벌떡 일어났다. 홍, 박의 두 문학 소녀가 정사를 했다는 기사가 사회면에 꽉 채워졌었다. 원인은 염세厭世, 동기는 S라는 어떤 시인의 자살과 K라는 역시 어떤 소설가의 염세 음독자살이 그들을 그쪽으로 끈 듯하다는 것이었다. C신문은 그들이 동성연애에 취하였다고도 하고 D신문은 홍 양이 실연으로 비관하는데 박 양이 동정한 나머지 정사까지 하게 되었다고 각각 주장을 하고 있으나 동기나 방법이야 어떻든간에 그들의 일상생활과 성격이 용자의 그것과 비슷하다는 것을 나는 발견했던 것이다.

나는 그 자리에서 신문을 착착 접어서 감추었다. 집안 식구도 식구려니와 나는 용자에게 그것을 보이고 싶지 않았던 것이다.

나는 일종의 위협까지 느끼었다.

이십여 년 동안 데리고 있는 용자면서도 나는 도무지 용자를 모른다. 다만 어릴 때의 용자, 용자를 길러낸 우리집의 교육 방법을 알 뿐이다. 그리고 용자가 꿈꾸기를 좋아하는 성격을 가진 흔히 그런 나이에 많은 계집애인 것을 알고 있을 뿐이다.

용자의 꿈은 집에서 길러준 것이다. 사대째 겨우 자식 하나로 대를 이어온 우리집이다. 내 위로 누이 하나가 있다가 출가하고 하나만이라도 더 하고 그지없이 바라다가 내가 일곱 살이 되자 터우리만 바라던 아버지는 한숨을 쉬며 단념하였다.

"웬걸, 내 팔자에 자식이 둘이랴!"

하고 아버지는 가끔 화를 내시었다. 나도 그런 것을 몇 번 보았다. 그럴 때면 어머니는 죄나 진 듯이 고개를 푹 숙이고 있었다. 그러다가 나가시면 어머니는 나를 붙들고 울었었다.

그러던 끝에 태어난 용자였다. 용자는 나보다도 귀염을 받고 자랐다. 샘을 하면서도 나 또한 용자가 귀여웠다.

커갈수록에 용자는 불란서 인형 그대로를 닮아갔다. 더욱이 눈이 그랬다.

자랄수록 말소리에서는 티가 없어졌고 쇠방울 소리처럼 명랑하였다. 애송이 꾀꼬리처럼 고왔다.

용자는 미의 화신인 성싶었다. 가장 아름다운 것의 어떤 부분은 코가 되고 눈도 되고 입도 되어 그 완성된 미에서 다시 곱고 고운 목소리가 빚어진 것 같았다. 재롱도 눈에 뜨이게 늘어가고 말주변도 동이뜨게 자랐다. 그것은 마치 가장 위대한 예술가들이 모이어 자기네의 장기대로 한 가지 한 가지 만든 예술품을 다시 종합시키어 만들어진 종합예술품—이런 느낌을 용자는 보는 사람들에게 주었다.

"간나위."

이것은 아버지와 가장 친히 지내시는 이 박사가 지어준 이름이다. 모르기는 하나 그렇게 얄밉도록 귀엽다는 뜻이었을 게다.

그래도 박사는 자기의 감정이 전부 표현되지 못한 것 같은 불만을 느낄 때면,

"고것 그냥 집어삼키고 싶어!"

한다.

사랑에 손님이 오면 반드시 아버지는 용자를 데리고 나갔다. 그들은 둘러앉아서 이런 이야기를 시킨다.

"용자야."

"네?"

"너 커서 뭣이 될래?"

"선녀가 돼요!"

"선녀? 허어 그래, 너 선녀가 뭔지 아니?"

"별나라에 있는 게야요!"

이런 것은 모두 이 박사가 데리고 앉아서 알으킨 것이었다. 일곱 살 때다. 집에서는 심심하면 용자를 데리고 입학준비를 시키었다.

"소가 발이 몇이냐, 용자야?"

"넷이지 몇이야."

"닭보다 개 발이 몇이나 더 많으냐?"

"아이 귀찮아! 날 맹춘 줄 아는가봐!"

용자는 입을 삐쭉하고 까만 눈동자를 핼끔한다. 그런 때의 용자 얼굴을 이 박사는"고것 그냥 고것 그냥"으로 표현하고 있다. 이것이 아주 술어가 되어 집에서는 심심하면 고것 그냥 좀 사자고 덤비고는 하였다.

—이렇듯 오는 사람마다 용자를 마치 하늘에서 떨어진 별처럼 다루었다. 그것이 필경에는 용자 자신도 정말 제가 하늘에서 떨어진 선녀나 되는 것처럼 인식케 한 것 같았다. 용자는 걸핏하면,

"선녀는 그런 것을 않는 게야."

하였다.

입학이 가까워올수록에 집안에서는 불안이 떠돌았다. 그래서 말끝마다 시험을 잘 보라고 주장질을 했다.

"입학을 못하면 별나라 선녀가 개굴창 두더쥐가 된다!"

그러면 용자는 까만 눈동자를 한껏 크게 뜨고 묻는 것이었다.

"그래, 나두 시험을 봐야 한다우?"

"그럼 넌 별사람이냐?"

용자는 알 수 없다는 듯이 잠자코 말았다. 그 표정은 아무도 흉내낼 수 없는 용자만의 독특한 표정이었다.

—이러한 태도는 용자가 커갈수록에 더욱 뚜렷이 나타났다. 그는 말끝마다 "그래, 나두?"를 내세웠다. 그래도 집에서는 그것을 가르쳐 줄 줄은 몰랐다. 대개 "암, 그렇지!" 하고 재롱으로만 알고 맞장구를 쳐주는 것이 보통이었다.

용자는 철이 날 때까지도 저는 이 세상에서 가장 귀하고 가장 높고

가장 권위있는 그런 존재인 줄만 여기는 것 같았다.

중학교를 졸업한 후까지도 저는 현대 조선의 여성들과는 어딘지 다른 것을 갖고 있는 초월한 존재처럼 자기를 생각하는 것 같았다.

—이러한 성격을 가진 용자인 것을 잘 알고 있는 나였다. 그러나 그러한 성격이—천성이 어떻게 변했는지 변하고 있는지조차 모르고 있는 현재의 나다.

"용자야, 넌 왜 그리 방 속에만 처박혔니?"

하루는 이렇게 물어보았다. 구름 한 점 없는 하늘이 높다랗게 얹힌 푹 익은 가을날 아침이었다.

"그럼 어떡해요? 물무당처럼 돌아만 다닌다면 아버지나 오빠는 또 말씀을 하실 테죠?"

"돌아다니지 않더라도 집에서는 이야기도 하고 심심하거든 병원에도 좀 나오고."

"말끝에는 마가 붙지요."

용자는 말적게 대답할 뿐이었다.

2

"오빠, 주무시우?"

혼곤히 잠이 들려고 하다가 나는 용자의 부르는 소리에 깨었다.

어느 틈에 용자는 내 책상 앞에 손을 모으고 서 있었다. 아내가 제 친가에 가던 그날 밤이었다.

"왜 안 잤니?"

하고 나는 가볍게 일어나서 시계를 보았다.

"열한신데?"

"자는 데도 시간이 있나요 뭘—."

하고 용자는 나글나글한 웃음을 생긋이 웃어보이고는 나의 옆에 앉았다.

나는 이 귀한 손을 맞기에 충성을 다하였다.

용자는 한동안 꿈꾸는 듯한 눈으로 나를 쳐다보고 앉았다. 잠도 안 오고 책도 보기 싫고 해서 시간이나 보낼까 하고 나온 게려니 했다. 그래서 나는 병원에서 생긴 일이며 친구들이 오다가다 하고 간 이야기 같은 것을 생각나는 대로 이야기하였다. 한 친구의 어머니가 손자놈이 처음 보통학교에 들어가서 "미즈스꼬시" 하고 배워 지껄이는 소리를 듣고 "미즈꼬시" 했다고 해서 그것이 그대로 물이 되었다는 것 같은 계집애들 듣기에는 우스울 만한 것만 골랐건마는 용자는 그저 방싯하다가 만다. 그러더니 밑도끝도없이,

"오빠 대체 결혼이란 것을 어떻게 생각하슈?"

하고 수수께끼 같은 웃음을 웃는다.

나는 의외의 질문에 한동안은 대꾸를 못했다.

"그야 해석에 따라 다르겠지. 도대체 뭣을 묻는 게냐, 응?"

용자는 어떻게 생각했는지 우두커니 앉았다가 행! 하는 소리를 내고,

"그럼 그런 얘긴 그만두셔요, 오빠."

"그건 또 무슨 당찮은 소리냐."

나도 용자에게서 다음 이야기가 나올 때만 기다리고 앉았으려니

까,

"그럼 난 가우."

붙들 새도 없이 휙 일어나 나갔다. 이렇게 한번 길을 터놨으니까…하고 나는 굳이 붙들지도 않았다.

며칠 후에 아내가 돌아왔기에 그런 이야기를 했더니 아내도 놀라는 눈치였다. 그러더니 실상은 오빠한테는 자기 말을 절대 말라는 부탁이 있었다는 뒷다짐을 하고는 지금까지 내가 모르던 이야기를 이것저것 꺼내었다.

아내 말 같아서는 용자는 가끔 혼자 운다는 것이었다. 외출하는 날짜는 한 달에 평균 사오차, 용자는 무슨 말끝에선가 현재 나의 생활이 너무도 부르주아적이라는 것을 비난한 일까지도 있었다고 한다.

"그래, 그런 말까지 합디까?"

하고 나는 놀랐다.

"해요, 꼭 한 번. 오빠두 좀더 괴로워보지 못한다면 돌팔이 의사로 늙을 것이라고!"

"흥!"

"그러고 B씨요 왜 소설 쓰는 B씨 말씀예요."

"글쎄 알아. B를 내가 모를까봐서 주를 다는 게요"

나는 아프지 않게 핀잔을 주었다.

"B씨하구는 좋이 가깝게 지내는 것 같더군요?"

찾아다니기도 하는지는 몰라도 가끔 서신 왕복쯤 있는 줄은 나도 알고 있었다. 그렇지마는 B 군을 그렇게 칭찬한다든가 가끔 선물 같은 것을 보낸다든가 한다는 것은 아내에게 듣고서야 처음 알았다. 학생 때에 어떤 의학 전문학교 학생이 쫓아다니어서 죽겠다고 이야기는 하면서도 뒤로는 몇 번씩 찾아도 다니고 일요일이면 산책도 했었다는, 내게는 금시초문인 이야기를 하고는,

"요새 갑자기 결혼이라는 것을 생각하는 것 같은데 누구를 상대로 하시는 겐지는 모르겠어요."

이런 이야기도 했다.

나는 좀더 꼬치꼬치 물어보고도 싶었지마는 용자가 제 낯을 깎일 만한 일이야 저질렀을 것 같지는 않더라도 아내 입만을 통해서 용자의 전모를 캐어보자는 용기까지는 있지 않았다. 그래서,

"B씨하구 결혼하실 의사가 아니신지요?"

하고 아내가 다시 이야기를 시작하였을 때도 나는 그저,

"글쎄."

하고만 말았다.

B가 도스토예프스키 전집을 한 질 사지 않겠느냐고 왔을 때 나는 슬쩍,

"가끔 용자한테 좀 놀러오지!"

하고 말을 비쳐도 보았지마는 B에게서는 그럼직한 기맥도 발견하지 못하였다. 그래도,

"아마 그만한 나이로—아니 현대 조선 여성에게는 용자 씨가 모든 점으로 보아 가장 높은 수준에 놓여질걸요."

하고 추는 것으로 미루어보아 B가 용자에게 호감을 갖고 있다는 것만은 알아차릴 수 있었다.

"결혼할 의사는?"

하고 물어볼까말까 하다가 그만두었다. 용자의 결혼에까지 말참견을 하기에는 나는 너무도 용자를 몰랐기 때문이었다.

며칠 후에 나는 용자를 끌고 산책을 나왔다. 한강에라도 하고 나오다가 갑자기 어제 간호부들이 밤 가지를 꺾어들고 돌아오던 생각이 나서 안양으로 노정을 갈았다.

우리는 풀 쪽으로 걸어갔다. 중간 중간에서 아람 번 밤을 따다가 욕도 두어 번 먹었다. 그래도 그것이 어쩐지 재미가 났다.

풀 쪽에서 밤 가지를 사들고 천변을 끼고 내려오다가 안양에서 농장을 한다는 시인 H와 소설가 M을 만났다.

"저이가 M이지요. M하구 H하구는 형제란 말도 있더군요."

용자는 이런 이야기를 하며 한번 H가 어찌 키가 작던지 자기네 동무 몇이 뒤를 따라가며 애개개! 하고 놀려주었다는 등 이야기를 하며 돌아보고 웃고 웃고 하였다.

우리는 여러 가지 이야기를 하였다. 문단 이야기며, 나의 친구 이야기, 용자는 용자대로 저희들 동무 이야기, 그중에는 나도 몇 번쯤은 만나서 아는 아이들의 이름도 가끔 튀어나왔다.

선로 앞에서 포도를 사먹을 제는 생활 이야기가 났다. 아니 내가 기회를 보아 생활로 화제를 돌린 것이다. 이윽고 나의 이야기에 귀를 기울이고 있더니 용자는 포도송이를 살그머니 놓고,

"생활 말이 났으니 말이지마는 오빠도 생활을 좀 고치실 필요가 있지 않은가 해요."

서슴는 기도 없이 이렇게 말하는 것이었다.

"생활을 고치다께?"

나는 일부러 물었다.

"오빠 생활은 너무 지나쳐요. 찬을 해먹는다든가 값진 옷을 해입는다든가 부리는 사람을 둔다든가 하는 것이야 하루 이틀에 고칠 것도 못되고 또 그만한 의식이 없으면 못할 일이라 하더라도…."

"그래? 또?"

"예를 든다면 세숫물을 떠노란다든가, 구두를 닦으란다든가, 좀더 나가서는 부리는 사람을 아범이니 어멈이니 부른다든가 첫째 오빠더러 서방님이라고 부르는 소리를 오빠 친구가 왔다가 들을까 겁이 나요!"

나는 찍소리도 못했다. 이런 비난은 지금까지도 여러 사람한테 들어온 터였다. 한번 S라는 친구가 놀러와서 술을 나누다가 어멈이 "서방님" 하고 부르는 소리에 내가 "왜 그러냐?" 하고 대답했다가 S한테 뺨까지 맞은 일이 있었다. 그때 용자도 옆에서 보았으니까 그때 말은 차마 꺼내지도 못하는 모양이었다.

오후 차로 우리는 올라왔다. 손아래 누이한테 책망을 듣기는 하면서도 이렇게 흉금을 털어놓고 이야기하게 된 것이 나로서는 기뻤다.

화신에서 저녁을 먹고 나오다가 용자는,

"B씨는 왜 결혼하지 않는대요?"

이런 소리를 힘도 들이지 않고 풀쑥 했다.

"낸들 아니."

했다가,

"하기야 모르긴 모르지만 마땅한 사람이 없어서 못하는 것이겠지?"

그러고 눈치를 슬쩍 보았다.

용자는 무표정하였다. 용자는 조심스럽게 고개를 돌리어 사방을 휘돌아보고는 다시 말을 잇는다.

"저기요… 제가 B씨한테 동무를 하나 소개할까 해요, 오빠?"

"동무를 소개한다? 그건 왜?"

"왜라니요?"

용자는 손을 가리고 웃었다. "왜"란 말은 잘못했다고 그제야 나도 깨달았다.

B와 결혼했으면 좋겠다—이런 이야기를 꺼내고 싶으나 차마 정면으로 꺼내기는 거북스러워서 그러는 것이라고 나는 단정하였다. 서로 존경하는 사이요, 또 그만큼 호의를 주고받는 바에야 결혼한대도 좋다고도 생각하였다. 아니, 아버지가 반대하더라도 용자와 나만 우긴다면 그렇게 어렵지도 않으리라고 나는 그 순간에 생각까지 했다. 그래서 나는 이렇게 물었던 것이다.

"그럴 것 없이 너 B 군과 결혼하면 어떠냐?"

"저하고요?"

뜻밖에 용자는 펄쩍뛴다.

"B 군에게 소개할 만한 동무라면 너와두 자별한 사일 게고 자별한 동무를 권할 만큼 B 군을 알았다면 그것으로 족하지 않으냐?"

나는 이렇게 곧은 길을 푹 쑤시었다.

그래도 용자는 고개를 짤래짤래 흔들며,

"그건 오빠 오해지요, 절대 그런 건 아니예요. B씨한테 동무는 권할 수 있어도 저의 적임자가 아니예요. 그만큼 B씨를 믿기도 해요. 믿기는 하지만…."

"도시 모를 소리다. 제 몸을 맡길 만한 자리는 못 되지만 친한 동무는 권한다?"

"그래요!"

그렇다? 하고 나는 걸음을 멈추었다. 황혼도 짙었지만 불 없는 자동차가 마침 앞을 뚫고 지나갔다. 나는 다시 걸으며 물었다.

"그럴진대 거기 반드시 이유가 있겠고나, 응?"

"이유? 그야 있지요! 말할게요? 그 이유는 B씨가 너무 가난하다는 것이겠죠! 말하자면 돈이 없는 탓이지요!"

"뭐야? 네 입으로?"

하고 나는 또 딱 섰다.

"그럼 저니까 이런 말을 하지요?"

"너니까 그런 말을 한다?"

나는 또한 놀라 보였다.

"그래요, 저니까 그런 말을 하여요."

용자는 다시 걷기 시작하였다.

개명 앞을 지나도록 우리는 한마디도 말을 건네지 않았다.

개명 앞에서 용자는 전차를 탈 듯이 하다가는,

"오빠, 사과나 좀 사가지고 갈까요?"

하고 넌지시 나를 쳐다보더니 나의 대답을 기다리는 기색도 없이 그대로 과일가게 앞에 서서 이것저것 값을 따지더니 사과와 배를 각각 한 봉지씩 사든다. 그러더니 별로 나더러 가자는 말도 없이 그대로 회작회작 앞을 서 간다.

나는 용자의 과일 봉지를 받아서 손에 들고 밤나무 가지를 용자에게로 넘기었다.

집에 온 때는 으수이 어두웠다.

두 남매가 나란히 들어오는 것을 보고 어머니는 그지없이 기뻐하였다. 마루 끝에 나란히 앉아서 세수를 하고 방에 들어가 보니 겸상이 놓여 있다.

용자와 겸상은 처음이었다.

어렸을 때는 한 상에서 밥도 먹었고 찬을 가지고 악다구니를 한 적도 있지마는 철난 후로는 이것이 처음이다.

"얘, 밥 먹자."

나는 누이의 손을 끌듯이 청하였다.

밥을 먹는 동안에도 나의 머릿속에서는 아까 길에서 들은 용자의 말이 주책없이 머리를 들고 일어섰다. 나의 생활을 비난하고 나의 의식을 조롱하는 용자, B의 불온한 사상에 공명을 하여 그를 그지없이 존경하고 있는 용자—그 용자로서는 하고 싶어도 못할 말이었다.

나는 용자를 모른다. 모르기는 하지마는 그가 나보다 한걸음 앞선 진보적인 사상을 갖고 있다는 것만은 잘 안다. 나의 생활이 너무 부르주아적이라고 비난한다는 소리로 미루어본다든지, 나의 초록빛 부사견을 늘인 책장에서 한 권 한 권 없어지는 책 이름을 들어보더라도 용자는 확실히 나를 한걸음 앞섰다.

아니 현대 조선 여성 중에서도 용자는 모든 점에서 뛰어날 것이다. 입으로는 소위 이상이니 인격이니 하는 것을 식은 죽 먹기로 노닥이면서도 한 사람도 그 위대한 이상을 살리는 예를 얻어보기가 드문 지금의 조선이다. 그중에서 용자는 확실히 모든 점에서 초월하였다고 나는 생각해온 터이다.

“아까 네 말은 도시 못 알아듣겠는데….”

저녁상을 물리고 사과를 벗기는 하얀 손을 내려다보고 앉았다가 나는 이렇게 용자를 건너다보았다.

용자는 사과 벗기던 손을 쉬고 차근차근히 나를 뜯어보고 다시 칼을 놀리더니 두 번째 나를 뜯어본다. 그러고는 엉뚱하게 나글나글한 웃음을 띄우더니,

“못 알아들으시겠어요?”

하고 또 한번 생긋이 웃는다.

“글쎄, 너는 어떤 생각으로 그런 말을 했는지 모르겠지마는 난 듣기엔 퍽 부니가 뜬다.”

나는 담배에 불을 또 한 개 붙이었다.

“가령 네가 보통 다른 아이들과 같다면 그렇게 말하는 것이 당연하겠지마는 내가 생각하기에는 너는— 적어도 너만은 그런 말을 않으리라고 생각했다. 그런 소리는 저 철없이 날뛰는 아이들이나 할 소리같이 나는 생각했는데….”

마치 어른들에게 상서나 할 때처럼 나는 조심조심 이렇게 말했다.

용자는 그래도 잠자코 앉았었다. 사과덩이가 쟁반을 굴러서 떨어졌다.

용자는 사과를 깎던 그대로의 포즈로 한동안 앉았다. 꿈을 막 깬 듯한 대글대글하는 눈동자는 거미줄 같은 응시凝視를 나의 얼굴 어느 구석엔지 쏘고 있다.

“오빠.”

나는 대답 대신에 눈을 커다랗게 떠서 보였다.

"오빠, 말씀 잘하셨어요."

나는 그것이 진담인지 빈정대는 말인지 구별치 못했다. 그래서 우두커니 앉았으려니까 용자는 눈을 두어 번 깜짝한다. 그 사품에 눈물 두어 방울이 삐져 흐른다.

"오빠만이 나를 그렇게 해석했을 뿐 아니라 나 자신도 그렇게 생각하고 있었어요. 나는 의식에 있어서든지 미에 있어서든지 어떠한 점으로나 현대 조선의 여성들과는 유가 다른 아니, 나는 어려서 내가 나 자신을 생각해오던 별나라 선녀 그대로라고 믿어왔어요. 동무들간에도 또 나를 그렇게 생각해주었고, 나는 또 그대로 그것이 마땅하다고 생각해왔지요."

여기까지 말한 용자는 웃고름짝으로 자그시 눈등을 누르고,

"허지만, 인제는 그러한 환상이 여지없이 깨어졌어요. 나는 나의 동무들과 조곰도 다른 데가 없는 그네들과 같이 아주 평범한 말하자면 과도기의 사회에서만 볼 수 있는 그런 여성인 것을 최근에 와서야 발견하고 있어요."

"그건 어떤 점에서?"

"모든 점에서— 학교를 졸업할 임시예요. 그때면 모여앉아서 이야기하는 것이 모두 졸업 후에 어떻게 한다는 것이지요. 대개는 결혼이고 다음이 유학— 그러나 그렇게 모인 자리에서 내로라고 나서서 이야기하는 아이들은 누구나 나만한 행운아가 있으랴? 하는 자부심을 가진 아이들이지요. 결혼을 해도 어떤 대학 출신 아무개라든가, 어느 학교 교수 아무개라든가, 음악가니 미술가니 동무들의 선망을 받을 만한 상

대가 아니면 이야기를 하지 않았어요— 이렇듯 뽑혀진 행운아들의 자랑을 들을 때도 나는 남들같이 부러워한다든가 시기를 한다든가 하는 생각은 털끝만치도 없었어요. 대학 출신인 약혼자도 없었고 동경이니 아메리카니 하는 데 유학을 갈 만한 형편이 못 되는 것을 알고서도 나는 너희들이 암만 그래도 나만은 못하리니! 하는 생각이 들었었어요. 그것은 어려서부터 어머니와 아버지가 길러주신 그 '별나라 선녀'라는 인식이 다 큰 오늘날까지도 나를 지배하고 있었기 때문일 겝니다."

"그것은 나도 잘 안다."

나는 사죄하듯 천천히 말했다.

"어렸을 적의 그 소위 선녀 인식이 너를 지배하고 있는 것을 볼 때마다 나는 어떤 불안을 늘 느껴왔다. 어떤 때 네가 저만을 위하라고 고집을 핀다든가 무엇이든지 저만이 잘한다고 뽐낸다든가 하는 태도를 볼 때마다 죄는 어머니나 내게 있으면서도 그것이 몹시 못마땅해 보이는 때가 많았었다. 그러나 그것도 너의 장래를 생각했기 때문이었다. 저것이 저대로 컸다가는 나중에 어찌될꼬? 이런 불안이 늘 나를 위협했었다. 그러고 그때가 닥쳐온 것이다!"

용자는 아무 말 없이 사과를 집어 벗기어 쌍동쌍동 접시에다 썰어 놓는다.

"하지만 난 조금도 그때가 온 것을 슬퍼하지는 않아요. 이렇게 일찍이 나 자신에 대한 인식을 새로이 하게 된 것이 한편 생각하면 섧기도 하지마는 기뻐요. 모든 사람들이 우러러볼 별나라 선녀가 아니라는 것을 발견한 그 순간에는 밤을 새워 울었어요. 그러나 기왕 별나라 선녀가 아니고 또 못 될 바에야 하루라도 일찍이 그런 자기 도취에서 해탈하는 것이 얼마나 나 자신을 위해서 축복된 일인지 모른다고 생각했어요. 선녀는 못 됐지마는 이제부터는 인간이 된다는 희열까지 느끼었어요. 선녀가 된다는 것은 로맨틱한 꿈이더니 인간으로 해탈했다니까 지금까지 경험해보지 못한 절박한 감이 새로 솟아나더군요…."

용자의 이야기를 듣고 있는 동안에 용자 자신은 너무나 평범한 용자라는 것을 내세우지마는 나는 또 나로서 용자에게서 새로운 비범을 발견하였다. 연애, 결혼, 사회, 인생—모든 부분에 용자는 언급하였다. 문화주택이나 피아노나 꿈꾸고 있을 용자 또래 나이로 그만한 견해를 갖고 있다는 그것이 벌써 용자의 비범이라고 나는 생각하였다. 그러고 그 뛰어난 비범을 발견함에서 나는 또 별나라 선녀를 꿈꾸고 있을 때 시대의 용자에게서 받던 것과 비슷한 불안을 느끼는 것이었다.

용자와 마주 앉아서 그의 이야기를 듣고 있는 동안에 나는 그야말로 별나라 선녀와 이야기를 하고 있는 것인지 나의 누이 용자를 데리고 앉아서 이야기를 하는 것인지 분간하기가 어려워졌다. 별나라 선녀가 용잔지 용자가 별나라 선넌지 별나라 선녀가 되다 만 것이 용자인지 어수선하였다.

—그것은 마치 어려운 수수께끼를 풀고 앉았는 것 같은 심경이었다.

3

10월 20일

결혼은 연애의 무덤이다. 그러나 연애란 밥알이 곤두선 사람들의 손장난이다.

울음! 울음 우는 사람을 보고 울지 말라는 사람처럼 쑥스러운 사람도 없지. 울음이란 인간생활의 한 토막이니까.

10월 23일

담배라도 피우고 싶은 오늘의 하루다. 담배! 담배란 누가 만들어낸 것일까? 초월한 사람이? 그렇지 않다면 자포자기한 사람이? 아니지, 초월한 사람이 만든 것은 달이겠지. 그리고 자포자기한 사람이 즐겨서 창안해낸 것은 술이고.

—담배란 회색 안개에 싸여 자욱히 내어다보이는 인생의 길을 턱을 괴고 앉아서 응시하던 사람이 만들었을 게다. 말간 연기! 담배란 좋은 것이야. 하지만 담배에 연기란 것이 없다면 담배도 술과 같고 말 게다. 오! 파란 담배 연기여!

10월 25일

돈, 돈이란 반드시 여성이 만들었을 게다. 그것도 별나라 선녀처럼 아름다운 여성이—돈이 동그랗게 생긴 것도 여성이 만든 탓이겠지. 여성은 돈에서 나서 돈으로 돌아간다. 돈이라는 것이 없었다면 여성은 이 세상에 살아갈 재미가 없다고 자살할 것이다. 남성이란 여성을 위해 산다. 그 증거로는 그들도 돈을 존경한다. 지전이란 돈은 그래서 남성들이 만든 돈이겠지 ….

10월 27일

장개석, 공군 토벌을 또 성명, 오— 어울리지 않는 중국의 돈키호테여!

10월 30일

다 그만두고 결혼이나 할까보다.

11월 1일

종일 눕다. 그러나 잔 것은 아니다. 자지 않자던 것도 아니다. 자려고 애만 쓰다가 못 잔 것이다. 칼로틴 두 차례. 밤에 B에게 편지를 쓰다. 아니 썼다가 찢다. 인제 쓸 필요도 없겠지. 그와 나는 딴 남이 됐으니까.

여기까지 읽다 말고 나는 책을 탁 덮어놓았다. 웬일인지 더 읽어볼 용기가 나지 않았다.

이것이 이제 스무고개를 넘은 계집애의 일기인가 했다. 제 사생활에 대한 기록이 혹 없는가 다시 두어 장 넘겨보았으나 없다.

열시가 지났었다. 동무 집에 놀러 갔더라도 거반 돌아올 시간도 됐겠고 해서 그대로 나오려다가 그래도 하고 다시 서너 장 넘기니까 언뜻 '결혼'이라는 두 글자가 또 눈에 뜨인다. 나는 그 조목을 또 훔쳐 읽어보았다. 날짜는 11월 ○일이었다.

지니다니아는 날 좋아하고,

나는 또 에텔카가 좋다네

에텔카는 그이가 좋다던데

그이는 또 지니다니아만을 사랑한다니….

그가 좋다 하는 그 여자가 그를 좋아하고 그 여자가 존경하는 그가 또한 그 여자를 사랑한다면 오죽이나 좋으리. 그렇건만 생각지 않은 사람에게서 사랑의 끈이 던져지고 사랑하던 그에게서는 싫어하던 사람과의 결혼 통첩장이 날아온다. 이것이 모든 사람에게 주어진 소위 운명이란 것이겠지. 그래도 이 서글픈 희극을 가리켜 사람들은 즐기어 '결혼'이라는 이름으로 부르고 있다.

그날 밤 나는 늦도록 잠이 자지지 않았다. 용자는 열두시가 넘어서야 돌아왔다. 밖에서 미안하니 어쩌니 하는 계집아이들 목소리가 나는 것을 보면 동무들이 집에까지 데려다주고 가는 모양이었다.

아내를 깨워서 저녁에 사들고 들어온 사과와 과자를 내어보내면서도 나는 모르는 체했다.

"잡디까?"

"아뇨."

아내는 근심스러운 듯이 고개를 쌀래쌀래 흔든다.

"눕지도 않았습디까?"

나는 또 한번 물었다.

"책상에 엎드렸어요. 이것 오빠가 작은아씨 주라고 사왔다고 그래도 모르는 체하겠죠. 아마 우나봐."

"울어?"

"아마 그런 것 같아요."

나는 자리옷을 입은 채 용자 방문 앞에 섰다. 아내 말대로 책상에 엎드리어 스미어 우는 모양이었다.

"얘, 들어가도 좋으냐?"

달래듯 이렇게 기척을 하려니까 용자는 깜짝 놀란 모양이더니 뒤미처 대답이 나왔다.

"그만 자겠어요."

그래도 들어갈까 하고 망설이다가 그럼 일찌거니 자라고 하고는 나도 이불을 뒤집어썼다. 아내가 무어니 무어니 묻는 말에 대답하기가 귀찮기 때문이었다.

그랬더니 이번에는,

"오빠, 주무슈?"

하는 용자의 말소리가 되레 내 방문 앞에서 났다. 내가 못 들은 줄 알고 아내가 옆구리를 쿡쿡 찌른다.

"오빠, 주무슈?"

"오냐, 나간다."

나는 미리 담뱃갑과 성냥을 찾아 들고서 용자를 따라 들어갔다. 눈물 줄기가 다 마르지 않았다.

"현숙이한테 갔었니?"

"아뇨."

나는 또 물었다.

"어디가 아프냐?"

용자는 고개를 살랑살랑 흔들고 방석을 내려 깔고는 저는 책상 앞에 가서 앉았다.

오랜 침묵이 찾아왔다. 나는 그대로 앉았기가 너무도 멋쩍어서 과자를 먹다 사과를 깎다 했다. 입이 달아서 두 개째 사과를 깎으려고 할 제다.

"오빠."

하고 용자는 내려앉듯이 몸을 일으켰다.

"B씨 혹 만나보셨어요?"

"그래."

"언제쯤요?"

"그저껜가 저그저껜가."

"뭐라고 내 말 하지 않아요?"

"아니."

사실 B는 그날 와서 한 삼십분 다녀갔을 뿐이었다.

어떻게 보면 말을 꺼내려고 몹시 망설이는 눈치도 같았으나 저와 나와 단둘이 있는데도 그대로 일어서는 것을 속으로는 의아하면서도 내 억측이었거니 했을 뿐이다.

"아무 이야기도 없어요?"

용자는 내가 기이는 줄 아는 눈치다.

"아무 얘기두— 왜 무슨 일이 생겼니?"

"아뇨."

"그럼?"

용자는 잠잠했다.

나는 용자와 B 사이에 어떠한 알력이 생겼다는 것만은 아까 일기에서 본 것과 종합해서 짐작했다. 용자와 B 사이라면 결국은 결혼 문제가 아닐까 했다.

"왜, B 군과 사이에 무슨 문제라도 생겼니?"

"그래요."

하고 용자는 순순히 대답하였다.

"문제라면 결혼 문제겠구나?"

그 말에는 잠자코 있다가,

"언젠가 내가 B씨한테 여자를 하나 소개한다고 그랬지요."

"그래?"

"그것이 어쩌다 틀렸어요. 틀리고 나서는 문제가 제게로 옮겨왔어요. 나도 처음엔 B씨와 결혼할까도 했더니 지금 와서 생각하니까 내가 얼마나 엉뚱한 아이라는 것을 알게 됐어요."

"그건 또 어째서?"

"내가 B씨와 결혼하려고 했을 때는 적어도 나는 B씨를 잘 안다고 생각했고 또 나 자신은 내가 잘 알고 있다고 생각했었어요. 그랬지만 지금 와서 가만히 생각하니까 그것은 내가 그전에 별나라 선녀가 되려고 하던 그때와 똑같이 어리석은 공상이라는 것을 발견하고 있어요. 첫째 나는 B씨의 그 씩씩한 진보적인 사상에 공명하고 나 자신 공명자라고 자인했어요. 그러고 B씨에게 재산이 없다는 그것을 되레 자랑으로 생각해왔어요. 기쁨으로도요. 사랑은 돈으로 살 수 없다, 그러고 나는 돈이란 것을 초월했다, 결혼에 있어서 재산이란 것은 조그마한 조건도 되지 않는다— 이런 것은 현대 여성 전부의 상식이 되어 있습니다. 이런 말을 못하거나 않는 아이들은 동무한테 조롱을 받아요. 나만 해도 그랬어요. 그런 아이를 보면 사람같이도 보지 않았어요. 그랬더니…

그랬던 나 자신이 돈에 눈이 어두운 여성이라는 것을 최근에 와서야 발견하였어요!"

B가 돈이 없기 때문에 결혼하지 않는다는 말을 내니까 한다고 하던 그 말이 여기 닿는 말이로구나 하고 나는 용자의 얼굴을 쳐다보았다.

"처음엔 정말 그랬어요. 돈! 그까짓 것은 없어도 좋다. 그랬던 것이 하루하루 지나갈수록에 B에게 심지어 집 한 칸만이라도 있었으면이라든가, 그에게 생활비만이라도 생산력이 있었으면이라든가 이런 욕망이 불현듯 떠올라요. 나는 그래도 그런 욕망이 꺼지겠거니 하고 믿었으나 날로날로 커가는 것을 발견해요. 혹 동무 집에 갔다가 살림 사는 것을 보고 와서는 심지어 집만이라도 하는 욕망이 인제 본능적으로 나를 지배하게 되고 말았어요."

"그야 인간의 본능이니까 그것이 B 군과의 결혼에 장해가 될 것이야 없잖으냐? 그리고 B 군만 하더래도 그만한 것을 깨달은 너고 보니 이해도 해줄 것이요, 그러한 심경을 툭 털어놓고 이야기한다면 되레 탐탁할 것 같은데!"

"그것이 소위 기분이라는 게지요. 로맨티즘이라는 게지요. 우리 동무 중에도 이 기분에 속은 사람이 많아요. 단순한 로맨티즘인 것을 아주 진보적인 사상이나 되는 것처럼 과대평가해가지고 자기는 돈을 초월했다든가, 학벌을 초월했다든가 스스로 믿고는 아무 생각 없이 결혼을 했다가 얼마 후에야 그 위대한 무섭게 진보적이라던 사상이 단순한 관념이요 로맨티즘이었다는 것을 발견하고서 허덕허덕하는 것을 여러 번 보았어요. 그런 것을 본 나로서 또 나의 그 무섭게 뛰어났다는 그 사상이 관념이라는 것을 알고도 그런 잘못을 되풀이하고 싶지를 않거든요."

"그만하면 나도 알겠다."

하고 나는 누이의 머리를 쓰다듬으며 말했다. 듣고 보니 그야말로 용자 아니면 못할 말이었다. 돈이 없다고 결혼 않겠다는 말을 이처럼 드러내놓고 할 만한 여성도 그리 흔치는 않으리라고 했다. 그리고 또 이만큼이나 생각하는 여자라면 B와 결혼해도 큰 잘못은 일으키지 않으리라고 생각되었다. 만약 용자가 B와 결합하는 것이 용자의 소원이라면 그들의 생활만은 집에서 떠안아도 좋다고 생각하였다.

"B 군과 결혼 못하는 이유가 그것뿐이란 말이지?"

"그렇지요."

용자는 자신있게 대답한다.

"그것만 해결지어준다면?"

"그건 어떻게요?"

"어떻게든지!"

용자는 한참 나를 노리고 보았다. 그러더니,

"그 방법으로는 두 가지가 있겠지요. 하나는 나의 의식 수준을 훨씬 높여서 그따위 부르주아 근성을 뿌리째 뽑아버리는 것일 게고, 또 한 가지는 누가 있어서 말하자면 어떠한 재벌이 B씨 대신 나의 그 허영, 허영이지요, 그것을 만족시키어주든지! 이 두 가지겠는데 첫째는 나 자신이 노력하지 않으면 안 될 것이겠고 보니 결국은 오빠가 그 재벌의 역할을 해주시겠다는 그 말씀이겠죠?"

사실 나의 해결이란 것은 그것 이외에 아무것도 아니었다. 되레 나는 용자가 말한 첫째라는 것은 생각지도 못한 것이었다.

"어떻게든지 너희들의 생활비만 보장된다면 문제는 없을 것 아니냐?"

그러나 이 갸륵한 오라비의 호의를 용자는 싸늘한 웃음까지 뭉쳐서 걷어찼다.

"고맙습니다. 그처럼이나 저를 생각해주시는 것만은 그지없이 감사해요. 허나 난 그러한 방법을 여기 적용시키고 싶지는 않아요."

"그건 왜."

나는 얼떨떨해서 물었다.

"그건 결국 B씨를 타락시키는 것이겠지요. 난 결혼을 하기 위해서 B씨를 타락시키고 싶지는 않아요. 그가 그것을 받지도 않겠지마는 만약에 받는다면 나는 B씨를 업수이 여기게 될 겝니다."

용자는 할 말을 다했다는 듯이 자리를 고쳐앉으며 사과를 껍질째 한입 딱 물어떼는 것이었다.

"그러면 어떻게 할 테냐?"

조심조심 이렇게 묻는 말에 용자는 모든 것을 청산했다는 듯이 명랑한 목소리로 대답한다.

"깨끗이 단념하는 게지요. 그러고는 오직 B씨의 아내 될 만한 정도까지 나의 의식 수준을 높이도록 노력할 따름이지요."

이러한 일이 있은 후로의 용자는 무시무시한 생각이 들 만큼 명랑해졌다. 밤낮 할 것 없이 집에도 붙어 있지 않았다. 그래도 아버지는,

"걔가 인제는 문학을 떼버린 게다."

하고 되레 그러한 용자를 대견하게 여기시었다.

용자가 문학을 떼버리는 통에 나는 누이와 이야기할 기회를 갖지 못한 채 이듬해 겨울을 맞았다.

용자의 말을 빌린다면 너무나 귀족적이요 부르주아적 생활도 변함이 없이 지속되었다. 생활 태도란 그 인격과 사상의 반영인 것이다. 부르주아 그대로의 머리를 갖고 있는 내게 다른 생활이 있을 리가 만무한 것이다.

어쩌다 용자는 병원에 와서 제게는 좀 과한 돈을 청구하기도 했다. 그럴 때마다 나는 서슴지 않고 주었다. 하루는 자기의 동무 하나가 집이 가난하다고 그 어머니가 어떤 유곽에다 팔려고 한다 하며 백여원의 돈을 졸라대기까지 하였다.

하루는 아이들 옷감을 끊으러 나왔던 어머니가 돈을 가지고 가면서 요새 용자 돈 쓰는 이야기를 하여서 내게서 돌려가는 어머니 용돈과 아버지한테서 돌려가는 용돈 전부가 용자의 손으로 새어 빠지는 것도 알았다.

"걔가 그렇게 써요?"

나는 의아했지마는 내게서 가져간 돈 이야기는 하지 않았다.

"당초에 어디다 쓰는지 모르겠다더구나. 오늘 아침엔 아버지두 그러시더구나. 아마, 아버지한테서는 이달에만 돈 십원이나 착실히 갖다 쓴 모양이더라."

"뭐 사오는 것두 없죠?"

"없지!"

나는 이래서는 안 되겠다고 그제서야 생각이 들었다.

"지금 집에 있겠죠."

"아니다. 마포 제 이모 댁에 가서 어제두 안 왔다. 오늘두 안 오건 좀 나가봐야지. 커단 것이 맥깔없이 왜 가 있다니?"

그때 간호부가 전화가 왔다고 알리었다.

"누구요?"

"모르겠어요. 종로라나 보던데요."

전화는 뜻밖에 종로서 박 형사한테서 온 것이었다. 내가 박진문인 것을 다지고는 당신의 누이동생 이름이 무엇이냐고 묻는다.

"왜 그러십니까."

가슴이 덜컥 내려앉으며 물으니까,

"박용자라는 여자가 무슨 사건으로 여기 와서 있으니 곧 좀 오시오."

수화기를 내던지듯이 하고 나는 종로서로 달리어갔다. 사건은 해외서 들어온 어떤 청년에 관련된 것인 듯하였다.

여러 가지 방법으로 면회를 청하였으나 이루어지지 못했다. 그러다가 사흘째 되던 날이다. 박 형사 주선으로 겨우 면회실에서 용자를 보는 순간,

"이따위 짓을 해가면서까지 B와 결혼을 해야 하는 거냐!"
고 고함을 쳤던 것이다.

그렇건만 용자는 매서울 만큼 침착해서 요염하게까지 보이는 웃음을 띠고 이렇게 대답하는 것이었다.

"아녜요, 오빠. B를 떼어버린 지가 언제라구요! 난 B를 따라가려다가 그만에 지나쳐버렸지요. 글 쓴다는 자들은 결국 고짓밖에 못하겠더군요. 원고지에다가는 엉뚱한 패기를 보이지만… 딱 큰일을 당하면

자라 모가지처럼 패기가 쑥 들어가나봐….”

나는 하도 어이가 없어서 아무 말도 못하고 우두커니 서서만 있었다.

———〈「신가정」 23 · 24호, 1934년 11 · 12월〉

숙경淑卿의 경우

•

•

•

1

잘못을 저질렀다고 깨달은 순간 숙경은 현의 뺨을 찰싹 후려갈기고 말았다. 순간의 발작이었다. 아니 착각이었다. 만일에 때린다면 현이 숙경이를 때렸어야 할 것이었다. 선손을 건 것도 숙경이었다. 오늘 현한테 그럴 의사가 없었다는 것은 누구보다도 숙경이가 더 잘 알고 있을 것이었다. 아니 오늘뿐이 아니라, 현은 그런 생각을 감히 품어본 일이 없는 사람이다. 현이 숙경을 사랑하지 않아서는 아니다. 살뜰히 사랑한다. 숙경이가 만일에 사랑의 대가로서 현이 가지고 있는 일체를 요구했대도 감격해서 바쳤을 현이었다. 이 사랑의 대가란 반드시 숙경의 전부를 의미하지 않아도 좋았을 것이다. 단 한 번의 키스를 위해서 숙경이가 현한테 그의 생명의 일부를 요구했대도 기뻐서 응했을 현이다. 그가 가지고 있는 명예라도 좋았고, 사회적 지위라도 좋았다. 결핵균의 최고 권위요 국립 결핵 연구원장이란다면 값싼 지위도 아니다. 그 일부나 또는 전부와 숙경의 사랑과를 바꿀 수 있다면 언제든지 헌신짝처럼 버리고 숙경의 사랑을 독점했을 현이기도 했다.

이 단 한 번의 키스가 숙경의 애정의 전부—육체까지를 의미하지 않아도 좋았다. 그것이 설사 키스에서 그치는 애정이라는 것을 알았었대도 기뻐서 자기를 바쳤을 현이기도 하다. 그러나 숙경에게 대한 현의 사랑은 반드시 그 대가를 요구한 사랑이 아니었다. 일방적인 애정이었다. 별을 그리는 철없는 소녀의 하염없는 그런 사랑이었다.

그 현이 감히 숙경이에게 손을 내밀었을 리가 없다. 현한테 먼저 손을 내어준 것은 숙경이었다. 현은 하늘에서 떨어진 별을 받듯 숙경의 손을 받았었다. 손바닥에 놓여진 그 숙경의 손을 현은 그저 바라다보기만 했었다. 감히 쥐어볼 용기가 나지 않았던 것이다. 현은 숙경의 의사를 몰랐다. 숙경의 열이 삼십팔도가 넘었을 때였던지라, 열 때문에 그러는 것이려니 했을 뿐이었다. 마침 객혈을 한 뒤이기도 했다. 생명에 대한 위협의 공포가 의사인 자기한테 구원을 청하는 것이거니 했을 뿐이다.

"선생님, 나 좀 살려주세요!"

이런 애원으로만 해석했었다. 그래서 현은 보고만 있었다. 으스러지도록 쥐어보고 싶은 손이었다. 말라서 그렇지 여자로서는 큰 편에 속하는 숙경이다. 그러면서도 손과 발은 조그마했다. 정말 귀엽게 생긴 손이었다. 꿈에라도 한 번 만져보고 싶어하던 손이기도 했다. 그 손을 만져볼 용기를 못 낸 현이었다.

내어주는 손도 만져보지 못하는 현이었다. 그것을 보자 숙경은 안타까운 듯이 또 한 손으로 현의 손을 덮어 쥐었고 현의 상체를 지그시 당긴 것도 숙경이었다. 그때 숙경은 누워 있었다. 침대였다. 의자를 침대 앞에 놓고 앉아 있었다. 현의 상체는 물속처럼 숙경한테로 끌리어갔다. 현한테는 아무런 힘도 권리도 없었다. 일체를 숙경이한테 내어맡긴 것은 숙경의 의사를 모르는 데서였다. 중환자는 곧잘 의식 없이 행동을 하기 때문이다. 현도 오늘의 숙경의 행동은 중환자의 그것으로만 알았던 것이다.

"괴로우십니까?"

현은 이렇게 물었었다. 정중을 다한 물음이었다. 사실 숙경은 소중한 환자이기도 했다. 공무원의 수입밖에 없는 현한테는 숙경은 생활의 좋은 보조자이기도 했던 것이다. 생활뿐이 아니었다. 극진히도 아내를 사랑하는 숙경의 남편은 돈도 있고 권세도 있는 사람이었다. 넥타이도 사서 보냈고 셔츠도 보냈었다. 아내의 건강이 좋아졌노라고 차를 가지고 와서 저녁도 내고 하는 숙경의 남편이었다. 물론 숙경의 뜻을 받아서였을 것이고 보니 숙경이는 현의 좋은 패트런이기도 했던 것이다. 그 고마운 사람에게 대한 예의였다.

"……."

숙경은 아무런 대답도 없었다. 현은 그때까지도 숙경이가 괴로워 그러느니라 했다. 그러고도 숙경이가 그의 상체를 지그시 끌어당기는 것을 보고서도 현은 자기의 생명을 맡은 의사한테 대한 중환자의 하소연으로 알았었다. 그랬기 때문에 끄는 대로 끌리어갔었고 숙경이의 병을 고쳐주지 못하는 안타까움에만 사로잡혀 있은 현이었다.

그 숙경이가 현의 목에 손을 감은 것이었다.

현은 그저 얼떨떨하기만 했다. 엄두도 못 내던 물건을 받은 때와도 같았다. 받아야 주체도 못할 물건을 받은 때의 낭패였었다. 받다가 뺨이나 맞을 것 같은 그런 두려움이기도 했었다. 현은 갈피를 못 차렸다.

주는 것도 같았다. 숙경의 눈이 그랬다. 그것은 적어도 장난치는 눈이 아니었다. 그 어떤 탐나는 물건에 대한 억제하지 못하는 정열의 눈이다. 자글자글 끓는 것 같은 눈이었다. 대담한 눈이었다.

그러나 그때까지도 현한테는 용기가 없었다. 자신이 없었던 것이었다. 아파서 아파서 못 견디는 환자가 의사한테 매어달리는 심정이라 했다. 사실 현은 그런 경험이 많았다. 아름다운 부인도 있었다. 처녀도 있었다. 그의 가슴에 얼굴을 파묻고 운 여자 대학생도 있었다. 희랍의 조각처럼 아름다운 여성이었다. 건성 늑막염이었다. 미애란 이름이었다. 미애는 마치 애인인 듯이 현을 끌어안고 울었었다. 울고 나서는 그 만이었다. 대금을 주고 짐이나 지웠던 사람처럼 다음 순간에는 거들떠보지도 않던 것이다. 오늘의 숙경이도 그것이라 했었다. 그러나 숙경은 당기던 팔의 힘을 늦추는 것이 아니었다. 사뭇 끌고 가는 것이었다. 현의 상체는 숙경의 가슴에 안기고 말았었다. 그 순간이었다. 현의 입술은 숙경의 입술에 닿았던 것이다. 아니 숙경이의 입술이 현의 입술을 요구했던 것이다.

그러나 그것은 긴 동안이었다.

2

십 년 전이다. 숙경은 신혼여행에서 돌아온 지 얼마 안 되어서였다. 물론 지금 미영 각국의 결핵병원 시설 시찰차로 가서 있는 남편과의 신혼여행이다. 그때 그의 남편 ㄷ씨는 이미 상당한 지위에 있었다. 학구생활에 빠져서 서른다섯이 되도록 여자란 거들떠보지도 않던 사람이었다. 그 ㄷ씨가 독신 때부터 소중히 여기던 그릇이 있었다. 고려시대의 백자기였다. 값도 숙경으로서는 믿어지지 않는 값이었지만 동경 유학 때부터 십오 년간을 책상에 놓고 즐기던 그릇이라 했다. 남편은 그 그릇에 과일을 담아놓는 것이 낙이었다.

"이 그릇이 뭔지 아시오?"

초면에도 자랑을 하던 그릇이다.

"숙경이가 혹 다른 사람과 연애를 했다면 그건 용서할 수 있을지 몰라두 이 그릇을 깼다간 이혼입니다. 잘 보아두시오."

약혼시대였다. 물론 농담이었다. 그만큼 아끼던 고려시대의 백자기였다. 이조의 백자기에 비할 것이 아니었던 것이다. 그 백자기를 숙경은 탈싹 깨었던 것이다. 부리는 계집아이더러 받으라고 준 것이 잘못 받아 떨어뜨리자 댓돌에 떨어지면서 탈싹 두 쪽이 났던 것이다. 실상 따지면 계집애한테는 잘못이 없었다. 주기를 잘못 주어서 깬 것이었다. 그러나 숙경은 발작적으로 계집애의 뺨을 후려쳤던 것이다.

마치 오늘 같았다. 그 계집애한테 잘못이 없었듯이 오늘의 현한테는 조그마한 잘못도 없던 것이다. 순애라는 열넷 된 아이였다. 이름처럼 온순한 아이다. 지금 세상에서도 저의 할머니가 걱정을 하신다고 귀밑머리까지 땋던 순애였다. 순애는 잘못했노라 싹싹 빌며 울고 있었다.

현도 지금 뺨을 야무지게 얻어맞고서 눈물이 글썽해 있는 것이었다. 현을 부른 것도 숙경이었다. 퇴근 시간보다도 두 시간이나 먼저 숙경을 위해서 나온 사람이다. 사실 열도 올랐었고 식모는 저자에 가고 없었다. 아이들도 학교에서 돌아오려면 두어 시간은 있어야 했다.

언제나 가장 고독한 시간이었다. 아무도 없는데 혼자 죽는 것이나 아닌가? 그런 공포의 시간이었다. 숙경은 그럴 때면 매양 남편한테 전화를 걸었었다. 전화를 걸면 십오분 이내에 뛰어와 주는 남편이었다. 아무리 바빠도 그랬었다. 정 바쁘면 와서 삼, 사분 위로를 해주고 다시 뛰어나가던 남편이기도 했다.

그러나 그 남편은 지금은 없었다. 아직도 석 달은 더 있어야 돌아온다. 숙경이도 그렇게까지 갈 생각은 없었다. 이렇게까지 될 줄도 몰랐었다. 그저 고적했고 그저 허전했었다. 주사를 맞고 싶기도 했었다. 그래서 현을 불렀던 것이다.

어쨌든 현을 부른 것도 숙경이었고 현한테 손을 내어준 것도 숙경이었다. 그의 목에 팔을 걸어당긴 것도 숙경이다. 입술을 청한 것도 숙경이었다. 주저하는 현을 채찍질하듯 해서 모든 잘못이 저질러졌던 것이다. 잘못을 저질렀다고 깨달은 순간은 꼭 십 년 전 그 고대의 백자기를 깼다고 깨달은 순간과도 같았다. 그릇을 깬 것이 순애라고 숙경은 순애의 빰싸대기를 후려쳤지만 지금은 똑같은 발작으로 현의 빰을 후려친 것이었다. 걷잡을 수 없던 발작이었다. 무서운 착각이기도 했었다.

"미안합니다!"

현은 눈물이 글썽해서 이렇게 사과를 하고 있다.

"죄송합니다!"

"전 어떡하란 말씀예요?"

정말 무서운 착각이다. 순애 때처럼 그때의 숙경한테는 일체의 잘못은 현한테 있는 것처럼 느껴졌었다. 부르지도 않았는데 현이 온 것 같았다. 혼자 있는 시간을 엿보고 온 것이라 했다. 손을 내어준 것도 현이요 입술을 청한 것도 현이라 했다. 일체의 잘못을 현이가 주동이 됐더니라 했다. 아니 강요했더니라 했던 것이다.

"숙경 씨, 정말 죄송합니다. 나 때문에 이런 과오가 생겼습니다. 나는 이렇게까지 될 줄은 몰랐습니다. 정말 뵈올 낯이 없습니다. 숙경 씨도 ㄷ 선생도. 나 그만 가겠습니다."

숙경이가 일체의 과오가 자기한테 있었다는 것을 깨달은 것은 그때였다. 아니 현을 사랑했다는 것을… 숙경은 일어서려는 현의 손을 잡아 앉히었다. 그리고 다시 한번 그의 입술을 적시어주었던 것이다.

"아프셨지?"

숙경은 현의 볼을 어루만져주고 있었다.

"잘못은 내가 해놓고 제가 왜 선생님을 때렸을까. 매쳤어, 내가. 정말 아프셨을 거야. 아주 빨개졌어요!"

"내가 잘못이었지요. 숙경 씨야 지금 중환자가 아니십니까? 정신적으로나 육신상으로나 피로할 대로 피로한 사람이 아니십니까? 거기다 열도 있고. 더욱이 생에 대한 자신도 서 있지 않을 숙경 씨지요. 죽음에 대한 불안과 공포에 ㄷ 선생까지도 안 계시니까 정신적으로 몹시 고독하셨지요. 기대고 싶어하는 것은 상정이겠지요. 더구나 숙경 씬 환자십니다. 그런 심정을 내가…."

"그렇게 말씀하시면 전 정말 선생님 뵐 낯이 없어집니다. 차라리 절 꾸짖어주세요. 탕녀라구 욕해주세요. 그게 얼마나 저의 마음을 가볍게 해주시는 것인지 몰라요."

"아닙니다. 숙경 씨한텐 환자란 죄명밖엔 없습니다."

"그만, 인제 그만해 주세요. 제가 책임이 있다는 표시로, 이렇게 또 한번 키스를 하겠어요. 선생님은 조금도 책임을 지실 필요는 없습니다."

그리고 숙경은 엎드려 울고 말았었다.

"그만 돌아가주세요! 그만."

울면서 하는 소리였다.

3

ㄷ씨 부인은 어둠이란 것을 모르고 살아온 여성이었다. 어려서는 공주처럼 자랐었다. 집도 궁궐 같았다. 숙경이는 얼마나 되는지도 몰랐지만 막대한 돈도 있었다. 부리는 사람만도 식모가 둘에 침모가 둘이나 있었다. 거기에 막내딸이었다.

유치원에는 인력거를 타고 다니었고 학교에는 자동차를 타고 다닌 숙경이었다. ㄷ씨와 결혼을 할 때는 많이 줄었다고 하지만 그래도 명월관에서 혀를 내어두른 호화판이었다.

거기에 ㄷ씨는 아내밖에는 모르는 신사였다. 이 세상에서 오직 숙경이만이 미인이라고 생각하고 또 믿는 ㄷ씨다. 술도 별로 안했다. 매일 연회에 쫓아다니어야 할 ㄷ씨면서도 부득이한 자리가 아니면 빠졌고 가도 곧 자리를 뜨는 남편이었다.

"벌써 오셔요? 좀더 놀다 오시잖구!"

숙경이가 미안해하면 ㄷ씨는 이렇게 말했었다.

"우리 다람쥐 보구 싶어서 앉었겠더라구…."

ㄷ씨는 만혼晩婚이기도 했었지만 집에 와서도 숙경이가 못 견딜 만큼 애무를 했었다. 귀여워 귀여워 못 견디는 모양이었다. 서재에 들어

가면 목석처럼 움직일 줄 모르면서도 안에 들어오면 그대로 재수였다. 볼도 비비고 입술도 대고 안아도 주고 어린애처럼 무릎에 앉히기를 좋아하는 남편이기도 했던 것이다.

오직 몸 약한 것이 불행일 뿐이었다.

그러나 숙경의 병은 숙경을 조금도 불행하게 하지는 않았었다. 때로는 절망할 때도 있었다. 그러나 ㄷ씨는 이 숙경의 절망을 잘 헤쳐주던 것이다.

"당신은 병을 비관하는가 보지만 당신이 정말 피둥피둥하니 날뛴다면 난 당신이 벌써 싫어졌을지도 몰라. 당신이 얼마나 큰 사람이오. 여성치고는 큰 편이야. 거기다가 살이나 뒤룩뒤룩 찐다든가 짐 안 실은 말마차처럼 덜그럭대어 보오. 금방 싫증이 났을 거야. 몸이 약하다는 거, 그것두 당신의 복 중의 하나야. 그런 줄이나 알라구."

이런 남편이었다.

미국 떠나던 날이었다. 그날 아침 ㄷ씨는 숙경을 서재로 불렀었다. 여섯 달 동안이니까 여섯 번은 키스를 해야 한다던 것이다. 그리고 정말 어린애들처럼 소리를 내어 세던 남편이었었다.

아들이 둘에 딸이 하나, 한 부부가 행복을 느끼기에는 알맞을 소산이기도 하다. 그 아들과 딸들이 또 머리가 좋았고 인물도 해사했었다. 거의 연년생이어서 그것이 고통이었으나 몸이 약하다 하여 만 오 년간은 의학의 힘을 빌려오고 있는 터다.

"엄마가 아프시니까 아빠하구 잔다구요?"

아이들도 석 달만 되면 뚝 떼어가는 남편이기도 했다.

"지금 젊은 여성들한테는 시부모는 힘에 겨운 상전이니까…."

이렇게 같은 서울 안에서도 따로이 살림을 차린 ㄷ씨이기도 하다—이 숙경이한테 병보다도 더 무서운 우울이 생긴 것은 그날 오후였다. 현이 나가자 숙경은 식모와 딸년이 저자에서 돌아오도록 울었었다. 통곡이었다. 울어도 울어도 씻어지지 않는 죄였다. 뒹굴어도 깨끗해지지 않는 몸이었다. 그날뿐이 아니었다. 숙경은 이튿날도 울었고 이튿이튿날도 남몰래 자리 속에서 울었었다. 바로 그 이튿날이었을 것이다. 남편한테서 편지가 왔었다. 편지가 왔다면 버선발로 뛰어나가지 않고는 못 견디던 숙경이었다. 일주일에 한 번씩 오는 편지다. 일주일간 그리웠던 정이 찰찰 흘러넘치는 편지였다. 가위를 찾는 시간이 안타까웠다. 부욱 찢었었다.

그러나 그 남편의 편지는 벌써 며칠째 경대 빼닫이 속에서 뒹굴고 있는 것이다. 무서웠던 것이다. 그런 일을 남편이 알 리가 없다는 것을 숙경이가 몰라서가 아니다. 그러면서도 무서웠다.

그러나 숙경이가 이렇듯 괴로워한 것은 한 번 저지른 과오에 대한 참회 때문만은 아니었다. 숙경은 그래서 슬프니라 했었다. 잃어서는 안 될 것을 잃은 슬픔이니라 했었다. 버려서는 안 될 것을 버린 뉘우침에서 오는 슬픔이니라 했던 것이다. 다시는 깨끗해져 볼 수 없는 몸, 티 하나 없던 얼굴에 생긴 치명적인 흉터를 거울에 비추어보며 울고 울고 하는 그런 슬픔이니라고도 생각하던 숙경이었었다.

물론 지금의 숙경의 슬픔은 그런 슬픔이었다. 그런 고민이었고 거기에서 오는 공포였었다.

그러나 지금의 자기의 슬픔이 그런 슬픔—그런 슬픔만에 울고 있는 것이 아니라는 것을 발견한 '슬픔'이 보다 더 큼을 깨닫고 우는 자신임을 발견하고 있는 숙경이었던 것이다. 지금까지의 숙경은 그날 오후에 생긴 일은 죄니라 했었다. 과오니라 했었다. 그 죄를 씻기 위해서는 죽어야 하느니라 했었다. 죽을 용기가 없다면 잊어야 한다 했었다. 현을 잊어야 한다. 아니 현을 미워해야 하느니라 한 숙경이었다. 사십 년간 고이고이 지켜온 몸의 순결을 여지없이 짓밟은 사나이, 낙원처럼 오직 즐겁고 밝고 행복스러운 자기네 가정에 불을 지른 사나이가 현이었다. 그 현을 잊는 데 그치지 않고 미워해야 한다는 숙경이었다. 사실 미워도 했다.

그러나 숙경은 현으로 해서 잃어진 자기 몸의 순결을 슬퍼하는 슬픔보다도 그를 잊지 못하는 자신임을 깨닫는 슬픔이 더 큼을 발견하고 있는 것이었다. 잊어야 할 사람을 잊지 못하는 슬픔은 더 컸다. 미워해야만 할 현이 갈수록 그리워지는 애달픔—그것은 고통 이외의 아무것도 아니었다.

지금의 숙경이한테는 한 가지의 슬픔만으로써 족했다. 그 어느 한 가지의 슬픔만에도 견디기 어려운 숙경이었다. 그는 원래 조그만 슬픔에도 견디어내기 어려운 약한 체질을 타고난 여성이었다. 벌써 숙경의 하루는 슬픔의 연쇄였다. 하루의 이십사 시간은 괴로움으로 잇닿아 있었던 것이다. 반은 뉘우침에서 오는 마음의 고통이었다. 또 반은 잊어야 할 사람을 잊지 못하는 슬픔, 미워해야 할 사람이 오히려 그리워지는 자신을 어찌하지 못하는 괴로움이었다. 귀중한 것을 잃어버린 안타까움은 그래도 현을 그리는 안타까움과 잇닿아버리는 숙경이었다. 숙경의 눈은 언제나 남편의 눈과 마주쳐 있었다. 무서운 눈이었다. 이글이글 타는 눈이었다. 적한테 덮치려는 직전의 그 무서운 증오의 눈이다. 증오뿐이 아니라, 인간을 가장 잔인하게 만들어줄 수 있다는 질투에 타는 눈이었다. 숙경은 지금도 그 눈과 마주치고 있었다.

그러면서도 머릿속은 현한테서 얻을 수 있었던 가지가지의 향락에 사로잡히는 숙경이었다. 숙경이보다도 칠 년이나 젊은 현이었다. 남편보다는 십오 년이나 젊은 현인 셈이었다. 그 젊음에서 오는 손의 온기, 체온, 우람스러운 힘. 증오와 질투에 이글이글 타는 남편과 눈싸움을 하면서도 마음은 현한테로 줄달음질치는 숙경이었다. 하루에도 몇 번씩 숙경은 지고 이기고 했다. 무서운 싸움이었다. 쪽을 찐 정숙한 숙경과 반나체인 또 한 숙경과의 피비린내나는 싸움이었다. 서로 머리채를 감아쥐고 있었다. 서로 어깻죽지를 물고 뜯는 그런 싸움이었다.

그 싸움에 숙경은 지쳐 넘어지고 말았다.

병석에 누워서 있는데 또 남편의 편지가 날아왔다.

긴 편지였다.

"…미치고 싶게 보고 싶은 숙경에게…."

숙경은 첫 줄을 읽다가 말았다. 더 읽을 용기가 없었다. 쪽찐 또 한 숙경의 승리였다. 선의—.

그러나 곧 다음 순간 숙경은 쪽찐 숙경이가 반나체의 또 한 숙경이한테 피투성이가 되어 쓰러지는 것을 목격하지 않으면 안 되는 숙경이었다.

숙경은 자기도 모르게 전화를 들고 있었다.

"저예요! 오늘 저녁 그리로 나와주시겠지요!"

4

'이 고뇌에서 나를 구하는 길은 죄에 대한 의식을 없이하는 것이다.'

숙경이가 이렇게 생각하게 된 것은 지극히 다행한 일이다. 숙경이가 가장 마음으로 존경하는 박 여사 집에서 돌아온 뒤부터다.

숙경이뿐이 아니라, 박 여사를 아는 사람은 모두가 신처럼 존경하고 사랑하는 박 여사였다. 남편은 6·25에 납치가 되어 갔었다. 유산이 있을 리 만무하다. 박 여사의 남편은 숙경이의 모교의 교장이었다. 숙경이보다 두 살 위다. 그렇건만 일생에 몸살은 사흘 누워본 일밖에 없다는 박 여사였다. 젊다기보다는 앳된 편이었다. 박 여사는 갖은 유혹과 싸우고 있었다. 오 남매나 되는 자녀에 고올고올하는 시어머니까지 있다. 남편이 납치가 되자, 여사는 훌훌 벗고 나섰다. 반찬가게를 시작한 것이었다. 학교에도 직업을 가질 수 있는 여사가 구멍가게를 시작한 것은 오직 경제적인 문제 때문이었다. 여사는 새벽에 자전거를 타고 시장에를 갔었고 일체의 유한 마담과도 왕래를 끊었었다. 그 흔한 계에도 발을 안 들여놓았다.

"계에 가면 옷 해입어야지? 다이아 반지 껴야지? 핸드백 들어야지? 그걸 뉘가 당하우? 나 아홉 식구야, 아홉… 난 아무 생각도 없어요! 어린것들한테 삼시 먹이는 자미, 학비 주는 자미, 성적표 보는 자미."

이런 박 여사였다.

그날이 박 여사의 생일이었다. 오직 먹고살기 위해서 새벽 자전거를 타고 나서는 박 여사한테 생일이 있을 리 없었다. 동무들간에 말이 많았었다. 박 여사 남편의 제자들이었다.

숙경이가 간 때는 주안상이 떡 벌어졌었다. 모두 한다하는 부인들이었다. 화제가 계였고 댄스였다. 이야기뿐이 아니었다. 음악도 없는데 서로들 끼고 돌던 것이다.

칙칙칙 칙칙칙.

숙경이도 몇 번인가 본 광경이기는 했다. 그러나 상상밖이었다. 모인 부인들의 거의 전부가 그길로 또 몰려가던 것이다. 누구는 잘 추고 인물은 어떻고—모두가 남자들 이야기였다. 그중의 둘은 딴 남자와 사건을 일으키고 있던 것이다.

'세대가 달라졌다!'

숙경은 이렇게 생각이 든다. 달라진 이 세대에서 자기만이 괴로워한다는 것은 어리석은 일이라 했다.

그러나 숙경이가 이것만으로써 자기의 죄를 벗으려고 한 것은 아니다. 그날 저녁, 숙경이는 이상한 자리에서 박 여사를 발견했던 것이다.

그 집은 가정 부인이 가서는 안 될 자리였다. 더욱이 박 여사가 가서는 안 될 집이었다. 그것도 남편이 아닌 딴 남자와는 가서는 안 될 집이었다. 그 집에서 숙경은 한 중년의 신사와 음식을 먹고 있는 박 여사를 발견했던 것이다. 숙경이가 현과 살짝이 만나는 바로 그 집이었다.

그날 밤 숙경은 이 이상 자기를 괴롭히지 않으리라 했었다. 그렇다고 숙경이가 죄를 더 짓기 위한 자위책은 아니었다. 현을 잊기 위해서였다. 현을 못잊는 것은 죄에 대한 의식 때문이었다. 죄에 대한 너무도 괴로운 자책에 견디다 못하면 현한테로 구원을 청하러 가는 일이 더 많던 숙경이다. 그저 뉘우침에 그치는 괴로움이 아니었다. 아이들을 볼 때마다 남편의 사진을 볼 때마다 가슴이 찢어지는 것 같았다. 단순한 아픔이 아니라 그것은 무서운 공포를 가져다 숙경이를 함정에다 휘몰아넣고야 마는 그런 고통이었다.

아픔과 무서움에 숙경의 약한 신경으로써는 견디어낼 수가 없었다. 누구고 좋았다. 손 잡아줄 대상이 필요했다. 공포에 떠는 자기 몸을 포근히 안아주는 사람이 그리웠다. 이 지금의 숙경의 이 공포를 이해해줄 사람은 오직 현뿐이었다. 현을 내놓고는 이 세상에는 없었다.

'세대가 변한 것이다. 나만이 이렇게 괴로워할 필요는 조금도 없지 않은가? 이 죄에 대한 의식이 나를 또다시 현한테로 달려가게 만들던 것이 아니냐. 옛날에는 이런 죄를 짓고는 못살았다. 목을 매서 죽거나 양잿물을 먹었다. 그러나 그런 여성은 오늘날은 없지 않은가? 이혼? 이혼도 그렇다. 헤어지면 그만일 것이다.'

해방 뒤로 얼마나 많은 사람들이 헤어졌던가를 숙경은 생각해보는 것이었다. 숙경의 주위에만도 허다하니 많았었다. 정임이, 문자, 은희. 은희는 십삼 년 동안이나 살던 남편과 헤어져서 남편의 친구와 버젓하니 살고 있는 것이었다. 전 같았으면 돌아서서 침을 뱉었을 것이다. 상종은커녕 개나 짐승 취급을 했을 그런 사람들과 모두 몰려다니고 춤도 추고 계도 들지 않는가? 괴로워하기는커녕 즐거울 수 있는 모양이었다. 본인만이 아니었다. 주위의 사람들도 용감하게는 볼지언정 욕하는 사람은 거의 없지 않은가? 이것이 이 세대의 윤리라 했다.

'나도 그런 죄의 관념으로부터 해탈을 하자. 일시적인 과오가 아니냐. 깨우쳤으면 그만이다. 그럼으로써 현으로부터도 떠날 수 있을 것이다. 내가 현을 못잊는 것은 그에게 대한 애정보다도 이 죄에 대한 강박감 때문인지도 모르는 것이다. 그가 그리워서 만날 때도 있다. 그러나 사나운 개를 보고 어머니 옆으로 다가서는 아이들 심정대로 죄에 대한 공포와 괴로움에 못이기어 현의 품으로 뛰어간 일이 더 많지 않았던가? 죄에 대한 강박감만 아니라면 나는 현에 대한 그리운 정을 이길 수 있을 것이다. 박 여사까지가 그렇게 할 수 있는 세대가 아닌가? 현에게 대한 그리움보다도 죄에 대한 공포가 확실히 나를 더 괴롭히고 있다! 그렇다, 사나운 개만 나의 주위에 없다면 내게는 어머니도 필요치 않을 것이다. 내가 죄인이 아니라면 현의 보호를 받을 필요도 없어질 것이다.'

숙경은 이렇게 생각하기 시작한 것이었다.

그리고 또 이 죄에 대한 강박감으로부터의 해탈은 숙경으로 하여금 훌륭히 현에게의 애정을 이길 수도 있었던 것이다. 숙경은 용감했다.

현에게서 온 전화를 끊었다.

두 번째도 그랬다.

세 번째도 그럴 수 있었다.

숙경이가 전화를 받은 것은 현에게서 온 다섯 번째의 전화였다.

"꼭 한 번만 만나주실 수 없습니까?"

현은 애원하고 있었다. 완전히 사랑의 포로가 된 사나이의 음성이었다.

"단 한 번만이라도 좋습니다. 다른 데가 싫으면 댁으로 갈까요?"

"집엔 안 돼요."

"그럼 요전 그리로?"

"거기는 더."

숙경은 망설이다가 역시 집으로 청했다.

"그럼 집으로 오세요, 세시까지요."

숙경은 인제 자신이 생긴 것이었다. 오늘로써 모든 것을 청산하기 위해서였다. 그런 이야기를 누가 들어도 곤란했다. 숙경은 마음이 가벼워졌다. 날을 것만 같았다. 모든 죄가 말끔히 씻어진 것 같은 가벼움이었다.

숙경은 문을 활짝 열어젖히었다. 태양이 무섭지가 않다. 영하 팔도라니 차련만 곧 달다. 식모와 어린것을 내보내고 나니 곧 후회가 난다. 다방 같은 데 가서 간단히 끝을 내는 것이 좋을 것 같아서 다시 전화를 걸었더니 벌써 나갔다는 대답이다.

5

택시를 타고 온 모양이다. 현은 십분도 못 되어서 왔다. 숙경은 현을 남편의 서재로 안내했다. 서재의 엄숙한 공기와 남편의 커다란 사진이 자기를 북돋아주리라 한 것이다. 현한테도 그런 감정을 갖게 하기 위해서이기도 했다.

그러나 현을 본 순간 숙경은 가슴에 통증을 느끼었다. 싹싹 에는 아픔이었다. 열흘 남짓한 동안에 현은 처참하게 되었던 것이다. 원래 광대뼈가 나온 편이었지만, 눈에 보이게 두드러졌다. 양 볼은 쪽 빠졌고 고열이 있는 사람처럼 까칠하다. 그 깔끔한 성격에 와이셔츠는 때가 꾀죄죄했다. 구레나룻이 많아서 그 깎은 자리의 푸르죽죽한 빛이 여간 좋아 보이지 않던 현이었다. 그 볼을 볼 때마다 숙경은 새끼 청어를 연상하곤 했었다. 한번은 그런 말을 한 일도 있었다. 그 말에 현은 자기가 그렇게 어리어 보이느냐고 웃고 있었다. 그 볼에는 네댓새나 면도가 가지 않은 모양이었다.

"퍽 수척하셨어요!"

해서는 안 될 말이었다.

그러나 이것이 숙경의 순정이기도 했다.

"숙경 씨의 잔인을 인정하기에는 충분할 겁니다."

웃지도 않고 하는 말이었다.

"제가 그렇게 잔인한 사람일까요?"

"한 인간을 빈 껍질로 만들어놓고도 그런 질문을 할 만큼 숙경 씬 잔인할 수 있는 여성이지요. 그러나 나는 조금도 숙경 씰 원망을 않습니다. 미워하지도 못하고. 나는 완전히 천치가 된 것 같습니다. 그러나 내가 한번 만나달란 것은 이런 세속적인 하소연을 하자던 것은 아닙니다. 내가 만나잔 목적은 모든 것을 끝내자던 것이었지요."

"감사합니다. 저도 그런 때가 오기를 빌었어요. 그래서 오늘도 만나뵙기로 한 것입니다. 모든 것을 물로 씻어버려 주셔요. 모든 것을… 그렇다고 제가 일시적 기분으로 그렇게 한 것은 아닙니다. 선생님은 혹 제가 선생님을 농락한 것처럼 생각하실지도 모르지만, 아닙니다. 절대로 그건 아니었어요. 깊이깊이 사랑했었습니다. 지금도 사랑하고 있구요! 선생님의 어디가 그렇게 좋았던진 지금도 모르겠어요. 그러나 좋았었어요. 말을 않고 또 의식도 못했지만, 선생님을 뵙기만 해도 병이 낫는 것 같았어요. 열이 들뜰 때는 더구나 그랬어요. 선생님의 그 자상한 음성은 성자의 음성처럼 다정하게 들렸어요. 선생님이 놓아주시는 주사액은 생명수처럼 제게 생기를 돋우어주었습니다. 그런 선생님을 잊는다는 건 제게 가장 무서운 벌인 것도 잘 압니다. 전 일생을 두고 괴로워할 것입니다. 선생님의 환상은 영원히 제 눈으로부터 떠나지 않을 거예요. 그러나 우리는 단념해야 할 사람들입니다. 사랑은 괴로운 것이라니 이 괴로움을 우리는 달게 받아야 할 것 같아요. 이 괴로움조차 없는 사랑이었다면 얼마나 허무했겠습니까?"

"사랑은 괴로운 것일지도 모르지만 괴로움이 반드시 사랑이 아니잖을까요?"

"그렇다고 괴롬조차 없는 사랑이 무슨 사랑값에나 가겠어요! 괴롭다는 것과 사랑한다는 것과는 통하는 말이라구 전 생각하구 싶습니다. 진실한 사랑이 아닌데 괴로움이 있을 리 없지 않습니까? 진실한 사랑이기 때문에 괴로운 것이지요. 우리의 사랑이란…."

"숙경 씨!"

현은 숙경의 말을 툭 잘랐다.

"우리가 오늘 이야기해야 할 것은,"

하고 그는 이제 처음 담배에 불을 붙인다. 무서운 애연가로 하루에 평균 세 갑을 피운다는 현이었다.

"그것은 지금까지 우리가 주고받은 그런 이야기가 아닙니다. 사랑이 괴로운 것이거나 배꼽을 쥐고 웃는 것이거나 오늘의 우리 자체는 아무런 관련도 없습니다. 사랑이 괴로운 것이라고 생각하고 싶은 사람들은 평생 머리를 가랭이 속에 처박고서 괴로워할 것이고, 우스운 것이니라 믿는 사람이면 허리가 동강이 나게 웃게 내어버려두면 그만이 아닙니까? 요는 그것이 괴로운 것이든 소태같이 쓴 것이든 우리는 어떻게 거기에 견디어야 하겠느냐는 것이 이야기되어야 할 것입니다. 숙경 씬 괴로운 것이 사랑이라 했습니다. 숙경 씨의 말이니 나두 그걸 믿겠습니다. 나는 숙경 씨를 사랑하는 사람이니까요. 사랑은 괴로운 것이라 치고—그럼 우리는 이 괴로움에 어떻게 견디어야 할까요? 출발이야 어찌 되었건 숙경 씨에게 대한 애정의 추억은 일시적인 기억에 그치는 것이 아닙니다. 숙경 씨의 손에서 오는 감촉은 나의 생리의 일부분이 되고 말았습니다. 숙경 씨의 입술에서 받은 환희는 나의 생명이 그 기능을 유지하기에 절대 불가결한 한 요소가 되어버렸다는 사실입니다. 우리는 이론을 캘 필요는 없습니다. 좀더 구체적인, 좀더 현실적인 문제를 해결해야겠지요. 숙경 씨가 뭐라든 숙경 씬 나와 세포를 달리한 별개의 생물체입니다. 숙경 씨의 호흡기에 아무런 이상이 없으란 법은 없을 겁니다. 숙경 씬 숙경 씨의 주관대로—아니 숙경 씨 생리대로 물로 씻어버렸으니까 그로써 다 끝났을 것이지요. 그러나 물 아니라 잿물로 씻어도 씻어지지 않는 생리를 가진 나 같은 사람은 어떻게 해야 할까요? 사랑은 반드시 상대적인 것입니다. 하나만으로써 사랑은 성립이 될 수는 없겠지요. 그렇다면 온전한 해결이란 이 양쪽이 다함께—동시에, 그리고 똑같은 방법에 의해서 해결이 되어야만 진정한 해결이라 할 수 있을 것이지요. 그렇지 않다면 그것은 너무도 무성의하다 할 수 있지 않을까요? 난 이러이러하여 해결을 지었으니 넌 어떻게 해결을 짓든 모르겠다—우리가 아니 인간이 이렇게도 무책임해서 좋겠습니까? 숙경 씨가 날 진실로 사랑한 것이 아니라면 이런 말도 성립이 안 되겠지요. 그러나 진실한 것이었다면, 난 일체 물로 씻었으니 넌 자살을 하든지 미치든지 네 멋대로 해라—이럴 수가 있을까? 어떤 것입니까, 숙경 씨가 지금 내게다 요구하시는 것은? 미치는 것인가요 자살인가요?"

"……."

"물로 씻어버린다는 것—."

현은 다시 말을 잇고 있었다.

"숙경 씬 그렇게 말했습니다. 나는 물로 깨끗이 씻어버렸노라고. 나는 그것을 믿지 않습니다. 숙경 씨 자신은 씻어버렸다고 생각하고 계시겠지요, 믿기도 하고… 그러나 한 생명과 생명이 그 생 전체를 내어건 진실한 사랑은 물쯤에 씻어지는 것은 아니라고 난 생각해요. 그것은 착각이지요. 숙경 씨의 눈이 그것을 시인하고 있습니다. 그렇다고 난 우리 숙경 씨가 거짓말을 하는 사람이라고는 생각지 않습니다. 숙경 씬 그렇게 믿고 있겠지요. 그러나 그것은 착각입니다. 오산입니다. 설사 숙경 씨를 위해서 그것을 시인한다 하더라도 나만은 목숨을 내어걸고 시인하지 않겠습니다. 우리 둘이 다 그것을 시인한다는 것은—두 생물이 생명을 교차시킨 우리의 진실한 사랑이 물로써 그렇게 간단히 씻어질 수 있는 것이었다고 한다는 것은 곧 우리가 동물적인 욕망에 휘갑이 되어서 일시 야합을 했다는 것을 시인하는 말이 될 것입니다. 우리는 지성인입니다. 교양도 가졌습니다. 자존심을 가질 수도 있는 위치의 인간입니다. 그러한 우리가 우리의—명예를 위한다 하더라도 그것은 어떻게 시인할 수 있을까요? 동물적인 일시적 야합이란 것을 시인하기보다는 나는 죽음을 택하겠습니다. 내가 자살을 한다면 우리의 사랑이 그런 불명예로부터는 분리가 되어줄 것이니까요. 정말입니다. 진정입니다. 말씀해주십시오. 난 내게 필요한 일체의 준비를 갖추었습니다, 사흘 전에… 숙경 씨의 부군도 인제 이십 일 후면 돌아오실 것이 아닙니까? 나는 숙경 씨와의 결혼할 준비도 완료했고 미칠 수 있는 준비도 갖추었습니다. 자살하는 것, 그것은 큰 준비를 필요로 하지도 않을 것입니다. 거기에 필요한 물건이라면 내게는 얼마든지 있으니까요! 내 아내가 나의 심경을 이해하고 깨끗이 해결해준 것을 기뻐합니다. 역시 내 아내는 영리한 여자였어요. 그럼 숙경 씨, 말씀해주시지요. 숙경 씨가 내게 요구하시는 것이 무엇입니다. 발광입니까? 자살입니까?"

"이것입니다!"

하고 숙경은 달려들어서 자기의 입술로 현의 입술을 덮어버렸다.

6

무서운 고뇌의 날이 잇닿고 있었다. 그것은 인간성이 완전히 무시된 고뇌였다. 숙경은 어려서 생인손을 앓은 일이 있었다. 손톱을 뽑아내는 것 같은 아픔이었다. 숙경은 이 세상 병 중에서 생인손 앓는 것이 제일 아프니라 했다. 관격도 되어보았고 맹장염도 앓은 일이 있었다. 내장을 훑어내는 통증이었다. 그러나 오늘의 이 무서운 가슴의 통증에 비할 것이 아니라 했다. 남편의 돌아올 날이 하루하루 다가오고 있었다. 그럴수록 고뇌는 더해갔다. 그렇다고 현에게 대한 그리움이 줄어가는 것도 아니었다.

남편한테는 자백을 하리라—이렇게 숙경은 결심을 했다. 숨겨둘 수는 없다 했다. 이 무서운 죄를 숨기고 그의 품에 들 수는 없다 했다. 숙경은 남편의 성격을 잘 안다. 남편은 일단 용서를 할 것이다. 그러나 용서로 끝날 일은 아니었다. 죽어버리는 것보다 더 큰 고통일 것도 잘 알고 있었다. 아니, 남편뿐이 아니라, 남편이 용서를 해줄지 모르지만 그것은 남편한테 버림을 받는 것보다 더 크고 더 비굴할 것을 잘 알고 있었던 것이다.

'그러면 나는 어떻게 해야 하나? 일체를 숨겨둔다면….'

그럴 수는 없다 했다. 벌써 몇 번째나—아니 몇십 번째나 부정된 방법이었다. 그렇건만 숙경은 또 같은 생각에 사로잡혔던 것이다.

'나만 말을 않는다면 그이는 영원히 모르지 않는가. 현 씨가 그런 말을 할까? 현 씨가? 그럴 린 없지. 현 씨가 그런 비겁한 사람은 아닐 것이다. 내가 말을 않고 현 씨가 않는다면 이 무서운 사실도 영원한 비밀로 돌아갈 것이다. 그렇다. 덮어만 둔다면 아무런 비극도 없을 것을 구태여 드러낼 필요는 없다. 그이를 불행하게 하고 나 자신을 불행하게 하고 어린것들을… 아니, 너무도 분해서 그이는 죽을지도 모르지. 숨기자! 나 하나만이 괴로우면 되지 않는가. 죄를 짓고 숨긴다는 것은 어려운 일이겠지. 하루에도 몇 번씩 공포에 떨겠지….'

생각하면 그것도 무서운 일이었다. 남의 이야기를 들어도 그 앞에서 떨지 않으면 안 될 것이었다. 자기의 일생이란 그대로 공포의 연속일 것이었다. 언제 어디서 어떻게 발각이 될지도 모르는 불안 속에서 앞으로 몇십 년을 살지 않으면 안 되는 숙경이었다.

그래도 역시 숨기는 길밖에는 없는 숙경이었다.

'숨기자! 나만 말을 않는다면 그이는 알 리가 없다. 나 하나는 괴로울지 모른다. 그러나 그이와 어린것들이 구원을 받지 않는가? 속이다 속이다 양심에 괴로우면 그때라도 늦지 않을 것이다. 시간이 경과한다면 그이한테도 덜 괴로울지도 모르지 않는가….'

이렇게 결심을 하고 보니 정말 모든 비밀이 영원히 숨겨지기나 한 것처럼 마음까지가 가벼워지던 것이다.

그때에 현이 전화도 없이 찾아왔다. 아침결이었다. 출근도 않았던 모양이다.

숙경은 비교적 가볍게 이 결심을 현한테 이야기할 수 있었다.

"이것이 양심 잃은 사람의 하는 짓인 줄은 저도 잘 알아요. 그러나 사람이 일생에 한 번 잘못쯤은 있을 수 있지 않을까요? 그것을 회개한다면—뉘우쳤다면 신도 한 번쯤은 용서해주시리라 믿어요. 선생님도 물론 저도 이 무서운 비밀을 영원한 비밀로서—."

"숙경 씨?"

경대 앞에 놓인 앨범을 뒤적뒤적하고 있던 현은, 앨범에서 숙경이가 비원에서 박은 사진을 떼어 양복 안포켓 속에 넣고서,

"이 사진은 내가 보관합니다. 숙경 씨가 뭐라고 하든 숙경 씬 나의 사람이란 표적으로입니다!"

이렇게 말하면서 앨범을 덮어서 놓고,

"지금까지 난 숙경 씰 가장 영리한 분으로 알았습니다. 그러나 오늘 이야긴 정말 날 실망시킵니다. 숙경 씬 일체를 부군한테 숨긴다고 하십니다. 그러나 속여야 할 것은 부군이 아닐 겁니다. 숙경 씨 자신을 속일 수 있느냐지요! 난 죽어도 나의 숙경 씨가 그런 여성이라고는 생각할 수가 없습니다. 남편을 속인다거나 자기를 속일 수 있는—아니 속이고도 마음이 편할 수 있는 그런 여성은 아닙니다. 그런 일을 할 여잔 따로 있지요. 주인 몰래 남의 과실을 하나 뚝 따먹고서 입을 쓱 씻듯 남편 몰래 딴 남성과 접촉을 하고서 언제 그런 일이 있었더냐 싶게 싹 돌아서서 아양을 피울 그런 여성은 못 되십니다. 물론 많지요. 나도 그런 여성의 한둘은 압니다. 고명한 분의 부인 중에도 그런 사람을 알고, 대

학교수, 실업가 여럿을 알고 있어요. 게다가 파티에나 몰려다니는 여성들의 거의 대부분이 남편 몰래 딴 남자와 밀회를 하는 것이 오늘의 현실이지요. 첫째, 놀라지 마십시오. 접땐 그런 말을 않았었지만 내 아내까지가 그랬습니다! 내가 숙경 씨 이야기를 하자 내 아내도 실은 자기에게도 그런 남성이 있으니 잘되었다는 것이었습니다. 배채기로 하는 수작이겠지요. 내 아내한테 그런 남성이 있었다고는 믿지 않아요. 지기 싫어서 한 수작이었겠지요. 그러나 젊은 아내가 이런 말을 할 수 있도록 된 것이 오늘의 우리 사회입니다. 전에는 생각도 못하던 이야기가 오늘날 우리 나라의 애정의 윤리처럼 일반화해 있는 것은 사실입니다. 그러나 난 숙경 씰 그런 여성과 같이 볼 수 없어요. 그것은 숙경 씨의 명예보다도 나 자신의 자존심입니다. 난 숙경 씰 그런 여성으로 볼 수도 없지만 나 자신 현대의 그릇된 윤리에 휩쓸린 여성들의 희영수 가음이 되었다고 생각한다는 것을 최대의 치욕으로 알고 있어요. 나 자신이 그렇게 지지리 못난 얼간이로 떨어지고 싶진 않습니다. 숙경 씨가 내게 그렇게 잔인하지는 않을 줄 압니다!"

"그럼 선생님은 절더러 어떻게 하란 말씀이신가요?"

"나와 새출발을 해야 하지요!"

"무서! 아이, 무서!"

하고 숙경은 두 손으로 얼굴을 폭 가렸다.

"너무 셉니다! 선생님, 너무 세요!"

반은 울음이었다.

"한 여성의 과오에 그렇게도…."

"숙경 씨!"

현은 숙경의 손을 잡아당기듯 하고 있었다.

"그러면 숙경 씬 일시적인 과오라는 것을 시인하시나요? 과오였다고?"

"과오보다 죄가 더 커야 합니다!"

이 말에 현은 벌떡 일어났다. 그의 손에는 어느새 모자가 쥐어졌었다.

"그렇게 말씀하신다면 좋습니다. 난 한 여성의 일시적인 과오에 무거운 책임을 지우고는 싶지 않습니다. 그런 비겁한 사나인 아닌 세음이지요, 잔인한 사나인… 좋습니다. 안심하시지요. 숙경 씰 위해서 숙경 씨의 일시적인 과올 영원히 비밀에 붙여드리리다. 단 한마디, 난 과오가 아니었다는 걸 말씀해둡니다. 삼 년간 극진히도 사랑했습니다. 숙경 씬 내가 숙경 씨의 유혹에 졌다고 생각하실지도 모르지요. 하지만 아닙니다. 난 의사입니다. 숙경 씨의 요구가 약일 때 약을 드렸고 애정일 때 또 애정을 드려야 한다는 생각이었지요. 그렇다고 없던 애정을 짜낸 것은 아니었습니다. 삼 년간 축적해두었던 애정이 내게는 있었던 것입니다. 이 아름다운 애정에 과오란 추한 이름을 붙인다는 것은 내게 대한 모욕 이외의 아무것도 아니지요. 자, 안심하시오. 난 숙경 씨의 과올 일체 비밀에 붙여드리리다!"

이렇게 말을 마친 현은 주머니에서 사진을 꺼내어 숙경이 앞에다 집어던져 주고,

"약속은 지키지요!"

하고 휘익 나간다. 그제야 숙경이가 울며 매어달렸다.

"선생님, 잠깐만 들어오세요!"

"인간의 과오는 한 번으로 족합니다."

현은 돌아앉은 채 신발을 신고 있었다.

구두끈을 매면서 하는 소리였다.

"나는 이런 모욕을 당해보기는 이번이 처음입니다. 여북 인간이 지지리두 못나서 과오의 대상이 되고 다니었을까. 그러나 나는 그것을 과오였다고 생각하지 않습니다. 순정에 충실했을 뿐이지요. 순정도 과오라면 그것은 무서운 일입니다. 인간은 성자가 아니지요. 우리의 한 일이 과오였던가 아니었던가는 우리가 죽는 그 순간에야 정확한 판결이 내려질 겁니다."

"선생님, 그러지 말구 부인께로 돌아가주세요! 숙경이가 이렇게 애원합니다!"

"그런 말을 한다는 것은 또 과오를 범하는 겁니다. 과오는 한 번으로 족하지요!"

"네, 선생님!"

"인제 그만두십시다. 내 일은 내게 맡겨두어 주시오. 내가 돌아간다고 되받아줄 내 아내도 아닐 겁니다. 아내는 날 사랑하지 못할 뿐만 아니지요. 경멸할 겁니다. 자기에게도 남자가 있다고까지 말할 수 있는 여성이니까요. 그럼 안녕히 계십시오. 다시는 과오가 없기를 바랍니다."

발길로 걷어찬 거나 진배없이 하고 나가버린 현이었다. 얼굴에 침을 뱉어주었대도 이렇게 무색할 수는 없었다.

숙경은 더 붙들 용기가 나지 않았다. 아니, 기운이 없었다. 숙경은 맥이 탁 풀리며 그 자리에 팍삭 주저앉고 말았다. 어째서인지 눈물 한 방울 나오지가 않는다. 눈앞이 아득해온다. 앉은 마루가 차츰차츰 수천 척의 땅속으로 가라앉는 것 같은 착각이다. 아니, 실감이었다. 숙경은 마음을 가다듬었다. 몸을 일으키려 했다. 이대로 있다가는 무슨 일이 생길 것 같은 불안과 초조였다. 벽을 짚고 겨우 몸을 가누어 역시 벽을 짚고 방까지 돌아왔다. 걷는 대로 그제서야 눈물이 뚝뚝 복도에 떨어지던 것이다.

거기에 전보가 왔다. 모레 저녁 다섯시 비행장에 도착한다는 남편으로부터의 전보였다.

7

공포 이외의 아무것도 없는 하룻밤이 지났다. 새벽녘에서야 잠시 눈을 붙였던 모양이다. 눈을 뜨니 방 안이 화안하다. 숙경은 질겁을 해서 이불을 뒤집어썼다. 빛이 무서웠다. 어둠보다도 무서운 빛이었다. 숙경은 떨고 있었다. 학질 들린 어린애처럼 떨려온다. 나는 죽어야 하는가? 했다. 죽어야 한다는 결론이었다.

'죽지 않고서 이 괴롬에 견딜 수는 없다!'

그것이 착한 남편에게 대한 의리라 했다. 아내의 도리라 했다. 땅에 떨어진 윤리에 항거하는 지성의 의무라 했었다. 그럼으로써만 더러워진 자기의 피가 정화되느니라 했었다. 이때부터 열이 오르기 시작하고 있었다.

짐작에도 삼십팔도가 넘는다. 보통 사람에게는 고열이랄 것도 없는 열이었다. 그러나 한쪽 폐가 벌집처럼 되어버린 숙경이한테는 견디기 어려운 열이기도 했다. 열에 못 견디게 되면 현의 생각이 나는 것이 습관이 되어 있는 숙경이었다. 습관이라기보다 생리다. 숙경은 현이 그리워졌다. 현의 의술이, 주사가, 약이, 아니 애정이었을지도 모른다.

"몹시 괴로우신가요?"

속삭이듯 다정한 음성. 현의 유한 음성은 그대로 그의 깊은 애정의 표현이었다. 현의 손을 통해서 받은 온기가 아직도 숙경의 손바닥에 남아 있다. 몸이 확 풀리던 온기였다. 숙경은 그 남은 온기만으로써도 흐뭇한 행복을 느낄 수 있는 그런 온기였다.

이 현의 체온이 그에게 대한 그리움을 불러주고 있었다. 아름다운 추억이었다. 손에 남았던 현의 체온이 숙경의 몸 안에 퍼지기 시작하고 있다. 손에서 팔로, 팔에서 가슴으로. 가슴이 뜨거워진다. 열이 넘친 모양이었다. 가슴에서 넘친 현의 체온이 입술로 왔다. 짜릿한 자극의 키스다. 벌써 지금의 숙경이한테는 죄의 의식이 아니었다. 아내의 의무도 없었다. 윤리도 지성도 없었다. 오직 행복감뿐이었다. 이 아름다운 감정이 어떻게 죄가 되랴 했다.

"현…."

"현 선생님!"

열 번 불러보아도 그리운 이름이었다.

과오란 누가 한 말이냐 했다. 인생이 가장 아름다웠을 때도 과오를 범하던가? 성스러운 감정이 어째서 죄라는 무서운 이름으로 불리어지던가 했다. 숙경은 현이 그리운 나머지 울어버리고 말았던 것이다.

얼마를 우는데 박 부인이 찾아왔다. 눈이 부시게 화려한 차림이다. 옷뿐이 아니다. 얼굴도 한결 젊어진 감이었다.

"왜 이래, 숙경이?"

"괴로워요!"

"그렇게 나빠졌나!"

"네."

"웬만하면 일나자우. 좀 나다니면 기분이라두 낫지. 나하고 시장에 좀 가. 나 결혼하기루 했어요. 숙경이, 놀랐지?"

"아아니, 정말이세요, 사모님?"

"응. 의외야? 놀랄 거야. 나도 놀라구 있어요, 자기 자신한테. 내게 그런 용기가 어디 있었더냐 싶어, 그런 정열이."

"뭘, 사모님은 아직 젊으신데요…."

숙경은 부인의 나이를 챙겨보고 있었다. 확실히 마흔일곱인가 여덟일 것이다.

"아직 젊으셔! 이쁘시구!"

누구한테 해 들리는 말인지 숙경 자신도 모르고 되뇌고 있다.

"나 어제 「안나 카레니나」 봤다우. 잘됐어. 하지만 안나가 죽는 건 난 반대야. 그야 원작이 그러니까 할 수 없겠지만 자살을 한다는 건 잘못야. 하기야 반세기가 넘었으니까. 거기다가 톨스토이란 분이 또 반세기는 뒤진 사람이었구. 그러니 백 년이 아니야? 백 년의 차이겠지. 그래두 좋았어. 한번 가보라우. 일나요, 내 옷 몇 가지 골라주구 구경 가자구. 나 또 한번 볼 테예요."

숙경은 사정하듯 박 부인을 돌려보내었다. 사실 열도 많았다. 숙경은 얼른 혼자가 되고 싶었다. 박 부인의 이야기를 좀더 혼자 해부해보고 싶었던 것이다.

"백 년의 차!"

숙경이한테는 솔깃한 말이었다. 이 백 년의 차란 말이 자기를 위해서 생긴 말처럼 달갑다. 그렇다. 백 년 전 행동에 대한 책임을 백 년 후에 진다는 수도 있나 했다. 일체를 물로 씻어 백 년 전 과거로 돌려보내자. 그것은 마치 백 년 전에 물에 띄운 나뭇조각을 백 년 후 같은 강물로 찾으러 가는 것이나 진배없는 어리석은 짓 같았다.

오후에는 열이 훨씬 내리었다. 숙경은 옷을 갈아입고 나가기로 했다. 박 부인이 이야기하던 「안나 카레니나」를 보지 않고는 견딜 수 없었던 것이다.

숙경한테는 무서운 영화였다. 숙경은 입술을 깨물고 버티어보았으나 기차 달리는 것을 보고서 그대로 뛰어나와 버렸다. 속이 메스껍다. 부랴부랴 차를 잡아타고 집으로 온다는 것이 차 안에서 객혈을 하고 말았다.

어느 때던가 눈이 뜨인다. 정신이 돌아오고 있었다. 그때야 보니 남편이 와서 머리맡에 앉아 있다. 남편은 깊은 근심에 잠겨 있었다.

"숙경이, 숙경이 나와 이혼을 하고 현 선생과 결혼을 하면 어때?"

밑도 끝도 없이 하는 남편의 말이었다. 그렇다고 비꼬는 티도 없다. 순정 같았다.

"지금 숙경이의 생명을 구하는 방법은 그 길밖에 없을 것 같아. 현 선생은 권위자거든. 당신 병엔 신이야. 그이 옆에서 치료를 하면 날 거야. 자기 아내란다면 현 선생도 좀더 정성을 낼 수 있을 거야. 그렇다고 그가 지금은 정성이 부족하다는 것은 아니야. 아무러면 자기 아내와 남의 아내가 같을 수 있나? 응, 숙경이, 그러자구. 난 달리 또 결혼을 하지. 난 당신이 살기만 하면 그만야."

헛소리를 했던가 했다. 비행장에도 안 나가니까 현을 만난 것이 아닌가 했다. 현이 모든 것을 이야기한 것에 틀림이 없었다.

"현 선생이 폭력으로 그랬어요?"

하고 숙경은 자기도 모르게 뒤집어씌웠다.

"뭐, 폭력으로?"

"네! 마취약을 먹이구서요! 전 몰랐어요. 깨어서야 알았어요. 그래, 난 그이의 뺨을 후려쳤어요! 정말에요, 정말!"

—그러다가 정말 깨었다. 꿈이었다. 땀이 쭉 흘러 있었다.

"인제 좀 정신이 드십니까?"

꿈이 아니다, 분명히 꿈에서 깨었는데 머리맡에는 현이 앉아 있지 않은가? 숙경은 얼른 눈을 되감았다. 감고 생각해본다. 역시 꿈이 아니라 분명한 현이었다.

"아드님 전활 받구 정말 울고 싶었습니다."

현이가 하는 소리다.

그러고 보니 기억이 되살아온다. 숙경은 아이들의 손을 잡고 현을 찾았던 것이다. 아니, 현을 불러달라고 한 것도 같았다. 무서운 또 한번의 과오였다. 불러서는 안 될 현이었다. 가슴이 아프다. 터지는 것 같은 아픔이었다.

'나는 또 잘못을 저질렀다!'

이 뉘우침이 또 피를 쏟게 하고 말았다. 정신은 점점 선명해져온다. 그럴수록에 뉘우침도 커갔던 것이다.

현은 서슴지도 않고 두 손에다 숙경의 피를 받고 있었다. 그러고는 차근차근 조처를 하는 것이다. 일찍이 남편에게서 보지 못한 행동이었다. 그런 때의 남편의 표정은 불쾌해하는 표정이었다. 현은 애석해하는 표정뿐이었다. 솜으로 입을 닦아주고 그리고 현은 또 놀라운 행동을 하던 것이다. 아직 피가 묻어 있는 숙경의 입술에 그의 입술을 갖다 대는 것이 아닌가.

숙경은 질겁을 해서 현을 떠밀쳤다. 그러나 그것이 도리어 현의 정열을 부채질했던 모양이다. 현은 일찍이 보여본 적이 없는 정열로 숙경의 입술을 빨고 빨고 하는 것이었다.

일찍이 남편한테서 보지 못한 정열이었다.

날이 밝았다. 현은 긴 키스를 남기고 일어서 갔다.

오늘 다섯시에 남편이 돌아올 것이었다.

'모든 것을 이야기할까? 자백해서 남편의 처사를 바라자.'

남편이 돌아오기까지에 얻은 결론이 이것이었다. 그렇게 결심을 하고 나니 마음이 좀 후련하다. 그러나 막상 남편 ㄷ씨가 돌아와서 머리맡에 앉고 나니 다시 또 번복이 되는 것이다. 그럴 수는 없다 했다.

역시 숨기자 했다.

그러나 이 결심도 그날 밤 반년 만에 남편의 품에 들고서야 그릇된 결론이었음을 발견하는 숙경이었다. 남편의 극진한 애무에 숙경은 떨기만 했다. 성자 같은 남편이었다. 이 남편을 속이고서 그의 품에 안길 수는 없다 했다. 공포보다도 자기 자신에게 대한 증오가 더 컸다.

"나 오늘 따로 좀 눕게 해주세요."

숙경은 이불을 쓴 채 남편한테 애원을 했다.

"열이 또 오르나?"

"네."

"나 아직 미국에 있거니 하고 편히 쉬어요."

남편은 다소곳이 떨어진다. 이불을 내리어 덧덮어주기도 하는 남편이었다. 숙경은 눈물이 핑 돌았다.

이런 남편을 속일 수는 없다 했다.

그렇다고 자백할 수 있는 숙경이도 못 되었다.

숙경이한테 할 수 있었던 일은 유서를 쓰는 일뿐이었을지도 모른다. 사실 밤새도록 숙경이가 생각한 것은 남편을 속이는 방법도 아니었다. 자백하는 일도 아니었다. 오직 유서의 사연을 생각했을 따름이었다. 죽는다는 결심만으로써도 숙경은 석 달 동안의 그 무섭던 고뇌로부터 해방될 수가 있었다. 일체의 불안과 공포는 벌써 숙경이를 괴롭히지도 않았었다.

"나 좀 안아주세요. 꼬옥, 좀 더요!"

아내의 속삭임이 무엇을 의미했던지 남편은 그날 새벽에야 알 수 있었다.

이 한 편을 나는 숙경―아니 숙경이의 영에게 부치기로 한다.

――――〈「사상계」 19호, 1955년 2월〉

B녀의 소묘素描

•

•

•
1

"기왕 올 테면 나 있을 제 오게. 뭔, 그렇게 어색해할 거야 있는가? 오래간만에 친구 찾아오는 셈 치면 그만이지. 하기야 그런 일이 없었다기로니 친구 찾아 강남도 간다는데 친구 찾아 천리쯤 오기로서니 그게 그리 망발될 게야 없잖은가?"

이러한 편지를 받고 나니 그도 그럼직했다. 지난가을부터 "갑네, 갑네" 하고도 초라니 대상 물리듯 미뤄온 데는 물론 십오원이라는 차비가 그의 생활로 보아 엄두가 안 난 것도 사실이었다. 그러나 그보다도 벌써 여러 번째 A가 한번 놀러 오라고 졸라대다시피 해도 "응응" 코대답만 해오던 그로서, 너를 기다리는 여성이 있다고 한다고 신이 나서 달려간다는 것도 쑥스러워 솔깃하면서도 이때껏 미뤄온 것이다.

"뭘, 가보게나그려. 오래간만에 친구도 만나보겠다. 청초한 미인이 기다리겠다… 밑져야 본전 아닌가. 그런 중에도 정성스런 애독자렸다…."

훈이가 올라왔다가 A의 편지를 보고는 이렇게 충동이었다. 그때도 귀가 솔깃하게 들리는 것을 꿀꺽 참았다.

훈이 말마따나 여러 해 만에 만나는 친구요, 거기다가 자기의 작품을 모조리 읽은 한 여성이 기다린다는 것이 제가 쓴 것에 대한 정당한 평가는 그만두고라도 듣기 싫은 소리는 아니었다. 작품을 감상할 만한 여성이라면 첫째 자기의 작품 같은 것에 정력을 허비하지 않을 게고 그 동안에 쓴 것을 모아둔 스크랩을 꺼내어 이삼십 개 되는 그 작품들을 읽던 때의 그 여인의 심경을 상상해보다가 얼굴이 화끈한 적까지 있으면서도 그 여성을 한번 보고 싶은 생각도 들지 않는 것은 아니다.

"A하구두 오래간만이구, H에 찾아가면 한둘쯤은 반색할 사람도 있는 터고, 하기야 서울서 구나 시골 가서 구나 같은 놈이야 별수가 있나…."

그는 이렇게 이번 여행을 합리화시켜도 보았다.

그러나 무엇보다도 그로 하여금 결단을 내리게 한 것은 요새 며칠째 삼각형으로 일그러진 주인 여편네의 상판이었다. 지난가을에 적선동 하숙을 쫓겨났을 때는 돈 십원이나 생긴 것이 있어서 아주 희떱게 선금을 내놓아서 그 바람에 군소리 없던 주인 여편네가 한 달 두 달 소 외양 밑자리 모양으로 깔아가기만 하는 것을 보고는 된불이 나게 채치기 시작한다. 더욱이 낯선 친구들이 며칠돌이로 그의 뒤를 수소문하는 데 겁을 버쩍 집어먹은 모양이다. 오랜 밥값도 못 되는데다가 전후 다섯 달 동안에 갓난애 오줌 싸듯이 짤끔짤끔 몇푼 주고는 이달 접어들면서는 그나마도 시치미를 뗐다.

그래도 신문사에 가 있는 장편소설이 팔린다는 바람에 눈치만 슬슬 보던 주인은 그것도 싹수가 노란 것을 어떻게 눈치를 챘는지 하루에도 몇 번씩 "김씨!" 하고 어디서 배워먹은 김씨인지는 모르지만 문안을 드린다.

"김씨, 오늘은 좀 생각하셔야죠."

"그저 조곰만 더 참으슈."

한성이가 입에 익을 만큼 되풀이해온 대답이었다.

"글쎄, 김씨두 염치가 있지… 사리가 분명한 양반이 하루 이틀 밀리는 것도 면구스러울 텐데! 이것 벌써 몇 달쨉니까?"

"글쎄, 없는 걸 그런다구 나옵니까? 남같이 맘두 모지지 못해서 강도질도 못하고 말할 만한 데는 다 구멍이 막혔으니 어쩝니까? 신문사에서 그 소설을 산다니까 며칠만 더 참으슈!"

소경이 제 닭 잡아먹는 줄 모른다는 격으로 그 막연하게 며칠이라는 바람에 호랑감투를 써온 마누라는 그의 고의춤이나 움켜잡듯이 달구쳤다.

"시굴년 보리마당질 내세우듯 며칠만 내세우지 말고 똑떨어지게 날짜를 말하구려."

"그믐! 아니 그날두 안 되겠군. 새달 초닷새로 하지요. 그날은 때도 안 묻은 시퍼런 딱지로만 갖다드리리다요."

이렇게 확확 불어넘긴 그였다.

그러나 닷샛날도 지났다. 닷샛날만 지나면 그만이겠는데 마누라쟁이는 엿샛날도 이렛날도 닷샛날처럼 볶아댄다. 이 닷새가 벌써 몇 번이나 지나갔는지 알 길조차 없는 지금의 그다.

이러한 판에 운수 불길한 돈 십원이 주머니 속으로 들어오자 돈내를 맡기나 한 듯이 그날 저녁때에 A한테서 편지가 온 것이다.

A의 편지를 받자 그의 마음은 다시 H시에로 쏠리었다. 북쪽이라고는 의정부밖에 가보지 못한 그라 북국의 신흥도시라는 그것만으로도 그의 마음을 사로잡기에 충분한 조건이었다. 그리고 오래간만에 친구를 만난다는 것이, 아니 그보다도 자기의 작품을 꾸준히 애독해준 한 여성이 자기를 기다리고 있다는 것이 A의 말마따나 타협만 하면 결혼할 것까지도 생각하고 있다느니만큼 근래에 와서 유달리 고독감을 느끼고 있던 그가 솔깃하게 들었다는 데 그렇게 부자연한 구석은 없을 것이었다.

그러나 이러한 조건이 그를 H시에로 이끈 것도 사실이나, 그보다도 사오십원이나 밥값이 밀린 터고 보니 십원만 준다면 또 얼마 참아줌직도 한 일이지마는 하늘의 별이나 따듯 노심초사한 이 십원을 고스란히 갖다바치고 난다면 인제 언제 또 돈푼 구경을 할지 모르는 그였다. 어차피 다 끊지 못할 바에야 가고 싶은 데나 가서 며칠 마음 편하게 놀다 오리라는 엉뚱한 배짱도 앞섰던 것이다.

어쨌든 그는 하늘의 별 따듯 한 십원 한 장을 시계 주머니에 꼬기꼬기 접어 넣고는 살짝 몸을 빼치어 역으로 나왔다. 으수이 두 시간이나 남은 시간을 맥없이 앉았기도 무엇해서 우선 A에게 전보를 띄워놓고 삼십분 후에는 며칠 전에 시작된 진고개 어귀의 조그만 찻집에서 향락이나 하듯이 찻잔 모서리를 쭉쭉 빨았다.

2

온 후에야 멱살을 잡힌 채 종로 네거리에서 혼돌림을 받는 한이 있더라도 비지도 째지도 않은 찻간에 자리를 잡고 나니 숨이 다 내쉬이는 것 같았다.

차가 용산역을 빠져서 한강을 끼고 돌자 뒷덜미를 잡히는 것 같던 불안에서 해방된 듯 가슴이 다 벌어진다.

몇 달째 별러온 여행이지마는 짐이라고는 뚜껑 깨진 만년필 한 개뿐이다. 거뜬하기는 해도 어쩐지 허전했다. 차창에 기대어 얼마 전부터 짜다 둔 장편을 마물러보리라는 기대도 한 여행이지마는 당하고 보니 그렇지도 못했다. 그는 찻간 넷을 더듬어 「주간 조일」을 한 권 사들고 그것을 뒤적이며 시간을 보냈다.

의정부에 차가 닿자 찻간은 호젓할 만큼 사람이 내렸다. 동저고릿바람과 어울리지 않는 중절모자는 거의 다 내리다시피 했다.

그의 맞은편에 커다란 부댓짐을 메고 출구를 찾던 까무족족한 얼굴에 야무지게 보이는 여덟팔자 수염을 기른 사십이 될락 말락한 사나이도 역부가 의정부를 외치니까 줄달음을 쳐 나간다.

박박 깎은 머리, 날선 콧날, 얄따라한 입술, 코밑에서부터 시작된 고랑은 아랫입술까지 연달았다. 얼굴 요량해서는 격에 안 맞을 만큼 쭝긋한 귓바퀴. 비록 부댓짐을 지기는 했을망정 균형된 얼굴이었다.

그는 그 얼굴을 지금 쓰려는 소설의 여주인공 찬영의 아버지를 삼으리라 하였다.

그것은 그리 흔한 얼굴이 아니었다. 그러나 어딘지 조선 사람의 전형적인 일면을 보이고 있다고 생각되었다. 더욱이 그 얼굴은 소위 양반의 얼굴이었다. 그는 상투를 찌우리라 했다. 수염을 조금만 더 붙이게 하고 흰털을 반쯤 섞고 고동색 마고자에다 뿔관을 씌우고 삼팔바지를 입히고 까만 편리화를 신기리라 했다.

「십 년간」, 이것이 장편의 제목명이었다. 병규라는 아버지와 찬조, 찬식, 찬영, 이 삼남매를 중심으로 기미년 전후의 십 년간 조선이 밟아 온 길을 그려보자는 것이었다. 찬영은 과도기에 있는 조선의 전형적 여성이었다. 눈앞에 가로타고 앉은 싸늘한 현실이 그의 현실을 떠난 허영과 합치되지 못하고 비극으로 끝나게 되는 그 경로를 쓰려는 것이다.

찬영은 일찍이 그의 약혼자이던 현순을 모델로 한 것이다. 아직도 남부럽지 않게 지낼 만한 대대로 전해오던 재산 끄트러기가 남았던 시절에 약혼했다가 그의 파산과 함께 깨어진 너무나 가슴 쓰린 기억이다. 팔 년 전 일이었다.

'찬영이란 년을 음탕하고 잔인하고 허영투성이를 만들리라. 못된 구렁에 빠져서 숨이 넘어갈 때까지 하닥하닥하는 불행한 계집을 만들리라!'

값싼 소설가인 그는 현순에게서 받은 굴욕을 소설 속에서 복수하려 하였다.

'이것이 장부의 할 짓이냐?'

스스로 타이르지 않은 바도 아니었지마는,

"나는 파산이기 전의 김한성 씨와 약혼한 것이지 불쏘시개도 못하는 인텔리 룸펜하고 약혼한 기억은 없습니다."

하고 문을 탁 닫고 나가던 현순의 그 마지막 밤 일은 생각만 하여도 가라앉았던 복수욕이 빼근하게 가슴을 채우는 것이었다.

이러한 굴욕을 남기고 간 현순이건마는 오히려 잊어버리지 못하는 그였다. 미워하면 미워할수록에 그리웠다. 살점을 싹싹 저미고 싶을 만큼 미워하는 현순이면서도 품 안에 꼭 끼고 아스러지게 안아주고 싶은 현순이었다. 현순이라는 그 이름자를 보기만 해도 치가 떨리는 현순이면서도 그 글자도 못 보면 삶이라는 것까지 무의미한 것 같았다. 탄력이 없었다.

현순은 이뻤다. 그러나 한성이가 그의 미에만 끌린 것은 아니었다. 미에 끌리기도 했지마는 미보다 그의 맺고 끊는 듯한 성격에 사로잡힌 것이다. 다른 여성과 같이 우물쭈물 꾸미어대지를 않고 맺고 끊는 듯 칼로 친 듯 "인제 너는 돈이 없어졌으니까 그만 미끄러져라" 하는 태도에 끌린 것이다.

만약 현순이가 자기의 파산을 보고 마음이 변하여 슬슬 피하고 딴 남자와 거리를 싸다니고 하여서 은연중에 자기의 마음 변한 것을 나타내서 이쪽이 제풀에 꼭지가 물러 떨어지게 했다면 그는 그 자리서 단념해버릴 수도 있었겠고, 또 그러한 현순이었다면 저쪽에서 아무리 목이 말라 덤빈다 하더라도 눈도 거들떠볼 그가 아니었다.

"그러면 당신은 김한성과 약혼한 것이 아니라 김한성의 재산과 약혼한 것이었던가요?"

하고 서슬이 퍼렇게 덤벼들었을 때도 가늘게 뜬 눈에 웃음까지 띠고 방정식이나 외듯이 더듬지도 않고 이렇게 말한 현순이었다.

"처음부터 한성 씨의 재산과만 약혼한 것이 아니지요. 허지만 한성 씨에게 그만한 재산이 없었다면 약혼하지 않았을는지 모르지요. 아니 애당초에 그런 한성 씨였다면야 오늘날과 같은 환멸은 안 느꼈을 것입니다."

이렇게 내차는 계집을 미워하기는커녕 담씬 안아주고 싶을 만큼 귀엽게 본 그였다.

그러나 한번 자기를 박차고 간 계집의 치마끈을 잡고 늘어질 한성은 아니었다. 그는 깨어진 가슴을 안위키 위하여 있는 정열을 문학에 바쳤다. 그는 읽고 썼다. 읽음으로 해서 바삭바삭 소리가 나도록 건조해진 머릿속에 새로운 끈기가 생기는 것을 느끼었다. 쓰면 쓸수록에 한 걸음 앞으로 나가는 자기 자신의 붓끝을 바라보고는 홀로 기뻐하였다.

그런 지 얼마 후에 그는 현순이가 전라도 어떤 과부의 아들과 결혼한다는 소문을 들었을 뿐이다. 이 소식을 그에게 전한 평론가 R은,

"하여튼 귀여운 여자야. 현순이는 자기 자신을 '거미줄을 타고 세상을 건너려는 계집'이라고 부르데나그려. 거미줄을 타고 세상을 건너려는 계집! 잘한 말이지? 잘한 말은 못 된다더라도 어쨌든 평범한 여자로서는 못할 말이야, 하하…."

그리고 R은 "거미줄을 타고 세상을 건너려는 계집"이라는 말을 몇 번이나 마치 입에 맞는 시구나 되뇌듯 하였다.

"거미줄을 타고 세상을 건너려는 여자!"

한성은 이렇게 한번 입 속으로 중얼거려보았다.

차는 새벽을 향하여 세차게 달리고 있다. 웬만한 정거장은 기별만 전하고 휙휙 지나간다. 세상에 나서 처음 대하는 북국의 자연을 어둠 속에 지나게 된 것을 아까이 여기며 그는 잠이 들고 말았다.

3

신흥하는 북국의 도시 H에서 내린 것은 아홉시 반을 조금 지났을까말까 한 때였다. 예측대로 A가 나와 있었다. 그가 장꾼들한테 길을 빼앗기고 엉거주춤하게 내리는 것을 모르고 적이 실망한 낯으로 승강대를 바라보고 섰던 A는 쫓아오며 짐이나 받을 듯이 팔을 내밀었다.

그는 짐 대신 팔을 내밀었다.

"치웠지?"

"아니."

"참 H에 한번 오기 어렵기도 하이."

"미안하이."

이러한 대화를 주고받으면서도, 이것이 삼 년 만에 만난 친구간의 할 이야긴가 하고 생각하니 자기네만큼 멋멋한 사람들도 없을 것 같았다.

시골 역으로 해서는 역전도 넓다.

"어떡할까? 뻐스? 걸을까?"

"맘대로. 내야 절에 간 색시지."

"뭘, 철장 같은 다리를 가졌는데 걸어가세나그려, 이야기도 할 겸."

북국서도 봄은 온 성싶었다. 삼십년형型 구식 포드가 내로라 하고 거리를 질주하는 것도 시골의 도시 맛이 났다.

얽빼기 아스팔트 위를 그들은 천천히 걸어갔다.

시골 도시라고는 하지마는 봄치장한 것이 조금도 어색스럽지 않다. 쇼윈도에 채비하고 있는 봄거리도 다 제자리를 차지하였다. 오히려 북국의 미인을 대하는 듯한 청초한 맛까지 났다.

"요새 며칠내로 바람이 불고 하더니 자네 오는 날 마침 날씨가 이렇게 좋네그려."

"말이 되나. 서울의 귀빈이— 그나마도 이렇다는 문인이 오는데 잘 보여야 좋은 인상을 주잖겠나? 허허허."

한성은 깨어진 양철 두드리는 소리를 내며 웃었다.

A는 한성이가 얼떨떨했을 만큼 좁다란 골목을 이리저리 끌고 다녔다. 그러더니 싸리 울타리에 밋밋하게 달린 높다란 대문 안으로 끌고 들어간다.

책상 한 개에 책 몇 권, 이불 한 채뿐인 살풍경인 A의 하숙방에서 아침을 먹고 A는 반룡산으로 그를 끌고 나선다.

누에 머리 형상으로 된 산모퉁이를 타고 올라가니 백여 년씩은 다 돼보이는 노송이 애송이 잔솔의 머리를 쓰다듬으며 멀리 H평야에 무르녹는 봄기운을 노송답지 않게 마시고 섰다. 주홍빛 흙은 비단 보료나 디디는 듯 포근포근하다.

"저것이 성천강일세. 이것이 여어 보이는 다리 말일세, 저것이 만세교고. 사흘만 더 일찍 왔더면 좋은 구경을 했을 것을. 참 볼만하이. 정월 보름날이면 다리 밟기라고 해서 H사람들은 모두 한 번씩 저 다리를 건너보는 풍속이 있다네."

A는 눈에 뜨이는 대로 가리키고 설명하고 하였다. 영생고보니 우편국이니 병원이니 눈에 스치는 큼지막한 집을 일일이 설명해준다.

한성도 시야에 새로운 것이면 무엇이나 자진해서 물었다. 연대 병사며, 감옥, 넓은 거리가 보이면 그 동명까지 일일이 물어서 웬만한 것이면 머릿속에 적어넣었다.

"저긴 어딘가? 저긴 참 한적해 보이는데."

그는 총叢자 형상으로 숲이 우거지고 그 앞에 가느다란 강물이 반월을 그리고 있는 H 시외의 한 동리를 가리키다가 가슴이 성큼해서 섰었다.

"B동."

하고 A가 대답한 까닭이었다.

"B동?"

그것은 A의 말을 빌린다면 저녁놀에 홀로 핀 백장미같이 청초한 미인이—그의 애독자가 살고 있다던 바로 그 동리였다.

"저기가 B동이라?"

"왜 가슴이 울렁울렁하나?"

"미친 사람! 가슴이 울렁거릴 거야…."

말은 하면서도 한성은 얼굴을 붉히었다.

'대관절 뭘하는 여잔가?'

한성은 무엇보다도 그것이 궁금하였다. 그러지 않아도 이때껏 "가네, 가네" 하고는 초라니 대상 물려오듯 한 이번 길을 이 계집이 있다니까 이렇게 갑자기 서둔 것이나 아닌가 하는 의심을 받을지도 모를 것 같아서 자진해서는 말을 꺼내지 않으려고 한 것이다.

그러나 이 한 번 보지도 못한 애독자가 이번 그의 결심을 촉진한 것만은 그 자신도 부인치 않았다. 상호간의 의사만 상합하면 화촉지전을 이루리라는 그 말에만은 적이 불쾌한 인상까지 받았지마는 어쨌든 한 번 대하고 싶다는 정도의 호기심이 자기의 결심을 재촉한 것만은 사실이었다. A 자신은, '한성이란 놈이 단단히 마음에 든 게야' 하고 생각할지 모르지마는, 그리고, 하기야 나이 삼십이 넘은 노총각이 그만한 미와 그만한 교양을 갖추었고 더욱이 자기 작품의 가장 열렬한 애독자인 여자를 아내로 삼는다는 것을 거부할 사람도 없기는 하겠지마는 한성 자신은 되레 제 녀석이 고르고 고르다 남은 찌꺼기라 못 먹는 떡 개나 준다는 셈치고 내게다 떠맡겨보려고 하는 그 태도에 모욕감까지 느끼는 것이었다.

만약에 그가 기혼자이고, '이러이러한 사람이 있으니 안 만나보려는가' 한다면 물론 이런 델리컷한 감정은 안 들었을지도 모른다.

"한번 만나보지 않으려나?"

A는 들여다보듯이 재차 물었다.

"글쎄, 만나봐도 좋기야 하겠지마는— 나 자신이야 물론, 그렇지마는 자네두 자네 친구를 왔던 차에 소개한다는 그런 정도라면 만나본대도 좋지."

"무척 될 까네. 어련하리, 가보세나."

A는 한성이가 한 말의 뜻을 다 이해치 못하는 것 같아 보였는데도 대답만은 이렇게 선선하였다.

"갈까."

"염려 없나?"

"염려라니?"

"공연히 또 한 번 보고 나자빠지리?"

"제발."

그들은 멀리 평야를 바라보고 커다랗게 웃어붙였다.

"천천히 가도 좋겠지!"

"웬걸, 바루 가야지!"

"안 왔으면 모를까! 온 김이니 장 군의 무덤이라도 보고 가야 하잖겠나?"

"장 군의 무덤?"

한성은 가슴이 서먹하였다.

"왜, 장을 모르나? 저 K사건으로 옥사한 장 군 말일세."

"아네! 아네!"

한성은 고함을 치듯 소리를 질렀다.

"장 군을 내가 모르고 누가 알겠나!"

그렇다! 장 군을 속속들이 아는 사람은 한성이었다.

조선에 신경향문학이 들어오던 초기에 있어서 살인 주사침 같은 붓끝으로 우리의 슬픔을 노래하고 돌진하라고 고함치던 장 군. 잡지 「화성」을 활무대로 대중을… 부쩍부쩍 투쟁 속으로 이끌고 가던 장 군!

그러나 그는 붓끝에 매인 사람이 아니었다. 가느다란 붓끝만으로는 펄펄 끓는 정열을 쏟을 길이 없는 장 군이었다.

하루아침 그는 붓을 꺾어버렸다. 활활 타는 화로 속에다 붓 동강이를 살랐다. 그러고는 한성을 향하여 외쳤던 것이다.

"붓을 꺾어버려라!"

「화성」을 둘러싸고 있던 일곱 사람의 동인 중에서 다섯 사람은 맹렬히 장 군과 보조를 맞추었다. 그리고 천륜이라는 억센 인연으로 맺어진바 부자의 의도, 형제의 혈연도 끊어버리고는 몸을 솟구쳐 불속으로 뛰어갔었다.

"너 같은 인간은 몇 만 명이 있어도 일없다. 자, 우리가 꺾어버리는 붓이 아깝거든 그 동강이라도 주워가지고 가렴!"

가장 가깝고 가장 많은 이해를 가지고 사귀어 내려오던 장 군은 이 말 한마디를 계기로 그로부터 영원히 떠나버리고 말았던 것이다.

장 군으로부터 버림을 받은 한성은 몇 해 굴러다니는 동안에 다시는 추어보지 못할 인간 쓰레기가 되고 말았다. 비속하기 짝이 없는 조선의 저널리즘에 추파도 보내어 종잇값도 못 되는 원고료로 그날그날을 연명해가는 그지없이 초라한 인간이 되고 말았던 것이다.

"장 군과 현순— 그들은 좋은 대상이었다."

그는 가벼이 한숨을 내쉬었다. 동앗줄처럼 믿고 있던 장 군이 간 지 일년이 못 되어 현순도 가고 말았던 것이다. 하나는 허영의 화염 속으로 뛰어들어갔고, 또 하나는 다른 화염 속으로 같은 정열과 같은 담력을 가지고 뛰어들어간 것이었다.

"장 군의 무덤은 여기서 먼가? 공동묘지였지?"

그는 간신히 물었다.

"응, 가보려는가?"

"가야지! 가볼 면목은 없지마는 그대로야 갈 수 있나. 여기서 먼가? 아니, 멀면 대순가. 가세."

"웬걸, 이십분이면 족하이. 오던 길에 우리 자네 애독자한테도 다녀오세나그려. 마침 고 근처니까."

A는 이렇게 권하였다.

"허지만 장 군의 무덤엘 간다면 우울해질 터인데 그 기분으로 모르는 사람을 대하는 것이야 실례 아닐까?"

한성은 이런 걱정까지 하였다.

"글쎄, 그편이 나으이. 누가 안다던가. 그 여자를 보는 것이 장 군의 무덤을 찾는 것보다도 더 우울한 일이 될지…."

"그건 왜?"

한성은 어쩐지 가슴이 서먹했던 것 같았다.

"왜냐고? 글쎄, 그럴 이유가 있지. 만나본다면 알 일이지마는…."

"그게 모두 무슨 소릴까?"

"허허허, 그렇게도 알고 싶은가?"

A는 격에 맞지 않는 웃음을 한번 웃고는 머뭇머뭇하는 눈치더니,

"그만한 미인을 보고 우울해지지 않을 자가 누구야?"

하고 껄껄 웃는다.

"어어, 이 사람두…."

인류의 행복을 두 어깨에 짊어지고 싸워나가던 장 군의 큰 뜻과 그 의기는 한 평도 못 되는 반룡산 한구석에 동그마니 흙을 뒤집어쓰고 있었다.

장만억, 석 자 중 억자는 겨우 알아볼 만하게밖에 흔적이 안 남은 푯말을 보는 순간 한성은 소리를 내어 울고 말았다.

"너 같은 인간은 몇만 명이 있어도 쓸데가 없다!"

하던 구 년 전의 그 말이 그를 울리고 울리고 하였다.

지나간 구 년 동안 자기가 밟아온 그 길, 커다란 검은손이 뚫어놓은 구멍을 눈등 간지러운 교활과 밥알로 새를 잡으려는 것과 같은 간사하기 짝이 없는 이지로 교묘히 피해온 장 군을 싸고도는 지나간 그때의 장면을 추억하며 한성은 울고 울고 하였다.

그러나 지하의 장은 그에게서 눈물이 아니라 새로운 출발을 바라

고 있다는 것을 한성은 깨우쳤어야 할 것이었다.

그러나 그는 너무나 초라한 계획을 세우고 있었다.

"비라도 하나 해 세울 수 있었으면…."

4

그들은 구장터로 내려와서 H시의 명물이라는 국수를 한 그릇 시켜 먹었다. 엿이니, 돗자리, 오지그릇 따위를 벌여놓고 앉았는 부인네들을 국수집 이층에서 한동안 구경하다가 가벼운 기분으로 A의 뒤를 따라섰다.

"H란 살기 좋은 곳, 란란란란…."

A는 가끔 편지할 때마다 창작 노래라던 H예찬가를 쉴 새 없이 불러서 그를 웃기려고 애쓴다.

H고보를 옆으로 보며 영생고보 턱밑을 빠져서 다시 대통 같은 골목으로 한동안 들어가던 A는 그를 우물가에다 세워놓는다. 그러고는 다짐이나 받듯이,

"어떠한 일이 있든지 우울해서는 안 되네. 약속하겠지?"

"암."

한성은 웃음까지 섞어서 쾌쾌히 대답하였던 것이다.

다짐을 받은 A는 다시 걷기를 시작하였다. 그러더니 우물가에서 여남은 집 떨어진 단출한 대문 앞에 서더니,

"여기 잠깐 섰게나."

하고 안으로 들어갔다.

문패에는 '박우순'이라고 씌어진 것이, 말하던 예의 그 여자와는 성만이 같았다.

안에서 문 여닫는 소리가 난다. 그러고는 다시 한동안 잠잠하더니 다시 문 여는 소리가 나고 구두 뒤꿈치만 딛고 걸어오는 발소리가 났다. 한성은 마치 아주 오래간만의 연인을 만나기나 하는 것 같은 가슴의 동요에 가만히 귀를 기울이고 있었다.

"자, 들어오게. 지금 감기로 누워 있는데, 뭘 어떤가. 당자가 좋다는 데야— 자네만 해두 그이의 병 낫기를 기다릴 수도 없을 게고."

머뭇머뭇하는 한성을 이렇게 달구쳐서 A는 먼저 앞을 섰다. 그는 A가 시키는 대로 할밖에 없었다.

마당 안으로 들어서니 흐너진 조그만 화단 자취가 있다. 그 옆에 가는 철사로 얽은 으수이 한 평이나 되는 닭도 없는 닭집이 있다.

보기만도 이 집 주인은 순결하고 고상한 취미를 가졌으리라는 것이 추측되었다.

미닫이가 다르륵 열린다. 그 다르륵 소리에 맞추어 그의 가슴도 다르륵 떨렸으나 나타난 얼굴은 조그만 소녀였다.

"자, 들어가세."

A는 또다시 앞장을 섰다. 손이 왔음에도 불구하고 주인이 낯바대기도 안 보인다는 것이 적지않게 불쾌했으나 그는 A를 따라 방으로 들어갔다. 방은 텅 비었었다. 아랫목에 꽃 놓은 돗자리가 한 닢 깔리고 재떨이에 은하 한 갑이 놓였을 뿐이다.

A의 지시대로 그는 자리를 잡았다.

그러나 이 방에 들어와서부터 도무지 마음을 진정치 못하는 듯한 A

의 태도가 한성의 눈을 벗어나지는 못하였다. 한동안 담배를 피우다 일어났다 하더니 정색을 하고,

"저 방에 있는데 문을 열더라두 자빠지지 말게."
하고 또 한번 다지는 바람에야 한성은 '킥' 하고 웃음을 터뜨리었다. 그러고는 A의 손등을 꼬집었다.

"A 선생님, 문 좀 열어주세요."
하는 소리가 옆방에서 났다. 그는 그 말소리에서 너무나 파리한 여주인을 보았다. A는 흘끗 한성의 눈치를 훔쳐보고는 가만히 몸을 일으키었다. 그는 처음부터 끝까지 연극을 꾸미는 것 같은 A를 간지러운 듯한 감정으로 보고만 있을 수밖에 없었던 것이다.

그러나 미닫이가 열리며 이쪽을 내려다보는 그 얼굴을 보고야 한성은 A가 연극을 꾸미는 것이 아니라는 것을 깨달았다. 연극은 연극이었다. 그러나 그가 연극이라고 생각한 것은 A의 동작을 의미한 것에 멈췄던 것이다.

"김 선생님!"

그 얼굴의 주인공은 이렇게 자기를 불렀다고 한성은 생각하였다. 그러나 기실은 문이 열리기 전부터 가득하게 눈물 괸 눈으로 그 여인은 아랫목을 내려다보고만 있었을 뿐이었다.

잣쪽만해진 얼굴, 바스러진 머리, 샛문 틀을 붙잡아서 겨우 몸을 가누고 있는 그 여인, 그것은 팔 년 전의 현순 바로 그 사람이었던 것이다.

"오오, 현순!"

이밖에 그는 말을 못했다. 그는 A의 존재도 잊어버렸다. 그리고는 현순의 앞으로 썩 나서서 이불을 싸고 앉은 현순이를 들여다보았던 것

이다.

"선생님, 놀라셨지요?"

그는 대답을 못했다.

그 대신 A를 쳐다보고 물었다.

"A군, 나는 아무것도 모르겠네. 자네가 대답해주게나."

"날더러 대답을 하란 말인가?"

하고 그는 앉았다.

"그전에 난 자네한테 사과를 해야겠지. 그러나 놀라지 않는다는 약속이었으니까. 지금까지의 모든 것은 현순 씨가 한 일일세. 나는 다만 시키는 대로 좇았을 뿐이야. 평범한 말로 이것을 표현한다면 운명이겠지, 운명. 그러나 이 이상 나는 더 말할 수가 없네. 현순 씨의 입에서 자기의 과거를 들을 수도 인제는 없겠지. 지난 팔 년간 한 여성이 걸어온 길은 그 여성의 기록이 설명해줄 것일세."

A가 이렇게 말을 마치기도 전에 현순은 한성의 무릎에 엎드려 울음을 터뜨렸다. 벌써 울 기운조차 없이 된 현순이건만 한성의 무릎이 흥건하게 젖도록 울고 울고 했던 것이다.

과거 팔 년간 그만큼 울어본 현순이었건마는 울어도 울어도 끝이 없었다. 설움은 설움을 낳고 눈물은 눈물을 자아냈다.

그러나 운 것은 현순만이 아니었다. 한 불행한 여성의 설움은 한성의 눈물 줄기를 이끌었다. 그리고 한 여성과 친구의 설움은 또한 A를 울렸던 것이다.

5

A에게 끌리다시피 하여 현순의 집을 나온 한성은 싸우듯 A를 집으로 보내고 혼자서 밤거리를 헤매었다. 일찍이 수백 편의 소설을 읽어오고 수십 편의 소설을 써온 그였지마는 이러한 현실은 본 적도 없었거니와 써볼 생각도 못했던 것이다. 믿어도 믿어도 믿어지지 않는 사실! 믿어서는 안 될 것이로되 오히려 사실로 존재해 있는 이 사실, 한성은 오직 아연했을 따름이었다.

현순이가 시킨 노릇이라고는 하지마는 이러한 연극을 꾸며놓은 A가 원망스러울 뿐이었다.

그날 밤 세시까지 그는 거리를 헤매었다. 왜 헤매는지 이 현실의 그 어느 구석이 자기를 괴롭게 하는지조차 그는 몰랐다. 다만 빼개질 듯이 괴로운 가슴의 고통을 깨달을 뿐이었다.

이 괴로움을 가슴에 안은 채로 잠이 올 리는 만무하였다. 그보다도 아직도 서먹서먹한 사이인 A의 동료인 J에게 그 꼴을 보이고 싶지 않아서 그는 그날 밤을 여관에서 새우고 이튿날도 정오나 되어서 A의 하숙으로 돌아갔다.

"아이구, 인제 오시는군!"

주인마님이 덤벼들듯 반가워한다.

알고 보니 새벽에 수색원을 내려다가 '함창여관'에서 유한다는 말을 A에게서 듣고 그만두었다고 한다.

"A가 그래요?"

하고 그는 좀 의아했다. 그러고 보면 간밤에 밤새도록 자기의 뒤를 따라다닌 것이로구나 생각하니 그의 우정에 새삼스러이 감사하는 마음이 생겼다.

방에 들어가기도 싫고 해서 퇴에 앉았으려니까 A도 친구 집에서 자고서 그제서야 돌아왔다.

그날 밤 A와 함께 또 현순을 찾았다.

현순을 본다는 것은—더욱이 오늘날과 같은 비참하게 된 현순을 본다는 것은 괴로운 일이었다. 그러나 그러한 현순—아무리 제 잘못으로 제 몸을 그르친 현순이라고는 하더라도 이미 죽음을 며칠밖에 남기지 않은, 그나마도 모든 사람이 기피하는 병이라고는 하지마는 그러한 현순을 보고도 못 본 체한다는 것은 그에게는 더 괴로운 일이었다. 벌써 그를 구해줄 힘은 그에게는 없었다. 아니 이 세상의 그 누구에게도 없을 것이었다. 그 앞날도 며칠 안 남은 한 여성을 마음껏 안위시키어 최후의 마지막 시간이나마 행복스러운 마음으로 죽어가게 하자는 것이 그의 위안이었던 것이다.

"오셨어요?"

갈 때마다 현순은 눈물을 머금었다. 그것을 보는 것은 그에게는 너무나 괴로운 일이었다.

"현순이, 왜 나만 보면 우오? 만약 그런다면 나는 내일이라도 서울로 가고 말 겁니다. 자, 약속해 주시오."

현순은 순진하게 고개를 숙이었다. 그러고는 갈퀴발같이 된 손으로 그의 손을 자그시 쥐는 것이었다.

이튿날은 혼자서 오전에 갔다. 마침 의사가 와 있어서 사생 여부만을 가만히 물었다.

"글쎄요, 병자한테는 못할 말이지마는 어렵겠지요. 폐란 제삼기를 넘는다면 그만이니까. 혹 산다면 그것은 기적이겠지요. 그러나 병자에게는 절대 그런 말을 말도록 하시는 것이 좋을 겁니다. 워낙 하르빈에서 여기 왔을 때부터 절망이었습네다."

그러나 하르빈에서 어떠한 생활을 하였는지는 의사도 모르는 모양이었다. 아니 의사뿐이 아니라 A까지도 현순이가 하르빈에서 왔다는 것만을 알 뿐이요, 하르빈에서의 그의 생활에 대하여는 아무런 지식도 갖고 있지 못했었다.

그것은 오직 그의 기록만이 알고 있을 뿐이다. 그러나 그 기록은 일찍이 A가 첫장을 한 번 보았을 뿐, 아직도 그것을 읽어본 사람은 없었다.

뜻하지 않은 현순과의 해후邂逅로 한성의 상경은 하루하루 밀리어 갔다. 그는 현순의 병석을 떠나지 못했다. 그는 붙박이로 밤낮을 꼬박 새기도 했다.

잠이나 좀 푹 자리라고 A의 하숙으로 온 어떤 날 새벽이었다. A가 허둥지둥 쫓아왔다. A와 그가 병실을 나온 지 세 시간이 못 되어 사람이 왔다는 그것만으로도 그는 모든 것을 깨달을 수 있었다.

"웬일인가?"

그는 바지를 꿰며 물었다.

"아마 몰핀을 먹은 모양이야, 나무랄 수도 없는 일이지만…."

그들이 간 때는 의사도 다녀간 후였다. "현순!" 하고 한성의 부르는 소리에 현순은 겨우 눈을 떠서 한동안 쳐다보더니 다시 눈을 감는다. 그래도 미진했던지 커다란 눈물이 눈물 자신보다도 쉽게 천천히 천천히 볼을 흘러내리고 있다.

"선생님, 저언 거미줄을 타고 세상을 건너려던 어리석기 짝이 없는 계집입니다. 그러나 하늘이 도우사 선생님의 품 안에서 죽게 된 것만으로도 그지없는 행복감을 느낍니다…."

혀도 굳어진 지 오래였었다. 현순은 가슴속에 서리고 서린 하소연을 제 입으로 전할 길 없이 간단한, 그러나 너무나 침통한 A와 한성에게 남기는 편지 한 장씩을 남기고 영원히 가고 말았던 것이다—.

"이놈! 이놈아! 이 되놈아!"

"아이구머니! 저놈!"

가끔 이렇게 되뇌는 헛소리! 이것만으로도 이 기록이 무엇을 의미하는지는 짐작되는 것이었다.

"죽여라! 죽여!"

이렇게 부르짖을 때마다 현순의 얼굴은 추할 만큼 일그러졌다. 열이 사십도까지 올라간 후로는 전혀 의식을 잃고 "한성 씨! 한성 씨!"를 되풀이하던 현순은 그 한성이를 옆에 놓고는 그대로 가버리었다.

그러나 공포와 환희의 연쇄인 그의 일생은 끝났다.

가고 만 현순. 저의 말마따나 거미줄을 타고 세상을 건너려다 떨어진 한 여성의 오백 페이지나 되는 그 참회록懺悔錄은 장차 소설가인 한성의 주선으로 발표될 것이겠기에 작자는 이 이야기는 여기서 끝맺으려는 것이다.

오직 작자가 바라는 것은 한성과 같은 먹기 위해서 글을 쓰는 작가의 붓끝이 그 여성의 생생한 기록에 너무 많이 그어지기를 기뻐하지 않는다는 것을 그에게 충고해둘 뿐이다.

———〈「신동아」 32호, 1934년 6월〉

범선帆船에의 길

•

•

•

1

어쩌면 배가 인천에서 한 이틀 묵게 될지도 모른다는 정장의 말에 석은 가슴이 울렁하는 충격을 받았다. 그것은 마치 꼭 사형이 되리라고 아주 깨끗이 단념하고 있던 죄수가 뜻밖에 석방이 된다는 말을 들은 때와도 같은 충격이었다. 만일에 꼭 이삼 일만 인천에서 지체가 될 마련이라면 무슨 짓을 해서라도 당진엔가 하는 데를 가볼 수 있을 것이다. 범선이라도 인천서 해변까지면 하룻길밖에는 안 될 성싶었고, 배에서 당진까지가 이십리 가량 되어 보이고 오장골이란 동네는 지도에도 없는지라 정확한 거리는 알 수가 없었지만, 면천면이라고 보니 맨 변두리가 된대도 기껏해야 삼십리보다 더 멀 성싶지가 않다.

그렇다면 올 적 갈 적 친대야 오십리니 배가 조금만 일찌감치 대어준다면, 밤길을 걸을 작정만 하면, 그날 안으로 처자가 있다는 오장골까지 들어갈 수 있을 게고, 이튿날 새벽에만 나온다면 늦어도 그 이튿날 밀물 때까지는 돌아가는 배에까지 댈 수가 있지 않을까. 지금까지 꼭 몰살을 당한 줄만 알고 있던 가족이 전부 살아 있다는 이 희한한 사실 앞에 석은 꼭 미칠 것만 같았다. 그러지 않아도 반동 분자의 낙인이 찍힌 석의 가족이고 보니, 남겨둘 리도 만무리라 싶었지만, 더욱이 9·28 탈환 후에는 군에 적을 두게 된 터라 목숨을 붙여두리라는 것은 꿈에도 생각할 수 없었다. 그래서 한편 아주 단념을 하면서도 또 혹시 어쩌면 한둘은 어디로 어떻게든지 저의 어미가 돌려빼서 살렸을지도 모른다는 희망을 가져보기도 하는 판에 하루는 같은 면 내에 살던 사람을 목포에서 우연히 만났더니, 내 가족이 놈들한테 청어 두름처럼 엮여가지고 농업 창고로 가는 것을 보고서 자기는 떠났다는 것이다. 석의 욕심 같아서는 그 재중이란 사람의 말을 억지로라도 믿지 않으려고 노력도 해보았지만 믿지 않기보다도 그렇게 될 가능성이 더 많은 터였고, 또 그의 가족뿐이 아니라 자기도 한때 구장을 지낸 터라 자기 여편네도 끌려가는 것을 보았노라고 보니 아무리 믿고 싶지 않아도 희망을 가져볼 도리가 없었다. 거기에다가 또 그의 아내라는 사람이 남자인 석이보다도 체구도 크지만 선이 굵어서 살려달라고 손을 싹싹 비비지도 않았을 것이 분명했다. 중공군 육십만이 개미떼처럼 기어내려 온다는 뉴스를 들은 그 순간 석이가 근심한 것도 그 점이다. 일이 그렇게 되거든 부지런히 서둘러서 남하를 하는 것이 아니라 제딴에는 전번 사변 때와 달라 이 엄동 설한에 아이가 여섯인데다가 이제 겨우 댓 달 된 젖먹이를 업고 나간다고 살아질 것도 아니다, 죽어도 앉아서 죽는 것이 편한 일이라고 떡 버티고 앉아 있지나 않으려나 하는 것이 석이가 은근히 속을 끓인 점이다. 그리고 이 석이의 추측은 불행히도 들어맞았던 것이다.

그러기에 석이는 재중이란 위인의 말을 들었을 때도 놀라기는커녕 으레히 그렇게 되었으리라고 슬픈 단념을 하고서 더 자세히 묻지도 않았던 것이다.

그러나 석이한테는 그래도 희망이 없지 않았다. 아무리 도척이 같은 것들이기로니 일곱 식구를 몰살하기야 했으랴 하는 희망이었다. 그래도 한둘은 남기지 않았을까, 남는다면 누구를 남겼을까? 아내? 아니다. 아내를 남겨둘 리가 없다. 그러면 딸년? 큰놈? 작은놈? 열넷 된 딸년에 열두 살, 열 살의 형제 밑으로 일곱, 다섯, 젖먹이—이렇게 졸망졸망한 어린것들의 이름을 하나하나 들어도 보았다. 놈들이 사내아이는 안 남겼겠지, 되놈들이니 계집아이들은 들고 가지 않았을까. 놈들한테 끌려갈 바에는 차라리 죽여주는 것이 얼마나 고마울지 모른다고 석이는 혼자 생각이었다.

그러면 나는 이 일곱 식구 중에서 누가 살아 있기를 바라고 있는 건가?

이런 부질없는 생각을 하며 나는 바닷가를 돌며 헤매고 있을 때였다.

만일 한둘이라도 살아 있어준다면 역시 아내가 살아 있었으면 했다. 자식들이 불쌍하기는 하지마는 어쩌면 아내두 하나쯤은 아이 낳기를 더할 것 같기도 해서, 둘이 살아만 있다면 자손을 끊기지 않겠다는 생각이었을지도 모른다. 만일 아내가 살았다면 어린것 중에서도 더 바랄 수는 없지만 하나쯤은 살아주면 싶다.

'하나가 산다면 어떤 놈이 살기를 나는 바라는가? 열네 살 난 딸년? 그렇지, 그것이 그래도 제일 큰 것이니 그것이 살아야지.'

석이는 이렇게 생각이 들었다. 그러나 다음 열두 살 먹은 녀석의 얼굴을 눈앞에 그려본 석이는 금세 머리를 흔들었다. 계집애보다는 아들놈이 살았으면 싶다. 그렇지! 아들놈이 하나 살아야지!

그러나 그다음 녀석의 얼굴을 그려보고는 석이는 또 살아준다면 작은놈이 몸도 약하여 지질구질하게 살았고 재주도 놈이 큰놈보다는 좀 나으니 작은놈이 살아야겠다는 생각이 드는 것이다. 그러나 이 그의 주장은 아래로 내려갈 때마다 또 변하는 것이다. 넷째는 일곱 살 먹은 계집애다. 제 어미를 닮아서 무뚝뚝하고 심술패기여서 제 어미도 그랬지만, 석이도 몹시 미워하던 아이였다. 그러나 이 일곱 살짜리는 또 미움만 받고 살았으니 그것이 남아주었으면 하는 생각이 간절했고, 그 다음 계집애는 또 재롱이 여간 아니어서 석이가 늘 귀여워해온 터라 이번에는 그것이 남기를 바라게 되고, 마지막 젖먹이 계집애는 채 정이 든 것도 아니지만 세상에 태어나서 불과 반년에 그대로 죽어버린다는 것이 인정상 못 될 말이다.

이러고 보면 결국은 일곱 식구가 다 죽어서는 안 된다는 결론으로 떨어져버리고 만다.

그러나 현실은 너무도 엄숙했다. 하나도 상치 말기를 빌고 바라는 이 일곱 식구는 하나도 남지 않았다는 것이다. 정이 있든 없든 여덟 식구가 모여 살다가 자기 혼자만이 남았다고 생각할 때, 그것은 벌써 슬픔이 아니라 공포였다.

'모두 잊어야지! 잊자. 아내도 큰딸년도 머슴애도 그리고 셋째도 넷째도 다 잊자!'

석이는 훈련이 하루바삐 끝나기만 빌었다. 달구치는 군무에 모두 잊고 살고 싶었던 것이다. 신문기자 생활도 오십이 가까웠으니 총칼이

하상관이랴마는 글펜으로써 적의 심장을 찌르고 국민을 북돋우자던 석이었던지라, 교육이 끝나면서 바로 제일선 부대에 배치가 되어 치열한 전투 상황을 보도하고 있는 중이다.

워낙 달구쳐놓으니까 사실 그는 가족 생각도 거의 잊고 살 수 있었다. 슬픈 단념이었다.

전쟁이 끝나거든 시체 없는 무덤이라도 하나 만들어 일년에 한 번씩 찾으리라—이것이 지금의 석이가 꾸고 있는 꿈의 전부다.

석이 앞에 뜻밖에도 가족을 보았다는 사람이 나타난 것이다. 일주일간의 육상 근무를 하고 다시 부산에서 함정으로 황해 작전에 참가하러 나오던 길이었다. 그는 시골서 같이 살던 친구의 부인이다. 일월달까지는 이 가족과 같이 산중에 있었다는 것이다. 장소는 충남, 당진, 이리, 이러한 동네에 가면 황 아무개란 사람이 있으니 그를 찾아보면 알리라고 한다. 정말 의외였다. 친한 친구의 부인이 거짓말을 할 리도 없다. 그러고 보면 살아 있었던 것만은 사실이고, 당진은 후퇴는 않았던 지역이니 아직도 살아 있을 것이다. 그러나 시계를 보니 벌써 함정이 입항할 시간이었다. 석이는 자세한 이야기도 못 듣고 그대로 배로 올랐던 것이다.

여기에 또 하나 기적이 나타났다. 일선으로 직행할 줄 안 함정이 인천에서 이틀 동안은 지체를 한다는 것이다. 그렇다면 이 이틀을 이용해서 어떻게든지 가족의 생사만이라도 확인하고 싶었던 것이다.

가장 좋은 방법은 함정이 당진을 들러서 자기를 좀 내려놓는 것이다. 한 개인의 가족을 위해서 이 명령에 없는 항해를 할 수도 없고 둘째가 피킷 보트 같은 것으로 달렸으면 다섯 시간에 갈 수 있겠는데 그런 말은 낼 수도 없다. 그래서 초조한 대로 풍선을 타고라도 가보자는 것이다.

•
2

허락된 시간이 꼭 50시간이었다. 이유 여하를 막론하고 이 시간만 어긴다면 배는 그를 기다리지 않고 출항을 할 것이요, 석은 군법회의에 회부된다. 이 엄숙한 현실 앞에서 바람과 조수만 믿어야 할 풍선을 타고 떠난다는 것은 일대 모험이라기보다도 실로 무모한 짓이 아닐 수 없었다.

'군법회의에 회부된다고 설마 사형까지야 안 가겠지….'

이런 생각까지 했을 만큼 절박한 감정이었다. 50시간 만에 대어 와지기를 빌고 빌면서도 못 대면 한두 달 영창에라도 들어갈 각오가 아니었다면 감히 떠나지 못할 것이었다.

인천에서 대여섯 톤 되는 풍선을 타고 떠난 것은 아침 일곱시였다. 당진 가는 사람이 대부분이어서 지리를 물으니 뱃길에서 사십리 길이라 한다. 마침 하늬바람이 슬슬 불어주어서 돛은 벌름하니 바람을 안고 큰바다로 나간다. 큰바다로 나가더니 마침 썰물인데다가 바람도 세어져서 살같이 달린다. 석이는 눈물이 나게 고마웠다. 만일 이대로 바람만 불어준다면 오후 세네시면 들이닿을 수 있을지도 모른다는 말에 석이는 정말 눈물이 핑 도는 것이었다. 네시까지만 대면 사십리라니 세 시간이면 될 게다. 그러면 어둡기 전에 들어갈 수가 있지 않으냐, 석은 오직 바람이 멎지 말기를 빌고 빌 뿐이었다.

그는 시계를 보고 보고 했다. 십분도 못 되어서 또 보고 다음에는 오분이 되었다. 일부러처럼 시간 가는 것이 늦다. 그는 또 배 안 사람들한테 얼마나 왔느냐를 따지는 것이 유일한 낙이었다. 그 질문은 혹은 그를 기쁘게 했고 혹은 그를 절망시키었다. 반은 왔다는 말을 들을 때는 마음이 다 후련했지만,

"반이 무슨 반, 양재섬을 지나서야 삼분지 일인데 양재까지두 두 시간은 걸리오."

하고 수정하는 사람이 있으면 쥐어박고 싶기까지 했다.

"오늘 네시까지 들어갈까요?"

석은 벌써 열 번은 물었으리라고 생각되는 말을 또 묻고 있었다. 똑같은 대답을 되풀이하기가 쑥스럽던지, 나이 지긋한 위인이 체통없게도 군다고 밉살스러운 생각이 들었던지 누구 한 사람 대답도 않는다. 그러면 멀쑥하니 앉았다가 금시에 또 주책이 나오는 것을 그 자신도 어찌할 수가 없었다.

"장교님, 무슨 볼일로 어디 가시는지 모르겠소만 풍선이란 함정과 다르외다. 오늘 못 가면 내일 가고 내일 못 가면 모레 가지—이 식으로 차리셔야지 애를 쓰신다고 배가 갑니까. 뽕뽕선을 한 척 징발해가지구 가실 게지, 함정 타시던 분은 풍선 속상해 못 타십니다."

배주인이 어린애 타이르듯 한다. 석은 부끄러운 생각이 들어 잠자코 말았다.

그러나 이런 체면 유지도 십분을 더 못 가는 것이었다. 바람기가 조금만 자도 그만 조바심이 난다. 더욱이 이 썰물 무리에 양재도의 여울을 빠져나가지 못하면 양재도에서 다음 썰물을 기다려야 한다는 것이

다. 바람이 좀더 세어주기만 하면 이번 썰물을 타고 여울을 빠져나갈 수 있으리라는 것이다.

그러나 바람이 세어지기는커녕 양재도를 눈앞에 두고서 바람은 슬슬 방향을 바꾸는 듯하더니만 거짓말처럼 아주 잔잔해져버린다.

배는 빙빙 돌기만 하다가 나가기는커녕 슬슬 뒤로 밀리는 판이다. 벌써 밀물이 들기 시작한 것이었다.

"이리 되면 도리가 없소이다. 닻을 내리지."

석의 초조는 모르는 체 배주인은 닻을 내리고 닻줄 채비를 한다. 석은 질겁을 해서 말리었다. 무슨 짓을 해서든지 가보자는 것이다. 그 무슨 짓이란 바람을 만드는 것뿐이다. 바람을 제조할 방법이 없으면 이 밀물이 다시 썰물 때까지의 예닐곱 시간을 해상에 닻을 내리고 우두커니 앉아 있어야 한다는 것이다. 미칠 노릇이었다.

시간을 따져보니 벌써 여섯 시간이나 잡아먹었다.

배가 닻을 내리자 다른 사람들은 백호야 하고 벌렁들 드러누워버린다. 누가 내 배 다칠까보냐 식이다. 석은 번듯이 자빠지는 사람들의 상판대기를 구둣발로 짓이겨주고 싶은 충동을 남한테 눈치채이지 않느라고 멀리 인천 쪽을 바라보고 있다.

인제는 조바심도 안 난다. 될 대로 되라는 막 생각이 들다가는 차라리 인천으로 돌아가리라고 배를 기다리나 밀물이고 보니 얼마든지 있어야 할 배는 한 척도 눈에 뜨이지 않는다. 바다는 무심할 만큼 고요하다. 바다가 아니라 그대로 얼음판이다.

울고만 싶다.

뱃머리에 오도카니 앉아서 시계를 들여다보기를 만 세 시간 했다.

이제는 석도 지쳐서 말도 나오지 않는다. 석도 그대로 뱃바닥에 벌렁 드러누워버리고 말았다.

3

원래 시간으로 따지면 당진에 가서 닿았을 시간이나 되어 배는 겨우 자리를 떠서 양재도 여울목을 간신히 빠져나왔다. 여울목만 넘기면 인제는 살처럼 달리리라 생각한 석은 긴 한숨을 내쉬었다. 그렇게 말짱하던 날이 갑자기 안개가 자옥하니 끼기 시작하더니 불과 삼십분에 지척이 보이지 않는다. 인제는 뱃전을 치고 울어댄대도 배가 움직이어질 가망은 전혀 없었다.

"날마두 다니면서 그래 요만한 안개쯤에 물길을 모르다니 무슨 말이오? 그러지 말고 가봅시다."

군복을 입으면서 동료와 자기 자신에게 절대로 군인티를 안 내겠다던 것이 그의 결심이었음을 깜박 잊고서 석은 따지듯 이렇게 언성을 높이었다. 절대로 그럴 리가 없음을 알면서도 석에게는 이 배주인이 일부러 늘쩡대는 것만 같이 고깝게 생각이 든다. 말은 영창이라도 가겠다고 했지만 그것은 너무나 서글픈 일이었다. 군에 들어온 지 석 달도 못 되어서 가족 때문에 영창에 들어갔다면 남 듣기에도 꼴사나운 일이었지만 그의 결벽성으로 보아서도 그것은 견디기에 어려운 고통이었다. 인제 남은 유일한 희망이란 바람이 일기를 기다리는 것뿐이다. 석은 초조하다기보다도 차라리 가슴이 아프다.

그러나 석의 초조가 안개에 통할 리가 만무다.

안개는 기어이 어둠으로 변했다. 초열흘 달이 있으련만 그야말로 지척을 분간할 수 없다. 배주인은 닻을 내리고 잘 준비를 하는 것이었다.

석은 울상이 되어 배주인을 또 한번 붙들고 늘어져보았다. 뱃사공은 인제는 대꾸도 하기 싫다는 듯이 저 할일만 한다. 오불관언 식이다.

"장교님도 좀 눈을 붙이시지요. 여기서 떠났댔자 인제는 당진 가기까지 적(배 대일 곳)도 없습니다. 그런데다 맨여 암초투성이가 되어서 갈 수가 없을 겝니다."

보기가 딱하던지 나이 사십 남짓한 사람이 밤송이처럼 까칠한 수염을 만지며 위로를 하는 것이다.

석이 탄 배가 돛을 올린 것은 훤히 먼동이 틀 무렵이다. 밤 사이에 빗방울까지 듣더니만 새벽부터 바람이 불어댄다. 하늬바람이었다.

석은 눈이 번했다. 돛은 세찬 바람을 담뿍 싣고 살처럼 내닫는다. 마침 또 썰물이기도 했다. 이대로만 간다면 두시에는 닿겠다는 것이다. 그러나 두시에 닿는대도 벌써 삼십 시간은 과거로 돌아가고 마는 것이었다.

석이 당진 어귀 한내에서 내린 것은 오후 세시였다. 이제 남은 시간이라고는 겨우 열여덟 시간뿐이다. 바람만 잘 만나면 열 시간 이내에도 인천까지 돌아갈 수 있다는 것이 지금의 석의 유일한 위안이다. 그는 배에서 내리면서부터 그대로 두 주먹을 움켜쥐었다. 말을 묻는 시간이 뼈가 아프게 아깝다. 합덕까지의 십리라는 것이 뛰다시피 했는데도 실상 가보니 한 시간 이십분이 걸렸으니 이십리 길이나 되었던 모양이다. 합덕서 변촌까지가 삼십리요 거기서 오장골이 시오리라니 오십리 길이다. 그러나 지름길로는 삼십오리라고 해서 거의 구보로 달렸으나 시골서의 삼십리란 암만 가도 삼십리가 줄지를 않는다. 석은 배에서도 꼬박 굶었고 내려서도 잔입이었다. 떡이라도 있으면 했으나 떡은 없고, 밥은 해야 한다니 이 뼈를 깎는 듯싶게 귀한 시간에 밥을 지어 먹을 도리는 없다.

안타까운 중에 해가 졌다. 또 비가 부슬부슬 내리더니 달이 있을 턱 없다. 그래서 석은 한 주막에 들러 길 안내할 사람을 하나 구했다. 여기서도 이십리라니 삼십리 길은 또 될 것이다. 열두시면 닿겠지 싶어 적이 안심은 되었으나, 돈을 오천원이나 내라고 하니 딱하다. 도시 돈이라고는 도합 오천이백원이었다. 어쨌든 가고 보자고 안내인 영감을 앞세우고 길인지 논두인지도 분간키 어려운 길을 걷는다니보다 헤매기만 네 시간, 아닌밤중에 황씨 집을 찾아갔더니만 또한 기막히는 대답이다. 보름 전까지도 자기 집에 있었는데 준다 준다 하던 피난민 배급도 주지 않아서 굶다 굶다가 부산을 가본다고 떠났다는 것이다.

"그러면 살기는 분명 살아 있군요?"

어쨌든 살아 있는 것이 엄연한 사실이라는 데서 석은 우선 봉당 바닥에 털썩 주저앉았다. 피곤한 때문도 있었지만 긴장이 풀린 것이었다.

석은 주인 황씨의 후의로 아내와 어린것이 두 달 동안이나 썼다는 방에서 하룻밤을 더 새웠다. 어디로 갔는지 알 길이 없으니 찾아볼 도리도 없거니와 인제는 시간도 없었다. 남은 시간은 열 시간뿐, 천운으로 바람이 잘 불어주어야 겨우 댈 수 있는 시간이었다. 열한시라야 만조가 되니까 그때까지는 무슨 짓을 해서라도 외섬까지 가야만 했다. 석은 세 시간을 누워 다리를 쉬고 네시에 다시 당진을 향해서 황씨 집을 떠나왔다. 알고 보니 합덕으로보다도 당진으로 나가서 외섬에서 배를 타면 네댓 시간은 물길을 얻는다는 것이다.

당진에 이르니 열시가 넘었다. 여기서 외섬까지는 삼십분이면 간다는 것이다. 남은 시간이 삼십분 있었다. 이 삼십분에 요기라도 해두어야 했다.

마침 당진은 장날이어서 장돌뱅이들이 꾸역꾸역 모여들기 시작하고 있었다. 여자도 많았다. 어린아이들도 상자를 들고 모여들고 있었다.

석은 밥집을 눈여겨보다가 그만두었다. 외섬에도 주막이 있다니 막걸리라도 한잔 하고 때울 셈이었다. 돈도 이천백원이 남아 있을 뿐이었다. 기다려도 외섬 나가서 기다릴 작정이다. 석은 다시 걷기 시작했다. 기다란 장터를 빠져나가 담배가 싸면 한 갑 살까 싶어 올망졸망한 아이들이 상자를 놓고 앉은 데로 가자니까 난데없이 여남은 살 난 아이가 총알처럼 내달리며 소리를 치는 것이었다.

석은 귀를 의심했다. 그리고 다음에는 눈을, 다음에는 자기의 머리를—.

그러나 그 아이는 분명히 이렇게 그를 불렀던 것이다.

"아빠! 아빠!"

그리고 그것은 또 분명한 자기의 아들놈이었다. 열두 살 난 현이었다. 못 알아볼 만큼 한쪽 눈이 작아졌다.

"현아!"

석은 품에 안기어 흑흑 느껴 우는 어린것을 안은 채 말도 나오지 않았다. 따뜻한 체온이 피를 나눈 자식의 체온이 소물소물 스미어든다.

"어떻게 된 것이냐, 엄만 어디 있니?"

"여기서 이십리여. 아빠, 나 장보러 왔어. 누나도 이제 곧 와요. 담배 받으러 갔어요."

어린것은 이렇게 말하며 상자를 가리킨다. 상자 비슷한 갑 속에는 쌀튀기 과자 네댓 쪽에 성냥 댓 갑, 장수연 두어 봉, 깨엿 댓 개, 빨랫비누 한 장, 눈깔사탕에 과자가 한 봉지—이것이 상품의 전부였다. 석도 체면없이 울고 말았다. 조금 있다가 곧 딸년도 왔다. 화랑 다섯 갑을 사들고 온다. 밑천이 적으니까 팔고서 떨어지면 또 사오고 한다는 것이다. 엄마의 치마를 팔천원에 팔아서 그것을 밑천으로 오늘은 당진, 내일은, 합덕, 모레는 고교—이렇게 장을 본다는 것이다. 장까지는 어디나 이십리 삼십리요—합덕 장은 사십리 길이나 된다는 것이다.

석은 시계를 보았다. 열시 반이었다. 빨리 가도 바쁜 시간밖에 남지 않은 서글픈 시간이었다.

"어떡하면 좋으냐!"

그러나 도리가 없었다. 아내가 있는 데까지는 이십리가 넘는다는 것이다. 물론 갈 수는 없지만 이 어린것들을 어떻게 하고 가면 좋으냐. 그러나 이런 생각도 길게는 하고 있을 경우가 못 되었다.

그러고 있는 동안에 또 오분이 갔다. 석은 어린것들의 손을 잡아주었다. 부산으로 갈래도 아내는 치마도 없어 밖에도 나오지 못한다는 것이다.

석은 어린것의 손을 놓았다. 더 할 말이 없었다. 편지를 부치고는 기다리고 있다는 것이다.

무슨 짓을 해서라도 인천까지만 나오라고 아내한테다 몇 자 적어주고 석은 돌아서 올 수밖에 없었다. 저도 데리고 가라고 큰놈이 엉엉 울어대고 몸부림을 친다. 딸년은 그래도 철이 났다고 돌아서서 울고만 있다. 석은 울음소리를 듣지 않으려고 애를 쓰며 걸음을 재치었다.

그러나 아무리 걸음을 재치어도 어린놈의 울음소리는 자꾸만 따라온다. 기분만이 아니라 정말 큰놈은 엎치락거리며 따라오는 모양이다.

"아빠! 아빠! 나두 갈 테여, 아빠! 아빠!"

석은 돌아다보지 않으리라고 입술을 깨물었다. 아지끈하는 소리가 들린다. 피가 났는지 입술이 짭짜름해온다.

——〈「신조」 2호, 1951년 7월〉

들메

•

•

1

갓 둘레가 깔쭉깔쭉한 오십전짜리 은전 한 푼이 나의 총재산이었다. 이 오십전으로 서울까지의 삼백리 길 노자를 해야 했고, 이 오십전으로 백사지 땅이나 진배없는 서울에서 고학을 해야 했다. 아무리 물가가 싼 시절이라 하지마는 정말 터무니없는 공상이었다. 열세 살 때 일이다.

그때만 해도 집에서는 얼마간의 학비쯤은 보태어줄 수도 있는 형편이기도 했었다. 두 섬지기의 광작이었고 남한테 내어준 땅섬지기로 텃도지 들어오는 것도 약간 있기도 했었다.

그러나 나는 이 보조도 바랄 수 없이 일을 저지르고 집을 떠났었다. 서울 공부 가는 것을 방해하는 형을 재떨이로 때리어 머리를 터뜨렸던 것이다. 아버지한테 붙들리기만 하면 반은 죽는 판이다. 그날 밤을 메밀묵 장사 하는 복순네 집 벽장 속에서 새우고, 이튿날 새벽 먼동이 트기도 전에 길을 떠났던 것이다. 맨주먹으로라도 떠날 작정이었다. 그것

을 어떻게 아셨는지 어머니가 오십전 한 푼을 주시면서,

"음성 가서 며칠 있다가 오너라. 끼니 거르지 말구 떡을 사먹든지 밥을 사먹든지 해."

이렇게 일러주신다. 아버지 성미를 아시기 때문에 어머니는 나보다도 더 겁이 나시는 눈치시었다. 처음 만져보는 닷 냥짜리다. 그때는 어린 생각에는 이 닷 냥만 가지면 조선땅이라도 살 수 있을 것처럼 내게는 큰돈으로 여겨졌던 것이다.

그해 설날 양직 분홍 두루마기를 새로 해입었었다. 양직이 우리 시골에 처음으로 들어왔었다. 값이 비싸서 아무도 엄두도 못 내는데 어머니가 막내아들이라고 끊어주셨던 것이다. 그것을 입고 이화(모표) 없는 마래기(모자)를 쓰고 나선 것이다.

집에서 이천까지는 백사십리나 된다. 장원까지는 지름길을 왔으니까 백이십리 폭이지만 열세 살 난 소년한테는 벅찬 길이었다. 그래도 그날로 이천까지 왔었다. 두 끼 먹고 하루 숙박에 한 냥(십전)이었다. 음성 외가댁에 가서 며칠 묵은 일은 있었지만, 집을 떠나서 객지에 나오기는 이것이 처음이다. 저녁을 먹고 앉았으려니까 설움이 복받친다. 나는 어린애처럼 엉엉 울고 말았었다. 울다가 곯아떨어졌다. 눈을 뜨니 먼동이 튼다. 나는 아침도 안 먹고 또 길을 떠났었다. 보행 객줏집 할머니가 신통하다고 하시면서 닷 돈(5전)을 되거슬러 주신다. 서울까지는 아직도 백오십리였다. 경안까지 겨우 와서 자고 이튿날 서울에 들어왔다. 지금 생각하니 왕십리다. 서울에는 같이 졸업한 화석이가 먼저 와서 있었다. 화석이는 용산에 고모님이 계시기도 했지만, 집안도 넉넉했다. 내가 터무니없는 고학의 꿈을 꾸게 된 것도 실은 이 화석이 때문이

었다. 화석이한테 지기가 싫었다. 화석이가 일번 내가 이번으로 졸업은 했지만 사뭇 일번을 번갈아 다투던 화석이었기 때문이다.

그래도 화석이는 반가워했다. 보름턱이나 먼저 올라온 화석이는 전차도 탈 줄 알았고, 학교도 혼자서 찾아갈 수 있었던 것이다.

"아니 얘, 저 육중한 것이 어떻게 저렇게 좁다란 쇠길 위로 달리면서도 쓰러지지를 않는다지?"

하고 내가 희한해했을 때도 화석이는,

"에이, 밥통, 그게 왜 쓰러져! 안 쓰러져."

기실 저도 똑똑히는 모르는 눈치였는데도 이렇게 핀잔만 준다.

그래도 학교를 같이 가준 것도 화석이었고 수속하는 법을 가르쳐준 것도 화석이었다. 휘문 의숙이라는 학교였다. 지금의 휘문중학이다. 백오십 명 모집에 사백 명이나 된다. 그래도 용히 썼다. 상투를 튼 어른들과 같이 다닌 터라 한문도 제법 했느니라 했다. 그러나 방 붙은 것을 보니 내 이름은 없다. 화석이는 있었다. 그 자리에 펄썩 주저앉고 말았다. 눈물이 글썽해 있으려니까,

"너 붙었다."

하고 화석이가 귀띔을 해주었다. 그제야 자세히 보니 맨 끝에 "삼백구십오(?)번은 교장실로 오라." 이렇게 씌어 있던 것이다. 무슨 일인가 싶어 사무실로 들어가니까,

"네가 삼백구십오번 이용구냐?"

대머리가 확 벗고 키가 늘씬한 선생님이 머리를 쓰다듬으시면서,

"넌 시험엔 합격이 됐지만 너무 어리니까 내년에 오너라, 내년에 오면 무시험으로 넣어주마."

나중에 알고 보니 그 어른이 교장선생님이셨다. 일어를 잘하시던 임경재 교장이시다.

시험에는 합격이 되었다는 말에 나는 용기를 얻고 떼를 써서 들어갔었다. 어리니 내년에 오란 말은 결국 젖 몇 통 더 먹고 오라는 말과도 같아서 분하기도 했거니와 나는 그대로는 다시 집으로 내려갈 형편이 못 되었던 것이다.

떼가 이기었다.

"허, 그놈! 떼가 대단한데."

이렇게 말씀하시며 겨우 입학을 허락해주시었다.

이때부터 나의 고학생 생활은 시작이 된 것이었다.

2

'설마' 했었다. 입학이 되면 학비만은 보내주겠거니 했었다. 그러나 집에서는 날마다 편지가 왔다. 내려오라는 것이다. 나를 붙들어다가 감농을 시키자는 것이다. 형님은 술도 담배도 안하시면서도 노름과 여자를 좋아하셨다. 그래서 늘 빚을 졌고 집에 붙어 있지도 않으시니까 나를 잡아다 앉히자던 것이다. 나도 지지 않았다.

"굶어죽어도 안 내려갑니다. 죽게 되면 한강에 빠져 죽겠습니다."

나도 이렇게 엇나갔다. 역심이 나기도 했었다. 그래도 어머니가 아버지 몰래 이원도 보내주시고 어떤 때는 삼원도 보내주셨다. 식비는 쌀서 말이었다. 월사금은 이원 사십전밖에 안 되었지만 내게는 벅찬 돈이었다. 나는 닥치는 대로 했다. 은단도 팔았고, '겐마이빵' '만주나 호야

호'도 불러보았고, 이공탄도 사러 다니었고, 석탄 구루마 뒤도 밀고 해서 학비를 얻어 쓰고 있었다. 하숙집은 지금의 원효로 종점인 구용산이었다. 전차가 두 구역이어서 남대문까지만 탔고 집에 갈 때는 사뭇 걸었었다. 점심이란 것도 별로 몰랐고, 내복을 입어본 것도 열일곱 되던 해 동경에 가서였다. 남들이 점심 먹는 꼴이 보기 싫기도 했고 회가 동해서 견딜 수가 없다. 그래서 매양 점심시간에는 공받기로 시간을 보내니, 집에 돌아갈 때는 더욱 지친다. 지금 교감으로 계시는 이종서 선생, 외국어대학에 계시는 박규서 선생, 의사이신 김상린 박사, 우리 나라 양화계의 이채이신 오지호 선생, 보성중학 교감이시고 서양화의 대가이신 이마동 선생, 이 모두가 그때 공받기 동무였다. 이종서 선생은 '다까보高帽' '대갈장군', 나는 '들메', 오지호(그때 이름은 오점수다)는 '땅딸보', 김상린은 '두꺼비', 모두 이런 별명으로 불리어졌었고 선생님들께도 작고하신 김현장 선생님이 '마리아' 선생, 역시 작고하신 김도태 선생님은 '꿀꿀대감', 우리 영어학계의 원로이신 이일 선생님은 '도련님'(나중에 와서 '모던 보이'), 이렇게 별명이 붙어 있었다. 그중에서도 김현장 선생님은 나의 사 년간 담임선생님이셨다. 말끝마다 하도 '말이야' 소리를 하셔서 우리가 칠판에다 "그랬단 말이야." 이렇게 써놀라치면,

"너희가 날 말이야 선생이라구 그런다지? 오냐, 내 오늘부터는 절대로 말이야 소릴 않을 테란 말이야."

해서 교실 안이 떠나갈 듯싶었다. 한참 후에야 선생님도 말이야 소리를 또 했다는 것을 깨달으시고서 하신다는 말씀이,

"난 습관이 돼서 할 수 없단 말이야."

이 여러 선생님 중에서 내게 가장 두려운 선생님이 담임선생님과

체조선생님이셨다. 월사금을 제때에 못 내면 담임선생님이 불러내셨고, 훈육 담당이신 체조선생님이 교문 밖으로 몰아내던 것이다. 대개 조회시간에 월사금 체납자 이름을 부른다. 그러면 나는 변소에 들어가서 숨어 있다가 '와' 들어갈 때 섭쓸려 들어가는 것이 보통이었다. 그러다가 '와줘' 선생님한테 몇 번이고 끌려나왔던 것이다.

'와줘' 선생님이란 체조선생님이시던 이기동 선생님이시다. 누가 잘못을 하면,

"아무개 이리 좀 와줘."

하신다. 때리시는 일은 별로 없으셨다. 그 대신 볼따구니를 잡아당기시는 것이다. 그것이 더 아팠다. 언 볼을 한번 쥐어뜯기고 나면 눈물이 핑 돌았다. 우리반 중에서도 가장 많이 볼을 쥐어뜯긴 것이 나였을지 모른다. 교칙을 가장 많이 위반한 것이 나였기 때문이다. 그때 학생들은 구두를 신게 마련이었다.

그러나 일금 사원이라는 돈은 내게는 대금이었다. 삼십전짜리 고무신도 미처 댈 수가 없던 나로서는 구두는 감불생심이다. 그래서 나는 체조시간이면 반드시 '들메'를 했다. 고무신이 벗어지기 때문이었다.

"들메, 이리 좀 나와줘!"

체조시간이면 으레껏 한번은 불려 나가서 볼을 꼬집힌다. 그래서 아이들은 체조선생님이 출석부를 들고 이만큼 오시기만 하면 "들메, 이리 좀 나와줘!" 소리를 하고 나보다도 선생님을 놀렸었다. 그러고 나면 선생님은 들으시고 그러시는지 못 들으시고이신지는 몰라도 먼저 내 발부터 살펴보시고서 반드시 한마디 하시던 것이다.

"들메, 이리 좀 나와줘!"

3

이학년 때라고 기억한다. 나뿐이 아니라 고학을 하는 학생들에게는 실로 폭탄 선언이라 해도 좋을 만한 법령이 선포되었던 것이다.

"우리 휘문 학교는 국산 장려를 위해서 오는 오월부터 교복과 각반은 우리 나라 본목, 신발은 병정 구두로 통일한다!"

교복과 각반, 구두—이 세 가지를 갖추자면 십원 오십전이었다. 월사금이 두세 달치씩 밀리고 그날그날 은단이나 빵을 팔아 이삼십전씩 벌어 쓰는 고학생한테는 그야말로 청천벽력과도 같은 교칙이었다. 그것도 한 달 여유를 두고 갖추어야 한다는 것이다. 여름 동안 갖은 짓을 해서 교복과 각반만은 마련했으나 구두만은 도리가 없었다. 나는 여전히 '들메'였다. 고무신 뒤축 턱을 옭아서 발등에다 가새목을 질러 매는 '들메'가 체조선생님 눈에는 언제나 거슬렸다. 그도 그럴밖에, 전교에서 병정 구두를 신지 않은 사람은 방 나 하나뿐이었던 터라 눈에 띌밖에는 없다.

"들메, 이리 좀 와줘!"

체조시간뿐이 아니라 운동장에서도 나만 만나시면 으레껏 이렇게 불러세우고 볼을 한번 잡아흔드시던 것이다. 인제는 지쳐서 왜 안 신느냐, 언제까지 신겠느냐를 물으시는 일도 없었다. 그저 불러세워놓고는 한번 흔들어놓을 따름이다. 너처럼 질겨빠진 녀석하고는 말도 하기 싫다는 식이었었다. 그래서 나는 '와줘' 선생님만 번득 하면 솔개미 본 병아리처럼 숨어버린다. 그러다가 딱 마주칠 때는 나는 선생님이 뭐라시기 전에 그 앞에서 기척을 하고 서기로 했었다. 그러면 선생님도 아무 말 없이 한번 볼을 잡아흔드시고 그대로 또 아무 말도 없이 가시던 것이다. 나는 이 '와줘' 선생님이 호랑이처럼 무서우면서도 슬며시 정이 붙는 것을 어찌 할 수가 없었다. 은사께 이런 용어를 쓰는 것은 예의에 벗어진 일일지 모르나 선생님은 꼭 메기처럼 큰 입에 카이젤 수염을 기르고 계셨고, 우리를 꼬집으실 때는 그 꺼칠한 수염의 가닥가닥이 곤두서면서 제각기 탭댄스를 하던 것이다. 하도 보아 그런지 아프면서도 우스웠고 또 정까지 드는 심정이었다. 그래도 '이리 와줘' 선생님은 가장 인정이 많으시기도 했던 것 같다. 월사금 안 낸 학생을 돌려보내는 것이 선생님의 맡으신 직책의 하나였건만 다른 선생님들이 안 보시는 데서는,

"얼른 섞여 들어가!"

이렇게 관대하기도 하셨다.

그래 그런지 은사들께서 작고하셨다는 소식을 들을 때마다 휘문 시절이 그리워지지만 '이리 와줘' 선생님께서 실명을 하셨다는 말과 이어 작고하셨다는 소식을 들었을 때만큼 내가 언짢아한 일이 없다. 나는 지금도 아이들에게 가끔 선생님 추억담을 한다. 옛 이야기는 다 그리워지는지도 모르겠다. 담임선생님이셨던 김현장 선생님만 해도 그렇다. 수학 기초를 잘못 잡아서 갈수록 대수 기하가 어려웠다. 그래서 결국은 사학년에 과정 낙제를 하고 일본으로 갔었지만 수학 문제를 척척 푸는 선생님과 공받기 친구이던 우리 또래 중에서 수학 문제를 나가서 푸는 아이는 '신'처럼 우러러보이던 것이다. 수학 이외에는 겁날 것이 없었지만, 그 숫자라는 것은 지금도 질색이다. 지난봄이다. 광주서 오지호가 올라오고 김상린을 만나서 삼십오 년 만에 은사 이일 선생님을 조용한 집에 모시고 약주를 대접한 일이 있었다. 여러 가지 그때 이야기가

났을 때,

"난 그때 자네들이 참 부러웠네. 신처럼 우러러보였었어."

하려니까 김상린과 오지호가 박장대소를 한다.

"아이, 이 사람아! 그래, 자넨 우리가 그렇게 수학을 잘한 줄 아나?"

"자네들 그래두 구십점씩이나 받지 않았었나?"

"하하하하, 컨닝야! 컨닝! 이 천치야! 우리가 실력으루 구십점을 딴 줄 알아?"

"뭐야! 이건 정말 억울한데. 저런 것들한테 최대 경의를 표했었으니—."

이렇게 박장대소를 했지마는 그렇게도 쌀쌀하고 깔끔하고 오르내림이 없던 '마리아' 선생님이 지금도 퍼뜩퍼뜩 오십을 넘은 내 마음속에 살아오는 것이다. 수학은 아주 단념을 하고 문학 공부에 전념하기로 결심한 것은 문학이 좋아서보다도 수학에 대한 복수심에서였다 해도 과언이 아니다.

그럴 무렵의 어느 날 체조시간이었다. 삼학년 이학기 방학을 앞둔, 무던히도 춥던 날 맨 끝시간이었다. 대개 체조시간은 끝이어서 이것이 점심을 모르고 사는 나에게는 가장 큰 고통이었다. '와줘' 선생님의 체조란 그저 한결같이 "앞으로 갓." "뒤로 갓." "좌향 좌." "우향 우." 하는 것뿐이다. 그렇지 않으면 철봉에 구보였다. 워낙 날이 추워노니까 그랬던지 그날은 풋볼을 갖고 나오셔서 원을 치게 하고 볼 차기를 시키셨다. 그날만은 어찌 되어서였던지 볼을 쥐어뜯긴 기억이 없다. 축구나 야구나 정구나 다 휘문이 세던 시대다. 야구에는 저 유명했던 곰보 피처 김종세 군이며, 축구, 야구, 정구까지 한 '다망고' 이징구 군, '두발당성' 김정식, 명 풀백 강히문, 정구에 김필응, 장은진, 조택원 등 제군이 다 같은 클래스였다.

"앞으로 갓." "뒤로 갓." "좌향 좌." "우향 우." 입학한 날부터 되풀이되는 이런 체조에 질린 학생들은 신바람이 나서 볼을 찼었다. 그 볼이 나의 앞으로 굴러왔다. "이리 와 줘" 할 시간에서 해방이 된 나의 인생은 기쁨 그것이었다. 나는 볼이 오기를 기다리지 않고 몸을 솟구쳐 대여섯 발짝 뛰어나가며 본때있게 킥을 했다. 선수는 아니었지만 후보는 되었다. 자신이 있었던 것이다.

그러나 완전히 실패였다. 분명히 정통으로 찬 볼은 옆으로 살짝 빠져나가고 나는 헛발질을 하고 말았던 것이다. 워낙 별러 찬 터라 헛발이 되고 보니 반동도 심했다. 나는 핑그르르 돌다가 퍽 쓰러져버리고 말았던 것이다. 웃음이 터졌다. 손뼉을 치고 웃는 패도 있고 허리를 잡고 자지러지는 축도 있다. 나도 따라 웃고 말았다. 너무 열쩍기도 하려니와 창피도 했다. 이 어색과 창피를 얼버무리느라고 나도 껄껄 웃어버렸던 것이다. 그러나 아무리 기다려도 웃음이 그치지 않는다. 옆을 보아도 그저 웃고 있고 앞을 보아도 여전히 배를 끌어안고 웃어댄다. 나는 영문을 알 수 없어 사방을 돌아보았다. 그래도들 웃고만 있다. 더 알 수 없는 것은 나를 보고들 더들 자지러지는 것이다.

'아니, 이것들이 미쳤나?'

나도 어이가 없어 멍청하니 섰으려니까 이번에는 체조선생님과 나와를 번갈아 보며 웃어댄다. 그제서야 나는 체조선생님이 볼을 만지고 계신 것을 알았었다.

"이것아, 네 고무신짝이 체조선생님 볼따귀를 갈겼어!"

"뭐?"

정신이 번쩍 든다. 나는 그제야 모든 것을 깨달았다. 볼을 차는 바람에 들메가 끊어지면서 고무신이 벗겨진 것이다. 벗겨진 것까지도 좋았다. 고무신짝이 붕 떠가서 딴전팔고 있던 '이리 와줘' 선생님의 언 뺨을 후려쳤다는 것이다. 그러니 웃음판이 되는 것도 무리가 아니다.

그 순간처럼 나는 각다분한 경험을 한 일이 없다. 나는 눈이 다 침침해졌었다. 상기가 된 것이었다. 무슨 벼락이 내릴지 몰라서 나는 조마조마 선생님의 눈치만 보고 있었다. 선생님도 볼에서 손을 떼고 나를 꾹하니 바라보고 계셨다.

드디어 폭발이 되었다. '와줘' 선생님의 그 우람스럽던 소리가 오늘은 더한층 엄숙하게 들려온다.

"들메, 이리 좀 와줘!"

나는 앞으로 나섰다. 다리가 사뭇 떨린다. 웃음소리도 그치어 있었다.

"좀더 다가와줘!"

선생님의 분부대로 앞으로 나서니까 선생님은 전에 늘 하시듯이 나의 언 볼을 꽉 집어 잡아흔드신다. 눈이 다 그쪽으로 쏠리듯 아팠다. 이런 때는 나는 그저 가만히 서 있는 것을 직책으로 하고 있었다. 얼마를 쥐어 흔드신 뒤에 선생님은 호령하듯 이렇게 명령을 하시던 것이다.

"들메, 오늘 저녁 내 집으로 좀 와줘!"

나뿐이 아니었다. 모두들 눈이 동그래진다. 사무실이 아니라 분명히 당신 집으로 오라고 하신 것이었다.

"알았어?"

"네!"

와들와들 떨면서 이렇게 대답하는 나의 귓전을 선생의 우람한 말소리가 또 한번 울렸었다.

"집에 가는 길에 와줘. 내 조카 헌 구두가 들메한테두 맞을 거야. 알았어?"

"……."

나는 대답이 나오지 않았다. 울음이 복받치어서였었다. 이기동 선생님께는 아드님이 하나도 없으시었다.

———— 〈1957년〉

참고자료

•

•

문인 가정 탐방기

가정 남편 이무영 씨

•

•

문인 하면 으레 생활에 루즈하고 가정에 등한한 부류로 믿어버리는 경향이 많다. 사실 과거의 예술가들이 가정적으로 불행했고 생활적으로 불우했던 것만은 틀림이 없다. 그 불행과 불우라는 것은 언제나 새로운 것을 찾으려는 정열이 현실에 만족하지 못하는 예술가적 천품天稟과 따라서 경제적인 방면에 정신을 기울임을 경멸하려는 결백성에 기인하는 것이겠지만 가정적으로 불행하여야만 예술가가 된다는 법은 없을 것이다. 생활상의 불우에서만이 아름다운 예술을 창작한다고도 말할 수 없으리라.

여기에 가장 가정적이고 가장 생활적인 작가가 있다고 하면 모두 눈을 둥그리고 놀랄는지 모른다.

경부선 열차로 한 시간쯤 가면 안양 다음에 군포라는 역이 있다. 급행차는 정차도 아니하는 조그마한 한역寒驛이다.

여기에 자기 손으로 설계하고 자기 손으로 꾸민 아담스런 집에서

근 10년 동안이나 창작생활을 계속해 오는 소설가가 살고 있다.

이름하여 이무영.

정거장에서 약 10분 북쪽을 향하여 언덕길을 올라가면 산 둔덕 맨 꼭대기에 개나리로 울타리를 하고 등나무로 아치 대문을 만든 밤나무 그늘 밑의 기와집 한 채를 발견할 수 있다.

집 뒤에는 사시장철 끊길 줄 모르는 샘우물이 흐르고 있고 앞마당에는 석류, 무궁화, 잣나무 등의 키 높은 나무들이 무성해 있다. 뜰 안에 들어서면 우선 눈에 띄는 것이 아담스러운 화단이요 토마토밭이다. 도회지의 문화주택에서 보는 것과 같은 오밀조밀한 화단이 아니라 자연스러운 맛이 나는 정취있는 화단인데 어쩐지 집과 어울리는 것 같다. 게다가 처마 밑에 놓인 벌통에서 멀지 않은 화단에 자유롭게 드나드는 꿀벌들의 움직임이 농가의 한가로움을 보여주는 듯도 하다.

뜰에서 방 안으로 들어가면 두 칸 방의 내실과 널찍한 마루를 볼 수 있고 그 마루를 꺾어들면 객실과 서재를 볼 수 있다.

이 집은 태평양 전쟁이 한창 고조로 올라가려 할 즈음에 지은 것인데 그런만큼 물가가 극도로 궁핍하여 기둥은 이 사람에게, 대들보는 저 사람에게, 유리알은 또 딴사람에게 구걸 비슷한 동정으로 구한 것이라 한다.

그런만큼 화려하게 꾸미려야 꾸밀 수도 없었겠지만 소설가 이무영 씨의 취미는 실내에보다 실외에 있는지 객실이나 서재도 그리 아담스럽지가 못하다. 자연미를 나타내고 있는 생목生木 그대로의 책꽂이가 신선하게 보일 뿐 이렇다 할 아무런 장식이 없다.

그러나 이 집 주인은 그 집을 지을 때 자기의 손을 대지 않은 데가 없다고 한다.

그의 소설이 보여주는 가장 섬세하고 면밀한 필치는 모름지기 성격적인 데서 오는 것이라 생각되지만 소위 살림에 있어서도 그 섬세한 성격을 엿볼 수가 있다.

직업이 없고 일정한 수입이 없어도 1년 먹을 쌀과 1년 땔 나무는 준비해 놓고야 마는 성격이다. 그뿐 아니라 어린애들 옷가지와 고무신까지도 꼭 자기 손으로 사들고 들어와야 마음이 놓이는 아버지로서 가장 충실한 소설가이시다.

2남 3녀의 적지 않은 자녀를 남보기에도 부러울 만큼 한결같이 사랑한다는 것은 그리 쉬운 일이 아닐 것이다. 언젠가 둘째아들이 폐렴으로 서울 모某 병원에 입원했을 때 밤을 새우며 혼자서 병간호하던 때의 정성이란 보통 사람으로는 상상할 수도 없었다고 한다.

지금 연세가 40을 갓 넘었고 그 부인이 30 고개에서 얼마 지나지 않았다고 하니 앞으로 자녀가 몇 분이나 더 생길지는 모르지만 애들의 이름이 아리송하리만큼 그 수효가 많아진다고 해도 부친애父親愛가 조금도 변할 리 없을 지극한 아버지시다.

그러한 반면 그 부인 고일신 씨는 아주 남성적인 인상을 준다.

후리후리한 키와 20여 관貫이 되어 보이는 체구가 부군의 5척에서 오락가락하는 키와 15관을 절대로 넘지 못할 체량體量과는 호대조好對照라 아니할 수 없다. 그뿐 아니라 언제나 귓속말을 하듯 잔잔하기만 한 이 선생에 비하여 호걸 웃음을 마음놓고 웃으시는 부인과는 그 성격마저 재미있는 대조를 이루고 있다.

어떤 농담 잘하는 친우가 그의 부부를 놓고 성격과 체구를 서로 바꾸었으면 좋겠다고 말한 일이 있다고 하지만 사실 그 말이 그럴듯이 느껴지기도 했다.

그러나 그러한 두 분 사이에도 가정 분쟁이 전혀 없다는 것은 그들이 얼마나 서로를 이해하고 아끼고 있다는 것을 말해주는 것이리라. 결혼한 지 13,4년이나 되건만 그들은 이때까지 이렇다 하고 싸움을 해본 적이 없다고 한다.

그것도 그럴 것이 부인의 문학적 이해란 보통이 아니다. 이해 정도가 아니라 남편과 더불어 문학생활을 같이해 보려는 마음이 다섯 애의 어머니인 오늘에도 아주 버리지를 못하고 계시다 한다. 요즈음 나오는 작품들까지도 하나 빼지 않고 읽고 계신데 그 작품평이란 부군에게 조금도 뒤떨어지지가 않을 정도다.

만약 생활에 얽매이지가 않고 시간적 여유만 있다면 능히 작가로 나오실 분이 아닌가도 생각되었다.

그런만큼 부군의 문학생활을 얼마나 내조하리라는 것은 능히 짐작할 수가 있는 일이 아니겠는가.

문인들의 부인은 그 대부분이 생활만을 맡아보아 줄 뿐 문학생활에는 무관하기 때문에 남편들로 하여금 가정의 행복을 느끼지 못하게 하는 것이지만 그런 의미에서만도 이들 부부의 생활이 얼마나 행복스러우리라는 것을 알 수 있다.

가정의 행복이란 애정의 창조에 있다고 한다면 그들은 정말 애정을 창조하는 생활을 꾸미고 있는 것 같다.

부인은 남편의 창작생활을 돕고 남편은 부인의 가정 살림을 진심으로 거들어주는 데 그들의 행복은 길 수가 있을 것이다.

그러기 위해서 그들은 서울로 이사올 생각을 가지지 않고 있다.

넉넉지 못한 살림에 화려한 서울이 경원敬遠되고 조용한 창작생활이 소연騷然한 서울에 조해阻害될까 저어하는 두 분의 마음이 언제나 일치하고 있다.

새벽에 일어나 뜰을 쓸고 장작을 패고 물을 길어온 뒤에야 서재로 들어와 앉는 이 집 주인의 마음씨에 조화되는 가정 분위기는 찾아간 사람으로 하여금 조금도 떠나고 싶지가 않을 만큼 아늑한 맛만을 주고 있었다.(B생)

———— 〈「민성」, 1949년 9월호〉

• 편집자 주: 이 글은 「민성」 잡지에 실렸던 〈문인 가정 탐방기〉이다.

연보年譜

•

– ( )속의 연령을 만으로 기재함

연도	경력	발표 작품
1908년 (출생)	1월 14일 충북 음성군陰性郡 음성읍 오리골에서 아버지 이덕여李德汝 씨와 어머니 인印씨 사이의 7남매 중 차남으로 태어남. 본명은 갑룡甲龍, 아명은 용구龍九, 본관은 경주慶州.	
1913년 (5세)	충북 중원군中原郡 신니면薪尼面 용원리龍院里 26번지로 이사하여 이곳이 본적지가 되다. 6 · 25 때 행방 불명된 시인 이흡(李洽, 본명은 李康洽)이 바로 이웃 신의실信義室마을에 살아 오랜 친구가 되다. 서당에서 「천자문」과 「동몽선습童蒙先習」 등을 배운 뒤 이곳의 소학교에 다니다.	
1920년 (12세)	소학교를 중퇴하고 서울로 올라와 휘문徽文 고등보통 학교에 입학. 고향 지인知人 윤덕섭尹德燮 씨 댁에서 학교에 다니다. 이 학교 2학년 때부터 문학에 뜻을 갖기 시작했다고 한다.	
1925년 (17세)	문학 수업을 하기 위해 휘문 고보를 중퇴하고 일본으로 건너가 세이조成城 중학에 입학, 고학을 하다가 중퇴하고 일본의 문학 잡지 「문학시대文學時代」(新潮社 발행)의 편집을 맡았던 작가 가토 다케오加藤武雄 씨의 문하생으로 들어가 그곳에서 기숙하면서 4년 동안 작가 수업을 하다.	
1926년 (18세)	6월 「조선문단朝鮮文壇」에 단편 소설 「달순達順의 출가出家」를 이용구李龍九라는 이름으로 투고하여 당선되다.	달순의 출가

연도	내용	작품
1927년 (19세)	5월 25일 첫 장편 소설 「의지할 곳 없는 청춘」(원제는 「의지할 곳 없는 영혼」)을 시인 노자영盧子泳이 경영하는 청조사靑鳥社에서 '탄금대인彈琴臺人'이라는 필명으로 간행. 이 소설은 1932년 11월 영창서관永昌書館에서 재판 발행됨. '탄금대인'은 고향인 충주의 명승·유적지 탄금대에서 딴 이름이다.	「의지할 곳 없는 청춘」(장편) 간행
1928년 (20세)		「폐허의 울음」(장편) 간행
1929년 (21세)	일본의 신인 작가들이 모이는 '20일日회'에 참가하여 작품 합평회合評會에 일본 식민지주의의 첨병인 '동양 척식 주식회사東洋拓殖株式會社'(東拓)를 '악귀惡鬼'로 상징한 「악몽惡夢」이란 단편을 내놓아 물의를 일으키고 고국에 돌아가기로 결심, 귀국하여 강습소 교원, 출판사 사원, 잡지사 기자 등으로 전전하다. 장편 「8년간」을 「조선강단朝鮮講壇」에 연재. 이때부터 '무영無影'이란 아호를 필명으로 쓰기 시작하다.	착각애, 8년간
1930년 (22세)		노파, 착각의 질투, 아내
1931년 (23세)	동아일보에서 한국 최초로 공모한 희곡 현상 모집에 「한낮에 꿈꾸는 사람들」을 이산李山이란 이름으로 응모하여 당선됨. 뒤에 이 작품은 극예술연구회에서 공연되었다. 염상섭廉想涉, 서항석徐恒錫, 이은상李殷相 들과 교유.	미남의 최후, 구성 영감과 의학 박사, 오열, 반역자, 약혼 전말
1932년 (24세)		파탄, 두 훈시, 세창침, 조그만 반역자, 흙을 그리는 마음, 한낮에 꿈꾸는 사람들(희곡), 어머니와 아들(희곡), 모는 자 쫓기는 자(희곡), 오전 영시(희곡)

연도	생애	작품
1933년 (25세)		루바슈카, 산장 소화, 지축을 돌리는 사람들(중편), 오도령, 궤도, 펼쳐진 날개(희곡), 아버지와 아들(희곡), 파경(희곡), 탈출(희곡)
1934년 (26세)	동아일보사에 입사, 학예부 기자로 일하기 시작하다. 「신동아」의 편집 책임을 맡고 있던 최승만崔承萬과 사내에서 각별한 사이가 되다. 1932년부터 알게 된 김동인金東仁, 채만식蔡萬植과도 가깝게 지내다.	창백한 얼굴, 아저씨와 그 여인, 나는 보아 잘 안다, 탈출기, 거미줄을 타고 세상을 건너려는 B녀의 소묘, 남해와 금반지, S부인과 그후 이야기, 우심, 댕기 삽화, 야시 삽화, 노래를 잊은 사람, 취향, 용자 소전, 산장 일기, 반역자(희곡), 톨스토이(희곡)
1935년 (27세)		아름다운 풍경, 산가, 타락녀 이야기, 꾸부러진 평행선(중편), 만보 노인, 수인의 아내, 편지, 먼동이 틀 때(장편), 우정, 노농, 나락, 호반의 전설, 예술광사 사원과 5월(희곡)
1936년 (28세)	동아일보에 함께 근무하던 신영균申永均의 중매로 그의 처제 고일신高日新과 6월 11일 동아일보사 강당에서 결혼. 송진우宋鎭禹 동아일보사 사장이 주례, 고재욱高在旭, 임봉순任鳳淳이 들러리를 서다. 서울 봉래동에 신혼 살림을 차리다. 이 해 8월에 베를린 올림픽 마라톤 대회에서 우승한 손기정 선수의 사진에서 일장기를 말소한 사건으로 동아일보 무기 정간. 10개월 후 복간되기까지 '실직 상태'가 되어 생활고를 겪다. 이 기간에 동향인의 후원으로 친우 이흡李洽과 함께 순문예지 「조선문학」을 창간.	타락녀, 파경, 유모, 분묘, 농부, 무료 치병술(희곡), 현대 여성 기질(희곡)
1937년 (29세)	동아일보 복간. 장녀 자림慈林 출생.	명일의 포도(장편), 단편집 「취향」 간행

1938년 (30세)	희곡 「구두쇠」를 극예술연구회가 부민관에서 공연.	불살른 정열의 서, 낚시질, 일요일, 적, 화경, 9호 병실, 전설, 「무영 단편집」간행, 「명일의 포도」(장편) 간행
1939년 (31세))	창작 생활에 전념하기 위해 비장한 각오로 동아일보사를 사직하고 친구 이흡이 살고 있는 경기도 군포의 궁말〔宮村〕 옆 샛말(경기도 시흥군 의왕면)로 이사, 이곳에 살면서 창작에 정진하다. 이곳 군포에서 1951년 1·4 후퇴로 가족이 피난길에 오르기까지 12년간 살면서 창작 생활을 하다. 장남 현玄 출생. 이 해에 대표작 「제1과 제1장」을 쓰다.	한 과정, 독초, 세기의 딸—퀴리 부인의 일생(장편), 도전, 제1과 제1장, 궁촌기—최근 일기 초, 어떤 안해, 「먼동이 틀 때」(장편) 간행
1940년 (32세)	경성보육학원京城保育學院에서 문학을 강의함.	딸과 아들과, 산거 한제—속 궁촌기, 이름 없는 사나이, 산촌 한제—궁촌기 기 4, 흙의 노예, 무제록—궁촌기 기 5, 민권, 안달 소전, 청개구리
1941년 (33세)	차남 민民 출생.	누이의 집, 원줏댁, 승부
1942년 (34세)		문 서방, 모우지도, 청기와의 집(장편)
1943년 (35세)	장편 「청기와의 집」(1942년에 부산일보 연재)이 일본의 「신태양사」(「모던 일본」을 개명)에서 간행되고 이 출판사에서 주는 '조선예술상'을 받다.	귀소, 토룡, 향가(장편), 용답, 역전, 대자, 「청기와의 집」(장편) 간행
1944년 (36세)		조그만 일, 슬픈 해결, 부주전 상백시, 서, 초상, 과원 물어, 초설, 단편집 「정열의 서」 간행

1945년 (37세)	36년 동안의 일제 식민 치하에서 해방됨. 해방 후의 정치적·사회적 혼란이 문단에도 파급되었으나, 군포에서 창작에만 몰두하다. 차녀 성림聖林 출생. 희곡 「논개」를 국악단이 국립극장에서 공연.	법, 금석, 논개(희곡)
1946년 (38세)	서울대학교 문리대에 출강, 소설론 강의. 희곡 희곡 「퀴리 부인」 공연(국립극장).	굉장 소전, 3년(원명 : 피는 물보다 진하다)(장편), 단편집 「흙의 노예」 간행, 퀴리 부인(희곡)
1947년 (39세)	연희대학교 문과대에 출강. 3녀 미림美林 출생. 대학 강의를 통해 소설론에 대한 교재의 필요성을 절감하고 「소설 작법」을 간행. 전국 문화단체 총연합회('문총') 최고위원으로 피선되다.	수염, 집 이야기, 일년기(중편), 단편집 「B녀의 소묘」 간행 「소설작법」간행
1948년 (40세)		무사, 석전기, 구곡동, 단편집 「벽화」간행, 「고도승지대관」 간행
1949년 (41세)		태평관 사람들(중편), 산정의 삽화, 사위, 나랏님 전 상사리, 장화, 「무영 농민 문학 선집」 제1권 「산가」·제2권 「향가」 간행, 「세기의 딸」(장편) 상권 간행
1950년 (42세)	6·25 남침으로 군에 입대. 손원일孫元一 제독에게 소개되어 이 해 12월 소설가 윤백남尹白南, 염상섭廉想涉과 함께 해군에 입대하여 정훈 장교(소령)로 특별 임관되다. 4녀 상림祥林 출생.	농민(장편), 불암, 전기, 연사봉, 삼여인, 명암, 그리운 사람들, 정상에서
1951년 (43세)	1·4 후퇴로 가족들 피난길에 오름. 해군 함정 복무중 틈을 내어 충남 당진에 피난가 있던 가족들과 짧은 해후. 진해의 해군 통제부 정훈실장에 취임. 이곳에서 복무하면서 통제부 정극모鄭棘謨 사령관, 배윤선 헌병대장 등 해군 고위 장교들과 가까이 지내다.	범선에의 길, 소방황, 어떤 부부

1952년 (44세)	충무공 동상의 제작을 지휘하고 제막에 맞추어 희곡 「이순신」을 공연함(진해 해양 극장). 3남 홍弘 출생(3년 후 사망).	기우제, 사랑의 화첩(중편), 「젊은 사람들」(장편) 간행, 이순신(희곡)
1953년 (45세)	2월 해군 정훈감에 취임. 부산으로 이사. 숙명여대 강사로 출강.	ㄷ씨 행장기, 초향, 바다의 대화, 6 · 25, 사의 행렬, 일야, 창구의 고백, O형의 인간, 암야행로, 농군(장편), 호반 산장지도
1954년 (46세)	서울로 환도하고 2월 국방부 정훈국장에 취임. 서울에서는 성동구 신당동 344번지에 거주하면서 이곳에서 별세할 때까지 살다. 이웃 장충동에 살던 구상具常 시인과 가깝게 지내다.	역류(중편), 영전, 농부전 초, 송 미망인, 노농(장편), 「농민」(장편) 간행
1955년 (47세)	해군 대령으로 예비역 편입. 국방부 정훈국 자문위원 겸 해군 기술 연구소 이사에 취임. 전국 문화단체 총연합회(문총) 최고위원에 다시 피선되고 펜(PEN)클럽 한국본부 중앙위원, 자유문학자 협회 부회장 등으로 선출됨. 숙명여대 대학원 강사 취임. 희곡 「발착점發着點에 선 사람들」(원명 「팔각정 있는 집」)을 국립극장에서 공연. 이 시기에 특히 시인 모윤숙毛允淑, 김광섭金光燮과 가깝게 지내다.	숙경의 경우, 또 하나의 위선, 그 전날 밤, 소녀, 이단자, 사진기, 향수, 창(중편), 고추잠자리 뜰 때(중편), 광무곡, 비련, 며느리, 아침, 「역류」(중편) 간행
1956년 (48세)	서울시 문화상 수상. 국제 펜 런던 대회에 이헌구李軒求, 백철白鐵, 이하윤異河潤 등과 함께 한국 대표로 참가하고 2개월간 유럽을 여행.	숙, 빙화, 장편 「삼년」 간행, 「한국 문학 전집 제10권」(농민 외 수록) 간행
1957년 (49세)	단국대 국문과 교수에 취임. 자유중국 정부 초청으로 1개월간 이 나라의 교육 문화계를 시찰.	호텔 이타리꼬, 시신과의 대화, 광상, 고독, 맥령(중편), 난류(장편), 부표, 들메, 새벽, 제대병의 소묘, 반향, 단편집 「해전 소설집」 간행
1958년 (50세)	단국대학 대학원 교수 취임.	2 · 8 전야, 어떤 부녀, 숙의 위치,

연도	생애	작품
		계절의 풍속도(장편), 광장 씨 후일담, 진소저
1959년 (51세)		실제기, 죄와 벌, 미애, 두더쥐, 궁촌 사람들, 기차와 박노인, 벽(희곡)
1960년 (52세)	4월 21일 뇌일혈로 별세. 장례식(5일장)은 1960년 4월 25일 오전 10시 반 천주교 명동 성당에서 장례미사를 올린 후 이곳 성당 문화관에서 '문총장'으로 거행됨. 시신은 도봉산 자락 창동의 천주교 묘지에 안장됨.	애정 설화, 목석 부인(유고) • 연대 미상 원균의 후예, 어떤 아들, 월급날, 가락지
1960년	6월 26일 이무영 묘비 제막식이 구상 시인의 주선으로 고인의 묘소에서 거행됨. 묘비의 비명은 구상 시인이 지었 고, 글씨는 서예가 김충현, 묘비는 조각가 차근호車根鎬의 작품임.	
1975년	「이무영대표작전집」(전 5권)이 신구문화사新丘文化社에서 간행됨. 편집 위원은 백철白鐵, 박영준朴榮濬, 안수길安壽吉, 구상具常. '전집 간행 기념의 밤'이 송지영宋志英 주선으로 4월 21일 오후 6시 코리아나 호텔 22층에서 거행됨. 발기인은 최승만崔承萬, 박종화朴鍾和, 이은상李殷相, 김팔봉金八峰, 김광섭金珖燮, 모윤숙毛允淑, 송지영宋志英 등 36인.	
1985년	25주기를 맞아 4월 20일, 이무영을 기리는 문학비가 고향인 충북 음성읍 문화동에 음성문화원 주관으로 충청북도와 음성군과 향민의 지원을 받아 세워지다. 비문은 제자인 이동희, 글씨는 송지영, 조각은 홍도순이 맡음.	
1990년	음성군은 이무영 문학비를 음성읍 설성공원 안 경호정으로 옮기고 1991년에는 구상 시인의 추모송비를 이무영 문학비 옆에 나란히 세웠다.	

1994년 4월 21일 제1회 '무영제'가 음성문화원 주최, 음성군과 동양일보사 후원으로 설성공원 문학비 앞에서 열림.

1995년 4월 21일 제2회 무영제 때 이무영 문학비가 세워진 설성공원 앞길을 '무영로'라 부르는 명명식이 거행됨.

1996년 4월 21일 음성군과 음성 문인 협회에서 이무영 생가에 표지와 표석을 설치함.

1997년 6월 17일 한국문인협회와 SBS 문화재단 후원으로 이무영 생가의 한국문학 표징 제막식을 가짐.

1998년 음성군 향토민속자료 전시관에 이무영 작품·친필·유품 등을 전시함.

2000년 40주기를 맞아 4월 이무영의 작품들과 산문들을 모두 다시 정리하여 가로쓰기로 새로 편집한 「이무영 문학 전집」(전6권)을 국학자료원에서 간행. 편집 위원은 구상具常, 구인환丘仁煥, 이동희李東熙, 김주연金柱演, 김봉군金奉郡.

4월 21일 40주기를 맞아 동양일보사 주관 음성군 후원으로 '무영 문학상'이 제정됨. 시상은 매해 음성에서 열리는 '무영제'에서 시상하기로 함.

•• 무영문학상 역대 수상자

1회 이동희 〈땅과 흙〉 전 5권
2회 김주영 〈아라리 난장〉 전 3권
3회 김원일 〈슬픈 시간의 기억〉
4회 이현수 〈토란〉
5회 한만수 〈하루〉
6회 심윤경 〈달의 제단〉
7회 조용호 〈왈릴리 고양이 나무〉
8회 김영현 〈낯선 사람들〉

	9회 이동하〈우렁각시는 알까?〉
2002년	유영난Yoo Young-nan 번역으로 「농민」과 「제1과 제1장」이 영문판 "Farmers" (Homa & Sekey Books: New Jersey, www.homabooks.com)로 출간됨. 유영난은 이 두 작품으로 코리아 타임즈 한국 문학 번역상을 받음.
2002년	음성군은 이무영 생가가 허물어지자 "무영정"이란 팔각정을 세움.
2005년	음성군은 4월 무영제를 맞아 문화관광부 작고 유명예술인 기념 조형물 설치계획에 따라 이무영 흉상을 제작하여 생가에 설치함. 조각은 김성용의 작품임.
2008년	2월 15일, 문학의 집·서울이 주최하여 이무영 탄생 백주년을 기리는 기념행사를 함.
2008년	4월, 이무영 탄생 백주년을 기념하여 이무영 작품 선집 「제1과 제1장」, 「농민」, 두 권을 문이당 출판사에서 간행함.

제1과 제1장

초판 1쇄 인쇄일 • 2008년 4월 15일
초판 1쇄 발행일 • 2008년 4월 21일
지은이 • 이무영
펴낸이 • 임성규
펴낸곳 • 문이당

등록 • 1988. 11. 5. 제 1-832호
주소 • 서울시 중구 장충동 2가 186-39 장충빌딩 3층
전화 • 928-8741~3(영) 927-4990~2(편)
팩스 • 925-5406

홈페이지 http://www.munidang.com
전자우편 webmaster@munidang.com

ISBN 978-89-7456-405-6 04810

값은 뒤표지에 표시되어 있습니다.